Rebecca Forster

Verschwundene Zeugin

amazon crossing

Das Buch

Staranwältin Josie Bates sieht sich mit einer schier unlösbaren Aufgabe konfrontiert, als ihr Lebensgefährte Archer plötzlich wegen Mordes verhaftet wird. Der Vorwurf: Er soll zwei Jahre zuvor seinen Stiefsohn Tim getötet haben. Die Beweislast ist erdrückend und Archer selbst alles andere als mitteilsam. Noch während Josie versucht, sich über den Fall klarzuwerden, erscheint Tims leiblicher Vater auf der Bildfläche, um die Kaution für Archer zu stellen. Ein rätselhafter Coup, denn er hat sich nie für seinen Sohn interessiert. Kann Josie Archers Unschuld beweisen in diesem Dickicht aus Selbstschutz, Lügen und fehlgeleiteten Ambitionen, oder ist der Mann, den sie liebt, tatsächlich ein Mörder?

Die Autorin

Rebecca Forster schrieb ihren ersten Roman aufgrund einer verrückten Wette. Seither stürmen ihre mittlerweile knapp dreißig Bücher die Bestsellerlisten von Amazon und »USA Today«.

Bevor sie Schriftstellerin wurde, arbeitete Forster nach ihrem Studium der Betriebswirtschaftslehre zunächst mehrere Jahre lang als Marketingleiterin. Als Autorin konzentriert sie sich heute vorwiegend auf Justiz- und Politthriller. Darüber hinaus unterrichtet sie kreatives Schreiben an der renommierten University of California und hält Vorträge vor juristischen Vereinigungen, auf Autorentagungen und Frauensymposien. Durch ihre gemeinnützige Arbeit an amerikanischen Mittelschulen bringt sie zudem Schülerinnen und Schülern die Freude am kreativen Schreiben nahe.

Rebecca Forster ist Mutter von zwei Söhnen und lebt mit ihrem Mann in Südkalifornien. Wenn sie gerade nicht schreibt, reist sie gerne, wobei Deutschland zu ihren bevorzugten Reisezielen gehört – insbesondere, wenn ihre in Kassel aufgewachsene Mutter sie begleitet.

REBECCA FORSTER

VERSCHWUNDENE ZEUGIN

THRILLER

Aus dem Amerikanischen
von Karin Will

amazon crossing

Die Originalausgabe erschien 2010 unter dem Titel
»Silent Witness« im Selbstverlag.

Deutsche Erstveröffentlichung bei
AmazonCrossing, Amazon Media EU S.à r.l.
5 Rue Plaetis, L-2338, Luxembourg
Juli 2016

Umschlaggestaltung: bürosüd° München, www.buerosued.de
Umschlagmotiv: © MagicDogWorkshop / Shutterstock;
© makler0008 / Shutterstock
Lektorat, Korrektorat und Satz:
Verlag Lutz Garnies, Haar bei München
www.vlg.de
Printed in Germany
By Amazon Distribution GmbH
Amazonstraße 1
04347 Leipzig, Germany

ISBN 978-1-503-93954-7

www.amazon.de/amazoncrossing

PROLOG

UM NEUN UHR dreißig nahm er die nackte Frau ins Visier und drückte ab; den nackten Mann bekam er um neun Uhr fünfundvierzig vor den Sucher.

Drei weitere Schnappschüsse: die Eingangstür samt Adresse, der Wagen der Frau im Schatten einer Akazie und der Wagen des Mannes direkt vor dem Haus – ein Statement, so subtil wie bei einem Hund, der sein Revier markiert. Die Kamera begann zu surren. Jetzt hatte Archer genug, um den Kunden davon zu überzeugen, dass sein Frauchen nicht gerade mit angehaltenem Atem auf seine Heimkehr wartete.

Archer wechselte den Film und steckte die belichtete Rolle in seine Tasche, dann ließ er den Kopf nach hinten auf die Rückenlehne seines Hummer sinken. Er legte die Kamera in den Schoß, und als seine Augen sich schlossen, spürte er seinen Körper schwer werden. Er war todmüde, jedoch nicht, weil er jetzt wohl zwei weitere Stunden warten musste, bis Don Juan sein Ding wieder einpackte und sich auf den Weg machte. Nein, diese Müdigkeit saß tief in seinem Inneren; sie reichte bis ins Zentrum seines Herzmuskels, sodass dieser es kaum schaffte, genug Blut zum Weitermachen durch den Körper zu pumpen.

Er veränderte seine Sitzposition, legte einen Fuß hoch und versuchte, das Bein auszustrecken. Für einen Mann seiner Größe gab es nirgends einen bequemen Ort, nicht einmal in dem wuchtigen Hummer, und es gab auch keinen bequemen Ort für die Gedanken, die ihn schon seit Tagen quälten.

Er hasste diesen Auftrag, bei dem er einer untreuen Ehefrau hinterherspionierte. Kein Cop mit Selbstachtung würde sich damit abgeben, nicht einmal, wenn der gehörnte Ehemann eine Menge Schotter dafür zahlt. Aber Archer war schließlich auch kein Cop mit Selbstachtung mehr. Er war Teilzeitfotograf, Polizist im Ruhestand, selbstständiger Privatermittler und ein Mann, der aus dem letzten Loch pfiff und diesen Monat kaum über die Runden kommen würde. Und dann war da noch der Jahrestag.

Auch an den hätte er lieber nicht gedacht, aber er ließ sich nur schwer vergessen, nachdem der kalifornische Herbst wieder da war, gerade so wie an dem Tag, an den Archer sich lieber nicht erinnert hätte. Es war ein sonniger Tag gewesen, genau wie heute: hellblau der Himmel, tiefblau der Ozean. Tagsüber ziemlich frisch, die Nacht kühl. Lexi, seine Frau, war krank gewesen. Und dann war da noch Tim. Herrgott, daran wollte er sich als Letztes erinnern. Aber an einem Tag wie heute, an dem er zu viel Zeit hatte, kam er nicht dagegen an.

Archer bewegte sich in seinem Sitz und hielt die Kamera dabei wie einen Säugling in der Armbeuge. Den anderen Arm stützte er gegen die Tür, um den Kopf in die Hand legen zu können. Auch für seine Gedanken suchte er nach anderen Bahnen, bis er einen weniger schmerzhaften Ausblick gefunden hatte.

Josie.

Immer wieder Josie. Die Frau, die ihn nach Lexis Tod davor bewahrt hatte, den Verstand zu verlieren. In letzter Zeit lief es nicht so gut, aber nicht einmal das konnte verhindern, dass ihm bei dem Gedanken an sie leichter ums Herz wurde. Er wurde schläfrig. Die Sache da drüben im Haus war nur ein Auftrag. Das andere war nur eine Erinnerung. Josie war real. Josie war …

Archer kam nicht mehr dazu, in Worte zu fassen, was Josie

ihm bedeutete. Die Tür des Hummer flog auf und wurde beinahe aus den Scharnieren gerissen. Archer kippte als Erster hinaus, die Kamera gleich hinterher. Aus dem Gleichgewicht geraten, war er wehrlos gegen die riesigen Hände, die ihn grob an den Schultern packten, und gegen die Brutalität des Mannes, der ihn zu Boden schleuderte und sich auf seinen Rücken kniete.

»Himmelherrgott…«, bellte Archer, dann blieb ihm die Luft weg.

»Halt's Maul«, knurrte der Mann über ihm, drückte ihm das Knie in den Rücken und packte ihn an den Haaren.

Archer stöhnte. Scheiße, er wurde langsam alt. Der Typ in dem Haus hatte ihn nicht nur erkannt, er war auch stärker. Archer rief sich ins Gedächtnis, was er über ihn wusste: Der Mann war Anzugträger, höchstens eins siebzig groß, untrainiert. Eigentlich müsste er den kleinen Scheißer mit einem tiefen Atemzug abschütteln können.

Archer legte die Hände flach auf den Boden, um genau das zu tun, doch als er sich vom Gehweg hochdrückte, erlebte er eine weitere Überraschung. Es war gar nicht der Kerl aus dem Haus. Der Mann über ihm war groß, er war schwer, und er war nicht allein. Sie waren zu zweit.

Während der erste Mann Archers Gesicht gegen den Asphalt drückte, bohrte der zweite ihm die Stiefelspitze in den Leib. Archer brüllte und krümmte sich. Er versuchte, sich umzudrehen, doch dadurch gab er seiner Vorderseite eine Blöße, und diesmal schrammte der Stiefel seitlich über sein Gesicht und erwischte ihn am Augenwinkel. Der Tritt beförderte ihn in die Arme des ersten Mannes, der ihm den Arm um den Hals schlang. Archers Augäpfel verdrehten sich nach oben. Scheiße, tat das weh. Seine Augenlider flatterten. Das eine funktionierte noch. Er sah hoch und hörte auf, sich zu wehren.

Der Kerl, der ihn im Schwitzkasten hatte, verstand sein

Geschäft. Wenn Archer sich auch nur einen Zentimeter weiter bewegte und der Mann seine Griffhaltung etwas veränderte, würde er ihm das Genick brechen. Im Moment gelang es dem Kerl verdammt gut, Archer die Luft abzuschnüren.

Wieder verdrehten sich seine Augäpfel, als ein heftiger Schmerz von seiner Schläfe bis hinter das Ohr zuckte. Er versuchte, die Augen scharf zu stellen, denn zumindest einen der beiden musste er sehen, um die beiden zu identifizieren, wenn – falls – er dieses Desaster überlebte. Den Wagen konnten sie behalten. Kein Auto ist es wert, dafür zu sterben. Aber er konnte ihnen nicht sagen, dass sie es nehmen sollten, solange er nicht imstande war zu sprechen, und er würde sie nicht identifizieren können, solange er kaum etwas sah. Da war nur ein vager Eindruck von blauen Augen, einem glatt rasierten Gesicht und einem karierten Hemd. Archers Wahrnehmung wurde von immer neuen Schmerzwellen zerrissen, und wie bei einem Wackelkontakt zuckten die Gedanken durch sein Hirn, um gleich darauf wieder unterbrochen zu werden. Ein Gedanke aber blieb haften und war einleuchtend: Diese Männer wollten zwar nicht seinen Wagen, aber irgendwas wollten sie todsicher. Als Würger-King seinen Griff lockerte und sein Freund Archer einen weiteren Hieb in die Rippen versetzte, lieferte ihm einer der beiden einen Anhaltspunkt.

»Du Arschloch. Hast wohl geglaubt, du würdest damit davonkommen, was?«

Nicht gerade ein hilfreicher Hinweis.

* * *

Roger McEntyre nahm den Anruf um zehn Uhr fünfunddreißig entgegen, ohne dafür den Luxus einer Sekretärin in Anspruch zu nehmen. Er hatte keine und wollte auch keine. Bei seiner Arbeit war er nicht von Memos und Mails abhängig. Alles Wichtige hatte er im Kopf. Wenn er es weitergab, dann, weil er das wollte. Wenn Roger nicht in seinem Büro war, nicht ans Handy ging und seinen Kollegen nicht gesagt hatte, wo er zu finden war, dann wollte er auch nicht erreichbar sein. Genau das tat ein echter Mann für seine Firma. Er lieferte das, was sein Brötchengeber brauchte, und seine Belohnung war das Bewusstsein, der Beste seiner Branche zu sein. Alle hatten sie ihn abwerben wollen: *Disneyland*, *Magic Mountain*, *Knott's Berry Farm*. Aber ein wahres Firmenmitglied ist seinem Unternehmen gegenüber loyal. Roger war gegenüber *Pacific Park* loyal, dem ältesten Vergnügungspark in Kalifornien, und gegenüber dem Mann, der seinem Vater einen Job gegeben hatte, als sonst niemand das tun wollte. Dem Mann, der ihn wie einen Sohn behandelte.

Jetzt gerade war er im Begriff, eine gute Nachricht zu überbringen, die die Firma dringend nötig hatte. Er überbrachte sie früher als erwartet, und darauf war er stolz, auch wenn sie nicht ganz einfach zu überbringen war. Rogers Lächeln wurde von einem Walrossschnurrbart verborgen, den er sich sofort hatte wachsen lassen, als er den Polizeidienst quittiert hatte. Was schade war, denn er besaß ein nettes, fast jungenhaftes Grinsen, wenn er denn mal lächelte.

Nun verließ er sein Büro – einen kleinen leeren Raum am Ende eines langen Ganges – und ging an den beiden Büros vorbei, in denen seine Kollegen arbeiteten. Der eine ein ehemaliger FBI-Mitarbeiter, der andere von der New Yorker Polizei. Roger selbst war bei den Spezialeinheiten gewesen. Ehrenhafte Entlassung. Gute Ausbildung.

Er durchquerte den Empfangsbereich von Gebäude 3 und nickte dem Mädchen am Schreibtisch im Vorbeigehen fast unmerklich zu. Sie war niedlich, doch Roger bezweifelte, dass sie seinen Namen kannte. Nach ihrem Gesichtsausdruck war es ihr wohl nicht einmal ganz klar, ob er hier arbeitete. Das lag an seinem Typ. Er bewegte sich zielstrebig und kümmerte sich nicht um Dinge, die ihn nichts angingen. Hätte er zu einer anderen Sorte Mann gehört, wäre die Kleine nicht vor ihm sicher gewesen. Sie wusste gar nicht, welches Glück sie hatte.

Roger passierte die Rauchglastüren und schob die Sonnenbrille nach unten, bevor ihn der erste Lichtstrahl zum Blinzeln bringen konnte. Dank des ganzjährigen Schulbetriebs war in dem Vergnügungspark auch Ende Oktober noch eine Menge los. Überall stieß man auf Halloween-Deko. Am 31. würde der Park voll von Jugendlichen sein, die jede Menge Ärger machten. Heute war nichts von ihnen zu sehen.

Roger wich ein paar Teenagern aus, die nicht auf den Weg achteten, blieb bei einer Frau stehen, die wollte, dass er sie mit ihrer Familie fotografierte, und bemerkte, dass an der Tür der Männertoilette neben dem Parkeingang die Farbe abblätterte.

Er bog scharf rechts ab, duckte sich unter einer gespannten Samtkordel hindurch und passierte eine Tür fürs Personal, die in einer Felsenattrappe verborgen war. Die klimatisierte Luft wehte ihm unangenehm kalt entgegen. Isaac mochte es so. Merkwürdig für einen alten Mann. Normalerweise wollten die Alten es warm und mollig haben. Roger ging durch einen schmalen Gang und durch eine zweite Glastür, durchschritt einen weiteren Empfangsbereich und betrat dann die Suite der Geschäftsleitung. Die Empfangsdame dort war ein ganz anderes Kaliber. Elegant. Teure Frisur. Älter. Hatte zu viel Stil, um hinter den Kulissen herumzusitzen.

»Mary.« Roger nickte, als er an ihr vorbeiging.

»Er wartet schon«, sagte sie.

»Ja.«

Roger drückte eine der Doppeltüren gerade so weit auf, dass er hindurchschlüpfen konnte, und blieb dann im Büro stehen, die Arme seitlich herabhängend, in perfekter Haltung wie immer. Isaac hatte ein schönes Büro. Sehr gediegen, sehr kultiviert, wenn man die Branche bedachte, in der sie hier arbeiteten.

Der silberhaarige Mann hinter dem Mahagonischreibtisch telefonierte gerade. Der Anruf war nicht so wichtig wie Roger. Der Hörer wurde aufgelegt, und Isaac Hawkins ließ die Hand darauf liegen, wie um sich gegen unerfreuliche Neuigkeiten zu wappnen. Rogers Schnurrbart zuckte. Er wollte den Alten nicht auf die Folter spannen und erstattete deshalb knapp Bericht.

»Sie haben ihn. Die Sache läuft.«

»Dann stimmt es also.«

Vor Erleichterung sackten Isaacs Schultern leicht nach unten. Roger näherte sich dem Schreibtisch, nur für den Fall, dass er gebraucht wurde. Isaac sah zwar zehn Jahre jünger aus, als er war, aber auch das wäre noch alt gewesen.

»Es war die Entscheidung des Staatsanwalts«, erwiderte Roger, als Isaac von seinem Schreibtisch aufstand. »Wir haben nur weitergegeben, was wir hatten.«

Isaac Hawkins kam auf Roger zu. Er legte ihm die Hände auf die Schultern, sah ihn an und umarmte ihn dann.

»Dein Vater wäre stolz auf dich. Danke, Roger.«

»Schon gut, Isaac.«

»Ich bin froh, dass wir richtig gehandelt haben«, sagte der alte Mann und setzte sich wieder. »Lass mich wissen, wie es weitergeht. Das wirst du doch tun, oder?«

»Ja.«

Roger wandte sich zum Gehen, zufrieden, gute Arbeit geleistet zu haben. Wenigstens eine Last war der Alte los – eine, die es gar nicht erst hätte geben dürfen. Nicht nach all diesen Jahren.

* * *

In den eleganten Bürofluchten im Stadtteil Brentwood, mit ihren fünf Anwälten, fünf Sekretärinnen, zwei Rechtsanwaltsgehilfinnen, der Empfangsdame und dem Postjungen, war Jude Getts der größte Haifisch. Das war natürlich ein Klischee, aber auf ihn passte es. *Getts & Partner* war zwar nicht die größte Anwaltskanzlei in Los Angeles, aber wenn es um Schmerzensgeld ging, dann waren sie die Hungrigsten und Erbarmungslosesten. Der Verlust eines Beines? Eines Lungenflügels? Des Lebens? Judes Teilhaber klebten auf alles ihre Preisschilder und strichen mit erstaunlicher Regelmäßigkeit das Verlangte ein. Eigentlich besprachen sie sich weniger mit den Beklagten, sondern nahmen sie vielmehr als Geiseln, bis sie mit dem Zaster herausrückten; sie verhandelten einen Fall nicht, sondern schälten seine Hautschichten ab, langsam, kunstvoll, schmerzhaft. Und Jude Getts war der beste Anwalt in der Kanzlei.

Mit seinen hellen Augen, seiner Jungenhaftigkeit, dem blond gesträhnten Haar, das er aus der hohen, breiten Stirn zurückkämmte, war Jude groß, aber nicht zu groß, dramatisch, ohne theatralisch zu sein, und verstand sich meisterlich auf den Einsatz von Berührungen, Blicken, Lächeln. Er besaß Timing, ob es nun um Schlussplädoyers oder einen der seltenen intimen Momente mit Frauen ging, die er wegen der Länge ihrer Beine oder wegen ihrer Gesichter auswählte. Doch was Jude zu einem wirklich guten Anwalt bei Personenschäden machte, war die Tatsache, dass er nichts so sehr liebte wie eine Herausforderung. Dann blühte er geradezu auf. Eine Herausforderung brachte sein Herz zum Flattern, sein Lächeln wurde breiter, sein Lachen herzhafter und seine Arbeit noch untadeliger. Angesichts der Nachrichten im Radio, als er zu seinem Mandanten fuhr, ging es in seinem Herzen zu wie in einem Vogelhaus kurz vor einem Erdbeben.

Jude übergab seine Wagenschlüssel dem Parkboy mit der

Bemerkung »bitte nicht zu weit weg«, dann betrat er mit federnden Schritten den Eingangsbereich des *Napa Valley Grill* und ging an der Empfangsdame vorbei, die zwar hinreißend aussah, aber nur sein übliches strahlendes Lächeln für alle Gelegenheiten von ihm bekam. Er gab seine Getränkebestellung bei seinem Lieblingskellner auf und ließ den Mann durch eine Berührung am Arm und eine leichte Neigung des Kopfes wissen, dass er ihn eigentlich nicht als Kellner, sondern als Freund betrachtete. Der Drink kam im selben Augenblick, als Jude sich auf den Stuhl gleiten ließ und seinem Gegenüber sein schönstes, professionellstes Lächeln schenkte.

»Colin«, sagte Jude, entfaltete die schwere weiße Serviette und breitete sie auf seinem Schoß aus.

»Jude«, nickte der andere. Er hatte bereits ein Glas vor sich stehen. Es war fast leer.

»Sie machen gute Drinks hier, Colin. Verdammt gute.«

»Ich hatte bereits zwei«, bemerkte sein Mandant.

Colin Wren war niemand, der das Leben wirklich zu genießen verstand, und dass er behauptete, es sich gut gehen zu lassen, belustigte Jude auf unerwartete Weise. Doch obwohl er sich im Stillen amüsierte, blieb er äußerlich respektvoll. Colin war immerhin sein Mandant.

»Tut mir leid, dass Sie warten mussten, aber ich habe etwas erfahren. Etwas, wodurch unsere Sache einen ganz anderen Verlauf nehmen wird, Colin.«

»Ich will nicht, dass unsere Sache wegen irgendetwas einen anderen Verlauf nimmt«, sagte Colin ruhig und leerte sein zweites Glas. »Dafür habe ich zu lange gewartet.«

Die Augen, die Jude durch die Brille mit dem Metallgestell ansahen, waren hellbraun und wirkten sanft. Es waren die Augen eines Priesters. Doch Colin Wren war kein Priester, und er war auch kein besonders freundlicher oder einnehmender Mensch. Zu Jude hatte ihn die Chance auf Profit geführt, doch bisweilen beschlich Jude der Verdacht, dass es bei dieser Sache nicht nur um das Geschäft ging.

»Nun, Colin, ich bin mir nicht sicher, ob Sie es sich aussuchen können. Scheint, als hätten unsere Freunde bei *Pacific Park* einen brillanten Zug gemacht.« Jude trank einen Schluck, stellte das Glas hin und kreuzte die Unterarme auf dem Tisch. »Die Sache wurde dem Staatsanwalt übergeben, und jetzt ist plötzlich von einer Strafsache die Rede. Bevor John Cooper handelt, haben wir praktisch keine Chance, in einem Zivilprozess abzusahnen.« Wieder griff Jude nach einem Glas. »Schöne Bescherung, was, Colin?«

KAPITEL 1

»MS BATES«, SAGTE Mrs Crawford. »Ich will vollkommen ehrlich mit Ihnen sein. Einige der Eltern sind besorgt darüber, dass Hannah die Mira Costa Highschool besuchen wird. Ms Bates?«

Erschrocken fuhr Josie hoch. Sie hatte Hannah durch das kleine Fenster in der Tür des Rektorats beobachtet. Hannah hielt den Kopf gesenkt und füllte pflichtschuldig die Anmeldeformulare aus. Sie lag im Stoff bereits zurück, da sie wegen des Prozesses mehr als einen Monat zu spät mit der Schule begann. Aber das war nur eines von vielen Problemen – schwerwiegender waren die, die sie mit sich selbst hatte. Josie hätte sich nicht mehr Sorgen machen können, wenn sie die Mutter dieses hinreißenden Mädchens wäre. Jetzt zwang sie sich, den Blick abzuwenden und sich auf die Direktorin, Mrs Crawford, zu konzentrieren.

»Ich wüsste nicht, worüber sie besorgt sein sollten. Hannah hat Richter Rayburn nicht umgebracht«, sagte Josie.

»Aber die Leute erinnern sich noch an den Prozess. Es gab sehr viel öffentliche Aufmerksamkeit.«

»Und sogar noch mehr, als Hannahs Mutter wegen des Verbrechens verurteilt wurde. Jetzt sitzt die Mutter im Gefängnis, und es gibt keinerlei Kontakt mehr zu ihr. Falls irgendjemand nicht weiß, wie dieser Prozess ausgegangen ist, kläre ich ihn gerne auf.«

»Anwälte und Lehrbeauftragte wissen beide, dass Tatsachen nichts mit der emotionalen Realität zu tun haben«, lächelte Mrs Crawford. »Es wird Sie sicherlich nicht überraschen, dass es aufseiten von Schülern und Eltern Tratsch, Mutmaßungen und Neugier gibt. Was Sie allerdings möglicherweise überraschen wird, sind die Folgen, die all das hatte. Sie haben keine Kinder, nicht wahr?«

Josie schüttelte den Kopf. »Ich bin nicht verheiratet.«

Mrs Crawford nickte. Für Kinderlose war die Welt ein anderer Ort. Für Leute, die Kinder hatten, war sie eine Mondlandschaft ohne Schwerkraft, voll mit Schlaglöchern und unüberwindbaren Bergen in der Ferne. Selbst begnadete Eltern hatten ihre Schwierigkeiten, auf diesem Terrain zu manövrieren. In Mrs Crawfords Augen standen die Chancen fünfzig zu fünfzig, dass Josie die Sache unversehrt überstand.

»Dann hatten Sie selbst noch nicht das Vergnügen, sich mit solchen Dingen herumzuschlagen«, lächelte sie, bevor sie wieder ernst wurde. »Manche Eltern werden Vorbehalte gegenüber einer Freundschaft mit Hannah haben. Sie werden nicht wollen, dass sie zu ihnen nach Hause kommt, um einen möglichen schlechten Einfluss auszuschließen. Andere Schüler oder Schülerinnen werden sich vielleicht mit ihr anlegen und austesten, wie viel sie aushält. Sie werden sehen wollen, wie weit sie bei ihr gehen können …« Mrs Crawford zögerte. »Möglicherweise werden sie wissen wollen, ob sie wirklich keine Schmerzen fühlt, wie es in den Zeitungen stand.«

»Nachdem Ihnen klar ist, was passieren könnte, gehe ich davon aus, dass sie sämtliche Vorkehrungen für Hannahs Sicherheit treffen werden«, meinte Josie kühl, der nicht entging, dass Mrs Crawford helfen wollte.

»Ich wünschte, ich könnte Ihnen das versprechen, aber ich kann es nicht.« Mrs Crawford lehnte sich zurück. »Wir haben viele Kinder hier, die aus allen möglichen Gründen zur Zielscheibe ihrer Mitschüler werden. Seit Sie auf der Highschool waren, haben sich die Dinge verändert. Jugendliche können wegen ihrer sexuellen Orientierung, ihres IQs oder schlicht wegen ihres Aussehens zum Opfer werden. Wir tun zwar unser Bestes, aber bei Hannah ist das ein wenig anders. Sie war im Gefängnis und hat einen Mord gestanden. Die Leute werden Fragen stellen; die Kinder werden sie ärgern.«

»Ich nehme an, Sie wollen mit all dem auf etwas ganz Bestimmtes hinaus. Wieso kommen Sie also nicht zum Punkt?«, schlug Josie vor und versuchte, die Sorge darüber zu verdrängen, dass der Morgen im Flug verging und sie noch einiges zu erledigen hatte. Wie richtige Eltern das anstellten – manchmal mit mehr als einem Kind –, ging über ihren Verstand.

Mrs Crawford nahm sich kurz Zeit, um durch das kleine Fenster zu sehen. Sie hob den Kopf und sah zu Hannah hinüber. Als sie sprach, war ihr Tonfall sanfter und ihr Blick wieder auf Josie gerichtet.

»Unter uns gesagt, halte ich Hannah für eine schöne, intelligente, wortgewandte junge Frau. Außerdem halte ich sie für unglaublich tapfer und über alle Maßen selbstlos. Ich glaube kaum, dass meine Kinder für mich ins Gefängnis gegangen wären.« Sie legte den Kopf schief und hob die Hände, wie um Hilflosigkeit anzudeuten. »Aber das hier ist eine große Schule, Ms Bates, mit Schülern aus drei verschiedenen Stadtvierteln. Möglicherweise wäre Hannah mit einer kleineren Schule besser beraten, einem Ort, wo man die Schüler leichter im Auge behalten und die Schulleitung die Reaktionen auf Hannahs Ruf besser kontrollieren kann. Vielleicht wäre Chadwick eine Möglichkeit.«

»Nein, Chadwick ist keine Möglichkeit. Ich habe mit Hannah darüber gesprochen. Sie will auf keine Schule für reiche Kinder. Sie hat genug von reichen Leuten. Sie will einfach nur wieder zur Schule gehen.« Josie warf rasch einen Blick auf ihre Armbanduhr. »Und was die Schulleitung angeht, so glaube ich nicht, dass Sie irgendetwas kontrollieren müssen. Das schafft Hannah schon ganz alleine.«

Mrs Crawford nickte. Sie nahm einen Kugelschreiber und zog ein Blatt zu sich hin. »Na schön. Sie haben sich entschieden. Ich wollte nur sichergehen, dass wir uns richtig verstehen. Wegen der Budgetkürzungen gibt es auf diesem Campus nur noch eine Psychologin. Falls Hannah Hilfe braucht, wird sie verstehen müssen, dass sie nicht die Einzige ist.«

»Kein Problem. Hannahs Prozess wird nicht ewig Gesprächsthema sein. Sie wird klarkommen, und wenn nicht, werden wir das früh genug erfahren.«

»Das hoffe ich.«

»Verlassen Sie sich darauf«, sagte Josie. Ein Blick auf Hannahs Arme würde ausreichen, um zu wissen, ob Hannah aus dem Ruder lief. Josie schauderte bei der Erinnerung daran, wie sie das erste Mal die hässliche Landkarte aus Narben auf Hannahs Armen gesehen hatte. Es war eine Sache, wenn ein Kind von einem Erwachsenen gequält wurde, doch zu wissen, dass ein Kind solche Schmerzen litt, dass sie sich ritzte, um sie nicht mehr zu spüren, war etwas ganz anderes.

»Schön. Dann hätten wir wohl alles geklärt.« Mrs Crawford setzte die Brille auf, nahm eine aufrechtere Haltung ein und zog eine Akte zu sich heran. Josie beobachtete sie aufmerksam. »Sie sind Hannahs gesetzlicher Vormund?«

»Ja. Letzte Woche hat ihre Mutter die Papiere unterschrieben.«

»Und wird Hannah einen Parkausweis brauchen?«

Josie schüttelte den Kopf. »Vorerst nicht. Ihr Führerschein wurde eingezogen. Wir beantragen ihn zwar neu, aber fürs Erste werde ich sie abholen. Zumindest in den ersten zwei Monaten würde ich sie gern im Auge behalten.«

Mrs Crawford machte sich eine Notiz und nickte beifällig zu Josies Anteilnahme.

»Wie ich sehe, wird Hannah jeden zweiten Dienstag in der sechsten Stunde fehlen müssen?« Die Direktorin blickte auf.

»Da geht sie zu ihrer Psychologin. Ich dachte mir, da das die Sportstunde ist, sei das besser, als wenn sie Mathe versäumt«, erwiderte Josie.

»Da Sie am Strand wohnen, nehme ich an, dass sie die sportliche Betätigung nachholen wird. Läuft sie?«

Josie lachte. »Nein. Hannah ist künstlerisch veranlagt, nicht sportlich. Ich glaube kaum, dass ich sie in nächster Zeit zum Laufen bekomme.«

»Wirklich schade. Ich würde alles geben, um dort unten zu wohnen. Ich würde in jeder freien Minute walken. Laufen Sie?« Mrs Crawford machte Small Talk, während sie die Formulare ausfüllte und sie Josie zum Unterschreiben hinüberschob.

»Ein bisschen. Hauptsächlich spiele ich Volleyball.« Josie kritzelte ihren Namen hin.

»Darauf hätte ich zuerst tippen sollen«, lachte Mrs Crawford. »Als Nächstes hätte ich Basketball vermutet.«

Josie unterschrieb das Formular, auf dem stand, wer im Notfall zu kontaktieren war, und gab es zurück, dankbar dafür, dass ihre Körpergröße kein längeres Gesprächsthema sein würde.

»Nun«, sagte die Direktorin und schichtete die Formulare aufeinander. »Das hätten wir. Und keine Sorge. Unser Fachbereich für Kunst ist sehr gut. Hannah wird bestimmt eine große Bereicherung für uns sein.«

»Danke.« Josie sah auf ihre Armbanduhr. Es gongte. Selbst im Büro der Direktoren hörte Josie das Donnern der zweitausend Schüler, die die Klassenräume wechselten. Für sie wurde es Zeit zu gehen. In einer Dreiviertelstunde hatte sie eine Anhörung im Gerichtsgebäude am Pier. Sie stand auf. »Also, gibt es noch etwas zu besprechen?«

»Nein.« Mrs Crawford erhob sich ebenfalls. »Ich bringe Hannah zu den Klassenzimmern. Ich habe dafür gesorgt, dass eine unserer Schülerinnen ihr in den nächsten paar Tagen zur Seite steht.«

»Danke.«

Josie schüttelte die Hand, die Mrs Crawford ihr hinhielt. Dann nahm sie ihre Tasche und sah zu Hannah hinüber. Hannah, die mit ihren eigenen Formularen fertig war, erwiderte Josies Blick mit ihren klaren, frühlingsgrünen Augen. Josie lächelte. Hannah war sogar noch schöner als an dem Tag, als sie sie zum ersten Mal gesehen hatte. Der Nasenring war fort. Der Stift in der Zunge war fort. Wo man sie im Krankenhaus rasiert hatte, war das Haar nachgewachsen. Heute hatte sie sich einen himmelblauen Schal um den Kopf gebunden, das lange schwarze Haar fiel ihr lockig über die Schultern, und ihre dunkle Haut glänzte in dem Licht, das durch das große Fenster fiel. Und Hannahs Finger bewegten sich. Sanft berührten sie die Stuhllehne. Unwillkürlich zählte Josie die Bewegungen ihrer Finger – einmal, fünfmal, zehnmal, zwanzigmal. Die Ärzte nannten ihr Verhalten zwanghaft. Josie hatte eine andere Bezeichnung dafür: herzzerreißend. Es würde vorübergehen. Es wurde bereits besser. Hannah ritzte sich nicht mehr, und das war ein großer Schritt in die richtige Richtung. Josie musste nur bei dem Mädchen bleiben und ihm beistehen. Josie hatte sie schon einmal gerettet. Es wurde Zeit, die Sache zu Ende zu bringen. Josie kramte in ihrer Tasche, drehte sich wieder um und reichte der Direktorin ein Blatt Papier.

»Hören Sie, ich weiß, dass es viel verlangt ist, aber Hannah hat schreckliche Angst davor, verlassen oder vergessen zu werden. Für Notfälle ist hier eine Liste von Freunden, die Sie anrufen können. Die gehören so gut wie zur Familie. Falls ich jemals feststecke und nicht ans Telefon kann, wäre ich Ihnen dankbar, wenn Sie jemanden von dieser Liste anrufen könnten. Eine dieser Personen wird sie dann abholen. Ich rede heute Abend mit Hannah und sage ihr, dass sie direkt zu Ihnen kommen soll, falls ich mich verspäten sollte.«

Mrs Crawford betrachtete die Liste und schob sie dann unter das Foto ihrer eigenen Familie. Sie würde nicht in Vergessenheit geraten.

»Das ist etwas, das ich Ihnen persönlich versprechen kann. Also.« Sie legte die Hände aneinander. »Dann gehen wir wohl beide besser an die Arbeit.«

* * *

Hannah sah sich nicht um, als sie neben Mrs Crawford durch die jetzt stillen Gänge ging, doch Josie konnte den Blick nicht von dem Mädchen wenden. Am liebsten hätte sie Hannah begleitet, einfach um sicherzugehen, dass es ihr gut ging. Eine Mutter hätte das getan – wenn auch nicht Hannahs oder Josies Mutter. Aber Josie war keine Mutter. Sie hatte Hannah aufgenommen, weil sonst niemand da war. Der Entschluss hatte Josies Leben verändert, wenn sie auch nicht recht wusste, ob zum Besseren. Archer würde es eher als Verschlechterung bezeichnen, und Josie dachte darüber nach, als sie über den Campus ging, vor dem Überqueren der Straße nach rechts und links schaute und Jacke und Handtasche auf den Rücksitz ihres Jeep Wrangler warf. Sie schwang sich auf den Fahrersitz, und eine Sekunde später klingelte ihr Handy.

Sie blickte auf die Armbanduhr. Für einen Anruf vom Gericht wegen jener Anhörung war es noch zu früh, und der neue Mandant hatte ihre Handynummer nicht. Sie arbeitete als freie Mitarbeiterin für Faye, wurde also im Büro nicht erwartet. Burt war heute nicht im Restaurant. Billy Zuni? Der war hoffentlich in der Schule. Wer auch immer es war, es konnte nicht so wichtig sein. Das Handy klingelte weiter, während Josie die Ärmel hochkrempelte und nach hinten griff, um sich ihre Baseballkappe zu angeln.

»Ach, verdammt«, murmelte sie. Die Neugier gewann die

Oberhand. Sie griff nach dem Handy und drückte den Knopf. »Bates.«

Weniger als eine Minute später jagte Josie mit quietschenden Reifen über die Straße auf dem Weg zur Autobahn, die sie in die Stadt zum Parker Center und zu der Arrestzelle bringen würde, wo Archer wegen Mordverdachts festgehalten wurde.

Kapitel 2

JOSIE WAR SIEBENUNDZWANZIG gewesen, als der Anruf kam, dass ihr Vater krank war. Nein, das stimmte nicht ganz. Jemand von der Krankenhausverwaltung hatte angerufen und ihr mitgeteilt, dass ihr Vater einen Herzinfarkt erlitten hatte. Es besteht ein Unterschied, ob einem mitgeteilt wird, dass jemand krank ist oder dass er einen Herzinfarkt gehabt hat. Doch Josie war dieser Unterschied egal. Ihr Dad hatte Schmerzen. Er brauchte sie. Mitten in einem Prozess war sie davongelaufen und hätte sich beinahe die Karriere ruiniert. Es gab durchaus Möglichkeiten bei Gericht, mit persönlichen Notfällen umzugehen, ohne dafür sanktioniert zu werden. Josie hatte keine Zeit gehabt, sich um das korrekte Prozedere zu kümmern.

Sie hatte Los Angeles mit dem nächsten Flieger nach Hawaii verlassen. Es war zwei Uhr morgens. Fünf Stunden lang schaute Josie aus dem Fenster in eine sehr dunkle Nacht. Sie las nicht, sie aß nicht, sie sah sich den Film nicht an und schlief auch nicht. Vor allem grübelte Josie Baylor-Bates nicht darüber nach, was sie wohl an ihrem Zielort erwartete. Das hatte ihr Vater ihr beigebracht, der bei der Marine gewesen war. Die wesentlichen Fakten kannte sie. In Hawaii angekommen, würde Josie zu Hochform auflaufen und Informationen sammeln, sich ein Bild der Lage verschaffen, mit den Fachleuten reden und Entscheidungen treffen, um das Überleben ihres Vaters zu sichern. Tränen, Angst, Hoffnungen und Gebete – solche emotionalen Dinge hielt sie unter Verschluss.

Die bedeuteten eine Schwäche, die Josie sich nur selten gestattete – bis sie dann schließlich ankam und es zu spät war, um ihm zu helfen. Damals hatte sie zum letzten Mal geweint, zum letzten Mal gebetet. Er hätte es ihr nicht verübelt, das wusste sie. Wenn ein guter Soldat stirbt, ist so etwas verzeihlich. Aber das alles war lange her, und sie ließ sich nicht von Tränen oder Ängsten überwältigen, als sie jetzt auf dem Parkplatz neben der Festung namens Parker Center hielt, dem Hauptquartier der Polizei von Los Angeles.

Da sie sich hier auskannte, ging sie auf direktem Weg hinein, ließ ihre Handtasche kontrollieren, nannte den Grund ihres Besuchs und wartete auf den Polizisten, der sie wegen Archer angerufen hatte. Sie musste nicht lange warten.

»Josie Bates?«

»Ja.«

Sie wirbelte herum. Josie überragte den Polizisten um fünf Zentimeter, aber dafür wog er locker siebzig Kilo mehr. Trotz seines Alters und seines Umfangs war er immer noch im Dienst. Es hätte Josie gewundert, wenn er noch mehr als ein Jahr bis zum Ruhestand gehabt hätte.

»Newell«, sagte er, und sie schüttelten sich die Hand. »Ich war hier, als sie Archer hergebracht haben. Ich konnte zwar nicht mit ihm reden, aber ich weiß, dass Sie beide zusammen an der Rayburn-Sache dran waren, deswegen dachte ich, ich rufe Sie mal an.«

Newell führte sie in eine Ecke. Er würde keine Geheimnisse ausplaudern, wollte seine Einmischung aber auch nicht an die große Glocke hängen.

»Wieso hat er nicht selbst angerufen?«, fragte Josie leise, aus Rücksicht auf seine Situation.

»Er wurde nicht von uns eingebuchtet, deswegen weiß ich nicht genau, was los ist. Es wäre einiges nötig, damit wir einen von uns in den Knast bringen«, versicherte ihr Newell. »Ermittler von der Staatsanwaltschaft haben ihn verhaftet und hierhergebracht.«

»Haben sie ihm nicht erlaubt, jemanden anzurufen?«

Newell zuckte mit den Schultern. »Weiß ich nicht. Ich sitze ja nur am Eingang. Sie sind direkt an mir vorbeimarschiert. Es ging ganz schnell, aber ich hab Archer sofort wiedererkannt. Wir waren vor hundert Jahren mal zusammen in der Polizeiakademie. Wir waren zwar nie dicke Freunde, aber einen Kerl wie Archer vergisst man nicht so leicht.«

»Ermittler der Staatsanwaltschaft?«, bohrte Josie nach.

»Oh ja. Ich weiß nicht, ob sie ihm den Anruf verweigert haben. Sie kennen doch John Cooper? Das ist ein Staatsanwalt, der sich nicht gern in die Karten schauen lässt. Wenn er uns da rausgehalten hat, dann ist er auf Ruhm aus – oder auf etwas anderes …«

»Was denn zum Beispiel?«, bohrte Josie weiter.

Aber er nahm sie beim Arm und zog sie ein Stück beiseite, weil zwei Polizisten in der Eingangshalle stehen blieben. »Vielleicht wollten sie ihn wieder herrichten. Er war übel zusammengeschlagen worden. Entweder hat Archer sich gewehrt wie der Teufel, oder er steht bei denen auf der Abschussliste, wenn Sie verstehen, was ich meine.«

Josie nickte. Sie wusste genau, wovon er sprach. Aber sie begriff trotzdem nicht, wieso man Archer hierhergebracht und ihn davor so zugerichtet hatte – Archer, der nie eine rote Ampel überfuhr, der sich mit jeder Faser seines Seins an die Gesetze hielt. Newell legte ihr die Hand auf den Arm. Sie hatte geschwankt, ohne es zu merken. Ihr Vater hätte die Augen zusammengekniffen, gerade so weit, um ihr zu verstehen zu geben, dass das jetzt nicht der Moment war, um weich zu werden. Sie legte ihre Hand auf seine.

»Danke für den Anruf. Ich regle das jetzt«, sagte Josie.

»Keine Ursache. Ich hatte den Eindruck, dass er Hilfe

braucht. Ich an seiner Stelle wäre jedenfalls dankbar, wenn sich jemand einschaltet.«

»Ich behalte es für mich«, versicherte ihm Josie.

»Die können mir nichts anhaben. In drei Monaten bin ich im Ruhestand.«

Josie lächelte. »Trotzdem sind Sie ein Risiko eingegangen«, sagte sie.

»Na ja, vor ein paar Jahren hat Archer einem Freund von mir einen Gefallen getan. Mein Kumpel hatte nie die Gelegenheit, sich zu revanchieren. Jetzt sind wir quitt.«

Dabei ließ Newell es bewenden. In der Annahme, dass sie ihm folgen würde, setzte er sich in Marsch, doch Josie hielt ihn mit einer weiteren Frage auf.

»Newell.« Wieder trat sie dicht zu ihm heran. »Wer ist denn das mutmaßliche Opfer?«

»Einen Namen habe ich nicht. Irgendein Jugendlicher. Das ist alles, was ich weiß.« Er hob die Schultern, was seinen massigen Körper aus dem Gleichgewicht brachte. »Nun, nachdem Sie jetzt hier sind, wollen Sie ihn doch bestimmt sehen.«

»Allerdings«, murmelte sie und folgte ihm den Gang hinunter bis zu einer verschlossenen Tür. Der Mann, der vor der Tür stand, wirkte alles andere als freundlich; es ließ sich leicht erraten, wer in dem Zimmer war.

»Ich bin Archers Anwältin«, verkündete Josie.

Der Mann schien wenig beeindruckt, bis sie nach der Klinke griff. »Wir sind noch nicht fertig«, sagte er leise und legte seine Hand auf ihre.

Josie sah ihn an, ihre blauen Augen waren kalt. »Doch, sind Sie. Und wenn der Papst Sie geschickt hätte, es wäre mir egal. Solange ich nicht mit meinem Mandanten gesprochen habe, haben Sie hier nichts verloren.« Josie zog ihre Hand unter seiner hervor und richtete sich zu ihrer vollen Größe auf.

»Er hat keine Anwältin angerufen.«

»Ich weiß ja nicht, was man Ihnen in der Staatsanwaltschaft beibringt, aber Sie hätten ihn fragen müssen, ob er einen Anwalt will, bevor Sie ihn verhört haben. Gehört eigentlich zu den Grundlagen. Damit Ihre Fälle nachher nicht wegen eines Formfehlers eingestellt werden.«

»Ich weiß ja nicht, durch welche juristische Fakultät Sie sich gemogelt haben, aber Sie sollten nicht so dumm sein, uns einfach etwas zu unterstellen. Wir haben es ihm angeboten. Er hat abgelehnt«, schoss der Mann zurück.

Josie trat einen Schritt zurück und blickte durch das kleine Fenster in der Tür zum Verhörzimmer. Selbst von hier aus konnte man erkennen, dass es keine einfache Festnahme gewesen war.

»Vermutlich war mein Mandant nicht in der Lage, die Frage zu verstehen. In Anbetracht seines Zustands hat er wahrscheinlich gar nichts verstanden. Und jetzt schlage ich vor, dass Sie mich reinlassen, sonst wird Ihr Chef sich ein paar sehr direkte und sehr öffentliche Fragen zur Ermittlungsabteilung der Staatsanwaltschaft gefallen lassen müssen.«

Einen Moment standen sie da, der schwere Mann und die außerordentlich große Frau mit dem überaus kurzen Haar. Es war kein angenehmer Moment. Als er vorbei war, hatte Josie sich durchgesetzt. Der Mann klopfte und öffnete die Tür. Sein Partner schlüpfte hinaus. Schlanker, aber kein bisschen weniger arrogant, musterte er Josie von oben bis unten, während sein Freund abfällig »Anwältin« verkündete.

Die beiden Männer verschwanden und glitten durch den testosterongeschwängerten Gang, bis die Eingeweide des Parker Center sie verschluckten. Josie sah ihnen hinterher, das Gesicht grimmig, die Augen verengt. Wegen dieser beiden musste sie sich keine Sorgen mehr machen. Die würden in der bürokratischen Suppe verschwinden, nur um später wieder herausgefischt und einer Jury serviert zu werden, wenn es um die genauen Einzelheiten dieses Tages ging. Diese Männer würden sich an alles erinnern; Archer an fast gar nichts. Josie würde das für ihn regeln müssen.

Sie drehte sich um. Die eine Hand legte sie auf die Türklinke, die andere flach an die Tür, während sie sich kurz Zeit nahm, um sich Archer genau anzusehen. Bevor sie mit ihm sprach, musste sie sich erden. Sie war jetzt seine Anwältin und sonst nichts. Nicht Geliebte. Nicht Freundin. Sie durfte nicht die Frau sein, die den Boden liebte – wenn auch nicht anbetete –, auf dem er ging. Josie nahm jedes Detail wahr. Den leeren Raum. Den dunklen Tisch. Die vier Stühle. Archer, der auf einem von ihnen saß, die Beine gespreizt. Einen Arm hatte er aufgestützt und die Stirn in die Hand gelegt. Die Schultern hingen herab, der andere Arm baumelte zwischen seinen Beinen. Er litt Schmerzen, war möglicherweise verletzt und wahrscheinlich verängstigt.

Josie erbebte innerlich, die Angst kroch ihr Arme, Beine und Nacken hinauf, bis sie die Zähne zusammenbiss, weil ihre Knie und ihre Hände unkontrolliert, kaum wahrnehmbar zitterten. Zwei flache Atemzüge durch die Nase, und der Schraubstock um ihre Lunge ließ nach. Ein weiterer tiefer Atemzug, dann war sie bereit. Sie stieß die Tür auf, schlüpfte hinein und lehnte sich an die Tür.

Archer rührte sich nicht und blickte auch nicht auf, als er sagte: »Ich will dich hier nicht haben, Jo.«

Kapitel 3

»ALSO, DA SCHLAFE ich mal ein paar Nächte nicht bei dir, und schon gerätst du in Schwierigkeiten. Es gibt bessere Möglichkeiten, um mich wissen zu lassen, dass du mich vermisst, Archer.«

Josie bewegte sich langsam, um ein Gefühl für diese neue Situation zu bekommen. Sie hätten zu Hause sein sollen, auf der Dachterrasse seiner Wohnung, und die Leute beobachten, die nachmittags am Strand waren. Oder bei ihr, beim Anmischen des Gipses und der Diskussion über den perfekten Farbton für die Betonmauer – die Mauer, die sie zusammen gebaut hatten. Oder bei Burt, wo sie sich wegen Hannah gestritten hätten und darüber, wie die Anwesenheit einer Sechzehnjährigen ihr Leben veränderte. Oder im Bett, wo sie sich bei der anschließenden Versöhnung das Hirn rausgevögelt hätten. Überall, nur nicht hier.

Archer regte sich auf seinem Stuhl. Er hielt den Kopf weiter gesenkt, das Gesicht abgewandt.

»Geh nach Hause, Jo.«

Seine Stimme war kräftig. Ein Glück.

»Gern, Archer, aber vor ein paar Tagen hatten wir einen ziemlichen Streit, und den kann ich nicht allein zu Ende bringen. Deshalb gehen wir entweder zusammen hier weg, oder ich bleibe.«

Josie hatte die zögerlichen Schritte hinter sich gebracht, die sie vorwärts und um den Tisch herumtrugen. Jetzt stand sie neben Archer und ragte über ihm auf.

»Den Teufel wirst du tun.« Er hob den Kopf, sein Arm fiel herab, und jede Faser seines Gesichts verzerrte sich unter einem plötzlichen Schmerz, bei dem dieser Berg von einem Mann sich halb über dem Tisch zusammenkrümmte. Er atmete heftig aus, und Josie zog selbst scharf die Luft ein.

»Himmel, Archer.«

Sie berührte ihn am Kinn und hob seinen Kopf an. Er wandte den Blick ab und zuckte zurück. Josies Blick glitt von seinem Gesicht zu der breiten Brust, zu der Hand, die er schützend an die Seite presste. Es war schlimmer, als sie zuerst gedacht hatte. Als er einatmete, hörte sich das an wie ein Kajak, das am Boden entlangschrammt. Irgendetwas musste ernsthaft Schaden genommen haben. Wahrscheinlich eine gebrochene Rippe, aber hoffentlich nur eine Prellung. Josie machte einen zweiten Anlauf. Archer war so gereizt wie ein Straßenköter, und wenn sie zu ihm durchdringen wollte, musste sie es langsam angehen. Diesmal ließ er zu, dass sie seinen Kopf drehte. Die andere Hand legte sie auf seine Schulter. Sie kauerte sich hin, um das Schlachtfeld in Augenschein zu nehmen, in das Archers Gesicht sich verwandelt hatte. Sein linkes Auge war zugeschwollen. Über seine Stirn lief ein Riss. Seine Unterlippe war dick, und über dem rechten Wangenknochen hatte er eine Schramme.

»Die Rippen tun mir furchtbar weh«, ächzte er.

»Hört sich ganz danach an«, erwiderte Josie flüsternd und legte ihm sanft die Handfläche ans Gesicht.

Schließlich stand sie auf, trat zurück und öffnete ihre Aktentasche. Sie nahm eine Einwegkamera heraus, riss die Plastikhülle auf und drückte den Knopf, um den Blitz aufzuladen. Archer machte eine abwehrende Handbewegung. Der intime Augenblick war vorbei. Es wurde Zeit, zur Sache zu kommen. Josie berührte seine Hand.

»Setz dich gerade hin, Archer«, befahl sie.

»Das ist nicht nötig. Das Ganze ist ein Irrtum, um den ich mich kümmere.«

»Das hier wird sich nicht durch einen Anruf bei einem alten Kumpel aufklären«, murmelte Josie. »Niemand wird auf diese Art verhaftet, ohne dass ein verdammt guter Grund vorliegt oder jemand eine gewaltige Wut im Bauch hat. Also, heb den Kopf«, befahl sie und knipste, als er endlich gehorchte.

Die ersten fünf Fotos schoss Josie aus der Nähe: Archers Auge, seine Lippe, die feuerrote Schramme über seinem Wangenknochen. Auf Nahaufnahmen reagierten Geschworene gut. Nahaufnahmen erschütterten sie und bewirkten, dass der Angeklagte menschlich für sie wurde. Billige, aus der Nähe aufgenommene Fotos hatten nichts Schönes oder Versöhnliches.

Josie deutete auf sein Hemd, und er hob es an. Mittlerweile breitete sich dort ein gewaltiges Hämatom aus. Innerlich kalt vor Zorn, ging Josie ein paar Schritte rückwärts und knipste aus einem Meter Entfernung. Die Abläufe, die Situationen wie diese einem Anwalt abverlangten, gaben ihr Halt. Ohne sie wäre Jo, die Frau, die Archer liebte, zusammengebrochen. Sie machte ein weiteres Foto.

»Was zum Teufel ist passiert, Archer? Angeblich wird dir Mord vorgeworfen. Wann hattest du denn Zeit, jemanden zu ermorden?«

Sie machte ein weiteres Foto, um ihn bei den Antworten auf die entscheidenden Fragen nicht ansehen zu müssen.

»Jo, ich …« Archer versuchte, sich aufzusetzen. Der Schmerz zuckte durch ihn hindurch und explodierte hinter seinen Augen. Das würde ein fantastisches Foto werden; das perfekte Beweisstück. »Verdammt noch mal, ich regle das schon selbst.«

Josie ließ die Kamera sinken. Ihre Geduld war langsam am Ende.

»Du regelst gar nichts selbst. Das kannst du nicht. Das

weißt du sehr gut und ich genauso. Die Ermittlung gegen dich läuft bereits. Man wird dich in eine hübsche Zelle in der City verfrachten, bis klar ist, was mit dir geschehen soll. Und jetzt erzähl mir, was los ist, und zwar als Erstes, wen du angeblich umgebracht haben sollst.«

Wieder atmete Archer zweimal flach ein. Josie hob die Kamera wieder an, ließ sie jedoch gleich wieder sinken, als sie seine Antwort hörte.

»Lexis Sohn.« Er atmete zweimal flach und abgehackt. »Ich soll Lexis Sohn umgebracht haben.«

* * *

Josie brauchte eine Sekunde, um diesen Satz zu verarbeiten. Ihr Vater hatte immer gesagt, das sei entscheidend, wenn man im Kampf getroffen wurde. Wenn sich eine Kugel in einen hineinbohrte, ging man zu Boden. Man wusste zwar, dass man am Boden lag, glaubte jedoch, wieder aufstehen zu können. Also versuchte man es, aber es ging nicht. Man konnte vielleicht die Beine bewegen – oder auch einen Arm – und war eine Sekunde lang froh darüber, bis man den Kopf oder die Brust oder den Bauch berührte und begriff, dass Blut aus einem herausströmte. Und im schlimmsten Fall musste man sich eingestehen, dass außer dem Blut auch noch Eingeweide oder Hirn hervorquoll. Das alles – Überraschung, Hoffnung, Eingeständnis – nahm nur wenige Sekunden in Anspruch. Dann gab es zwei Möglichkeiten: Entweder man schrie wie am Spieß, oder man tat, was man konnte, um zu überleben.

Aber diese ersten Sekunden des Wartens, Beobachtens, Assoziierens und Abschätzens waren es, die für das Überleben entscheidend waren, also nahm Josie sich diese Zeit, stopfte ihre Eingeweide in ihren Bauch zurück, und dann verwandelte sie sich wieder in die professionelle Anwältin.

»Wie alt war er?« Josie zog sich einen Stuhl heran, ging darum herum und setzte sich. Sie fühlte sich steif, unkoordiniert, als würde sie neben sich stehen.

»Siebzehn.« Eigentlich hätte Archers tiefe Stimme sie beruhigen müssen. Aber es war nicht so. Etwas Neues lag darin, eine ausdruckslose Düsternis, wie in einem Brunnen, unter dessen irreführender, kristallklarer Oberfläche hässliche Dinge wucherten.

»Wir kennen uns jetzt ein Jahr. Ich würde es doch wissen, wenn du einen siebzehn Jahre alten Stiefsohn hättest«, sagte Josie.

Er schüttelte den Kopf. »Er ist vor zwei Jahren bei einem Unfall im *Pacific Park* gestorben.«

»In diesem großen Vergnügungspark an der I-10?«

Josie legte den Kopf schief und rief sich die Zeitungsartikel über Unfälle in Vergnügungsparks in Erinnerung. Es waren Fälle, bei denen es um viel Geld ging, aber damals hatte Josie bereits in Hermosa gewohnt und sich nicht mehr um diese Sorte von Fällen gekümmert. Archer hatte sie damals noch nicht gekannt. Sie war allein gewesen und hatte ihre Wunden geleckt, genau wie er.

Archer nickte, wobei ihm jede Bewegung – oder jede Erinnerung – Schmerzen zu verursachen schien. Er veränderte seine Sitzhaltung. Josie richtete sich halb auf, um ihm zu helfen, doch Archer fand auch ohne sie zu einer bequemeren Position. Ihre Blicke trafen sich. Seine Augen verrieten Josie rein gar nichts; keine Beschwichtigung, keine Schuld, nichts.

»Tim ist von einem dieser Dinger abgestürzt, bei denen man ganz schnell hoch- und wieder runterfährt. Es war schlimm. Gott, es war grauenhaft. Lexi war …« Archer schwieg, bis er sich wieder unter Kontrolle hatte. »Lexi war damals schon einen Monat krank. Sie hatte vielleicht noch acht Wochen zu leben. *Pacific Park* war der Lieblingsplatz des Jungen, und sie wollte, dass er einen schönen Tag hatte. Also fuhren wir hin. Es gab ein Unglück. Tim fiel runter, und wir saßen in diesem Ding noch fest, bis wir aussteigen konnten, während er zerschmettert dort unter uns lag. Wie kommen die also darauf, es sei Mord gewesen?«

Archer ließ den Kopf hängen und presste die Handballen gegen die Augen.

Josie wartete darauf, dass er weitersprach. Als nichts mehr kam, fragte sie: »Wusstest du, dass gegen dich ermittelt wird?«

Wieder schüttelte er den Kopf, diesmal sehr bestimmt. Falls es wehtat, ließ er sich das nicht anmerken.

»Ich habe keine Ahnung, was bei denen im Kopf vorgeht«, knurrte Archer. »Der Tod des Jungen war ein Unfall. Ich weiß nicht mal, wie es dazu kam, weil ich nie danach gefragt habe. Ich wollte mich einfach nur um Lexi kümmern. Vielleicht hat Tim den Unfall ja selbst verursacht. Herrgott, Jo, er war schlimm dran. Er war zurückgeblieben. Er hatte eine degenerative Muskelkrankheit. Die ganze Sache war ein grauenhafter Albtraum und ist zwei Jahre her, und nur Gott und die Staatsanwaltschaft wissen, warum das jetzt so verdammt wichtig ist.«

In Archers geröteten Augen blitzten Zorn und Furcht. Ersteres verstand Josie, das Zweite erschreckte sie. Falls Archer unschuldig war, hatte er nichts zu befürchten. Aber bei näherem Nachdenken musste sie sich korrigieren. Hannah war wegen Mordes angeklagt worden. Hannah war verurteilt worden. Hannah war unschuldig gewesen. Es war schieres Glück gewesen, ein Augenblick der Klarheit, der Josie um elf Uhr nachts überkommen hatte. Der hatte Hannah gerettet. Diesmal würde Josie klüger sein. Sie würde die Sache aus sämtlichen Blickwinkeln untersuchen und jeden Stein umdrehen, bis sie auf die Wahrheit stieß.

Die Wahrheit.

Sie verdrängte den Gedanken, dass es sich bei der Wahrheit womöglich nicht um das handelte, was sie finden wollte – jedenfalls, soweit es die Frage von Archers Schuld oder Unschuld anging. Aber eine Wahrheit gab es, die sie jetzt sofort hören wollte, und sie wollte Archer dabei in die Augen sehen.

»Herrgott, Archer, warum hast du mir davon nicht er…«

Die Tür ging auf, und ein uniformierter Polizist erschien.

»Zehn Minuten, Frau Anwältin«, sagte der Mann.

Josie sah auf die Armbanduhr. Es war kurz vor zwei. Der Bus würde gleich losfahren, und wenn sie die Sache nicht bald klärte, würde Archer darin sitzen. Josie verscheuchte den Cop mit einer Handbewegung, und ihr wurde klar, dass die Frage, die sie stellen wollte, in diesem Raum nicht von Bedeutung war.

»Okay. Okay. Es tut mir leid. Das war deine Sache. Solange es nur um uns ging, warst du mir nichts schuldig, aber jetzt sieht die Sache anders aus. Eine ganze Menge Leute werden sich für diese Geschichte interessieren.« Josie legte die Handflächen flach auf den Tisch. »Kümmern wir uns erst mal um das Praktische. Eine Kautionsanhörung können wir uns sparen – kein Richter wird die Kaution herabsetzen, wenn es um den Tod eines behinderten Kindes geht. Irgendwie werden wir die zehn Prozent von der Million schon zusammenbringen. Ich habe fünfzigtausend. Du nimmst eine Hypothek auf das Mietshaus auf, damit haben wir mehr als genug, um dich hier rauszuholen.«

Archer schüttelte den Kopf. »Nein. Ich erlaube nicht, dass du fünfzig Riesen abdrückst, nur weil jemand mir übel mitspielt. Keine Kaution. Ich mache das schon.«

»Wie denn? Von einer Zelle aus? Herrgott, du bist Polizist.«

»Ich bin Polizist im Ruhestand«, entgegnete Archer.

»Und du glaubst, wenn du erst mal hinter Gittern sitzt, wird deswegen irgendjemand nachsichtig sein? Denkst du, dein Ruhestand macht irgendeinen Unterschied, wenn sie dir die

Kehle aufschlitzen? Du weißt doch, dass Sträflinge nichts auf der Welt so sehr hassen wie Cops oder Typen, die sich an Kindern vergehen. Du sitzt, weiß Gott, in der Scheiße, Archer, also nimm mein Geld an. Du kannst später darüber nachgrübeln, wie du dich dabei fühlst.«

»Ich nehme die Hypothek auf, aber dein Geld will ich nicht«, sagte Archer. »Das Gebäude ist ziemlich viel wert. Das reicht für die Kaution.«

»Aber einen reinen Schuldschein wird das Gericht nicht akzeptieren. Sie werden bares Geld sehen wollen. Ich habe welches. Und ich würde auch mein Haus beleihen, falls du deins nicht …«

Wieder ging die Tür auf. Diesmal war der uniformierte Polizist jung und milchgesichtig. Er war hübsch auf die Art, wie man es mit einem Bürstenschnitt und gebügelten Hosen ist, mit einer noch nie abgefeuerten Pistole und Händen, die noch nie wirklich mit dem rauen Pflaster von L.A. zu tun gehabt hatten. Josie drehte sich zu ihm um und taxierte ihn unverhohlen.

»Können Sie nicht die Uhr lesen? Wir haben noch fünf Minuten, und die werden wir uns nehmen, ganz egal, ob der Bus fährt.«

»Na ja, der Bus wird sowieso ohne ihn fahren«, entgegnete der junge Polizist gedehnt. Er ließ seinen Blick träge auf Josie ruhen und wandte sich dann an Archer. »Ihre Sachen liegen neben dem Fenster. Nehmen Sie sie mit, wenn Sie gehen.«

Verblüfft sahen Josie und Archer den jungen Polizisten an. Josie stand als Erste auf.

»Schön, dass anscheinend jemand zur Vernunft gekommen ist.« Josie sammelte ihre Sachen ein und redete dabei weiter, um ihr Erstaunen zu verbergen. »Allerdings ein bisschen zu spät. Ich werde dafür sorgen, dass die ganze Sache aufgeklärt wird. Dieser Mann hätte nie festgenommen werden dürfen, und schon gar nicht verhaftet. Wer auch immer entschieden hat, die Klage fallen zu lassen, ist hier der einzige intelligente Mensch.«

Sie hielt Archer die Hand hin und half ihm auf. Dann ergriff sie ihre Aktentasche und machte einen Schritt in Richtung Tür. Zu dem zweiten Schritt kam es nicht mehr.

»Niemand hat die Klage fallen lassen, aber irgendjemand hat die Kaution bezahlt«, sagte der junge Cop. »Jetzt schaffen Sie ihn hier raus.«

Die Tür war kaum zugefallen, als Josie sich zu Archer umdrehte. Er war blass und zitterte. Seine Lippen bewegten sich, einmal, zweimal, dann antwortete er endlich auf die Frage, die sie nicht mehr zu stellen brauchte.

»Ich weiß es nicht, Jo. Wirklich nicht.«

Sie umfasste seinen Arm fester.

»Also gut. Wir warten einfach ab, bis dein Schutzengel auf dich zukommt. Jetzt machen wir erst mal, was der Mann gesagt hat, und schaffen dich hier raus.«

Josie fasste Archer am Ellbogen, um ihn zu stützen. Er ging so gerade, wie es ihm möglich war. Die Rippe war nicht gebrochen, und langsam atmete er ruhiger. Sie holten seine Sachen ab und verließen das Gebäude durch den Vordereingang. Josie würde darauf bestehen, sofort alle Verletzungen von einem Arzt ansehen zu lassen, und ihn anschließend nach Hause bringen. Sie wollte mit John Cooper reden, aber Archer sollte nicht dabei zuhören. Es gab sehr viele Fragen, auf die Josie Antworten brauchte, und eine der wichtigsten davon war, wer für Archers Kaution hundert Riesen hatte springen lassen.

Draußen setzte Archer die Sonnenbrille auf und nahm sich kurz Zeit, um durchzuatmen. Josie stand neben ihm und sog den Geruch der Stadt ein, lauschte auf den Verkehr, spürte die Nähe der leer stehenden Gebäude und das bedrückend bunkerähnliche Hauptquartier der Polizei von L.A., das hinter ihnen lag. Sie wandte sich zu Archer, um seine Hand zu nehmen, und sah am Rand ihres Gesichtsfelds zwei Männer. Instinktiv trat sie näher zu ihm heran.

Sie nahmen die Treppenstufen schnell, diese beiden Männer. Der eine hielt die Arme seitlich und sah Archer mit seinen gesprenkelten Augen an. Der andere ging mit leichtem Schritt, seine Arme schwangen frei, und sein Blick war auf Josie gerichtet, als er die Treppe geschmeidig wie ein Sportler nahm, der sich für das Spiel aufwärmt.

»Josie Baylor-Bates«, begrüßte sie der Jüngere, als wären sie alte Freunde. Er hielt ihr die Hand hin, und sie ergriff sie zurückhaltend. »Jude Getts, von *Getts & Partner*. Das hier ist mein Mandant. Er hat die Kaution für Archer gestellt. Ms Bates, Archer, das ist Colin Wr…«

Falls er Colins Nachnamen noch fertig aussprach, ging er in dem Gebrüll unter, dass Archer ausstieß. Er stürzte sich mit einer Wut auf den Mann, die sich nur als mörderisch beschreiben ließ.

Kapitel 4

»DIESES ARSCHLOCH WAR Tims Vater. Herrgott noch mal, Jo, mit diesem Mann will ich nicht mal auf demselben Planeten sein, und am selben Tisch schon gar nicht.«

Josie warf einen Blick zu den beiden Männern hinüber, die am Tisch auf sie warteten. Alle hatten sich beruhigt, nur Archer nicht. Als es Josie geschafft hatte, ihn von Colin Wren wegzureißen – was nicht besonders schwierig war, weil er in seinem Zustand zu keinem längeren Ringkampf imstande war –, hatte sie ihn überredet, sich wenigstens anzuhören, was diese Männer zu sagen hatten. Archer wies sie darauf hin, dass hunderttausend Dollar Kaution sicher nicht ohne Ketten kamen. Josie konterte, sämtliche Ketten von Colin Wrens Kaution könnten kaum schlimmer sein als diejenigen, die Archer auf der Fahrt ins Männergefängnis auf seinen Sitz gezwungen hätten.

»Du setzt dich jetzt da rein und hörst zu, Archer. Wenn es dir nicht gefällt, was er zu sagen hat, in Ordnung. Aber ich bestimme, wann wir gehen. Verbau mir keinen Weg, den ich vielleicht gehen muss, nur weil du diesen Mann nicht leiden kannst. Ich treffe hier die Entscheidungen, und du weißt doch, dass ich nichts tue, das nicht in deinem Interesse ist.«

»Dieses Schwein kann nichts Gutes im Schilde führen«, murmelte Archer. »Er hat Lexi verlassen, sobald klar war, dass Tim nie wie andere Kinder sein würde. Er ist Abschaum, Jo, glaub mir.«

Josie lehnte sich an die Wand, ohne den Blick vom Coffeeshop und ihren neuen Freunden zu wenden. *Little Tokyo* hatte in der Nähe gelegen; das *New Otani Hotel* war in ihren Augen neutraler Boden. Josie hatte das Etablissement zwar nicht gemocht, als sie noch in der City gewohnt hatte, aber Jude Getts schien sich hier sehr wohlzufühlen. Er war ein geschniegelter Kerl, sein Anzug war teuer, und jeder einzelne seiner Zähne war überkront. Genau wie sein Mandant stank er nach Geld. Aber Colin Wren protzte nicht mit seinem Reichtum. Sein Geld lag ihm schwer in den Taschen und floss nur, wenn er eine Gegenleistung dafür erwartete. Mit hunderttausend Dollar konnte er Archer aus dem Gefängnis herausholen und war seinem Ziel einen Schritt näher. Jude Getts' Geld dagegen war leicht wie Luft. Josie war sich sicher, dass er es ebenso bereitwillig hergab, wie er es einnahm. Die Extreme ihrer beider Wohltäter waren ihr alles andere als geheuer, aber angesichts ihrer Lage musste sie wohl das Beste daraus machen.

»Okay. Colin Wren ist Abschaum. Erzähl«, seufzte sie.

»Ich habe nichts zu erzählen. Abgesehen davon, dass er Lexi mit dem Jungen alleine gelassen hat, weiß ich nichts über ihn. Sie hat sich den Arsch aufgerissen, sich krummgelegt, damit Tim alles hatte, was er brauchte. Welcher Mann tut so etwas? Welcher Mann lässt eine Frau und ein behindertes Kind im Stich?«

»Ich weiß es nicht. Aber vielleicht sollten wir ihm erst einmal eine Chance geben.« Sie blickte zu Archer hinüber. »Denk daran. Irgendjemand glaubt auch, du hättest dieses behinderte Kind getötet. Zu was für einem Mann macht dich das?«

»Das ist nicht vergleichbar. Ich habe Tim nicht umgebracht, aber dieser Scheißkerl ist wirklich abgehauen. Das ist schon etwas anderes.«

»Na gut«, sagte Josie. »Ich wollte nur darauf hinaus, dass die eigene Wahrnehmung so eine Sache ist. Lassen wir die Mutmaßungen lieber sein. Er soll uns genau sagen, was er will. Und deswegen möchte ich, dass du dich mit dem Mann an einen Tisch setzt, nach Möglichkeit den Mund hältst und zuhörst. Mehr erwarte ich nicht von dir, Archer.«

Archer löste sich von der Wand. »Er hat zehn Minuten, um mich davon zu überzeugen, dass ich ihm nicht den Kopf abreißen sollte.«

»Okay. Zehn Minuten.«

Josie fuhr sich mit den Fingern durch das kurze Haar. Sie hätte gern geduscht, um dieses seltsame Gefühl loszuwerden, dass sie im Parker Center besudelt worden war. Stattdessen berührte sie Archer am Ellbogen, damit er ihr folgte. Sie ging vor ihm her. Als sie saßen, verschwendete sie keine Zeit.

»Also, wir hören.« Josie blickte von Jude zu Colin.

»Möchten Sie etwas trinken? Archer, Sie müssen doch ganz ausgedörrt sein …«, fragte Jude mit versöhnlichem Lächeln.

»Ich bin sauer. Dagegen gibt es keinen Drink«, knurrte Archer.

»Können wir einfach zur Sache kommen, Jude?«, schlug Colin vor.

»Mir ist klar, dass das hier eine schreckliche Erfahrung sein muss.« Jude unterbrach sich. Sein Lächeln schwand so schnell wie ein Ballon an einem windigen Tag, als sein Publikum sich nicht für seine Einleitung interessierte.

»Um zum Punkt zu kommen«, fuhr er, an Archer gewandt, liebenswürdig fort, »ich vertrete Mr Wren in einer Zivilklage gegen *Pacific Park* wegen der fahrlässigen Tötung von Timothy Wren, und Ihre Verhaftung kam uns mächtig ungelegen.«

Jude lehnte sich zurück, drehte die Handflächen nach oben und gab die Bühne frei.

»Ach was«, schnaubte Archer.

Er verschränkte die Unterarme vor sich auf dem Tisch. Josie konnte sich genau vorstellen, wie er von vorne wirkte, mit seiner geschwollenen Lippe, die ihm das Sprechen schwer machte, und dem blauroten Veilchen, dem zugeschwollenen

Auge. Schon im Profil sah er schlimm genug aus – ein irischer Boxer, den man übel zugerichtet hat. Jude Getts wirkte unbekümmert, aber Colin Wren schien vor Furcht wie erstarrt. Vielleicht war es auch Abscheu oder beides.

»Erstens kann man in einem Zivilprozess nur auf Verlust von Liebe und Zuneigung klagen, soviel ich weiß. Bei jemandem, der so jung war wie Tim, könnte man noch den Verlust an Einkommen ins Spiel bringen, aber Tim hätte nicht arbeiten können, weil er immer auf dem Stand eines Fünfjährigen geblieben wäre«, sagte Archer zu Jude. Er drehte den Kopf zu Colin hin. »Und fürs Protokoll, von Ihnen habe ich nicht gerade viel Liebe und Zuneigung mitbekommen, als Tim noch am Leben war; wie kommen Sie also auf die Idee, absahnen zu können, jetzt, da er tot ist?«

Archer lehnte sich zurück und sackte auf seinem Stuhl zusammen, ohne eine Antwort zu erwarten.

»Zweitens gibt es bei der Einreichung einer Zivilklage eine Verjährungsfrist. Tims Tod ist jetzt zwei Jahre her. Sieht also nicht so aus, als würde es eine Rolle spielen, was aus mir wird. Sie haben sowieso verkackt.«

»Auf zwei Tage genau zwei Jahre«, stellte Jude klar. »Aber darum geht es nicht, Archer. Wir haben früh genug Klage erhoben – was die Verjährung angeht, sind wir also aus dem Schneider. Und der Grund, weshalb Mr Wren nicht schon früher auf die Idee gekommen ist, mich um Hilfe zu bitten, liegt darin, dass er nichts vom Tod seines Sohnes wusste.«

»Hören Sie doch auf. Lexi musste sich damals um alles kümmern, obwohl sie selbst todkrank war.«

Wieder beugte sich Archer vor, erhob sich halb aus seinem Stuhl und legte die Hände auf den Tisch, als müsste er sich im Zaum halten. Seine Stimme klang belegt vor lauter Abscheu gegenüber diesem Mann. Aber Colin Wren hatte seine eigene Version der Geschichte.

»Ich habe nie einen Brief bekommen«, sagte Colin gleichmütig. »Ich wusste nicht, dass Tim gestorben war, bis ich dann einen Zeitungsartikel über den anderen Jungen las, der umgekommen ist. Dort wurde der erste Todesfall besonders hervorgehoben. Zwei Tote in zwei Jahren. Tim wurde namentlich erwähnt. Wahrscheinlich haben Sie keine Ahnung, wie schlimm es ist, wenn man erfährt, dass der eigene Sohn – das einzige Kind – nicht nur tot ist, sondern auch noch auf so grausame Art getötet wurde.«

»Ja, bestimmt hat Ihnen das Herz geblutet«, meinte Archer gedehnt. »Als Ihr Junge noch am Leben war, hatten sie weder zwei Sekunden noch zwei Cent für ihn übrig, und jetzt wollen Sie einen hübschen, fetten Deal abstauben. Verdammt, das ist wirklich das Letzte.«

»Das muss ich mir nicht anhören. Es war ein schrecklicher Fehler, dass ich Ihnen helfen wollte…« Colin schob seinen Stuhl nach hinten. Jude legte ihm die Hand auf den Arm, doch Colin wehrte ihn ab. »Ich habe es Ihnen doch gesagt. Meine Frau wollte nicht, dass ich meinen Sohn sehe. Ich habe es versucht…«

»Interessante Darstellung, Mr Wren«, sagte Josie ruhig. »Eine Tote zu beschuldigen, Ihnen den Sohn vorenthalten zu haben. Das ist die perfekte Argumentation und umgeht geschickt das Problem, das die Abwesenheit des Vaters im Hinblick auf den Verlust von Liebe und Zuneigung darstellen würde. War das Ihre Idee, Mr Getts?«

»Tatsächlich ja. Vor Gericht ist die Wahrheit sehr effektiv. Und die Wahrheit ist…«

»Ich will mir das nicht anhören«, drängte Archer. »Jo, du hast gesagt, wir könnten gehen, falls der Kerl mit irgendwelchen Tricks kommt.«

Jude hob die Hand, aber nicht, um Archer aufzuhalten, sondern um ihn zum Zuhören zu bewegen.

»Bitte bleiben Sie. Sie sollen hören, was wir wissen, das ist alles. Ich habe Informationen, die Ihnen helfen werden, und glauben Sie mir, Sie werden sie brauchen. Ich hatte bereits einige Male mit *Pacific Park* zu tun. Die werden es Ihnen nicht leicht machen. Meiner Meinung nach können wir uns gegenseitig helfen.«

Er blickte einen nach dem andern an – seinen Mandanten, dessen Widersacher und schließlich die Anwältin, diejenige, die es verstehen würde. Josie erwiderte seinen Blick, und er sah, dass er gewonnen hatte. So abstoßend Colin Wren auch war, der sich am Leichnam seines Sohnes gütlich tun wollte, sie mussten zuhören. Jude ließ sich langsam auf seinen Stuhl sinken und erzählte die Geschichte zu Ende.

»Wir haben vor drei Monaten beim Obersten Gerichtshof Klage eingereicht. Bisher warten wir immer noch auf Dokumente, die für diesen Fall essenziell sind. *Pacific Park* hat alle meine Anträge abgeschmettert. Sie wollen nicht zugeben, dass die angeforderten Informationen unauffindbar sind. Richter Bellows hat das Unternehmen wegen vorsätzlicher Missachtung vorladen lassen und hat ihm ein Bußgeld aufgebrummt. Ich hatte den Verdacht, dass sie etwas Größeres zu verbergen hatten – ein technisches Problem bei dem Fahrgeschäft –, womit wir leichtes Spiel gehabt hätten. Dann hörte ich von Ihrer Verhaftung«, er nickte Archer zu, »und mir ging auf einmal ein Licht auf. Es war ein glänzender Schachzug. Irgendwie haben sie den Staatsanwalt davon überzeugt, dass Tim möglicherweise umgebracht wurde, und zwar von Archer. Falls Tim ermordet worden ist, trifft den Park keinerlei Schuld. Nach Archers Verurteilung wäre das Unternehmen schuldlos – ergo kein Zahltag für meinen Mandanten.«

»Ich habe Ihnen doch gesagt, sie sollen es nicht so nennen«, zischte Colin. Die Zurechtweisung geschah so leise, dass Josie seine Worte kaum verstand; Colin hatte so reglos dagesessen, dass sie nicht sicher war, ob er dem Gespräch gefolgt war. Jude korrigierte sich, ohne mit der Wimper zu zucken.

»Es wird dann keinen Vergleich zugunsten meines Mandanten geben. Falls Archer für den Tod von Tim verantwortlich ist, können wir zwar Zivilklage gegen ihn erheben, aber – und das meine ich nicht als Vorwurf – ich bezweifle, dass ein Vergleich Colin für den Tod seines Sohnes und die gestellte Kaution entschädigen würde.«

Jude lächelte entschuldigend, als täte es ihm leid, mit so brutaler Offenheit auf Archers finanzielle Situation hinweisen zu müssen. Archer schien es allerdings egal zu sein. Als armer Cop und später als Detective hatte er sich eine Menge anhören müssen. Das Pokergesicht beherrschte er inzwischen meisterhaft; allerdings noch nicht so gut, um seine Gedanken vor Josie zu verbergen. Sie hoffte nur, dass er sie nicht mit den übrigen Anwesenden teilen würde.

»Sie müssen ja mit einem Wahnsinnsdeal rechnen, wenn sie bereit sind, hundert Riesen für mich abzudrücken. Ich kann mir einfach nicht vorstellen, wie jemand so gierig sein kann«, sagte Archer leise. Langsam gewann seine Erschöpfung die Oberhand. Er hielt die Hand neben dem Körper und schaute zu Jude hinüber. »Und Sie wollen mir erzählen, dass ich nur ein Plan B bin? Dass *Pacific Park* mich gerne verurteilt sehen würde, um den Ruf und die Finanzen der Firma zu schützen?« Sein Blick blieb bei Colin Wren hängen. »Sie wollen mir erzählen, die beste Frau, die ich je gekannt habe, habe Ihnen Ihren Sohn absichtlich vorenthalten? Sie wollen mir erzählen, dass Sie alles gegeben hätten, um dem Jungen ein guter Vater zu sein, wenn Lexi Ihnen nur grünes Licht gegeben hätte? Gott, Sie beide sind so abartig. Ich habe bei der Polizei aufgehört, damit ich mir eine solche Scheiße nicht mehr anhören muss, und jetzt kriege ich sie hier aufs Butterbrot geschmiert. Diese ganze Sache stinkt dermaßen, dass ich kaum Luft bekomme.«

Archer stieß den Stuhl zurück. Er stand auf, verbiss sich den Schmerz, drehte sich um und verließ den Raum ohne ein weiteres Wort. Josie wollte ihm nachgehen, aber Jude war schneller. Die eine Hand legte er auf ihren Arm, in der anderen hielt er seine Visitenkarte.

»Sie wissen, dass diese Sache verhandelt werden wird. Kommen Sie zu mir. Ich habe ein paar Unterlagen, die Ihnen einen Vorsprung geben, falls das Unternehmen die Sache zur Voruntersuchung und nicht vor eine Grand Jury bringt«, sagte er.

»Dann halten Sie ihn also für unschuldig?«, fragte Josie, die sich sehnlichst einen Verbündeten wünschte, der an Archer glaubte. Doch in Jude sollte sie ihn nicht finden.

»Es ist mir egal, ob er unschuldig ist. Ich will nur meinen Job machen. Dafür müssen Sie Ihren schnell und gründlich erledigen. So einfach ist das.«

Jude schloss die Finger um Josies Arm und drückte ihn, als hätten sie etwas ausgehandelt, das sie zu Vertrauten machte. Josie schüttelte ihn ab und lächelte bedauernd. Früher einmal war sie eine Anwältin wie Jude gewesen. Ein Glück, dass sie ihren Verstand nicht völlig verloren hatte. Josie nahm die Karte.

»Ich fahre Ihnen hinterher. Das, was Sie haben, kann ich auch gleich mitnehmen.«

»Das klingt zwar nett, aber ich bin zum Abendessen verabredet.« Jude sah auf die Uhr. Sein Lächeln war strahlend und vermittelte ihr, dass er das Spiel in vollen Zügen genoss. »Der Tag ist fast um, also werden wir das morgen früh regeln müssen.«

»Fast um?«, hauchte Josie. »Oh mein Gott – Hannah!«

Kapitel 5

JOSIE HIELT SICH nicht weiter mit der Garage auf. Mit quietschenden Reifen bog sie in die Auffahrt ein und parkte den Wagen. Sie joggte um die Ecke und schickte dabei ein Stoßgebet zum Himmel, dass Hannah zu Hause und in Sicherheit sein möge. Ein Teil von ihr war krank vor Sorge, weil sie das Mädchen nicht hätte erreichen können, der andere war wütend, weil Hannah versäumt hatte, ihr Handy nach der Schule wieder einzuschalten, doch vor allem schämte sie sich furchtbar, Hannah heute – ausgerechnet heute – vergessen zu haben.

Josie verlangsamte ihre Schritte, und ihre Angst ließ nach, als sie Billy Zuni auf der niedrigen Mauer sitzen sah, die die Terrasse neben ihrem Haus umgab. Das eine seiner langen Beine hing neben der Mauer herunter, das andere hatte er hochgezogen, um das Kinn auf das Knie legen zu können. Das blonde Haar fiel ihm in die wie immer gebräunte Stirn, und Max, der Hund, saß auf der Terrasse und legte bei jedem Schnipsen von Billys Fingern den Kopf schief. Max bemerkte noch vor Billy ihr Eintreffen, doch als der alte Hund sich hochrappelte und die Vorderpfoten auf die niedrige Mauer stellte, schaute auch Billy zu ihr hinüber.

Sein Grinsen strahlte hell wie Muscheln, die der Meeressand poliert hat, seine Augen funkelten von den letzten Strahlen der Mittsommersonne, und Josie fragte sich, wie seine Mutter nur Alkohol und Männer diesem Kind des Strandes vorziehen konnte. Dabei gab es durchaus Menschen, die sich um Billy kümmerten. Josie half ihm, wenn er Ärger mit den örtlichen Behörden bekam; Archer mochte ihn, obwohl er vorgab, den Jungen nur zu tolerieren. Der Ozean liebte Billy, und er erwiderte diese Liebe.

»Hey.« Billy ließ sich von der Mauer gleiten und lehnte sich mit der Hüfte dagegen. Er kraulte Max hinter den Ohren, bis Josie zu ihm herüberkam.

»Hey, Billy.« Josie hob das Kinn. »Ist Hannah im Haus?«

Er nickte. Seine mageren Schultern hoben sich, als er sich mit der freien Hand durch das lange Haar fuhr.

»Ja. Und sie war echt stinksauer, als sie heimgekommen ist, Ms B.«

»Da habe ich keinen Zweifel.« Josie blieb stehen. Wie Billy lehnte sie sich seitlich an die Mauer und ließ ihre Hand zu Max' anderem Ohr wandern. »Warst du heute in der Schule?«

»Ja, aber ich hab die sechste Stunde geschwänzt«, gestand er ohne jede Reue. Er zog eine Grimasse, als hätte er die unangenehme Pflicht, Josie auf eine schwere Verfehlung hinzuweisen. »Hannah hatte niemanden, mit dem sie nach Hause fahren konnte. Sie hätten mir Bescheid sagen können. Ich hätte sie gern abgeholt.«

»Ich dachte, ich würde es noch schaffen«, seufzte Josie. »Ich wollte sie abholen. Es war ihr erster Schultag.«

»Machen Sie sich nicht verrückt. Das sagt meine Mum immer. Machen Sie sich nicht verrückt wegen Sachen, an denen Sie nichts ändern können.« Bei der Erwähnung von Billys Mutter schloss Josie kurz die Augen. Am liebsten hätte sie der Frau den Hals umgedreht, weil Billy ihretwegen davon überzeugt war, im Leben nichts Besseres zu verdienen. Glücklicherweise sah er Josies Augen hinter der dunklen Brille nicht und redete einfach weiter. »Na ja, ich stand gerade mit Carl zusammen, als sie gekommen ist, und sie hat echt sauer ausgesehen.« Billy ließ Max' Kopf los, und seine Finger krümmten sich, als hätte er etwas Heißes berührt. »Sie war so wütend, dass ich Angst hatte, sie würde sich womöglich wehtun – Sie wissen schon. Also bin ich ihr nachgegangen, und dann bin ich bei ihr geblieben und habe auf sie aufgepasst. Nur, um sicher zu sein, dass es ihr gut geht.«

Josie sah zum Haus hinüber. Die Tür war verschlossen, und sämtliche Rollos waren unten. Hannah hätte sich selbst zu Hackfleisch verarbeiten können, ohne dass Billy es mitbekommen hätte. Trotzdem, er hatte sich Mühe gegeben.

»Wie ist Max aus dem Haus gekommen?«, fragte sie.

»Ich hab an der Haustür geklopft, weil ich wissen wollte, ob bei Hannah alles in Ordnung ist. Als sie aufgemacht hat, ist Max rausgerannt. Dann hat sie noch die Leine hinterhergeworfen, also bin ich mit ihm zum Pier runtergegangen und dann wieder zurück. Ich bin erst ganz kurz wieder da. Und ein bisschen dageblieben, Sie wissen schon.« Billy atmete tief ein. Seine Schultern hoben sich dabei, doch wegen seiner nach innen gewölbten Brust sah man den Atemzug kaum.

»Du bist ein guter Junge, Billy.«

»Danke, Ms B. Ich hab mir gedacht, wenn Sie wegen irgendwas verhindert sind, muss es was Schlimmes sein. Ich hab versucht, das Hannah zu erklären, aber sie wollte nichts davon hören.«

»Es war wirklich etwas Schlimmes, Billy.« Josie drückte Max sanft nach unten und ging durch das kleine Tor. Sie überlegte kurz und kam dann zu dem Schluss, dass es nichts brachte, über das Geschehene zu schweigen. Sie drehte sich erneut zu Billy um. »Archer ist heute Nachmittag verhaftet worden. Ihm wird ein Mord zur Last gelegt.«

»Mann«, flüsterte Billy. Seine Miene wirkte derart ungläubig, dass Josie beinahe die Arme um ihn gelegt hätte.

»Das entschuldigt zwar nicht, dass ich Hannah vergessen habe, aber es war ein Notfall«, sagte Josie, obgleich sie wusste, dass sie Billy nicht überzeugen musste.

»Das stinkt ja zum Himmel. Nie im Leben hat Archer so was Schreckliches gemacht«, flüsterte Billy.

Josie verzog die Lippen zu einem ironischen Lächeln. Ihre eigene Empörung hatte sie nicht annähernd so elegant geäußert wie Billy. Allerdings – der ganze Tag mit seinen Problemen stank zum Himmel.

»Danke.« Sie tätschelte ihm die Schulter und schickte Max mit einem Fingerschnippen zu seiner Außenhütte. »Und danke, dass du nach Hannah geschaut hast. Glaubst du, du könntest die nächsten paar Wochen immer bis zum Unterrichtsschluss in der Schule bleiben? Und vielleicht dafür sorgen, dass Hannah nach Hause kommt, bis ich die Sache im Griff habe?«

»Klar kann ich das«, sagte er feierlich. »Falls Hannah mit mir mitkommt. Ich glaub nicht, dass sie mich besonders mag.«

»Im Moment habe ich meine Zweifel, ob Hannah irgendjemanden besonders mag«, murmelte Josie und entließ ihn mit einem Nicken. Er würde zurück zum Strand gehen oder in Burts Restaurant. Billy würde sich herumtreiben, bis er sicher war, sich ohne böse Worte von seiner Mutter ins Bett schleichen zu können.

»Ms B?«

Josie drehte sich um, bevor sie die Tür öffnete.

»Ja?«

»Ich sag's nicht weiter. Ich meine, ich find's toll, dass ich es Ihnen wert bin, mir von Archers Problemen zu erzählen. Sie sollen nur wissen, dass ich Ihnen helfe, wo es geht, weil Sie mir auch immer helfen, wo es geht.«

»Danke, Billy. Das bedeutet mir viel. Geh einfach in die Schule. Behalt Hannah im Auge. Geh in den Unterricht. Damit hilfst du mir mehr, als du glaubst.«

Wahrscheinlich hatten sie während der letzten fünf Minuten mehr geredet als während all der Male, in denen er in Schwierigkeiten geraten war, aber in diesen fünf Minuten schloss Josie Billy Zuni mehr ins Herz, als er je erfahren würde. Manchmal sagen Kinder genau das, was einem hilft, und manchmal sagen sie genau das, was einem wehtut. Josie öffnete die Tür und betrat ihr Haus. Ihr Gefühl sagte ihr, dass der Teil mit dem Wehtun gleich wie ein Tsunami über sie kommen würde.

Josie schaltete die Tischlampe ein. Das sanfte Licht beleuchtete die Zimmerecke, in der sie stand. Was von Küche und Esszimmer erhellt wurde, verriet ihr, dass sich seit dem Morgen nichts verändert hatte. Auf dem Esszimmertisch lagen immer noch die Entwürfe für die Wohnungsrenovierung. Hannah hatte sie nicht zum Essen weggeschoben. Es gab keinerlei Anzeichen dafür, dass sie sich in der Küche aufgehalten hatte. Josie lauschte. Sie hörte nicht das geringste Geräusch. Keine Musik, die aus Hannahs Zimmer drang. Kein Weinen. Nichts. Josie setzte sich in Gang und rief dabei nach Hannah.

»Hannah?«

Alles war still.

»Hannah?«

Josie probierte es an Hannahs Zimmertür. Der Knauf drehte sich, und sie trat ein. Im Badezimmer war Licht, und auf Hannahs Schreibtisch brannte eine Kerze. Sie flackerte, und Josies Blick zuckte zu ihr hin. Obwohl inzwischen klar war, dass Hannah das Feuer nicht gelegt hatte, in dem Fritz Rayburn umgekommen war, war Josie nur ein Mensch. Die Assoziation war immer noch da.

Die verhängte Staffelei stand in der Ecke. Hannah hatte nicht gemalt. Auf dem Bett lag ihr Rucksack. Sie hatte nichts für die Schule getan. In der Mitte des Zimmers saß Hannah, auf ihrem rot lackierten kleinen Hocker, dem einzigen Gegenstand, den sie aus dem Haus in Malibu mitgebracht hatte, wo sie die letzten Monate mit ihrer Mutter gewohnt hatte. Sie hatte die Knie zur Brust hochgezogen, und das schwarze Haar reichte fast bis zum Boden. Josie konnte zwar nicht Hannahs Gesicht oder die Innenseite ihrer Arme sehen, aber dafür den kleinen Teller und das Schälmesser, das zusammen mit einem Apfel darauf lag. Nirgends war auch nur das kleinste bisschen Blut zu sehen. Hannah ging es allmählich immer besser. Sie richtete seelischen Schmerz nicht mehr automatisch gegen ihren Körper.

Josies Muskeln entspannten sich. Ihr war gar nicht klar gewesen, wie viel Angst sie um Hannah gehabt hatte, bevor sie das Zimmer betrat, und ließ sich nun vor ihr auf dem Boden nieder. Josie verschränkte die langen Beine zum Lotossitz, beugte sich nach vorn und stützte die Ellbogen auf die Knie. Das Gesicht legte sie in die Hände.

»Es tut mir so leid. So schrecklich leid.« Josies Entschuldigung war aufrichtig. Es war eine Entschuldigung, wie sie sie selbst akzeptieren würde, falls ihre eigene Mutter je zurückkam und um Verzeihung dafür bat, ihre halbwüchsige Tochter allein gelassen zu haben. Sie wartete einen Augenblick ab in der Hoffnung, dass es genügte.

Hannahs Lider flatterten. Ihr Mundwinkel zuckte leicht, als hätte sie etwas gestochen. Sie blickte auf. Zorn und Enttäuschung waren in ihren grünen Augen zu lesen; Josie würde für ihren Fehler mit Schweigen bestraft werden.

»Archer war in Schwierigkeiten. Ich musste ihm helfen. Es war ein Notfall«, erklärte Josie geduldig.

Hannah hatte keinerlei Nachsicht. Immer noch sagte sie kein Wort.

»Sieh mal, es ist wirklich schlimm. Man hat ihn festgenommen und dabei zusammengeschlagen.« Josie wandte den Blick ab. Die Sache war schwieriger als gedacht. »Archer soll vor zwei Jahren einen Jungen getötet haben. Den Sohn seiner Frau aus einer früheren Ehe. Ich musste ihm helfen, und ein paar Sachen mussten sofort erledigt werden, und da habe ich dich vergessen.«

Ehrlicher hätte Josie nicht sein können. Immer noch sagte Hannah kein Wort.

»Du weißt doch, dass es keine Absicht war. Ich hatte noch nie ein Kind. Das alles ist Neuland für mich, und ich gebe mir wirklich Mühe.«

Als das Schweigen andauerte, wurde Josies Gesicht grimmig. Sie war wütend, und zwar nicht mehr nur auf sich selbst, sondern auch auf das Mädchen, das ihr eine Perfektion abverlangte, die Josie ihr nicht geben konnte.

»Hast du verstanden, was ich dir gerade erzählt habe?«, forschte Josie, deren Geduld langsam erschöpft war.

»Ja. Der Mann kommt immer zuerst«, erwiderte Hannah boshaft. »Dann bist du wohl doch nicht anders als meine Mutter.«

Ehe sie wusste, wie ihr geschah, war Josie auf den Knien und packte Hannah bei den Schultern. Ihre Gesichter näherten sich einander: die Frau und das Mädchen, die eine kantig und gut aussehend, die andere exotisch, dunkel und zart.

»Ich bin überhaupt nicht wie deine Mutter«, sagte Josie durch die zusammengebissenen Zähne, »das will ich gleich mal klarstellen, Hannah. Ich habe einem Menschen geholfen, den ich liebe. So wie Billy Zuni versucht hat, dir zu helfen, weil er mich mag. Alle in Hermosa Beach werden Archer beistehen, wenn sie davon hören, und genauso muss es sein. Ich muss mich nicht zwischen zwei Menschen entscheiden; ich muss nur zusehen, dass ich den einen nicht wegen des anderen vergesse. Kapiert?«

Hannah entzog sich ihr, und Josie nahm die Hände von ihr. Sie ließ sich auf die Fersen zurücksinken und konnte kaum fassen, dass Hannah sie so wütend gemacht hatte und dass sie das Gefühl verspürte, sich rechtfertigen zu müssen. Josie war so lange für niemanden verantwortlich gewesen, dass sie Hannah die Lage verübelte, in die das Mädchen sie brachte. Sie nahm es ihr übel, wie jede Mutter, die … Josie verwarf diesen Gedanken. Damit wollte sie erst gar nicht anfangen, damit, dass sie vor all den Jahren vielleicht wie Hannah gewesen war und dass sie durch ihr Verhalten die eigene Mutter dazu gebracht hatte, ihre Koffer zu packen.

»Das sind die Menschen, die ich liebe, Hannah, und wenn sie mich brauchen, werde ich jedem von ihnen helfen. Entweder du gehörst zu dieser Familie oder nicht. Es liegt ganz bei dir.«

Josie stand auf und gab Hannah eine letzte Möglichkeit, etwas zu sagen. Als nichts kam, verließ sie Hannahs Zimmer und ging in ihr eigenes. Sie fühlte sich ausgehöhlt, nur mehr eine Hülle, und nichts in dem Zimmer tröstete sie: nicht das riesige Bett mit der Daunendecke, nicht der Ledersessel in der Ecke, von dem man in den kleinen Garten im Innenhof blickte, nicht die Bücher über Architektur. Mit den Fußspitzen streifte sie ihre Schuhe ab. Langsam knöpfte sie ihre Bluse auf und warf sie aufs Bett, bevor sie die Hose auszog und auf dem Boden liegen ließ. Sie hatte den Gerichtstermin am Morgen verpasst und den neuen Mandanten vergrätzt. Der Tag war gelaufen. Josie setzte sich aufs Bett, beugte den Oberkörper nach vorn und schloss die Augen. Mit einem Mal war sie völlig erschöpft. Als sie die Augen schließlich wieder öffnete, sah sie eine unbehandelte Stelle im Parkett, die bei der Renovierung übersehen worden war. Komisch, dass ihr das nicht früher aufgefallen war. Aber schließlich hatte es in ihrem Haus und in ihrem Leben früher nicht allzu viele schadhafte Stellen gegeben.

Wieder machte Josie die Augen zu, aber nicht aus Müdigkeit, sondern um die aufsteigenden Tränen zurückzuhalten. Weinen hatte noch nie geholfen. Nicht als ihr Vater gestorben war, nicht als ihre Mutter gegangen war, nicht als sie Hannah damals im Krankenhaus gesehen hatte, dem Tode nahe. Tränen würden Archers Probleme nicht verschwinden lassen, und ganz sicher würden sie Josie nicht stärker machen.

Ein Geräusch an der Tür ließ Josie zusammenfahren, und sie riss die Augen auf. Ihre Schultern strafften sich, die Hände lagen auf der Matratze, ihre Sinne waren geschärft. Es war eine Wachsamkeit, die sie sich angewöhnt hatte, seit Linda Rayburn, Hannahs Mutter, Josie hier in ihrem eigenen Zuhause angegriffen hatte. Aber es gab keine Gefahr; es war nur Hannah, die aus ihrem Zimmer kam. Sie schlich sich an Josies Zimmer vorbei, ohne ihr einen Blick zu gönnen. In der Hand hielt sie den Teller mit dem Messer und dem halb aufgegessenen Apfel. Als sie um die Ecke bog, konnte Josie Hannah zwar nicht mehr sehen, aber die Geräusche, die Hannah bei ihren Verrichtungen absichtlich machte, waren wie Fingernägel, die über eine Tafel kratzten. In der Küche wurde das Wasser voll aufgedreht, die Spülmaschine wurde aufgerissen, der Teller wurde heftig hineingestellt und die Spülmaschinenklappe wieder zugeschlagen. Das Messer landete in der Spüle. Die existenziellen Ängste des jungen Mädchens waren deutlich spürbar: Wut darüber, dass man sie vergessen hatte, dass sie allein und nicht Josies oberste Priorität gewesen war. Es tat Josie leid. Sie hatte keine Ahnung, wie sie für Hannah perfekt sein und dennoch tun konnte, was sie für Archer tun musste. Sie würde sich mehr Mühe geben. Irgendwie würde sie sich in dieser seltsamen Blackbox der Abhängigkeit eines Kindes zurechtfinden müssen. Wenn Hannah sie ließ.

In der folgenden Stille erwog Josie erneut, sich zu entschuldigen. Sie könnte vielleicht mit Hannah essen gehen. Vielleicht sollte sie einfach aufstehen und das tun. Aber Josie tat gar nichts. Ein Nebel hatte sich über ihren Geist gelegt. Ihre Kraft war verpufft; sie wusste nicht mehr weiter. Sie konnte nur noch an Archer denken und an das, was er ihr verschwiegen hatte. Lügen durch Verschweigen.

Josie hatte keine Ahnung, was sie als Nächstes tun sollte – doch dafür wusste es Hannah. Sie stand in der Tür und verkündete: »Ich muss Hausaufgaben machen. Wenn du zu Archer gehst, ist es hier ruhiger. Dann kann ich besser lernen.«

Josie blinzelte, und Hannah verschwand. Die Tür zu ihrem Zimmer wurde zugeschlagen. Es klang weniger nach unverhohlenem Zorn, sondern eher nach einem widerwilligen Zugeständnis.

Na schön. Josie war einverstanden. Sie stand auf, zog ein Sweatshirt über und schloss den Reißverschluss halb. Danach kamen die Jogginghose und ihre Clogs an die Reihe. Sie nahm Max' pinkfarbene alte Leine, aber der Hund schlief friedlich auf der Terrasse, wo sie ihn zurückgelassen hatte. Als sie das Tor öffnete, hob er nicht einmal den Kopf. Josie hängte die Leine wieder zurück, ohne den schlafenden Hund zu wecken.

Sie überquerte den breiten Fußweg vor ihrem Haus, joggte zum Strand und lief weiter bis zum Wasser. Weil sie niemanden treffen wollte, den sie kannte, blieb Josie beim Ufer. Es herrschte Ebbe, und das niedrige Wasser schwappte sanft auf sie zu und dann mit leisem Plätschern wieder zurück. Hinter ihr ging die Sonne unter. Vor sich sah sie in der Ferne die Umrisse von Archers Haus: pink und alt und seit einem besonders heißen Sommer mitgenommen und renovierungsbedürftig. Früher einmal das schönste Haus am Strand, war es jetzt nur noch eine alte Matrone inmitten lauter junger Dinger. Aber die neuen Häuser taten nur so, als seien sie ein Heim. In Wirklichkeit waren es einfach nur Gebäude.

Josie stapfte die letzten paar Meter weiter, überquerte wieder den Fahrradweg und stieg die drei Treppen bis zu Archers Wohnung hinauf. Die Tür ließ sich leicht öffnen, was seltsam war. Archer war sonst immer so vorsichtig. Josie trat ein und schloss hinter sich ab.

»Archer?«

Das Innere der Wohnung vermittelte einen Eindruck der Benommenheit, so als wäre das Leben bis auf Weiteres eingestellt worden. Sie ging durch das Wohnzimmer und schaute auf die riesige Dachterrasse. Da standen Archers Fahrrad, der Grill, das Stativ. Keine Kamera. Sie hatten sie von der Polizeistation mitgenommen. Archer hatte sie bei sich gehabt, als sie ihn absetzte, gleich nachdem sie in der Highschool nach Hannah gesucht hatten. Dann sah sie die Kamera in der Ecke. Entweder sie war schwer beschädigt worden und interessierte ihn nicht mehr, oder er war schlimmer verletzt, als ihr klar gewesen war. Sein ganzer Stolz, die Kamera, mit der er jetzt seinen Lebensunterhalt verdiente, lag zerlegt auf dem Beistelltisch.

»Archer?«

Sie rief lauter und ging auf das Schlafzimmer zu, wo sie ihn in der Badewanne vorfand. Er hatte den Kopf nach hinten gelehnt und hielt die Augen geschlossen. Sie blieb in der Tür stehen. »Du hast mir gar nicht geantwortet.«

»Nein.« Er machte die Augen nicht auf.

»Soll ich wieder gehen?«

Er bewegte kaum merklich den Kopf. Ein Nein.

Josie kniete sich neben die Wanne. Sie besaß Füße und war lang und tief, die perfekte Wanne für einen Mann wie Archer, wenn er eine Frau wie Josie zum Baden einlud. Aber jetzt, allein, füllte er sie nicht in der Weise aus wie sonst. Josie ließ den Blick an dem Körper entlanggleiten, den sie so gut kannte. Auf der rechten Seite war er schwarz und blau und rot und lila, wie ein Ölfleck hatte das Hämatom sich ausgebreitet. Archers Haare waren nass, aber sein Gesicht trocken. Josie krempelte die Ärmel ihres Sweatshirts hoch, langte ins Wasser und fischte einen Waschlappen heraus.

»Wieso haben sie dich so zugerichtet, Archer?«

Josie tupfte die feuerrote Verletzung ab, die er seitlich im Gesicht hatte. Er zuckte zusammen, und sie passte den Druck an. Geduldig machte sie mit federleichten Strichen weiter, bis sie den letzten Rest von Schmutz und Asphalt von seiner Haut entfernt hatte.

»Es geht hier um ein Kind. Niemand mag Verbrecher, die Kindern etwas antun«, murmelte er. »Und kriminelle Cops auch nicht. Das bin ich nämlich in ihren Augen. Scheiße noch mal.«

»Okay, Süßer«, flüsterte sie. Sie wusste, dass er recht hatte, wusste, dass das Sprechen ihm Schmerzen bereitete, genau wie der Gedanke, dass man ihm Dinge vorwarf, die er verabscheute.

Als Josie einsehen musste, dass sie für die Lippe nichts und für das Auge nur wenig tun konnte, küsste sie die Schwellung und widmete sich eine Zeit lang dem Riss über der Augenbraue. Heute Abend würde sie ihn nichts mehr fragen, sondern nur noch fertig verarzten. Aus dem Medizinschränkchen holte sie sich, was sie brauchte, und kniete sich wieder hin. Sie trocknete die gereinigten Stellen mit einem Handtuch ab und behandelte seine Verletzungen und Schürfwunden dann mit einer Salbe.

»Na komm. Raus aus der Wanne«, sagte sie.

Josie half Archer, und er stützte sich auf sie. Sanft frottierte sie ihn trocken und nahm sich einen Augenblick, um ihre Wange an seinen breiten Rücken zu lehnen. Sie griff nach seinem Bademantel und hüllte ihn darin ein, dann führte sie ihn ins Schlafzimmer.

»Hast du Hunger?«, fragte sie, als er sich auf das Bett niederließ und sich auf dem Rücken liegend ausstreckte.

»Nein, Jo. Ich bin nur müde. So verdammt müde. Es ist wie ein schlechter Traum … dass das alles wieder da ist … ich dachte, es läge hinter mir …«

Archer schwieg und hielt ihr seine Hand hin, und Josie kroch neben ihn und streckte ihren langen athletischen Körper an seinen geschmiegt aus. Sie legte den Arm um ihn. Archer war ein schwerer, aber wendiger Mann. Josie hatte sich in seiner Gegenwart immer sicher gefühlt, so als würde Archer sie selbst dann beschützen, wenn die Welt unterging. Eigentlich hätte es auch jetzt so sein müssen. Es gab so vieles, was ihr vertraut war. Nebeneinander zu liegen. Auf die Geräusche der Menschen unter ihnen zu lauschen und auf das sanfte Rauschen der Dünung. Aber so vieles war anders als sonst. Archers Stimme war belegt. Er hielt sie nicht im Arm, sondern ließ sie nur neben sich liegen. Dieser neue Archer war so erschreckend wie eine Strömung unter Wasser, die einen lautlos aufs offene Meer hinauszieht. Und genau wie bei einer Strömung wurde es umso beängstigender, je mehr man sich dagegen wehrte.

»Wie kann irgendjemand so etwas von mir behaupten? Wie?« Seine Stimme wurde lauter und erstarb.

Josie hatte keine Antwort darauf, konnte Archers Qual nicht mit ansehen und tat, was Frauen tun, deren Männer Angst haben. Sie beschwichtigte ihn, behauptete, alles würde gut werden, sie ignorierte und besänftigte und verschloss die Augen vor den Geschehnissen.

»Ruh dich jetzt aus, Archer. Schlaf einfach. Morgen sehen wir weiter. Nicht jetzt. Mach dir keine Sorgen. Mach dir keine Sorgen. Nicht …«

Sie strich ihm über die unverletzte Seite seines Gesichts und legte ihren Kopf auf den anderen Arm. Als sie sicher war, dass er nicht weinen oder die Fragen stellen würde, auf die es keine Antwort gab, öffnete Josie die Augen. In dieser dunklen, vertrauten Wohnung, in diesem Bett, wo sie sich Hunderte von Malen geliebt hatten, hatte Josie Angst. Sie waren nicht mehr allein. Zwischen ihnen lag jemand, den Josie nie kennengelernt hatte – ein Junge, der Tim hieß. Eine Frau beobachtete sie, die sie seit langer Zeit für tot gehalten hatte – eine Frau, die Lexi hieß.

Josie drehte sich auf die Seite und blickte zu der Stelle, wo Lexis Foto immer wie ein Haussegen neben dem Bett gestanden hatte. Es war immer noch da, aber jetzt sah Josie eine andere Frau: eine, deren Augen leicht verengt waren, deren Mund nicht richtig lächelte, die den Kopf schief legte, als würde sie zweifeln. Zweifelte sie an Archers Unschuld oder an Josies Fähigkeit, ihm zu helfen? Vielleicht wollte sie Josie ja etwas mitteilen. Neben ihr schlief Archer. Josie fröstelte und rollte sich vom Bett. Sie gehörte nicht hierher. Sie wollte nicht hören, was Lexi wusste. Die Geister von Archers verstorbener Familie bedrückten sie zu sehr, um schlafen zu können, und Hannahs fordernder Geist rief sie nach Hause.

Leise verließ sie die Wohnung und stieg langsam die Treppe hinunter. Am Fahrradweg blieb Josie stehen und drehte sich um. Es war kein Licht angeschaltet worden. Archer wusste nicht, dass sie gegangen war. In ihrer Wohnung würde Hannah nicht schlafen, bis Josie wohlbehalten zu Hause angekommen war. Sie selbst würde heute Nacht nirgendwo gut schlafen können. Josie Baylor-Bates hatte zwei Menschen, die sie brauchten, aber niemanden, den sie um Hilfe bitten konnte.

* * *

»Kein schlechter Abend.«

Isaac Hawkins zog seinen Mantel an. Es geschah mehr aus Gewohnheit als aus Notwendigkeit, während er seinen Park inspizierte. Der war heute zwar nicht gerade überlaufen mit Leuten, die auf Nervenkitzel aus waren, aber für einen Wochentag liefen die Geschäfte gut im *Pacific Park*.

Roger McEntyre stand entspannt neben dem alten Mann, die Hände hinter dem Rücken verschränkt. Isaac Hawkins war wie immer gut angezogen, eleganter Mantel, die Krawatte achtlos gebunden, das Hemd aufgeknöpft. Seine Frau und seinen Sohn hatte er an Krankheiten verloren, die normalerweise nur sehr alte Menschen bekamen, aber seinen europäischen Stil hatte Isaac sich immer erhalten. Roger bewunderte das, weil dazu auch die Werte der Alten Welt gehörten: harte Arbeit, Loyalität, Entschlossenheit, Rituale.

Sie standen da, wie sie es am Ende eines Arbeitstags immer taten. Meistens sah Isaac sich um und sagte: »Ein guter Abend für den Park.« Und Roger pflichtete ihm dann bei. Nur zweimal hatte es eine Ausnahme gegeben. Als diese Jungen gestorben waren, hatte Isaac nicht gesagt, dass es ein guter Abend war. Aber heute war niemand gestorben, die Sache Timothy Wren lag beim Staatsanwalt, und die Besucherzahlen waren gut.

Mit seinen blassen Augen betrachtete Isaac jedes junge Gesicht, das vorbeikam, als erwartete er, dass ihn jemand bemerkte und irgendetwas Nettes über seinen Park sagte. Als das nicht geschah, ließ er den Blick zu der Schlange am Getränkestand gleiten, bevor er mit zusammengekniffenen Augen zur Berg-und-Tal-Bahn hinüberschaute, die von zehntausend neuen roten und blauen Lichtern gesäumt wurde. Auch Roger sah hin, doch sein Blick schweifte umher, und er hielt nach anderen Dingen Ausschau: nach Händen in den falschen Taschen, nach Jugendlichen, die nach Schwierigkeiten und Unruhe aussahen, nach Männern mittleren Alters, die allein unterwegs waren und kleine Mädchen beäugten. Als das Schweigen sich dehnte und Isaac nicht die üblichen Sätze sagte, wusste Roger, dass ihn etwas beschäftigte.

»Es war richtig so, Roger.«

Es war eine als Feststellung verkleidete Frage, also beantwortete Roger sie.

»Natürlich, Isaac«, sagte er leise. »Wie der Staatsanwalt gesagt hat.«

»Wir reden hier vom Leben eines Mannes, verstehst du.«

Isaac hob leicht die Hand, wie ein Lehrer, der sich vergewissern will, dass der Schüler wirklich den tieferen Sinn einer wichtigen Gleichung versteht.

»Es gab da einige Fragen. Die Entscheidung lag nicht bei uns, Isaac. Wir konnten das nicht selbst entscheiden.«

»Dann haben wir also richtig gehandelt?« Diesmal fragte Isaac direkt.

Roger legte dem Alten die Hand auf die Schulter, ohne sie weiter zu bewegen. Die Verbindung genügte. Sie wussten beide, dass die Geste Zuneigung ausdrücken sollte.

»Es gibt keinerlei Probleme, Isaac. Geh nach Hause. Schlaf dich aus. Es war ein langer Tag. Wir sehen uns morgen.«

»Ja.« Isaac zögerte. Roger wartete. Der Alte schaute zu der Menge hinüber. »Es sind viele Leute da, Roger, aber wahrscheinlich werden sich die meisten ihr Leben lang nie kennenlernen. Sie werden sich nicht mal daran erinnern, mit wem sie an einem kühlen Oktoberabend nach *Pacific Park* gekommen sind. Das ist traurig. Es führt dazu, dass ich deinen Vater vermisse. Während seines kurzen Lebens war er mir ein guter Freund.« Isaac drehte sich um und lächelte. »Genau wie du, Roger. Du bist ein guter Freund fürs Leben. Bist wie ein Sohn für mich.«

Dann ging der alte Mann durch die Schlangen der Menschen vor den Fahrgeschäften, die dem Nervenkitzel entgegenfieberten. Sie hatten vergessen, dass im *Pacific Park* Menschen gestorben waren. Es waren tragische Unfälle gewesen, weiter nichts. Bis Isaac zu Hause war, würde er es selbst vergessen haben. Das Alter und die vertraute Umgebung würden ihn in den Schlaf lullen, ohne böse Träume. Und so verschwand Isaac Hawkins in der Nacht. Roger McEntyre blieb stehen und wog den Wert von Leben, Geld, Freundschaft gegeneinander ab. Doch Roger hielt sich nicht lange damit auf. Letzten Endes blieb sich alles ziemlich gleich, fand er, alles außer Freunden.

Die waren eine Menge wert, und ihm und Isaac waren nicht mehr viele geblieben.

* * *

Colin Wren kehrte nach seinem Treffen mit den beiden Anwälten – und diesem Mann – nicht wieder zur Arbeit zurück. Er kehrte nicht zurück, obwohl die Arbeit ihm oft durch schwere Zeiten geholfen hatte. Die meisten Menschen hätten es kaum verstanden, denn Colin Wrens Arbeit war zwar lukrativ, aber nicht besonders interessant. In seiner Fabrik wurden Dinge hergestellt, an die man normalerweise kaum einen Gedanken verschwendete. Seine Fabrik produzierte Knöpfe, die für Autoradios und Küchenschränke und Wandheizkörper gebraucht wurden. Und Hebel für Toaster. Manche hatten geriffelte Kanten, andere waren glatt, manche groß und manche klein. Die Hebel gab es in fünf Farben und zwei Stärken. Die Knöpfe kosteten nur wenige Cents in der Herstellung, aber wegen der starken Nachfrage, und weil die Belegschaft von Colins Fabrik nur klein war, ließ sich eine Menge Geld damit erwirtschaften.

Als Colin noch jünger war, war er stolz darauf gewesen, wie viel Geld er verdiente. Später, als sein Leben nicht so verlief wie geplant, war ihm Geld nicht mehr so wichtig gewesen, und inzwischen betrachtete er es nur noch als ein Mittel zum Zweck. Dieser Zweck bestand darin, seinen Sohn zu finden und wieder von vorne anzufangen.

Dann hatte Colin Wren eines Tages, als er bei den Spätnachrichten sein spartanisches Abendessen eingenommen hatte, erfahren, was aus Tim geworden war. Im Bewusstsein, seinem Sohn in diesem Leben nicht mehr helfen zu können, verfolgte Colin diejenigen, die für seinen Tod verantwortlich waren. *Pacific Park* würde wegen seiner Fahrlässigkeit bezahlen, denn irgendjemand musste büßen.

So war der Plan gewesen, bis Colin von Archer gehört hatte und Jude ihn darauf hingewiesen hatte, wie vernünftig es sei, ihm zu helfen. Colin hatte sich von ihm überzeugen lassen. Sein Hass galt jetzt schon so lange *Pacific Park*, dass er sich nur einen Vergleich vorstellen konnte, der groß genug war, um die Einrichtung zu ruinieren. Dieser Gedanke war sein Antrieb gewesen, Archers Kaution zu stellen.

Aber dann hatte Colin Archer gegenübergesessen, einem grobschlächtigen Mann niederer Gesinnung, der Colins Schmerz nicht anerkennen wollte und kein Verständnis für seine Qualen hatte. Da waren ihm langsam Zweifel gekommen. Vielleicht hatte Jude, der gierige Anwalt, Colin ja in die falsche Richtung gelenkt. Es war Archer gewesen, dem Lexi die Sorge für ihren Sohn übertragen hatte; er war es, der jetzt Colins Plan im Weg stand. Archer war dabei gewesen, als Tim gestorben war. Archer hatte eine neue Dimension in den Plan gebracht. Er hatte ihn verdorben und Colin auf etwas anderes gebracht.

Aus diesem Grund ging Colin Wren nun nach Hause, anstatt in die Fabrik zurückzukehren und Vergessen in seiner Arbeit zu suchen. Er verfolgte die Nachrichten, aß sein Abendessen und zog seinen Schlafanzug an. Colin legte den Kopf auf das Kissen und zog die Decke bis zum Kinn hoch, dann machte er eine Vierteldrehung, um einzuschlafen. Ganz zuletzt fiel Colins Blick auf ein Foto seines Sohnes. Er betrachtete das arme kleine, leere Gesicht. Es war das einzige Foto von ihm, das er besaß. Tim mit sieben Jahren. Tim, der Schutz gebraucht hatte, und Colin, der ihn nicht hatte beschützen können. Er hatte es versucht. Oder etwa nicht? Und jetzt war es zu spät.

Da er ohne seine Brille nichts sah, blinzelte Colin dem Foto zu, wie um ihm gute Nacht zu wünschen. Dann machte er die Augen zu und ging innerlich die neuen Informationen durch, als seien sie ein Produktionsplan. Lexi hatte ein zweites Mal geheiratet. Und zwar einen Mann, der sich so sehr von Colin unterschied, dass es demütigend war. Dieser Mann bedauerte Tims Tod nicht. Lexis Wahl war ein Schlag ins Gesicht gewesen, ihre Entscheidung grundfalsch.

Als der Schlaf ihn übermannte, kam Colin Wren zu dem Schluss, dass er die weitere Entwicklung abwarten würde. Er würde die Beteiligten beobachten und am Ende sein Ziel erreichen: Rache und Sühne. Wenn er dafür einen Weg fand, würde ihn niemand mehr aufhalten können. Nicht Jude. Nicht diese Anwältin und schon gar nicht der Mann, dem der Mord an seinem Sohn zur Last gelegt wurde.

Kapitel 6

Hermosa war in Grau getaucht, als sei es über Nacht krank geworden. Ein farbloser, diesiger Dunst verdeckte die frühe Morgensonne; Nebel lag auf dem Wasser und trieb in Fetzen über den Strand, bevor er am Horizont versickerte und sich auflöste. Der Sand war kalt, die Brandung träge, und das alles drückte Josie nieder, während sie lief. Schließlich verlangsamte sie ihr Tempo zu Gehgeschwindigkeit, unfähig, die Energie für die letzte Meile aufzubringen. Sie legte die Hände an die Hüften und ließ den Kopf hängen. Sie musste tief Luft holen, um ihre Lungen zu weiten. Der Tag fühlte sich an, als sei jemand gestorben, und die Traurigkeit lastete schwer. Schließlich blieb Josie stehen und sah zu den Häusern hinüber, die den Strand säumten, halb in Erwartung, Trauerbänder darum zu sehen. Es war Archers Haus, auf das ihr Blick fiel, das alte Haus, das dem Betrachter unweigerlich ins Auge stach. Das Gebäude sah aus, als würde es sich absenken, doch Josie wusste, dass es nur eine optische Täuschung durch das schwache Licht war, das auf seinem Weg durch die diesige Luft gebrochen wurde.

In der Hoffnung, es könnte ihre Melancholie wegspülen, schaute Josie aufs Meer, aber die See belebte sie kaum mehr als die Stadt. Niemand befand sich im Wasser. Die Surfer saßen nicht auf ihren Brettern, die Kinder planschten nicht in den Wellen, die ans Ufer gespült wurden, kein Mädchen hob den Rock bis zu den Knien und lachte über die Kälte, während es ins Meer watete.

Josie blickte zum Pier hinüber. Zwei Leute gingen darauf entlang, hundert Meter voneinander entfernt, beide die Schultern in den Jacken hochgezogen. Das Leben als minimalistische Kunst.

Josie schaute zurück zum Fahrradweg, doch ihre Gedanken schweiften ab. Sie hatte ihre gewohnte Tagesroutine aufgeben müssen, und das brachte sie völlig durcheinander. Seit Hannah da war, hatten sich selbst ihre grundlegendsten Tagesabläufe geändert: der Zeitpunkt zum Laufen, der Zeitpunkt zum Duschen, der Zeitpunkt, an dem sie sich an den Schreibtisch setzte. Sie und Hannah hatten schon beinahe zu einem Rhythmus gefunden. Dann hatte die Schule angefangen, und wieder war alles anders geworden. Josie musste Hannah zur Schule fahren, was bedeutete, dass sie eine halbe Stunde später zum Laufen kam, und wie ein Kartenhaus fiel der Rest des Tages in sich zusammen. Sie würde sich anpassen, doch bis jetzt hatte sie sich an die veränderten Abläufe nicht gewöhnen können. Genauso wenig wie an die Schwere in ihrem Inneren, den Vorboten einer gewaltigen Umwälzung, den sie dort am Horizont, in dem düsteren Licht gleich hinter dem Dunst, auszumachen glaubte. Weil sie hier weder Trost noch Inspiration noch Antworten auf ihre Fragen fand, kehrte Josie dem Strand den Rücken zu, nahm ihr Tempo wieder auf und lief nach Hause, weg von dem aufziehenden Sturm.

Als Josie jetzt auf die Uhr schaute, lag sie nur fünfundvierzig Minuten hinter ihrem Plan, nach dem man früher die Uhr hätte stellen können. Sie war angezogen, die Termine für den heutigen Tag waren abgesagt, und bis zu dem Treffen mit Archer hatte sie noch eine Viertelstunde Zeit. Dennoch stand sie neben sich. Ihre Nacht war unruhig gewesen, der Morgen schweigsam, denn sowohl Hannah als auch sie behielten ihre Gedanken für sich. Der Lauf hatte die Verspannungen in Körper und Seele nicht gelöst. Auch der Spaziergang zu Burt brachte ihr leises Unbehagen nicht zum Verschwinden. Aus der Unruhe wurde Furcht, als sie die Tür öffnete und sah, wie Burt hinter der Bar über die Morgenzeitung gebeugt stand.

»Hey.« Burt hob die Hand und begrüßte Josie ohne sein übliches Lächeln.

Josie lächelte ihrerseits halbherzig, während sie sich durch die bunt zusammengewürfelten Tische schlängelte und nur stehen blieb, um eine Serviette aufzuheben, die beim Aufräumen am Vorabend liegen geblieben war. Sie stellte ihre große Tasche auf den Tresen, ließ sich auf einen Hocker gleiten und stützte das Kinn in die Hand.

»Ist Kaffee da?«

Burt schüttelte die Zeitung aus und legte sie auf die Bar, dann drehte er sich um, um ihr eine Tasse zu holen.

»Archer steckt mächtig in der Klemme. Er hat's auf die erste Seite geschafft.« Burt hob leicht die Zeitung hoch.

Josie neigte den Kopf und zog den Kaffee zu sich heran. »Ich hab's gesehen.«

»Steht wahrscheinlich nichts drin, was du nicht schon weißt. Es heißt, du hättest seine Kaution gezahlt.« Burt schüttelte den Kopf und schnalzte mit der Zunge gegen den abgebrochenen Zahn. »Ich weiß nicht, was mich mehr überrascht – dass du wieder so einen großen Fall übernimmst oder dass Archer solchen Ärger hat. Mann, das Leben ist so verdammt seltsam.«

Josie nahm den Kaffeebecher zwischen die Hände. Der Kaffee war schwarz; sie trank ihn lieber mit Milch. Burt hatte es vergessen. Heute würde schwarzer Kaffee es tun müssen.

»Es ist schon für mich seltsam genug, aber wie du dich nach all diesen Jahren fühlen musst, Burt, kann ich mir kaum vorstellen«, meinte sie.

»Wie lange seid ihr jetzt schon zusammen?« Burt sah zu Josie herüber, während er sich aufrichtete und die Zeitung zusammenfaltete.

»Ein Jahr. Als die Sache mit Hannah losging, wollten wir gerade unseren Jahrestag feiern. Und jetzt das hier ...«

Josie fuhr sich mit der Hand durch das kurze Haar, sah Burt an und überlegte, ob man ihr die Veränderung wohl anmerkte. Der Schock von gestern hatte sich wie ein Granatsplitter hinter ihren tiefblauen Augen festgesetzt. Entweder bemerkte Burt es nicht, oder er akzeptierte wie immer ganz einfach, dass schlimme Erlebnisse einen verändern. Wenn man nach einem Schicksalsschlag noch am Leben war, prima. So sah Burt das.

»Hm, lass mich mal nachdenken«, überlegte er. »Eigentlich kenne ich Archer erst ungefähr zwei Jahre, glaube ich.«

Josie hob die Augenbrauen. Noch mehr Überraschungen.

»Ich dachte, ihr zwei kennt euch schon ewig.«

»Für Hermosa Beach schon.« Burt lachte leise. Der abgebrochene Schneidezahn verlieh ihm etwas Jungenhaftes, trotz der sonnengegerbten Haut und der tiefen Furchen in seinem Gesicht. Er faltete die Zeitung in der Mitte und dann noch ein weiteres Mal, während er fortfuhr: »Archer und Lexi sind gleich nach der Sache mit dem Jungen hierhergezogen. Ich wusste das nur nicht, und ich wusste auch nichts von dem Jungen. Wahrscheinlich dachte ich, sie seien wie wir alle irgendwie in Hermosa hängen geblieben und hätten beschlossen, hierzubleiben.«

»Wie wir alle«, murmelte Josie.

Sie fuhr mit einem Finger am Rand ihrer Tasse entlang, enttäuscht von Archer wie auch von sich selbst. Eigentlich hatte er sie gar nicht belogen; sie hatte nur ein falsches Bild von ihm gehabt. Archers Wissen über Josie entsprach dem, was sie ihn wissen ließ; sie wusste über ihn das, was er ihr von sich erzählte. Sie hatten ihre Unabhängigkeit ausgekostet, aber jetzt wurde ihr klar, dass das ein Fehler gewesen war. Diese Erkenntnis stürzte sie in Verwirrung. Es war doch normal, dass man glaubte, alles über den geliebten Partner zu wissen – intuitiv, instinktiv und in allen intimen Einzelheiten –, mit dem man eine Bindung eingegangen war. Oder?

»Archer ist also vor zwei Jahren hier aufgetaucht. Hat er dir erzählt, wieso sie umgezogen sind? Wo sie vorher waren?« Josie stellte die Frage, als sei sie nur leicht überrascht und nur unwesentlich verletzt. Aber Burt konnte sie nicht täuschen. Ohne Witze zu reißen, kratzte er sich am Kinn und überlegte.

»Irgendwo im Valley.« Burt schüttelte den Kopf. »Verdammt, kannst du dir Archer im Valley vorstellen? Wenn ich mehr als fünf Minuten dort sein müsste, würde ich mich umbringen.«

»Burt«, mahnte Josie.

»Doch, wirklich«, beharrte er. »Wie auch immer, Lexi lernte ich als Erste kennen. Sie gehörte zu diesen Leuten, mit denen man sich gleich gut versteht. Eines Tages kam sie hier reinspaziert, und als sie wieder ging, waren wir Freunde. Verstehst du, was ich meine?« Burts Frage war rhetorisch. Er bemerkte nicht den Neid, der in Josies Augen aufflackerte, als er sich anerkennend über die andere Frau in Archers Leben äußerte, weil er zu sehr damit beschäftigt war, in sich hineinzulachen. »Sie war ein Hitzkopf, diese Frau. Hatte immer ihre Meinung und äußerte sie geradeheraus, als sei daran nicht zu rütteln. Und sie war einfach witzig. Echt amüsant. Nicht wie ...«

»Ich?«, fragte Josie.

»Was soll's, Josie.« Burt hob die Schultern. »Ihr seid eben verschieden. Du bist zwar ernster, aber genauso direkt wie Lexi. Sie war immer direkt. Das musste man ihr lassen ...«

Burts Stimme wurde leiser, als er in der Küche verschwand. Josie hörte ihn etwas brüllen, ohne es richtig zu verstehen. Er kehrte mit einem Tablett voller Gläser zurück und stellte es klirrend auf die Bar.

»... und sie erzählte mir, dass sie vor Archer mit einem richtigen Arschloch verheiratet war. Übrigens erwähnte sie den Jungen nicht oder wie krank sie war. Sie war einer dieser Menschen, die andauernd reden, aber einem nur das erzählen, was sie wollen. Also, ich wusste, dass sie schon mal verheiratet war, aber das war's auch schon.« Burt verlor das Interesse an den Gläsern und betrachtete den Spirituosenvorrat hinter der Bar. Er tauchte ab, kam mit einer Flasche Tequila wieder hoch, wischte sie an einem Hemdzipfel ab und fragte: »Wusstest du, dass sie Rettungssanitäterin war?«

»Nein.«

Josie hatte beide Hände um ihren Becher gelegt. Vorgebeugt saß sie da und hing an seinen Lippen. Burt hatte es immer locker angehen lassen, erst in der Highschool, bevor er Profivolleyballspieler geworden war, und dann bei der Eröffnung seines Restaurants, nachdem er sich bei dem Motorradunfall jeden Knochen im Leib gebrochen hatte und seine Sportlerlaufbahn beendet gewesen war. Sein abgebrochener Schneidezahn, ein Souvenir aus dieser schweren Zeit, erinnerte jeden daran, dass man manchmal einfach Pech hat. Josie und Archer hatten zur Zeit eindeutig Pech.

»Ja, und die gute Lexi war davon überzeugt, dass sie höllisch gut in ihrem Job war«, lachte er erneut und betrachtete den Bourbon, während er sprach. »Sie lernte Archer kennen, als man sie zu einem Fall von häuslicher Gewalt geholt hatte. Er wollte den Gerichtsmediziner rufen, weil er sah, wie erschöpft Lexi war. Außerdem war die Frau tot. Aber Lexi wollte nichts unversucht lassen. Sie glaubte an Wunder, diese Lexi.«

»Oder sie hielt sich für einen himmlischen Sendboten«, meinte Josie, nur um die Bemerkung gleich darauf zu bereuen. Sie relativierte sie mit einem Achselzucken und einer Erklärung. »Ich meine, ich habe schon Sanitäter erlebt, die so sind. Als wäre es zu schaffen, wenn sie sich nur mehr anstrengen.«

»Ich glaube, Lexi warf einfach nur nicht gern die Flinte ins Korn. Das war so mein Eindruck von ihr.«

Burt beendete seine Inventur, musterte jedoch ein letztes Mal die Flaschen, die ohnehin schon hinter der Bar aufgereiht standen.

»Dann war es für Archer also Liebe auf den ersten Blick?«, fragte Josie. Es war ihr zuwider, dass sie wie ein Schulmädchen klang, das herausfinden wollte, ob ihr Freund immer noch der Exfreundin hinterhertrauerte.

»So in der Art. Sie sagte zu ihm, er solle der Toten Respekt erweisen. Anscheinend nahm er die Schuhspitze zur Hilfe, um das Tuch über die Tote zu ziehen, als Lexi schließlich aufgab. Es imponierte Archer wohl, dass sie sich nicht von seiner Arroganz einschüchtern ließ, nur weil er Detective war.«

»Archer?«, schnaubte Josie belustigt, doch dann revidierte sie ihren Gedanken.

Wahrscheinlich war Archer, früher, als er noch das Kommando gehabt hatte, tatsächlich arrogant gewesen. Bei ihrem Kennenlernen hatte er jedenfalls eine gewisse Arroganz besessen, die einen Teil seiner Anziehung ausgemacht hatte. Josie war gegenüber seinem Werben nicht immun gewesen, weil es aufrichtig gewesen war. Als er dieses Foto von ihr am Strand geschossen hatte, das, auf dem sie verärgert war, weil sie einen einfachen Wurf vermasselt und damit den Punkt verschenkt hatte. Das Foto war der Türöffner gewesen. Er war zu dem semiprofessionellen Turnier gekommen und hatte sich ihr vorgestellt, obwohl Josie ihm deutlich zu verstehen gegeben hatte, dass sie kein Interesse habe. Dabei war Josie durchaus interessiert gewesen, denn Archer war anders. Er flirtete nicht wie die meisten Männer, die erst redeten und dann nachdachten. Er präsentierte sich ihr: stark, zuverlässig, solide. Josie schätzte das an ihm. Lexi war es vermutlich genauso ergangen. Unwillkürlich musste Josie lächeln, doch Burt bemerkte ihre Zerstreutheit gar nicht. Er redete immer noch.

»So hat Lexi es jedenfalls erzählt. Ihr zufolge hat sie es ihm nicht leicht gemacht, aber irgendwie imponierte es ihr, dass ein Kerl einfach hartnäckig blieb, obwohl sie so gemein zu ihm war. Sie stand total auf Treue und Beharrlichkeit, sagte sie.«

»Das kann ich gut verstehen«, erwiderte Josie. »Ich habe ihren Ex kennengelernt. Nicht gerade ein Typ, der in erster Linie an andere denkt.«

»Echt?« Burt warf das lange Haar zurück, in dessen ewiges sonnengebleichtes Blond sich allmählich graue Strähnen mischten. »Mann. Die Vergangenheit ist schon komisch. Kommt immer hoch, wenn man es am wenigsten erwartet, was?«

»Stimmt.« Josie schob den Kaffee zur Seite. Irgendwie war er kalt geworden, obwohl es ihr vorkam, als hätte Burt ihn gerade erst eingeschenkt.

»Hast du Hunger? Ich kann den Herd anwerfen. Ich hab Eier und Toast da. Keinen Speck. Würde dir guttun.«

»Nein, aber danke. Nett von dir.«

»Ich sollte wahrscheinlich mal darüber nachdenken, Frühstück auf die Speisekarte zu setzen, was?«, murmelte Burt, dann beantwortete er sich die Frage selbst. »Nee, lieber nicht. Gibt schon zu viel Konkurrenz hier.«

»Mit Mittag- und Abendessen bist du ganz gut ausgelastet, glaube ich.« Josie veränderte ihre Sitzposition. Sie war noch nicht bereit, das Thema Archer und Lexi fallen zu lassen. »Und wieso ist Archer nie zusammen mit Lexi hergekommen?«

»Darüber habe ich eigentlich nie nachgedacht; ich habe ihn nie gefragt.« Kurz herrschte Schweigen, dann sagte Burt: »Vielleicht wollte sie ja nicht, dass er mitkam. Vielleicht wollte sie einfach mal Zeit für sich allein. Wir haben immer ein bisschen geredet, dann hat Lexi ihren Kaffee genommen, sich an die Wand gesetzt und zum Strand rübergeschaut. Seitdem ich das von ihrem Jungen weiß, nehme ich an, sie wollte ein bisschen Zeit für sich, um an ihn zu denken.«

Josie schaute zum Fenster und malte sich aus, was Burt

gesehen hatte. Lexi: zierlich und durchtrainiert, mit ihrem langen hellen Haar und diesem ausdrucksvollen Gesicht. Josie stellte sich vor, wie Lexi über das Ende des Lebens nachdachte und über die Frage, wieso Gott ihr so viel Unglück und Trauer geschickt hatte. Tim war tot, und Lexi würde als Nächste an die Reihe kommen. Ob es wohl genauso wehtat, zu sterben und den geliebten Menschen zurücklassen zu müssen, wie wenn dieser Mensch einfach verschwand wie Josies Mutter? Vermutlich. Es war egal, auf welche Weise man einen geliebten Menschen verlor, es zählte nur, dass er fort war.

Josie konzentrierte sich wieder auf Burt. »Glaubst du, dass Archer nicht mitkommen wollte?«

»Nee.« Burt schüttelte den Kopf. »Ich meine, es war ja nicht so, dass ich ihn nie gesehen hätte. Ich wusste, dass sie zusammen waren. Manchmal schob er sein Fahrrad neben ihr her, dann fuhr er los, kam wieder zurück, und sie liefen weiter nebeneinander her. Aber an den meisten Vormittagen war sie allein unterwegs. Es war immer nur Lexi, die hier reinkam.«

»Wie habt ihr euch dann kennengelernt, du und Archer?«, forschte Josie.

»Ein paar Wochen nach Lexis Tod kam er rein und sagte mir, dass sie gestorben ist. Archer hat mir erzählt, dass Lexi sich wegen mir in Hermosa zu Hause gefühlt hat. Das war nett von ihm. Dafür habe ich ihn gleich gemocht.«

»Er kann schon nett sein.« Josie atmete tief ein und stützte das Kinn in die Hand. »Und was hat Archer noch gesagt?«

»Du meinst, über sich und Lexi?«

Josie nickte.

»Nichts. Ich hab mir gedacht, dass er mir irgendwann schon seine Lebensgeschichte erzählen würde.«

»Und, hat er?«

»Nein. Er verschwand einfach von der Bildfläche. Ich dachte, er hätte die Stadt verlassen. Damals wusste ich noch nichts von Mexiko. Du weißt schon, diese Ausflüge, um zu fotografieren?« Die Ausflüge nach Mexiko. Ja, über die wusste Josie Bescheid. Oder? »Ich glaube, da ist er hingefahren. Ich dachte, er sei weggezogen. Dann tauchte er wieder auf. Aber das war ja klar. Ich meine, wieso hätte er wegbleiben sollen, nachdem Lexi ihm diese erstklassige Immobilie hinterlassen hatte?«

»Sein Haus? Das war ihres?« Josies Kaffee kam nie bis zu ihren Lippen. Langsam stellte sie die Tasse wieder hin.

»Oh Mann, tut mir leid, Josie, ich dachte, das hättest du gewusst.«

Josie schüttelte den Kopf. »Ich dachte, er hätte es gekauft, bevor der Markt verrückt spielte.«

»Nein, Lexi hat es nach der Scheidung bekommen«, sagte Burt.

»Und das hat Archer dir erzählt, aber das von dem Unfall mit dem Jungen nicht? Da war er ja ganz schön gesprächig«, meinte Josie grübelnd. Irgendwie ergab das alles keinen Sinn.

»Lexi hat zu mir gesagt, Archer würde nach ihrem Tod bestens für die Strandmiezen gerüstet sein. Es war irgendwie süß, weißt du. Als wollte sie für ihn vorsorgen.« Burt ließ Wasser ins Spülbecken ein und fügte einen Spritzer Spülmittel hinzu. »Sie wäre bestimmt froh darüber, dass du jetzt für ihn da bist. Sie würde sich freuen, dass er das Haus nicht verkauft hat.«

Burt verschwand erneut, weil irgendetwas in der Küche seine Aufmerksamkeit erforderte. Josie hörte, wie er etwas auf Spanisch zu jemandem sagte. Ein Lieferant kam an die Hintertür; danach wohl jemand, der ein Almosen wollte. Als Burt mit einem weiteren Tablett Gläser zurückkehrte, lag auf seinem Gesicht ein Lächeln, und er äußerte etwas, bei dem Josie das Blut gefror.

»Weißt du, vielleicht sind wir ja auf dem Holzweg. Vielleicht war Archer ja wegen der Sache mit dem Jungen so reserviert. Wäre das nicht ein Ding, wenn er es tatsächlich getan hätte und danach untergetaucht wäre? He, Josie, wie hieß noch mal der Typ, der seine ganze Familie umgebracht hat? Er war Buchhalter oder so und legte sie alle hin, und dann verschwand er und heiratete nachher ein weiteres Mal? Wie hieß der noch mal, Josie?«

Burt füllte das darauf folgende Schweigen mit seinem Geplauder, spann Verschwörungstheorien und erfreute sich an der eigenen Fantasie, während Josie wie versteinert dasaß. Was Burt sich da zusammenfabulierte, war nichts als dummes Gerede. Dennoch, sie hatte es nicht sofort für unmöglich gehalten, dass Archer genauso gehandelt hatte. Selbst jetzt fiel Josie auf die Schnelle nichts ein, was Burt zum Schweigen gebracht hätte, und so machte er weiter.

»John Wayne Gacy? Nee, das war der Typ, der sich als Clown verkleidet hat… Der hat Jungs umgebracht… glaube ich jedenfalls. Aber der andere Kerl… Wie hieß der noch mal?«

»Hör auf, Burt. Das ist doch lächerlich. Du glaubst doch nicht wirklich, dass Archer zu so etwas imstande wäre?«

Burt sah auf. Er hatte sich gerade hinter den Tresen gekniet, die Unterarme auf das andere Bein gestützt, und öffnete den Mund, doch bevor er etwas sagen konnte, mischte sich jemand anders in das Gespräch ein.

»War diese Frage wirklich nötig, Jo?«

Langsam drehte Josie den Kopf. Hinter ihr stand Archer, der mehr Raum beanspruchte als je zuvor in ihrer Erinnerung. Er nahm die Sonnenbrille ab, die er trotz des trüben Wetters trug. Burt stand auf, und es klirrte, als er zu den Flaschen hinter der Bar zurückwich, schockiert von Archers übel zugerichtetem Gesicht. Aber Josie achtete weder auf die blauen Flecke noch auf die Schnittwunden. Sie sah Archer in die Augen. Ehemals ruhig und gleichmütig, waren sie jetzt so hart und trostlos und abweisend wie die Tundra.

KAPITEL 7

»WIE GEHT'S HANNAH?«

»Gut. Sie ist in der Schule.«

»Was hat sie über mich gesagt?«

Josie ließ den Arm auf der Stuhllehne liegen. Sie waren von der Bar an einen Ecktisch umgezogen.

Noch ein Kaffee für Josie, eine erste Tasse für Archer. Seinem Aussehen nach hatte er Aspirin gefrühstückt, was offenbar eine wenig zufriedenstellende Mahlzeit gewesen war. Sein Gesicht war eine schillernde Palette aus Rot-, Lila-, Grün- und Schwarztönen, die Haut von der darunterliegenden Schwellung straff gespannt. Sein linkes Augenlid glänzte wie Lackleder, der Schnitt darunter war verschorft. Insgesamt war Archer kein erfreulicher Anblick, weshalb Josie aus dem Fenster sah, bis er sie zwang, ihn anzusehen.

»Hat Hannah irgendwas über mich gesagt, Jo?«

»Nein«, log Josie mühelos. Es widerstrebte ihr, Archers Elend noch zu verschlimmern.

»Blödsinn«, sagte Archer. Er trank einen Schluck Kaffee, eine Hand um die Tasse gelegt, deren Henkel er nach innen gedreht hatte. Beim Trinken blickte er über den Rand der Tasse zu Burt hinüber.

Josie verschränkte die Unterarme auf dem Tisch und versuchte sich ihre Verärgerung nicht anmerken zu lassen. Burts Witz war geschmacklos gewesen und seine Spekulationen albern, doch Archer sah das offenbar anders. Er hatte Burt, seinem Freund, den Rücken zugekehrt und zwang Josie jetzt einen Loyalitätswettbewerb auf, der etwas Selbstzerstörerisches und auf machohafte Art auch etwas von Selbstmitleid an sich hatte. Damit hatte sie zuallerletzt gerechnet, und sie reagierte darauf auf die ihr einzig mögliche Art.

»Na schön«, sagte Josie ausdruckslos. »Wie du willst. Hannah hat gesagt, ich soll aufpassen. Und dass ich inzwischen wissen müsste, dass manche Erwachsenen Kindern wehtun. Sie meinte, es sei immerhin möglich, dass du so einer bist. Fühlst du dich jetzt besser?«

»Kindermund tut Wahrheit kund«, sagte Archer sarkastisch, ließ den Kopf sinken und legte die Hand auf den Nacken. »Da hast du dir ja eine richtige Expertin in Sachen Kindesmisshandlung gesucht, verdammt.«

»Was hast du denn erwartet, Archer? Du hast sie nicht gerade überschwänglich willkommen geheißen, als sie bei mir eingezogen ist. Du kannst nicht erwarten, dass sie dir jetzt beispringt.«

»Hey.« Er schlug mit der Hand auf den Tisch, und die Kaffeetassen erzitterten. »Du hast mich ja auch nicht gefragt, ob ich ein Teil der Brady-Familie sein will. Ich habe deine Entscheidung respektiert, aber ich hatte nicht damit gerechnet, dass sich alles so stark verändern würde. Ich wollte nicht, dass sich irgendwas ändert. Und eigentlich dachte ich, dass du das auch nicht willst …«

Josie unterbrach ihn, sie hatte die alte Leier satt.

»Wir reden hier nicht über unsere Streitereien wegen Hannah, Archer. Ich wollte nur darauf hinweisen, dass du von ihr kein Mitgefühl erwarten solltest, ohne es dir verdient zu haben.«

»Ich will gar kein Mitgefühl von ihr«, blaffte Archer. »Und von dir auch nicht.«

Josie versteifte sich. Da schwang eine Menge Frust mit, der nichts mit seiner Verhaftung zu tun hatte. Es ging um Hannah, und zwar schon, seit Josie verkündet hatte, dass das Mädchen bei ihr wohnen würde.

In der Theorie hatte sie gut und edel gehandelt. Die Realität sah anders aus. Archer sagte, Hannah habe in sechzehn Jahren mehr erlebt als Josie in vierzig. Sie könne für sich selbst sorgen. Doch Josie fand, dass jeder Teenager etwas Besseres verdient hatte. Archer wies darauf hin, Josie könne das Verlassenwordensein durch die eigene Mutter nicht dadurch verarbeiten, indem sie sich mit Hannah identifizierte. Genauso gut hätte er ihr eine Ohrfeige geben können. Für diese Entgleisung hatte er sich allerdings entschuldigt. Josie hatte Archers Bedenken als typisch männlichen Egoismus abgehakt und war davon ausgegangen, dass er seine Meinung schon noch ändern würde. Jetzt musste sie sich fragen, ob vielleicht mehr hinter seinem Wunsch steckte, Hannah loszuwerden. Womöglich traf Burt den Nagel auf den Kopf, und Archer hatte tatsächlich etwas zu verbergen. Vielleicht erkannte Hannah, die sich mit menschlichen Abgründen auskannte, in Archer etwas, das Josie entging. Blödsinn, beschloss Josie schließlich.

»Okay, es tut mir leid. Meine Nerven sind genauso angegriffen wie deine, also lassen wir Hannah erst mal aus dem Spiel.« Josie griff in ihre Tasche, holte den Rekorder heraus und legte ihn auf den Tisch. »Was ist mit Tim Wren, Archer? Konntest du den auch nicht lieben, oder hast du nur gegen Hannah etwas?«

»Das Ding da brauchst du nicht.« Archers Stimme war eisig. Er wich zurück, von dem Rekorder gekränkt.

»Wenn ich dich verteidigen will, schon«, antwortete Josie scharf. Die gleiche Schärfe legte sie in ihren Blick, mit dem sie ihn stumm warnte. Keine Spielchen mehr. Dazu hatten sie keine Zeit. »Sag die Wahrheit, dann ist es egal, was auf dem Band ist.«

»Fick dich doch, Jo«, murmelte Archer und lehnte sich zurück.

Josie reagierte schnell. Mit der einen Hand drückte sie auf den kleinen Rekorder und schaltete ihn aus, mit der anderen packte sie Archers Arm. Ihr Griff war hart, die Nägel zu kurz, um seine Haut zu durchbohren. Sie beugte sich so weit vor, dass sie das Meer an ihm riechen konnte, und sah, dass sein Arm dort, wo er ihn bei Beschattungen aus dem Wagenfenster hängen ließ, gebräunt war. An normalen Tagen hätte sie das mit Zärtlichkeit erfüllt. Aber das hier war kein normaler Tag; das hier war nicht mal Archer.

»Sag das nie wieder zu mir«, zischte sie. »Und wenn ich dir helfen soll, dann mach es mir nicht unnötig schwer. Von mir aus kannst du sauer darüber sein, dass Hannah bei mir wohnt, oder darüber, dass ich die Zahnpasta nicht richtig ausdrücke, aber es geht hier nicht um uns beide. Es gibt keine Unschuldsvermutung, nur weil wir miteinander schlafen.«

Langsam ließ Josie sich wieder auf ihren Stuhl sinken und lockerte ihren Griff ein ganz klein wenig.

»Du kannst im Moment nicht richtig denken, und ich bin auch nicht gerade in Hochform, also werde ich alles verwenden, was uns irgendwie weiterhilft. Wenn ich einen Rekorder will, dann wird einer benutzt. Ich entscheide hier, und ich stelle die Fragen. So würde es jeder Anwalt machen, aber keinem wird es so wichtig sein wie mir, was zum Geier hier eigentlich passiert ist. Keinem.«

Ihre Hand zitterte, als sie Archer losließ. Ihre Stimme hatte gebebt, und sie schämte sich dafür. Wenn sie Archer helfen oder sich unerfreulichen Tatsachen stellen wollte, dann musste sie so hart sein wie ihre Worte.

»Fangen wir noch mal von vorn an, oder willst du, dass ich gehe?«

Die Minuten verstrichen. Archer schwieg. Eine Frau kam herein und fragte, ob sie die Toilette benutzen könne. Ein Junge ließ einen Stapel *Beach-Report*-Zeitungen auf den Boden plumpsen. Josie spürte Archers Zorn, so heiß wie die Sonne im August, und sie begriff, dass ihn nicht nur der Rekorder, sondern auch seine eigene Ohnmacht erzürnte.

Der Cop war jetzt der Verbrecher.

Schließlich nahm er das Aufnahmegerät. In Archers großer Hand wirkte es so unbedeutend, so unwürdig der eingehenden Musterung, der er es unterzog. Josie hörte, wie es klickte. Der Rekorder lag wieder auf dem Tisch. Er sprach über Lexis Sohn, und seine ersten Worte waren herzlos.

»Tim Wren hat mir nichts bedeutet, Jo.«

KAPITEL 8

»TIM WAR DREIZEHN, als er gestorben ist. Er war überhaupt nicht wie seine Mutter. Er war groß, und sie war so klein. Er war dunkel. Lexi war hell. Sie war so klug und intelligent und der Junge stark behindert. Rein gar nichts hat richtig funktioniert bei ihm. Wie konnte eine solche Frau nur ein Kind wie ihn bekommen?«

Archer legte die Handfläche an die Stirn, als würde ihm das beim Denken helfen. Seine Finger krümmten sich, als hätte er Kopfschmerzen. Er atmete tief durch die Nase, bevor er weitersprach.

»Tim hatte eine degenerative Muskelerkrankung. Er hatte einige Probleme mit dem Herzen und der Lunge, aber richtig verkorkst war er im Kopf. Ein großer, schwerfälliger Junge, der früh in die Pubertät kam und den Verstand eines Fünfjährigen hatte. Ich ertrug es nicht, ihm zuzuhören, wenn er herumkasperte und einfach nicht zu stoppen war. Jedes Mal, wenn er Blödsinn machte oder einen Wutanfall bekam oder sabberte, nahm Lexi das schrecklich mit; es machte sie fertig. Das sah ich ihr an.«

Archer schlug leicht mit der Faust auf den Tisch, um seine lange zurückliegende Frustration und Abneigung gegenüber Tims Behinderungen zu unterstreichen – Reaktionen, in denen die Geschworenen nur Gefühllosigkeit sehen würden. Sein Stuhl stand so nah am Fenster, dass er den Kopf daran anlehnen konnte, als er auf zwei Stuhlbeinen nach hinten kippelte. Archer schaute zur Decke, auf die Visitenkarten, die die Leute dort über die Jahre befestigt hatten, aber Josie wusste, dass er nur Tim Wren sah.

»Warum hast du mir nicht von ihm erzählt?«, fragte Josie ruhig.

»Ich habe dir vieles nicht erzählt.« Archer ließ den Stuhl wieder herab und sah Josie mit einem Gesichtsausdruck an, der sich nur als mitleidig beschreiben ließ. »War das nicht Teil unseres Deals? Unsere gemeinsame Zeit fing an, als wir uns kennengelernt haben. Ich hatte Fotos von Lexi. Du hast nach ihr gefragt. Ich habe dir von ihr erzählt. Nach Tim hast du mich nie gefragt.«

»Ich habe dich gefragt, wieso du nie Kinder hattest«, erinnerte sie ihn. »Da hast du auch nicht über ihn gesprochen.«

»Ich habe nicht gelogen, Jo. Ich habe gesagt, wenn Lexi und ich Kinder bekommen hätten, wären sie wunderschön gewesen. Tim war eigentlich nicht unser Kind. Sondern ihres. Es gab keinen Grund, über ihn zu sprechen. Wieso hätte ich über ihn reden sollen, wo er doch für eine schreckliche Zeit in meinem Leben stand? Bis gestern habe ich nicht mal an ihn gedacht. Aber Lexi? An die denke ich jeden Tag, seit sie gestorben ist.«

Josie spielte an ihrer Tasse herum. Sie fühlte zwar die eigene Besorgnis, konnte bei Archer jedoch keine entdecken. Er berührte ihre Hand, damit sie mit dem Gefinger aufhörte. Die Zeit, die Erinnerungen und Josies Aufmerksamkeit besänftigten ihn. Oder aber Archer wusste wie ein guter Schauspieler, wann er Tonfall und Gangart wechseln musste, um das Publikum in das Netz seiner Erfindung zu ziehen. In beiden Fällen würde er einen erstklassigen Zeugen abgeben, falls es so weit kam.

»Jo, du willst von mir hören, dass Tim für mich wie ein Sohn war, aber ich werde nicht lügen. Tim war so stark behindert, dass es unmöglich war, eine Beziehung mit ihm zu haben.

Als er gestorben ist, habe ich zwar nicht um ihn getrauert, aber es tat weh, weil Lexi litt. Daran ist nichts Schlimmes, Jo. Es ist nur ehrlich. So habe ich mich verhalten, und so bin ich eben. Das weißt du.«

Josie entzog Archer behutsam ihre Hand. Schön. Sie glaubte ihm. Aber Archers Erklärung war nicht gut genug. Josie spürte Halbwahrheiten, die unter der Oberfläche schlummerten und nur darauf warteten, von einem Staatsanwalt ans Licht geholt zu werden.

»Wenn dieser Junge so schlimm dran war, muss es doch schwierig gewesen sein, mit ihm zusammenzuleben. Du musst doch frustriert gewesen sein. Warst du ständig wütend, Archer?«

»Anwaltstricks, Jo? Herrgott, so lange bin ich dann auch wieder nicht im Ruhestand.« Archer lachte voller Enttäuschung. »Wenn du wissen willst, ob ich wütend genug war, um dem Jungen etwas anzutun, dann frag mich doch einfach.«

»Und, warst du so wütend?« Da, sie hatte die Frage gestellt.

Archer beantwortete sie ihr umgehend. »Nein. Und wenn, dann hätte ich nicht fünf Jahre damit gewartet, ihn um die Ecke zu bringen. Ich hätte es nicht in einem Vergnügungspark getan, während zehntausend Leute zuschauten und seine Mutter direkt neben ihm saß. Es hätte bessere Möglichkeiten gegeben, einfachere, um ihn loszuwerden.«

»Dann erzähl mir, wie das Leben mit einem Jungen war, der seinen Körper nicht unter Kontrolle hatte, der kein Gespräch führen konnte, den man wahrscheinlich wickeln musste, obwohl er fast so groß war wie du«, bohrte Josie.

»Es war mit Sicherheit nicht so rosig wie das Zusammenleben mit Hannah«, schnaubte Archer verächtlich. »Mit sieben Jahren war Tim rund um die Uhr pflegebedürftig, deshalb wohnte er nicht bei uns. Colin verließ Lexi, als Tim drei war, nachdem sie erkannt hatten, dass er nie normal sein würde. Was für ein Wichser – ein Kerl, der Kohle mit einem Kind macht, das er wie lange nicht gesehen hat, zehn Jahre?« Archers Unterlippe verschwand ganz kurz unter seinen Zähnen. Als er weitersprach, klang seine Stimme ruhig, aber bitter. »Lexi hat sich den Arsch aufgerissen, um eine Wohnung draußen im Valley bezahlen zu können. Sie hat Tim jede Woche besucht. Ihn abgeholt, sooft es ging. Sie hat mich nie gefragt, ob ich mitkommen wollte, bis der Junge so groß war, dass sie nicht mehr allein mit ihm fertig geworden wäre. Sie hat mich nie gefragt, ob Tim bei uns wohnen könne, weil es dann mit uns vorbei gewesen wäre. Ich habe ihr rundheraus gesagt, dass ich sie nicht heiraten würde, wenn sie das wollte.«

»Hat sie dir das übel genommen?«

»Lexi war praktisch veranlagt. Sie hat mich in der Hoffnung geheiratet, dass ich meine Meinung ändern würde, aber sie wusste bald, dass das nicht passieren würde. Sie hat sich damit abgefunden«, sagte Archer nüchtern.

»Warum glaubt dann der Staatsanwalt, dass du Tim Wren getötet hast?«, bohrte Josie.

»Ich weiß es nicht.« Archer warf die Hände in die Luft. »Himmelherrgott, Jo. Wenn ich es wüsste, würde ich es dir sagen, verlass dich drauf.«

Archers Schrei klang wie der eines Tieres, das den Jäger nicht hat kommen sehen, ihn nicht gerochen hat und ihm nicht entkommen konnte. Im Spiegel hinter der Bar sah Josie Burt. Er hatte die Hand am Telefon. Wenn es Schwierigkeiten gab, würde er Hilfe rufen. Josie riss ihren Blick von dem Spiegel los. Bei ihrer nächsten Frage musste sie jede Regung und jedes Zucken in Archers Gesicht sehen.

»Wusstest du, dass gegen dich ermittelt wird?« Josie senkte die Stimme, und Archer tat es ihr nach.

»Wenn da schon länger etwas gelaufen wäre, dann hätte ich etwas gesehen oder gehört. Nein.« Seine Stimme wurde zu einem rauen Flüstern, und er drückte den Handballen gegen sein heiles Auge. »Was auch immer da passiert ist, es ging schnell. Wenn Lexi hier wäre, könnte sie denen sagen, dass ich nichts getan habe. Wenn Lexi hier …«

»Sie ist aber nicht hier. Sondern ich.«

Josie stellte das Offensichtliche fest, als würde sie ein Kartendeck auffächern. Such dir eine aus. Sie. Mich. Die Wahrheit. Lügen. Deinen Stolz oder meinen Schmerz. Jede Wahrheit konnte verbogen werden, aber an dieser Stelle kam ihr Können ins Spiel. Josie konnte Archer nicht zur Ehrlichkeit zwingen; sie konnte nur hoffen, dass sie sich nicht von ihren Gefühlen für ihn blenden lassen würde. Archer hatte von seinem früheren Leben so wenig preisgegeben, dass sie nicht wusste, ob es ihm noch nachging. Vielleicht hatte er aus Rücksicht auf sie so viel verschwiegen oder aus einem Bedürfnis heraus, die schmerzliche Vergangenheit hinter sich zu lassen, oder auch aus einem anderen Grund. Aus einem düsteren. Womöglich entsprang Archers Zurückhaltung dem Eigennutz eines Mannes, der etwas zu verbergen hat.

Josie schaltete den Kassettenrekorder in dem Moment aus, als Burt den Fernseher über der Bar einschaltete. Verblüfft über das Geräusch, schaute Archer zu dem Bildschirm hinüber und ließ den Blick dann durch das Lokal wandern, als wüsste er nicht genau, wo er war. Josie sammelte sich. Sie mussten hier verschwinden. Der Tag würde seinen Lauf nehmen, aber in Hermosa Beach würde er das ohne sie tun müssen. Sie sammelte ihre Sachen ein. Das hier war nur der Anfang und nicht einmal die Spitze des Eisbergs. Es gab viel zu tun.

»Ich habe eine Verabredung mit Jude Getts. Wenn ich bis Mittag in Brentwood sein will, sollte ich lieber mal los.«

»Ich will nicht, dass du dahin fährst, Jo.« Archer hielt sie auf.

»Ich muss. Hier wird dir nichts passieren. Bleib eine Weile hier bei Burt.« Josie nickte zu dem Barbesitzer hin, griff nach ihren Schlüsseln und blickte Archer ein letztes Mal an. »Ich bin so bald wie möglich wieder da.«

»So habe ich das nicht gemeint«, sagte Archer. »Ich meine, ich will nicht, dass du dich mit diesem Blutsauger abgibst – oder mit Colin Wren. Ich werde ihm das Haus überschreiben. Die Kaution zahle ich dir bis auf den letzten Cent zurück, aber ich will denen gegenüber keine Verpflichtung haben. Verstehst du?«

Josie zögerte. Über ihr war die Klimaanlage angegangen, und der kühle Luftzug kitzelte sie im Nacken. Er war genauso störend wie die Tatsache, dass Archer ihr erzählen wollte, wie sie ihre Arbeit zu tun hatte.

»Sei kein Dummkopf, Archer. Wenn Jude Getts Informationen hat, die uns helfen könnten, dann will ich sie haben. Ich lasse mir das nicht von deinem Ego versauen, das wäre unprofessionell, ich wäre eine lausige Anwältin. Und wenn wir im Gegenzug auf etwas stoßen, das ihm hilft, werde ich mich revanchieren.«

Sie stand auf und hängte sich die Handtasche über die Schulter.

»Wenn ich wieder hier bin, will ich einen genauen Bericht über den Tag des Unfalls. Vom Aufstehen am Morgen bis zu dem Moment, als du mit Lexi nach Hause gekommen bist. Verstanden?«

Angesichts von Archers bockigem Schweigen hielt Josie inne. Sie schob den Stuhl beiseite und beugte sich über den Tisch. Trotz, Schmerz und Widerspenstigkeit – Archer richtete sämtliche negativen Gefühle gegen Josie, als hätte sie ihm das alles eingebrockt. Deswegen knickte Josie zwar noch lange nicht ein, aber es reichte, um sie richtig wütend zu machen.

»Hast du mich verstanden, Archer?«, fragte Josie.

An Archers Kinn zuckte ein Muskel. Schließlich nickte er. Das genügte Josie erst einmal. Eine Stunde später marschierte sie in Jude Getts' Kanzlei. Hoffentlich war Archer zu Hause und rekonstruierte jenen schicksalhaften Tag, dachte sie. Doch da irrte sie. Jude und Archer waren mit der gleichen Sache beschäftigt. Beide hatten gerade die Mittagsnachrichten eingeschaltet, und Archer war die Meldung des Tages.

Kapitel 9

Jude Getts hatte ein schönes Büro: Ledersofas, so weich und glatt wie ein Babypopo, üppige Grünpflanzen und ein Teppich, der so schwer war wie der Akzent einer Südstaatenhure. Ganz kurz vermisste Josie das, was sie vor ein paar Jahren mit der exklusiven Rechtsanwaltskanzlei aufgegeben hatte, als ihr klar geworden war, dass nicht alle, die sich eine Verteidigung leisten konnten, auch eine verdienten. Aber der Moment währte nur kurz. Der Preis für eine Kanzlei wie diese war einfach zu hoch: absurd hohe Stundensätze, keine Zeit, um seine Lieben anzurufen, Mandanten, die einen anwiderten, einem das Herz brachen oder Gewissensbisse verusachten, Kollegen, die einem alles abverlangten, ein Liebesleben, das in Vergessenheit geriet über einem Prozess, der jede Beziehung überdauerte. Derart gefragt zu sein und so viel Geld zu machen forderte seinen Preis. Nur die wenigsten waren aus dem Holz geschnitzt, um groß herauszukommen, aber ganz offensichtlich gehörte Jude Getts zu diesen Auserwählten.

Josie spürte seine Energie bereits, bevor sie über die Schwelle trat.

»Da sind Sie ja. Der Staatsanwalt hat gerade seinen Spaß«, begrüßte Jude sie, als käme sie genau richtig zur Cocktailstunde. Er deutete auf einen Mandantensessel.

»Wer ist das dort neben ihm?«, fragte Josie, während sie sich setzte.

»Das ist Sharon Flaggerty, die Sprecherin von *Pacific Park.*«

»Stellen Sie den Ton an.«

Josie machte eine Geste zu dem Plasmabildschirm an der Wand. Jude drückte irgendwo auf dem Schreibtisch einen Knopf, und der Ton ging an. Der Fernseher war ein wunderbares Stück Technik, und das wie gestochen scharfe Bild machte der hübschen blonden Sharon Flaggerty alle Ehre. Ihre Äußerungen passten dazu. Sie war eine wortgewandte, professionelle junge Frau, die die Kunst der Manipulation offenbar zur Meisterschaft gebracht hatte und sie gerade dem Reporter der *Daily Breeze* angedeihen ließ.

»Selbstverständlich war es schwierig für *Pacific Park*, Mr Getts' Klage wegen Fahrlässigkeit und Verletzung der Sorgfaltspflicht stillschweigend zu ertragen. Wir sind ein Familienunternehmen, und unsere Klientel besteht ebenfalls aus Familien. Es belastet uns sehr, dass manche Leute uns eine Vertuschung unterstellen. Wie Sie inzwischen wissen, durften wir keine für einen Zivilprozess relevanten Informationen preisgeben, während wir in einer Strafsache mit dem Staatsanwalt zusammenarbeiteten. Aber wir von *Pacific Park* wollten unbedingt erreichen, dass der Gerechtigkeit Genüge getan wird, selbst wenn unser eigener Ruf darunter leiden würde.«

»Werden Sie rechtliche Schritte gegen den Richter einleiten, der Sie wegen Zurückhaltung von Beweismitteln gemaßregelt hat?«, rief jemand.

»Nein, natürlich nicht.« Sharon Flaggerty gab sich auf anmutige Weise entsetzt. »Der Richter hat schließlich nur seine Pflicht getan. Inzwischen ist Richter Benson klar, dass die Ermittlungen in Gefahr gewesen wären, wenn wir auf Mr Getts' Aufforderung reagiert hätten. Entsprechend hat er den Zivilprozess ausgesetzt, bis die Sache vor dem Strafgericht entschieden ist.«

»Verdammt!«

Judes Faust traf die Lehne seines Bürostuhls, doch ein Blick auf ihn verriet Josie, dass er über die Entscheidung des

Gerichts nicht wirklich verärgert war – die Strategie des Parkes bedeutete vielmehr einen Nervenkitzel für ihn.

»Schsch«, mahnte Josie, als der nächste Reporter die entscheidende Frage stellte.

»Wenn Sie wussten, dass es Mord war, wieso haben Sie die Beweise dann nicht schon vor zwei Jahren ausgehändigt?«

»Wir haben die Umstände von Tims Unfall erst erneut überprüft, als Mr Getts die Zivilklage eingereicht hat«, sagte Sharon Flaggerty mit aufrichtigem Bedauern. »Angesichts der Beweislage mussten wir unsere erste Einschätzung, es habe sich um einen Unfall gehandelt, revidieren. Auch nach dieser Überprüfung war noch nicht geklärt, ob ein Verbrechen vorliegt. Deswegen haben wir uns so stark auf Mr Cooper, den Bezirksstaatsanwalt, verlassen. Er hat weiter ermittelt und ist zu der Entscheidung gekommen, die Angelegenheit als Strafsache zu verfolgen.«

Eine allgemeine Unruhe entstand, als alle die gleichen Fragen stellten. Was hatte den Ausschlag gegeben? Wie war der Staatsanwalt zu der Überzeugung gekommen, einen Schuldspruch erreichen zu können? Konnte sie zu den Beweisen gegen den Verdächtigen Genaueres sagen? Nein, sagte Ms Flaggerty, aber John Cooper könne das tun. In anmutiger Haltung verließ sie das Podium, und Cooper trat ans Mikrofon. Durch seine wunderbare Stimme, seinen makellosen Vortrag und seine perfekte Wortwahl wirkte John Cooper intelligenter, als er war. Er redete so lange, ohne wirklich etwas zu sagen, dass einige der Reporter wegzudösen begannen. Jude Getts schien den Staatsanwalt ebenfalls bestens zu kennen. Er stellte den Ton leiser, ehe John Cooper sein erstes Satzgefüge zu Ende gebracht hatte.

»Okay.« Josie drehte sich zu Jude um. »Wovon redet sie? Welche Beweise?«

»Ich habe keine Ahnung. *Pacific Park* hat monatelang mit allen Mitteln gegen uns gekämpft, und jetzt geben sie die pflichtbewussten Bürger und Heiligen. Unglaublich.« Er drehte sich auf dem Stuhl zu ihr herum und schaltete zugleich den Fernseher aus. Nach einer kurzen Pause warf er die Fernbedienung auf den Schreibtisch. »Egal. Ich setze meinen PR-Mann darauf an. Archer hat eine lange, solide Laufbahn als Detective hinter sich. Wie könnte man einen Mann hassen, der sich so aufopfernd um seine kranke Frau gekümmert hat? Dieses Detail wird die öffentliche Wahrnehmung nachhaltig beeinflussen. Alle potenziellen Geschworenen werden ein positives Bild von Archer haben. Wenn die Jury feststeht, frisst sie uns aus der Hand.«

»Und ich bin der Meinung, dass wir nichts dergleichen tun werden«, informierte ihn Josie. Sie hatte mehr als Nebelkerzen erwartet. »Ich schlachte weder meine Mandanten noch ihre Opfer aus. Das ist nicht mein Stil.«

»Jetzt schon, Josie. Jetzt schon.«

Jude lehnte den Kopf an die Stuhllehne. Ein kleiner Deckenstrahler war so auf Jude ausgerichtet, dass er einen Lichthof um ihn erzeugte. Die Assoziation reizte Josie zum Lachen.

St. Jude.

Witzig.

Der Heilige der hoffnungslosen Fälle.

Dummes Zeug.

Archer war genauso wenig ein hoffnungsloser Fall, wie dieses Model mit Juraabschluss ein Erlöser war.

»Dann haben Sie also noch ein bisschen Feuer im Arsch, was, Josie? Das ist gut.« Er machte eine neckische Geste mit den Fingern, und Josie hätte sie ihm am liebsten abgerissen. Stattdessen hörte sie zu und schluckte die Medizin, um das Bonbon zu bekommen, das er versprochen hatte. »Aber meine Rechercheabteilung ist ebenso gut wie mein PR-Mann. Dieses Mädchen, das sie vor Kurzem verteidigt haben – wie hieß sie noch gleich?«

»Hannah Sheraton?«

»Ja, natürlich. Hannah Sheraton«, murmelte Jude und löste die Hände, die er gefaltet hatte. »War das im Grunde nicht ein Fiasko? Eigentlich hatten Sie den Fall verloren. Nur durch die Dummheit der Mutter konnten Sie Ihr Gesicht wahren und eine Unschuldige vor einer lebenslangen Haftstrafe retten. Sie sind nicht mehr in Form, Mädchen, und ich glaube nicht, dass Sie Ihre Fähigkeiten gerade bei dieser Angelegenheit aufpolieren möchten. Es steht einfach zu viel auf dem Spiel.«

»Erstens«, sagte Josie kühl, »bin ich nicht Ihr Mädchen. Zweitens habe ich den Fall nicht verloren, sondern aufgehört, weil Hannah mich darum bat. Als ich die Wahrheit herausfand, habe ich die Sache selbst in die Hand genommen.«

»Ja, stimmt. Aber das ändert nichts an der Tatsache, dass Ihre Ressourcen beschränkt waren und Sie deshalb die Wahrheit nicht früher erkannt haben. Diesmal brauchen Sie mehr als nur ein bisschen Glück. Sie brauchen mich.«

Mit der einen Hand schob er eine Mappe in ihre Richtung.

»Nach den wenigen Unterlagen, die wir *Pacific Park* abgetrotzt haben, bevor man dort mit den Spielchen anfing, sieht es für Ihren Mandanten nicht gut aus. Mit dem *Shock-&-Drop*-Fahrgeschäft war alles in Ordnung, technische Mängel sind als Ursache für Tims Tod also eher fraglich, wenn nichts vertuscht wurde.«

In aller Ruhe ließ Jude diese kleine Bombe platzen. Josie betrachtete die Mappe und befürchtete dabei, ausgebootet zu sein, bevor sie überhaupt zum Schlachtfeld kam.

Jude stupste die Mappe ein letztes Mal an und ließ Josie nicht aus den Augen, als er sie öffnete und ihr mit betont sinnlichen Bewegungen verschiedene Unterlagen hinüberreichte. Er neckte sie, und zwar so effektiv, dass Josie nicht widerstehen konnte. Sie betrachtete die Dokumente eines nach dem anderen, bekam ein Gefühl für das Ganze und ignorierte fürs Erste die Details. Vor ihr lagen technische Zeichnungen, Diagramme und Berichte. Jude lieferte den Kommentar dazu.

»Alle drei waren ordnungsgemäß angeschnallt. Archer stand rechts, Lexi links, Tim in der Mitte.«

Jude schob eine weitere Schemazeichnung zu ihr hin.

»Der Schließmechanismus des Gurtes befand sich über Tims Brust.«

Wieder schob er ihr ein Blatt hin.

»Die Plattform fuhr langsam nach oben. Oben pausierte sie anderthalb Sekunden lang, bevor die Fahrgäste mit einer Geschwindigkeit von dreißig Stundenkilometern nach unten sausten. In einer Höhe von etwa vier Stockwerken kommt eine Stelle, wo die Fahrt langsamer wird. Tim Wren fiel hinunter, bevor sie dort ankamen. Was auch geschah, es war perfektes Timing. Die Geschwindigkeit katapultierte ihn zu Boden. Wäre es auch nur zwei Sekunden später passiert, hätte er vielleicht eine Überlebenschance gehabt.«

Josie betrachtete ein Blatt nach dem anderen und verweilte bei jedem einzelnen, während Jude eines nach dem andern wegnahm und ersetzte. Anfassen wollte sie sie nicht. Ihr kamen bereits Zweifel. Vielleicht hatte Jude ja recht. Hannahs Freispruch war ein glücklicher Zufall gewesen, der nur dadurch zustande gekommen war, dass Hannahs Mutter einen Fehler beging, und nicht durch Josies brillante Verteidigung. Vielleicht war Josie ja wirklich eingerostet, und Archers Verteidigung würde darunter leiden. Durfte sie dieses Risiko eingehen? Könnte sie noch in den Spiegel schauen, wenn sie aus Hybris Jude Getts' Rat in den Wind schlug?

Unsinn. Sie war durchaus in der Lage, Archer zu verteidigen, und es wurde Zeit, dass Jude Getts das begriff.

»Das Fahrgeschäft könnte kurz vor der Kurve von irgendetwas getroffen worden sein«, sagte sie. »Vielleicht befand sich etwas auf den Schienen: Vogelkot, irgendetwas in der Luft, wodurch der Stahl angegriffen wurde oder das den Mechanismus in Mitleidenschaft zog.«

»Sie sind auf Zack. Das freut mich«, sagte Jude aalglatt. »Aber nach dem Wartungsbericht war alles in Ordnung …«

Jude unterbrach sich, um eine umwerfende Frau zu beäugen, die das Büro betrat, als würde es ihr gehören. Ihr Haar reichte ihr bis zum Kinn und war so dunkel wie ihre Augen. Das Kostüm schmiegte sich um ihren Körper wie eine zweite Haut. Josie nickte ihr grüßend zu, als sie Kaffee hinstellte und Jude einen Bericht reichte, den sie unter den Arm geklemmt hatte. Als die Frau ging, folgte Josie ihr mit dem Blick, und Jude erriet ihre Gedanken.

»Einer unserer Neuzugänge. Jahrgangsbeste in Yale. Irgendwann wird sie eine Menge Geld für diese Kanzlei verdienen, und ich darf sagen, dass ich es war, der mehr als ihre offenkundigen Reize bei ihr wahrgenommen hat.« Lächelnd sah Jude von den Unterlagen zu Josie hoch. »Und nur damit Sie es wissen, ich würde ihr auch einen Kaffee bringen, wenn sie einen bräuchte.«

»Wie demokratisch«, murmelte Josie. Verärgert darüber, so durchschaubar zu sein, nahm sie ihre Kaffeetasse zwischen die Hände. »Diese Dokumente könnten gefälscht sein. Ich werde sie von Fachleuten untersuchen lassen.«

»Genau das hat Amelia getan.« Er hielt ein weiteres Blatt Papier in die Höhe. »Das ist der letzte Bericht, und seine Echtheit steht außer Zweifel. Die technische Prüfung wurde unmittelbar nach dem Unfall durchgeführt.«

Er steckte das Blatt in die Mappe und fasste die übrigen zu einem Stapel zusammen.

»Falls Sie nichts dagegen haben, lasse ich Sie noch einmal überprüfen.« Josie stellte die Kaffeetasse wieder hin. »Aber ich will mir nicht selbst vorgreifen. Zunächst möchte ich mir die

Akten aus dem ersten Zivilprozess ansehen. Wer hat Lexi vertreten?«

»Nun, da kommen Sie zu einem interessanten Punkt.« Jude sah aus wie ein Junge, der gerade zwanzig Dollar gefunden hat, und zwar auf einer langen, einsamen Straße, wo keine Chance bestand, den rechtmäßigen Besitzer zu finden. »Es gab mit Lexi keinen Vergleich wegen Tims Tod. Wenn man sie entschädigt hätte, wäre es nahezu unmöglich, einen Vergleich für Colin auszuhandeln. Irgendwann hätte ich es bestimmt geschafft, keine Frage. Aber ein Zivilprozess, zwei Jahre, nachdem schon ein Elternteil entschädigt wurde, das wäre ein harter Kampf geworden.«

Josie blickte Jude ausdruckslos an, ohne ihn wirklich wahrzunehmen. Sie sah weder das üppige Grün auf der Terrasse hinter ihm noch sein Lächeln oder das Glitzern in seinen Augen. Ihr Gesichtsfeld hatte sich auf einen Farbtupfer auf seinem Hemd verengt, einen Aufdruck aus dünnen dunkelblauen, beigen und grauen Linien, die sich vor einem weißen Hintergrund kreuzten. Verzweifelt bemühte sie sich, die spärlichen Informationen so zusammenzusetzen, dass sie sich ebenso sauber ineinanderfügten wie das Karomuster dieses Hemdes. Keine technischen Mängel. Keine Zivilklage nach dem Unfall. Keinerlei Motiv bei Archer, ein Verbrechen zu begehen. Keinerlei Beweise, dass überhaupt ein Verbrechen geschehen war.

»Ich verstehe das nicht«, überlegte sie laut. »Selbst ohne technische Mängel hätte man das Unternehmen wegen menschlichen Versagens verklagen können. Wenn Lexi es richtig angestellt hätte, hätte *Pacific Park* sogar nach einem verlorenen Prozess gezahlt, um sie von öffentlichen Äußerungen abzubringen. Diese Leute hätten es sich viel kosten lassen, schlechte Publicity zu vermeiden.«

»Vielleicht fragen Sie mal Ihren Mandanten, wieso seine Frau nicht geklagt hat?«, regte Getts an. »Aber im Moment ist das alles ein ziemliches Rätsel. Wenn wir zusammenarbeiten, werden wir es früher oder später auflösen. Das wissen Sie, glaube ich.«

Josie warf ihm einen scharfen Blick zu. »Glauben Sie etwa, Sie bekommen das Geld von *Pacific Park* schneller in Ihren Gierschlund, wenn Sie mich gönnerhaft behandeln?«

»Glauben Sie etwa, ich ändere meine Meinung, wenn Sie mich beleidigen?«, spottete Jude zurück. »Hören Sie, ich möchte hier etwas klarstellen. Ich schäme mich nicht für das, was ich tue. Ob Sie es glauben oder nicht, es geht hier nicht nur um Geld. Ich helfe Leuten, die meine Hilfe brauchen, und Colin Wren braucht sie.«

»Soll das ein Witz sein? Ein Mann, der seinen Sohn zehn von dreizehn Jahren ignoriert hat? Das ist die Art Mandant, dem Sie helfen möchten?«, fragte Josie.

»Sie haben nur Archers Aussage, dass Colin ein Widerling war«, erinnerte Jude sie.

»Die reicht mir«, versicherte ihm Josie.

»Und ich habe Colins Wort, dass er keiner war«, erwiderte Jude. »Und das reicht mir.«

»Nur zu. Irgendjemanden werden Sie schon davon überzeugen, dass Colin Wren von Tims Tod profitieren sollte.«

Jude schüttelte den Kopf und fuhr mit der Hand über die Stuhllehne. Jetzt war es vorbei mit dem Geplänkel.

»Sie sind offenbar eine gute Anwältin, Josie, aber sich so vollständig auf die Sicht Ihres Mandanten zu verlassen ist nicht besonders klug. Sie kennen Colin Wren nicht, Sie kennen mich nicht, und keiner von uns weiß, was hier wirklich passiert ist. Wenn Sie alles für bare Münze nehmen, was Ihr Mandant sagt, dann hat er einen Dummkopf zur Anwältin. Setzen Sie sich für seine Sicht der Dinge ein, aber lassen Sie sich nicht davon vereinnahmen, bevor Sie wissen, dass es die richtige ist.«

»Danke für den Ratschlag.« Gekränkt über die Zurechtweisung, deutete Josie auf die Mappe. »Ist die für mich?«

»Kopien von allem, was wir haben. Extra für Sie.« Lächelnd überreichte er ihr die Mappe.

»Danke.« Josie nahm sie an sich. »Ich übernehme das, Sie können sich also wieder dem zuwenden, was sonst so bei Ihnen ansteht.«

»Wohl kaum, Josie. Die nächsten paar Monate werden wir an der Hüfte verwachsen sein, Sie können sich also genauso gut entspannen.« Jude machte ein verschmitztes Gesicht. Seine Unbekümmertheit gefiel ihr gar nicht.

»Vergessen Sie es, Jude. Ich mag Ihre Arbeitsweise nicht.«

»Die hat bis jetzt ganz gut funktioniert, glaube ich.« Er tat gekränkt, dann wurde sein Gesichtsausdruck entschlossen, und er verschränkte die Arme vor der Brust. Er hatte genug von dem Rededuell. »Ohne mich säße Ihr Mandant immer noch im Gefängnis. Ohne mich hätten Sie jetzt keinen Vorsprung. Ohne mich wären Sie immer noch im Hintertreffen. Und ohne Colin würde Archer als ehemaliger Polizist im Gefängnis sitzen. Kein sehr angenehmer Ort für ihn.«

»Na schön, Ihre Spielchen und Ihre Sekretärinnen und Colin Wrens finanzielle Mittel sind ja ganz beeindruckend«, räumte Josie ein. »Aber ich habe meine Schwierigkeiten mit Ihnen. Das hier ist nicht lustig, und in Anbetracht der Tatsachen, dass ein Kind gestorben ist und der Mord einem Unschuldigen zur Last gelegt wird, ist Geld zweitrangig.«

»Glauben Sie mir, ich weiß, dass das kein Witz ist«, beharrte Jude, und Josie wurde klar, dass sich hinter Jude Getts' Fassade ein stählerner Kern befand. »Aber ich werde mich nicht dafür entschuldigen, bei Herausforderungen zu Hochform aufzulaufen. Wenn ich lächle, dann, weil ich auf Touren komme. Weil ich ohne ein bisschen Leichtsinn verzweifeln würde über all das Unrecht, gegen das ich nichts tun kann. Aber vor allem, weil ich meinen Beruf liebe.« Er beugte sich vor, nahm einen Stift und zog ihn durch seine Finger. »Und weil ich darauf brenne, es mit Ihnen zu machen.«

»Worin natürlich keinerlei Doppelsinn liegt«, schoss Josie ungerührt zurück.

Jude lachte auf und warf den Stift beiseite. »Sie sind nicht mein Typ. Tolle Beine, aber ich brauche ein bisschen mehr Haare, um meine Finger darin zu vergraben. Und zwar blond, nicht brünett.«

»Na schön. Ich bin nicht Ihr Typ. Sie sind auch nicht meiner, weder in beruflicher noch in persönlicher Hinsicht. Dann lassen Sie mich mit meiner Arbeit weitermachen, allein bin ich nämlich besser.«

»Und ich möchte nicht, dass hier Missverständnisse aufkommen«, warnte Jude sie. »Wir wollen beide das Gleiche, nur aus unterschiedlichen Motiven. Es wäre unvernünftig, unsere schlauen Köpfe in dieser Sache nicht zu vereinen.«

Josie wollte gerade den Mund öffnen, um zu widersprechen, als ihr Handy klingelte. Sie wandte sich halb ab, um einen Anschein von Privatsphäre zu haben, und nahm den Anruf an, der ihrem Gespräch mit Jude Getts ein Ende setzte.

»Das war das Büro von Ruth Alcott. Sie ist die stellvertretende Staatsanwältin, die mit diesem Fall befasst ist, und sie hat jetzt Zeit für mich.« Josie hob die Mappe, die sie in der Hand hielt. »Also, danke für die Informationen. Ab hier komme ich alleine klar. Ich brauche keine weitere Hilfe von Ihnen.«

Jude krempelte die Hemdsärmel hinunter, nahm seinen Mantel und kam um den massiven Schreibtisch herum, während sie sprach. Er klopfte ihr freundschaftlich auf die Schulter und sagte im Vorbeigehen: »Machen Sie sich nicht lächerlich. Natürlich brauchen Sie die.«

* * *

Die Leute am Strand machten nicht nur wegen Archers Aussehen einen großen Bogen um ihn, sondern auch wegen der Art, wie er sich fortbewegte. Er hielt die Arme seitlich angewinkelt und streckte das Kinn vor. Sein kräftiger Körper wurde vorwärtsgetrieben wie ein Geschoss auf der Suche nach dem Ziel. Archer ging, als könnte ihn nichts zum Stehenbleiben bewegen. Er wirkte gefährlich, und die Leute, an denen er vorbeikam, beobachteten ihn mit einiger Neugier und zugleich Erleichterung darüber, dass er sie nicht bemerkte.

Er verlangsamte sein Tempo nicht, als er sein Haus betrat und auf dem Weg nach oben immer zwei Stufen gleichzeitig nahm. Er ignorierte seine schmerzenden Rippen und das Pulsieren in seinem Kopf und brachte die drei Treppen in kaum sechzig Sekunden hinter sich.

Der Schlüssel drehte sich im Schloss. Er stieß die Tür auf und ging auf geradem Weg zur Terrasse. Dann wieder in die Wohnung. Und wieder zurück. Dreimal wiederholte er das. Einmal blieb er neben dem Stativ stehen. Er erwog kurz, die Kamera einzuschalten, seine Wut durch das Objektiv brechen zu lassen, ruhiger zu werden, indem er das Meer abbildete, den Himmel, die Vögel, die Strandbesucher.

Scheiße.

Sein Geist zerfetzte die Idee wie eine überfällige Rechnung, die er nicht bezahlen konnte. Was nützte es schon, sich besser zu fühlen? Archer stampfte in die Wohnung und wieder auf die Terrasse und wieder in die Wohnung. Durch das Objektiv würde er nichts sehen, was er auch sonst gesehen hatte. Es war ein grauer Tag, ein verlorener Tag. Nichts sprach für diesen Tag, wie auch nichts mehr für ihn sprach. Dafür hatten der Staatsanwalt und diese Frau vom *Pacific Park* gesorgt.

Die Berichte in der Zeitung waren schon schlimm genug gewesen, aber seinen Namen in einem Atemzug mit Mord zu hören war ungeheuerlich. Gegen diese Pressekonferenz war er wehrlos. Archer hatte seine Zukunft in den Gesichtern der beiden Männer gelesen, die bei Burt Kaffee getrunken hatten. Sie hielten ihren Blick strikt nach Nordwesten gerichtet wie die Nadel in einem kaputten Kompass, aber unwillkürlich hatten sie doch immer wieder zu ihm hinübergelugt, um ihn verstohlen zu mustern. Auch Burts Blick hatte zweifelnd gewirkt. Burt, der nie zu jemandem ein böses Wort sagte, war auf einmal zurückhaltend und machte sich Gedanken, ob es wohl dem Umsatz schadete, wenn Archer dort hinten saß und so verdammt furchterregend aussah. Also war Archer gegangen. Er zahlte seine Rechnung und zog von dannen, und als er an Billy Zuni vorbei war, überlegte er, ob es feige gewesen war, nicht stehen zu bleiben, als der seinen Namen rief. Doch Archer konnte nicht stehen bleiben, denn ein Junge, der gesund und munter war, war das Allerletzte, was er sehen wollte.

Jetzt stand er wieder auf der Veranda, bebend vor Wut und Angst. Er brüllte auf und umklammerte die Balustrade der Terrasse, als würde er sonst aus der Welt fallen. Der raue Putz bohrte sich in seine Haut und drückte ein Muster hinein, bevor er wieder durch das Haus marschierte, auf der Suche nach etwas, das ihn von seinem Elend erlöste. Schnaps. Tabletten. Nicht sein Stil. Die Dienstpistole. An die hatte er bis jetzt nicht einmal gedacht.

Er hielt inne.

Dann ging er ins Schlafzimmer. Er würde sie suchen. Er würde sie anfassen. Benutzen würde er sie nicht, aber er brauchte die Gewissheit, dass sie da war. Noch fünf Schritte. Hart und schwer stampfte er über den Fußboden. Er kam nicht weit, denn beim Anblick von Lexis Foto blieb er unvermittelt stehen, dem kleinen Foto, das im Wohnzimmer ganz oben im Bücherregal platziert war. Ohne nachzudenken, als Reaktion auf die schiere Gegenwart des Bildes, brüllte er ein weiteres Mal auf, griff danach und schleuderte es gegen die Wand. Archer wusste nicht, wie lange er dort verharrt hatte, die Hände in die Hüften gestemmt und schwer atmend, aber lange konnte es nicht gewesen sein. Immer noch glaubte er zu hören, wie das Glas zersplitterte, und er nahm nur Lexis Gesicht wahr, das in dem kaputten alten Rahmen knitterte.

Ohne das schützende Glas, ohne Rahmen, der sie aufrecht hielt, ohne das glänzende Metall, das sie verschönerte, blickte Lexi ihn an, als hätte er sie hier verprügelt. Ihm war zumute, als hätte er sie niedergeschlagen und zerknickt auf dem Fußboden liegen gelassen.

Er fiel auf die Knie, griff nach dem Foto und ignorierte die blutende kleine Schnittwunde in seiner bloßen Hand, mit der er die Scherben zur Wand fegte. Dann ließ er sich auf die Fersen zurücksinken und nahm das Foto in beide Hände. Lexi lächelte immer noch, doch ihr wissender Blick durchschaute ihn und akzeptierte stoisch, was aus ihm geworden war. Wo eine Glasscherbe das Foto bis zu dem weißen Karton darunter durchschnitten hatte, zog sich ein Riss über ihre Wange. Das zerknitterte Foto ließ sie älter aussehen.

Langsam stand Archer auf, das Bild immer noch in den Händen. Ohne den Rahmen und die Glasscherben zu seinen Füßen zu beachten, versuchte er verzweifelt, die Falten zu glätten und das Papier glatt zu streichen, damit man den Schnitt nicht mehr sah. Es war zwecklos. Je mehr Mühe er sich gab, desto stärker stieg etwas in ihm auf. Wie ein Schrei fühlte es sich an. Wie etwas Lebendiges, etwas Gewaltiges, das immer größer wurde und sich nach Verdammnis anfühlte. Archer wollte sich von diesem schrecklichen Gefühl befreien, dieser Ahnung, dass sein Leben ihn eingeholt hatte. Vielleicht würde er dem entkommen, wenn er Lexi nicht mehr ansah.

Archer drehte ihr Gesicht von sich weg und wischte das Foto an seiner Hüfte ab, bevor er es zwischen zwei Bücher im Regal steckte.

Besser?

Noch nicht ganz.

Vorsichtig schob Archer das Foto weiter zwischen die Bücher, bis man den Rand nicht mehr sah. Er hatte ein kleines Loch geschaffen und Lexi ein weiteres Mal begraben, und dieses Mal war es leichter gewesen. In einer Minute oder einer Stunde oder einem Jahr würde Archer nicht einmal mehr wissen, wo sich das Foto befand.

Besser?

Nein, es war zu früh. Er wusste ja, dass Lexi dort war, durch seine Hand beschädigt, von seiner Furcht verbannt, eingekeilt zwischen zwei Büchern. Sie war in der Finsternis. Allein. Archer legte eine Hand auf die Bücher und ließ den Kopf dagegen sinken. Seine Lippen bewegten sich. Er hörte die Worte in seinem Kopf und verabscheute sich dafür, dass er sie aussprach, dass er sie dachte, sie in diesem Moment tatsächlich so meinte.

»Verflucht seist du, Lexi. Verflucht sei dieser Junge.«

KAPITEL 10

BEVOR RUTH ALCOTT zum dritten Mal geheiratet hatte, war sie zurück aufs College gegangen. Sie hatte ihr Jurastudium rechtzeitig abgeschlossen, um ihre Scheidung selbst in die Wege zu leiten, von einem Ehemann, der es sich übergangslos in einem Alltag bequem gemacht hatte, den sie langweilig fand. Jetzt, mit vierundfünfzig Jahren und finanziell unabhängig, verdiente Ruth gerade genug Geld, um sich Hosen mit Gummizug, flache Schuhe und jährliche Auslandsreisen leisten zu können, auf denen sie sich mittelalterliche Kirchen ansah. Ihr Ehemann hatte alle drei ihrer Laster gehasst.

Ruth Alcott war stellvertretende Staatsanwältin und gab sich keinerlei Illusionen hin, es noch zu etwas zu bringen, was man gemeinhin unter Erfolg verstand. Sie würde niemals Staatsanwältin werden – dafür war sie nicht fotogen genug. Eine eigene Kanzlei schied ebenfalls aus – nicht geldgierig genug. Sie würde nie wieder heiraten – zu egoistisch. Aber sie war eine gute Hilfsstaatsanwältin, denn acht Stunden pro Tag und fünfzig Wochen im Jahr war Ruth Alcott ein fanatischer Tugendbold. Wenn die Cops ihr etwas lieferten, bei dem es auch nur die leiseste Chance auf einen Prozess gab, dann hielt sie es für ihre Pflicht, die Sache bis zum bitteren Ende durchzufechten. In Ruths Augen war dieses Ende normalerweise ein Schuldspruch. Heute war Archer der Schurke, und Ruth saß hoch oben auf dem weißen Ross der Gerechtigkeit. Es war so hoch, dass sie nichts von dem zu hören schien, was Josie Bates gerade sagte.

»Hören Sie, Ruth, Ihre Leute haben Archer wieder und wieder provoziert.« Josie stand auf und beugte sich über Ruths Schreibtisch. Am liebsten hätte sie den Tisch leer gefegt, um Ruth zum Zuhören zu zwingen. Stattdessen senkte sie die Stimme und legte mehr Schärfe in ihre Ausführungen. »Es war schon schlimm genug, dass Sie ihn von Ihren eigenen Ermittlern haben verhaften lassen, und jetzt sind schon vierundzwanzig Stunden ohne eine Anhörung vergangen. Die Sache stinkt zum Himmel, Ruth.«

»Ich kann mich gar nicht erinnern, im Jurastudium gelernt zu haben, dass die Staatsanwaltschaft die Klageschrift der Verteidigung in vierundzwanzig Stunden vorlegen muss«, sagte Ruth, unbeeindruckt von Josies Empörung. »Ihr Mandant wurde über seine Rechte belehrt.«

»Nachdem Ihre Leute ihm das Gesicht auf die Straße gedrückt haben«, entgegnete Josie.

»Man hat ihm mitgeteilt, dass er wegen Mordes an Timothy Wren verhaftet wurde, und er hat keinen Anwalt verlangt. Wir haben uns strikt an die Regeln gehalten.«

Ruth beendete ihre Rede, als hätte Josie überhaupt nichts gesagt. Josie hob die Hände und riskierte gleichzeitig einen Blick in Judes Richtung. Vollkommen ruhig saß er da und hörte zu. Eins musste man ihm lassen: Wenn es nötig war, konnte er offenbar gut mit anderen zusammenarbeiten.

»Wenn ich es nicht besser wüsste, würde ich fast glauben, dass Sie einem alten Freund von John Cooper einen Gefallen tun.« Erneut ging Josie auf Ruth los. »Alle, auch sein Bruder, wissen, dass Johns erster Job als Teenager im *Pacific Park* war. Jedes Mal, wenn er sich beim Wahlkampf den Medien als Mann von nebenan präsentiert, tischt er diese Anekdote auf. Und es ist auch kein Geheimnis, dass *Pacific Park* sich für diese Gratiswerbung jedes Mal mit einem netten, saftigen Scheck revanchiert. Wenn da nicht eine Hand die andere wäscht, wo dann?«

»Reizend, Josie, aber das zieht nicht, Sie brauchen also gar nicht erst zu versuchen, diese Behörde in Misskredit zu bringen«, blaffte Ruth. »Erstens ist nicht John hier der Ankläger, sondern ich bin es. Und fürs Protokoll, ich habe nie in *Pacific Park* gearbeitet. In diese niedlichen kleinen Uniformen hätte ich nicht mal mehr mit sechzehn reingepasst.«

»Aber John hält sich nicht raus. Er war auf der Pressekonferenz«, stellte Josie heraus. »Er hat keinen Grund für die Verhaftung meines Mandanten genannt. Also, entweder Sie lassen die Klage fallen und entschuldigen sich, oder Sie rücken jetzt mit der Begründung heraus.«

Ruth, glücklich über ihre ruhmreiche Aufgabe und über das Opfer, an dem sie sie exerzieren konnte, war in ihrem Element. »Kein Problem, Josie. Sie kriegen eine, Sie und Ihr Kollege. Sie hören doch noch zu, nicht wahr, Mr Getts?«

»Selbstverständlich«, erwiderte Jude und schenkte Ruth ein strahlendes Lächeln.

Es beeindruckte sie nicht, und sie zog ihre Hose ein wenig hoch, um das zu beweisen. »Wunderbar. Dann komme ich gleich zum Punkt«, sagte Ruth, amüsiert über seine augenscheinlichen Flirtversuche.

Josie setzte sich neben Jude und schlug die langen Beine übereinander. Sie stützte sich mit dem Ellbogen auf die Armlehne, legte einen Finger an die Lippen und sah Ruth gespannt an. Auf einem Stapel von Nachschlagewerken stand auf dem Büfett ein billiger Fernseher mit eingebautem VHS-Rekorder. Eine Kaffeetasse von *Starbucks* und eine braune Papiertüte teilten sich den Platz mit zerfledderten, von Eselsohren geschmückten Akten, Andenken von Ruths Reisen und zwei Schachteln. Die eine war voll, die andere nicht.

Ruth entnahm der einen Schachtel eine Videokassette, als würde sie ein Kaninchen aus dem Hut zaubern. Sie legte die Kassette ein und drückte mit einer kleinen, schwungvollen

Geste auf »Play«, dann trat sie zurück und ließ als Zugabe noch einmal den Gummibund schnalzen. Als hätten sie nur auf ihr Stichwort gewartet, setzten die Bilder ein.

Es war die Aufnahme einer Überwachungskamera, die einen größeren Ausschnitt von *Pacific Park* zeigte. In der Ferne war die Schlange der Autos auf dem San Diego Freeway zu sehen. Auf den Gipfeln der San-Bernardino-Berge lag Schnee, der strahlend weiß in der herbstlichen Sonne von Südkalifornien funkelte. Vorne sah man das *Shock & Drop*: eine riesige, grobschlächtige Konstruktion aus Stahlrohren und Seilzügen, Hebeln und Zahnrädern, grellem Lack, Ölschmiere und Rost. An der Außenseite des Gebildes befanden sich Plattformen mit jeweils drei Plätzen. Leuchtend bunt. Fröhliche, schrille Farben. Allein schon der Anblick dieses Anstrichs bereitete Herzklopfen. Es waren Farbtöne, bei denen die Kinder kreischten und quengelten.

Ich will rot. Nein, gelb. Blau. Blau! Schon gut. Such dir eine Farbe aus.

Die Plattformen waren schmal: breit genug, um Füße in allen Größen aufzunehmen, klein genug, um gefährlich zu wirken, wenn man darauf stand. Die Fahrgäste wurden mit über ihre Schultern laufenden Gurten an einer Rückwand gesichert, die aus Plexiglas zu bestehen schien. Auf der Brust des angeschnallten Fahrgastes lag wie eine Tapferkeitsmedaille eine riesige Metallscheibe – der Verschlussmechanismus. Die Mitfahrenden hielten sich an Handgriffen fest, die sie zu einer aufrechten Position zwangen.

So lustig. So sicher. Etwas zum Festhalten. Etwas zum Draufstellen. Und ein Gurt. Ganz ungefährlich.

Dann kamen Leute ins Bild. Drei halbwüchsige Jungen lachten und johlten einander zu. Quälend langsam glitten sie über den Bildschirm. Josie gingen allerlei Fragen durch den Kopf. Wer waren sie? Freunde? Bekannte? Fremde, die nur die

Vorfreude auf die Fahrt miteinander teilten? Hatten sie irgendetwas mit Tims Todestag zu tun? Wie alt waren diese Jungen? Sechzehn? Siebzehn? Es spielte keine Rolle. Jener Augenblick war schon lange vorbei. Inzwischen waren sie älter geworden. Tim Wren nicht.

In weiter Ferne glitt ein Flugzeug ins Bild und wieder hinaus.

Die Zahnräder des *Shock & Drop* drehten sich.

Die Jungen waren so ausgelassen, und da fiel es Josie auf einmal auf.

Etwas stimmte nicht ganz. Etwas fehlte.

Der Ton.

Es gab keinen Ton. Sie sahen einen Stummfilm. Josie blinzelte unwillkürlich und drehte den Kopf. Jude hatte sie berührt. Warnend bohrte er ihr den Finger in den Arm, damit sie sich vor ihrer Widersacherin nichts anmerken ließ, nicht einmal Neugier. Josie rückte von ihm ab, kam seiner Warnung jedoch nach. Ihre Miene blieb neutral, während sie verfolgte, wie die Jungen auf der Plattform aus dem Bild verschwanden. Zurück blieb nur die zentrale Schiene des *Shock & Drop* – aber nicht lange.

Mit einem Mal flogen die drei Jungen durch das Bild. Ihre Münder waren aufgerissen, ihre Jacken flatterten, und in ihren Gesichtern lag jämmerliche Angst. In diesem Bruchteil einer Sekunde hatten sie eine Lektion über das Erwachsensein gelernt: Das Leben hing an einem seidenen Faden. Ohne die Plattform, den Gurt, die Handgriffe wäre alles dahin. Die Kamera folgte ihnen bis zu einem bestimmten Punkt und blieb dort stehen. Die Fahrt pausierte. Sie ging noch eine Minute weiter – vielleicht auch weniger. Josie würde erfragen müssen, wie lange der Abstand zwischen der Abwärtsbewegung und den nächsten Fahrgästen war, aber ihr blieb keine Zeit mehr, die Frage zu stellen, bevor die Hauptdarsteller der Show ins Bild kamen.

Archer blickte geradeaus und wirkte lächerlich groß. Sein fassartiger Brustkorb wurde von dem Sicherheitsgeschirr zurückgehalten, die Griffe sahen in seinen riesigen Händen winzig aus. Spaß hatte er nicht.

Lexi, noch lebendig. Sie war krank, aber trotzdem die Art Frau, zu der Josie sich hingezogen gefühlt hätte. Kein Getue. Sie genoss die Fahrt, ohne dabei kindisch zu sein. Sie wollte das Erlebnis mit jemandem teilen. Von Archer war sie zu weit entfernt, also teilte sie es mit ihrem Sohn.

Tim Wren war auf andere Weise als Archer massig. Er war schlaff. Er hatte zu viel Volumen in der Körpermitte. Babyspeck in Kombination mit Muskeln, die weich und ohne Spannkraft vom Mangel an Bewegung waren. Auf der Oberlippe hatte er einen flaumigen Jünglingsschnurrbart. Man sah ihm die Pubertät an. Selbst auf dem Video waren seine Kraft und Unberechenbarkeit, seine Behinderung deutlich sichtbar. Tim hätte als gut aussehender Junge gelten können, wäre naturgegeben sein Aussehen nicht so offensichtlich durch seine körperlichen und geistigen Mängel verändert worden.

Sein Kopf bewegte sich in einem langsamen Wellenmuster, seine Augen hielt er geschlossen, als sei er blind. Die Lippen waren schlaff und standen leicht offen, vielleicht bildeten sie gerade ein Wort, ohne einen Satz formulieren zu können. Er hielt sich locker an den Griffen fest und hatte einen Arm in einem seltsamen Winkel angehoben. Seine Finger zuckten, als könnte er sich nicht richtig festhalten. Tims Knie wippten in einem Rhythmus, der für ihn vielleicht etwas bedeutete. Vielleicht war es aber auch nur eine unwillkürliche Reaktion auf Impulse aus seinem angegriffenen Gehirn.

Es gab so vieles an ihm zu beobachten, so vieles zu analysieren, aber in einem war sich Josie ganz sicher: Tim Wren war ein Kind, und Lexi liebte ihn. Man merkte es daran, wie sie ihre Griffe losließ und ihm den Arm tätschelte, wie sie ihn lächelnd ansah, den Kopf schief legte, wie sie versuchte, Blickkontakt mit Tim herzustellen. Josie sah, wie Lexi mit den Lippen die Worte »ich liebe dich« formte, während die drei gemeinsam hochgezogen wurden.

Und dann waren sie fort, genau wie die Jungen vor ihnen. Die Aufwärtsbewegung war zu Ende. Die Stille in Ruth Alcotts Büro war ohrenbetäubend. Es war stickig, und Josie hatte das Gefühl, keine Luft zu bekommen. Ohne es richtig zu merken, tastete sie nach Judes Arm. Er bewegte sich gerade so weit, um ihr seine Gegenwart zu signalisieren, doch bevor es zu einer Berührung kam, sausten Archer, Lexi und Tim erneut durch das Bild.

Einen Moment lang waren sie zu dritt, dann nur noch zu zweit.

Josie sah es. Jude sah es. Ruth Alcott hatte es schon früher gesehen und war mit ihrer kleinen Überraschung zufrieden. Mit unglaublicher Präzision spulte sie das Band zurück und spielte es erneut ab. Diesmal in Zeitlupe. Diesmal mit Erklärung.

»Ihr Mandant hatte die Hand auf dem Verschlussmechanismus, und danach fiel der Junge herunter«, erläuterte Ruth im entsprechenden Moment und hielt das Bild an, um zu unterstreichen, was sie meinte. »Wollen Sie es noch einmal sehen?«

»Nein.«

Josie hatte genug gesehen. Für den Bruchteil einer Sekunde befand sich Archers Hand vor Tim Wren. Die Hände des Jungen flogen nach unten. Lexi hatte – mit dem Arm, der neben Tim lag – im Schock nach oben gefasst; die andere Hand hatte sie vor den Mund geschlagen. Während die Kamera mit quälender Langsamkeit der hinunterfahrenden Plattform folgte, schaute Archer mit ausdrucksloser Miene nach unten. Lexi hatte den Kopf weggedreht, die Augen fest zusammengekniffen, den Mund verzerrt, ihre untere Gesichtshälfte eine Grimasse unaussprechlichen Schmerzes. Die Kamera folgte ihnen nur bis zu einem bestimmten Punkt. Josie schloss die Augen. Ihr krampfte sich der Magen zusammen, und sie empfand tiefes Mitgefühl mit Lexi. Diese Frau hatte nur noch warten können, bis sie zu der Stelle kam, wo Tim zerschmettert am Boden lag.

Ruth schaltete den Film aus. Eine kurze Pause entstand, dann redete sie weiter.

»Ich habe Ihnen eine Kopie anfertigen lassen. Sie werden sich das Band bestimmt ein paarmal ansehen wollen, um eine passende Erklärung zu finden. Sie können die Aufnahme auch gerne überprüfen lassen, aber es ist nicht der Mühe wert. Wir haben uns bereits von ihrer Echtheit überzeugt.« Ruth hantierte mit der Hülle des Videos und hielt ihnen die Kassette dann hin. »So etwas lässt sich schlecht wegdiskutieren, meinen Sie nicht?«

Jude sagte nichts und wartete darauf, dass Josie das Wort ergriff. Als sie schwieg, schaute er zu ihr hinüber und erkannte, dass sie blass war und am ganzen Körper zitterte. Sie war zutiefst erschüttert.

Ruth, die nichts davon bemerkte, kam immer mehr in Fahrt und berauschte sich an der eigenen Stimme.

»Eric Stevens, der Angestellte des Fahrgeschäfts, arbeitet immer noch im Park. Man hätte eigentlich annehmen sollen, dass er nach einem derart traumatischen Erlebnis gekündigt hätte. Aber er ist der Meinung, keinen Fehler gemacht zu haben, und ist sich keiner Schuld bewusst. Außerdem hat er ein sehr interessantes Detail beigesteuert. Er sagt, Ihr Mandant habe darauf bestanden, Tim den Gurt selbst anzulegen. Laut Stevens hat niemand je zuvor so etwas verlangt. Wenn das Video nicht wäre, könnten Sie natürlich behaupten, Archer hätte beim Anlegen des Gurtes einen Fehler gemacht. Aber die

Aufnahme legt nahe, dass er irgendetwas tat, damit der Verschluss leichter aufging. Meiner Meinung nach ist sie höchst verdächtig.«

Ruth öffnete die Hände und hob sie in gespieltem Erstaunen zum Himmel, überaus zufrieden mit sich selbst.

»Es könnte alle möglichen Gründe dafür geben, dass Archer die Hand nach dem Jungen ausgestreckt hat«, widersprach Josie. Ihre Stimme klang ein wenig brüchig, doch langsam gewann sie die Fassung wieder. »Vielleicht hat Archer ja gemerkt, dass etwas nicht stimmte, und wollte helfen. Dieses Video beweist gar nichts. Und dass er mit dem Gurt geholfen hat, beweist ebenfalls nichts – nicht ohne ein Motiv.«

Ruth berichtigte sie lächelnd. »Erstens hat er mit dem Gurt nicht geholfen, sondern ihn allein angelegt. Zweitens bin ich nicht verpflichtet, ein Motiv zu liefern, wie Sie sehr gut wissen.«

»Aber vor einer Jury sollten Sie besser eins präsentieren, das wissen Sie.« Gelassen mischte Jude sich in das Gespräch ein, wobei er aufstand und sich Schulter an Schulter neben Josie stellte. »Dass Ms Bates' Mandant nach dem Verschluss gegriffen hat, bedeutet nicht, dass er ihn geöffnet hat. Ohne Motiv werden Sie die Geschworenen kaum davon überzeugen können, dass er diesem geistig behinderten Jungen etwas antun wollte. Man wird es Ihnen nicht abnehmen.«

»Vor allem nicht bei jemand wie Archer«, griff Josie das Argument auf. »Für so etwas kann es gar kein Motiv gegeben haben. Tim Wren war ein dreizehnjähriger Junge, und Archer war lange Jahre Polizist. Er hat nie jemandem etwas zuleide getan, nicht einmal den Verbrechern. Überprüfen Sie doch seine Akte.«

»Das habe ich getan. Und ich weiß, dass er so seine Probleme hatte«, erwiderte Ruth hintergründig. »Wie wir alle, Josie. Sie sollten sich nur darüber im Klaren sein, dass ich genug habe, um in der Voruntersuchung ein ausreichendes Motiv zu präsentieren, und können sich darauf verlassen, dass es am Schluss genug sein wird, um Ihren Mann für längere Zeit hinter Gitter zu bringen.«

»Dann bin ich mal gespannt, mit wem Sie gesprochen haben.«

»Das glaube ich Ihnen gern, aber ich werde meine Zeugenliste nicht offenlegen.«

»Das ist doch absurd.« Ruths geheimnistuerisches Lächeln brachte Josie zur Weißglut. »Legen Sie sie offen, sonst sind wir schneller vor Gericht, als Sie bis drei zählen können. Der Richter wird Verständnis haben, dass ich ohne Ihre Zeugenliste nicht ermitteln kann. Mein Mandant hat ein Recht, zu erfahren, wer ihn beschuldigt.«

»Nicht, wenn ich mir Sorgen darüber mache, was nach einer Offenlegung passiert«, konterte Ruth. »Ihr Mann ist ausgebildeter Ermittler und nicht besonders zurückhaltend. Wenn ich Ihnen meine Zeugen nenne, öffne ich der Einschüchterung Tür und Tor.«

Josie verdrehte die Augen. »Machen Sie sich doch nicht lächerlich. Glauben Sie, ich schicke Archer los, damit er ein paar Leuten die Beine bricht? Kommen Sie, das ist doch hier nicht die Mafia.«

»Ich gehe ungern ein Risiko ein«, beharrte Ruth.

»Na wunderbar. Wenn Sie sich gerne blamieren wollen, dann bringen wir die Sache vor einen Richter. Erzählen Sie dem doch, dass Sie Angst davor haben, ein pensionierter Polizist ohne Vorstrafen könnte randalieren.«

Ruth dachte darüber nach, einen Finger an die Lippen gelegt. Schließlich gab sie nach. Wenn es der Sache nützte, nahm sie gern ein Unentschieden hin. »Was halten Sie von dem folgenden Vorschlag? Ich nenne Ihnen die Namen. Keine Telefonnummern oder Adressen vor der Voruntersuchung«, schlug Ruth vor. »Entweder das oder gar nichts.«

Josie und Jude wechselten einen Blick. Beide dachten das Gleiche. Josies einzige Chance war, die Zeugen in der Voruntersuchung anzufechten. Anhand der Liste die Kontaktinformationen selbst herauszufinden war letzten Endes effektiver als ein Gerichtstermin, um die Offenlegung zu erzwingen.

»Ich will die Liste bis morgen früh haben.« Josie legte ihre Visitenkarte auf Ruth Alcotts Schreibtisch, machte auf dem Absatz kehrt und war schon fast an der Tür, als Ruth sie noch einmal zurückrief.

»Haben Sie nicht etwas vergessen?«

Josie blickte über die Schulter. In der Hand hielt Ruth Alcott Josies Kopie des Films, den sie lieber nicht gesehen hätte.

* * *

Roger McEntyre fuhr Auto wie eine alte Frau. Er hielt sich gewissenhaft an die Geschwindigkeitsbegrenzungen. An Kreuzungen kam er vor der Linie zum Stehen. Er setzte so früh den Blinker, dass Archer schon eine Weile vor dem Abbiegen genau wusste, wo er hinsteuerte, und die ganze Zeit über schien McEntyre keine Ahnung zu haben, dass Archer ihm folgte. Ein Hummer, den man in mehr als dreihundert Metern Entfernung im Rückspiegel sah, hätte eigentlich einen Blick wert sein müssen, doch dann fiel Archer ein, mit wem er es hier zu tun hatte – einem Wachmann, nicht einem ausgebildeten Cop. Wahrscheinlich wurde McEntyre unvorsichtig, sobald er seinen Arbeitsplatz verließ.

Doch Archer irrte sich.

Zehn Sekunden, nachdem er seinen Wagen in die Garage gefahren und die Tür geschlossen hatte, öffnete McEntyre die Beifahrertür des Hummer. Archer hatte ihn nicht kommen sehen, und es war ihm ein Rätsel, wie McEntyre zur Straße gelangt war, bevor Archer den Motor abgestellt hatte. Nur mit

Mühe verbarg er seine Überraschung, als der andere neben ihm Platz nahm, als würde er es sich zu einem freundschaftlichen Schwätzchen bequem machen.

»Sie haben undercover gearbeitet.« Archer begriff, dass er einen Exsoldaten vor sich hatte.

»Spezialeinheit. Zwei Einsätze am Golf, unter anderem«, sagte McEntyre. »Wenn Sie nächstes Mal reden wollen, machen Sie einen Termin.«

»Als ob Sie sich mit mir getroffen hätten.«

»Ich hätte vorher Ihre Anwälte angerufen. Schließlich bin ich ein vorsichtiger Mann. Vielleicht sollten Sie sich das auch angewöhnen. Nehmen Sie nächstes Mal die Familienkutsche, dann merke ich es vielleicht nicht, wenn sie mir hinterherspionieren. Wenn Sie mir in diesem Ding folgen, komme ich sonst noch auf die Idee, ich müsste mich schützen.«

»Vor mir? Das ist doch lächerlich.« Archer schüttelte den Kopf, als wäre die Vorstellung viel zu weit hergeholt, um sie auch nur in Betracht zu ziehen. Doch die Masche zog nicht. McEntyre ließ sich nicht einwickeln und würde sich auch nicht von einem anderen Tonfall und einer weniger bedrohlichen Haltung überzeugen lassen. Archer hob das Kinn und schaute durch die Windschutzscheibe. Es wurde langsam warm im Wagen. Sie waren beide kräftige Männer. Archer war zwar größer und breitschultriger, aber McEntyre bestand aus puren Muskeln und war ein paar Jahre jünger. Was er da spürte, war die eigene Körperwärme, und McEntyres kühle Musterung brachte ihn noch mehr in Harnisch.

»Und was kann ich für Sie tun, nachdem Sie nun mal hier sind?«

»Ich will wissen, was hier los ist. Ich will wissen, was Sie wissen.«

Archer legte den Arm über die Rückenlehne und veränderte seine Sitzhaltung, um Roger McEntyre ins Gesicht sehen zu können. Es war, als würde er in den Spiegel schauen. McEntyres Miene verriet nichts, genauso wenig wie Archers Ausdruck etwas preisgab.

»Ich weiß, dass ihr Freund Colin Wren in ein Wespennest gestochen hat, als er sich mit uns angelegt hat, und dass Sie dabei gestochen wurden«, sagte Roger. »Mehr darf ich Ihnen nicht verraten.«

»Das ist Blödsinn, und das wissen Sie genau. Egal, was der Staatsanwalt hat, er hat es von Ihnen, weil Sie an dieser Scheiße von Anfang an beteiligt waren«, schnaubte Archer, überrascht, dass McEntyre Spielchen spielen wollte.

»Sie vergessen, dass ich erst nach dem Tod des Jungen hinzukam. Ich habe Ihrer Frau beigestanden, ich habe für den Abtransport der Leiche gesorgt und den Kontakt mit unseren Anwälten hergestellt. Aber zuvor? Da war ich nicht dabei. Andere Leute vielleicht, aber nicht ich.«

»Sie haben Ihre Leute instruiert, und ich verwette jeden Cent, dass Sie als Einziger mit dem Staatsanwalt Kontakt hatten. Wie Sie selbst sagen, sind Sie ein vorsichtiger Mann. Sie müssen doch eine Vorstellung haben, mit wem die geredet haben und warum die glauben, ich könnte den Jungen ermordet haben.«

»Und ich darf Ihnen diese Informationen nicht geben, selbst wenn ich es wollte. Der Staatsanwalt wird mit Ihrem Anwalt reden, aber ich will meine Stellung bei der Firma nicht gefährden.« Roger ließ Archer nicht aus den Augen. Er schien kein Vergnügen aus der Frustration des anderen zu ziehen, aber auch kein Mitleid zu empfinden. »Wenn Sie noch Cop wären, würden Sie sich genauso verhalten. Fahren Sie nach Hause. Wren hat Geld und ist bereit, für Sie welches abzudrücken. Lassen Sie die Anwälte die Sache regeln. Mehr kann ich Ihnen nicht sagen.«

Roger legte eine Hand auf den Türgriff. Mit einem leisen

Klicken ging die Wagentür auf. Die frische Luft konnte nichts gegen die Hitze im Inneren des Hummer ausrichten. Archer streckte die Hand nach McEntyre aus. Der reagierte mit einer raschen Armbewegung und entspannte sich erst, als Archer sich wieder zurückzog.

»Ich habe nichts für Sie, guter Mann«, sagte Roger ruhig. »Abgesehen von einem Ratschlag. Tun Sie gar nichts. Verhalten Sie sich ruhig. Alles wird gut.«

»Ich brauche nicht viel. Geben Sie mir nur einen Fingerzeig.« Archer versuchte zu verhandeln, aber seine Stimme klang flehend, und er sah, dass McEntyre den Respekt vor ihm verlor. Und wenn schon. Notfalls würde Archer betteln. »Wir sind vom selben Schlag. Egal, was Sie getan haben, es gehörte zu Ihrem Job. Ich verlange nicht von Ihnen, die Hosen runterzulassen. Weisen Sie mir nur die grobe Richtung, damit ich herausfinden kann, womit ich es zu tun habe. Das hier bleibt unter uns.«

Roger dachte darüber nach. Er betrachtete Archer. Es war ein offenes Gespräch gewesen, aber das reichte ihm nicht. Er stieg aus, doch dann, als hätte er seine Meinung geändert, drehte er sich noch einmal um. »Sagen Sie einfach die Wahrheit. Mehr können Sie nicht tun. Verstehen Sie? Sagen Sie die Wahrheit und warten Sie ab.«

Mit diesen Worten schlug Roger McEntyre die Wagentür zu, machte kehrt und ging in das Haus, das er allein bewohnte. Er schaltete das Licht im Wohnzimmer ein, nahm den Telefonhörer ab und trat ans Fenster, während er die Auskunft wählte und nach der Nummer der Kanzlei von Josie Baylor-Bates fragte. Der Hummer stand immer noch da. Er konnte Archer hinter den getönten Scheiben zwar nicht erkennen, aber er wusste, dass der Mann in dem Wagen verwundet war und Angst hatte. Er würde ihm keine Schwierigkeiten machen. Als die Angestellte der Auskunft sich wieder meldete, prägte

Roger sich die Nummer ein und wählte, ohne hinzusehen. Ein Anrufbeantworter ging ran. Bates' Stimme klang nicht sonderlich angriffslustig, aber sie strahlte Intelligenz und Selbstvertrauen aus.

»Hier spricht Roger McEntyre, Chef des Sicherheitsdienstes von *Pacific Park*. Ihr Mandant war gerade hier und wollte zu mir. Falls er Fragen hat, sollte das lieber über Sie laufen. Diesmal ist es nicht weiter tragisch. Aber wenn es noch mal passiert, vielleicht schon.«

Roger legte auf und blieb stehen. Irgendetwas hatte sich da draußen verändert. McEntyres Sinne waren geschärft, seine Antennen in höchster Bereitschaft. Er spürte, dass Archer das Haus beobachtete. Er konnte fühlen, wie Archer innerlich vor Handlungsbedürfnis vibrierte. Er hatte sich erholt und bekam langsam wieder Oberwasser. Selbst aus dieser Entfernung war Roger klar, was sich dort abspielte, denn er selbst hätte sich genauso verhalten. Aber es war nicht er, der da draußen im Dunkeln saß, und er war auch nicht derjenige, der sich vorsehen musste, also vergaß Roger McEntyre Archer. Er trat ans Fenster und zog die Vorhänge zu.

Er hatte getan, was er konnte.

KAPITEL 11

»ALLES IN ORDNUNG?«, fragte Jude.

»Mir geht's bestens. Wieso?«, fauchte Josie.

»Ich dachte, Sie gehen vielleicht so schnell, weil Sie durcheinander sind.« Jude blieb unvermittelt stehen, und Josie lief weiter. Schließlich verlangsamte sie ihr Tempo und wartete, bis er sie eingeholt hatte.

»Es ist Blödsinn. Das wissen Sie, oder?« Sobald Jude neben ihr war, wirbelte Josie herum und schritt wieder schneller aus.

»Weiß ich das?« Jude redete zu ihrem Rücken, während sie ihm ihre Gedanken über die Schulter zuwarf.

»Aber natürlich. Dieses Video ist derart gefälscht, dass es nicht mal mehr witzig ist. Archer hat dem Jungen kein Haar gekrümmt. Sie haben doch seine Kaution gezahlt. Sie müssten es wissen. Sie müssten ...«

Jude holte Josie ein, packte sie am Arm und drehte sie unsanft zu sich herum. Er war kräftig, und er lächelte nicht mehr.

»Josie, ich weiß nicht das Geringste über Archer. Colin hat seine Kaution bezahlt. Für diese Investition erwartet er eine Gegenleistung. Es war ein Geschäft, erinnern Sie sich noch? Wir wollten die Strafsache möglichst klein halten. Erinnern Sie sich noch?«

Mit seinen dunklen Augen betrachtete er sie forschend. Er sah, wie ihr Mundwinkel zuckte, sah die Tränen in ihren Augen. Und begriff endlich.

»Archer ist mehr als ein Mandant, nicht wahr?« Jude lachte humorlos und ließ sie los. »Na toll.«

»Was soll das denn heißen? Meinen Sie, ich könnte zwischen persönlicher Betroffenheit und angemessener Verteidigung nicht trennen?«, wollte Josie wissen.

»Hören Sie doch auf. Vom Kopf her wissen Sie alles. Aber emotional werden Sie die Sache anders angehen, weil Sie persönlich betroffen sind. Das brauchen Sie gar nicht erst zu bestreiten.«

»Doch, ich bestreite es.« Josie schob sich an ihm vorbei, doch Jude blieb ihr auf den Fersen, als hätte er sie an der Leine.

»Hey, hey. Ich will damit nicht sagen, dass Sie inkompetent sind. Ich sage nur, dass die Sache jetzt komplett anders aussieht und ich nicht weiß, ob Sie die erste Geige spielen sollten. Sie haben noch nicht mal darüber nachgedacht, unter welchem Druck Sie und Archer dabei stehen werden, oder? Sie haben sich nicht mal kurz Zeit genommen, um über alles nachzudenken. Sie waren einfach nur ein Elefant im Porzellanladen, weil Sie zu viel Angst haben, die Situation zu analysieren, und das ist schlicht und einfach dumm.«

»Zum Teufel mit Ihnen, Jude. Zum Teufel mit Ihnen!«, brüllte Josie und warf sich, bei Judes Auto angekommen, gegen die Tür. Sie zerrte am Griff, um die Tür aufzureißen, doch die war abgeschlossen. Sie zog fester, und als das nichts nützte, schlug Josie mit der flachen Hand auf das Autodach und ließ den Kopf darauf sinken, während Jude auf die andere Wagenseite ging.

»Ich denke an nichts anderes mehr, okay? Ich erwarte nicht von Ihnen, dass Sie das verstehen. Das ist kein Spiel, bei dem der gewinnt, der die besten Tricks drauf hat. Vielleicht sollten Sie mal darüber nachdenken, dass ich für Archers Leben verantwortlich bin und dass Sie«, Josie hob den Kopf und funkelte ihn an, »immer nur über Geld reden, Sie Arschloch.«

Die Beleidigung hallte in der Tiefgarage wider und unterstrich Judes Behauptung. Die Gefühle, die ihm solche Sorgen machten, blitzten wie ein roter Slip unter einem schwarzen Kleid hervor. Josie wandte sich ab, verschränkte die Arme über der Brust und lehnte sich an das Auto. Jude nahm sich einen Moment Zeit, um in sich zu gehen, dann fühlte er Mitleid.

»Na schön. Na schön«, seufzte er. »Tut mir leid, dass ich Ihnen so zusetzen musste, aber wir müssen zur Wahrheit durchdringen.«

»Oder sie umgehen«, murmelte Josie.

»Ja. Manchmal tun wir auch das, wenn wir die Wahrheit kennen.« Jude stützte sich mit dem Ellbogen auf das Wagendach. »Wir sind Anwälte. Wir wollen gewinnen, und wenn einem der Mandant oder der Fall etwas bedeutet, dann ist das manchmal hart.«

»Wenn Menschenleben auf dem Spiel stehen, sollte die Gerechtigkeit im Vordergrund stehen«, sagte sie.

»Und wenn Geld auf dem Spiel steht, ebenfalls«, erinnerte sie Jude. »Gerechtigkeit ist Gerechtigkeit, Josie.«

»Bei Geld ist es etwas anderes.«

»Nein, das stimmt nicht. Auch wo es um Geld geht, verliert der eine, und der andere gewinnt, und das Leben eines Menschen wird verändert. Und wenn Sie sich von Ihren Gefühlen leiten lassen, verlieren Sie Ihre Objektivität, und das ist das Schlimmste, was einem als Anwalt passieren kann. Womöglich lassen Sie ein Beweisstück verschwinden oder spielen es herunter, weil es Ihrem Mandanten schaden könnte. Josie, es gibt einen guten Grund dafür, dass Ärzte ihre Verwandtschaft nicht behandeln. Verstehen Sie?«

Josie legte den Kopf in den Nacken. Sie hörte zu, ohne die Worte aufzunehmen. Über ihr befand sich die Garagendecke, die gleichzeitig auch den Boden für das Erdgeschoss bildete. Dieser Boden trug ein Bauwerk, das Hunderte von Menschen aufnahm, und diese Garagendecke schützte die unter ihr geparkten Autos. Wenn der Erdgeschossboden nachgab, dann galt das auch für die Decke. Wenn die Decke Risse bekam, nahm auch das Erdgeschoss Schaden. Ganz egal, welcher Teil des Gebäudes betroffen war, das Ergebnis war immer gleich: Menschen kamen ums Leben, Autos wurden zerstört, ein Bauwerk brach zusammen. Das Ganze konnte man als ein Sinnbild für die Fragilität der Justiz betrachten, so wie auch sie und Jude sich auf einem schmalen Grat bewegten.

Anwälte kümmerten sich nicht darum, ob sie für Schuldige kämpften oder Unschuldige verteidigten. Sie führten ihre Prozesse, ergötzten sich an den Kapriolen der Justiz und machten dann mit dem nächsten Fall weiter. Sie achteten wenig auf das Gebäude, in dem sie sich aufhielten, weil andere es entworfen hatten. Die Gesetze wurden nicht von Anwälten, sondern von Politikern gemacht. Vom Volk, mittels Abstimmungen. Gerechtigkeit war eine Frage des Blickwinkels, und jeder hatte einen anderen Blickwinkel. Es spielte keine Rolle, ob Archer unschuldig war, das Rechtssystem verlangte, dass jemand darüber entschied, und Josie musste nichts weiter tun, als ihre Verteidigung aufzubauen. Aber es gab etwas, was das fragile System belastete, und das waren Josies Gefühle. Diese Gefühle würden womöglich so schwer wiegen, dass der Erdgeschossboden Risse bekam und damit auch die Decke einstürzte, selbst wenn es sonst gar keinen Grund dafür gab.

»Halten Sie das für falsch?«, fragte Josie schließlich. »Ich meine, handle ich falsch, wenn ich nicht herausfinden will, ob Archer schuldig ist?«

»Woher soll ich das wissen?« Judes Lachen klang hart und ungläubig. »Wir können uns bei unseren Mandanten nie zu hundert Prozent sicher sein, aber wir sollten lieber so tun, als ob. Was ist, wenn wir uns irren? Wenn wir sie verurteilen und anschließend herausfinden, dass wir unrecht hatten? Lieber glaube ich an die Unschuld eines Verbrechers und gebe mein Bestes, als bei jemandem zu versagen, der eigentlich meine Hilfe verdient hätte. Und mein Bestes ist ziemlich gut. Ich habe eine Erfolgsquote von neunzig Prozent. Damit bin ich ganz gut aufgestellt, würde ich sagen.«

Jude lächelte. Er neckte sie. Josie sollte so werden wie früher, damit sie wieder entsprechend zusammenarbeiten konnten.

»Ich hätte eine höhere Erfolgsquote erwartet«, murmelte sie.

»Perfekt bin ich nicht«, grinste Jude und entspannte sich.

»Das merke ich mir.«

»Und? Was ist jetzt? Können Sie mit dem Fall umgehen? Und damit?« Jude nickte zu dem Video hin, das sie immer noch in der Hand hielt.

»Jeder gute Strafverteidiger könnte dieses Band in der Luft zerreißen. Und ich bin eine gute Strafverteidigerin.« Josie steckte das Video in ihre Handtasche.

»Ja, aber welche Art von Frau sind Sie?«, fragte Jude. »Wenn das alles vorbei ist, werden Sie sich dann fragen, ob Archer den Jungen getötet haben könnte, oder packen Sie Ihre Zweifel dann weg?«

»Merken Sie sich einfach, dass es nicht mehr als eine Voruntersuchung geben wird. Deswegen schlage ich vor, dass Sie Ihre Hausaufgaben machen, Jude. Sie sind jetzt dran. Sie und Colin und das ganze Geld.«

Jude legte den Kopf schief. Er drückte auf einen Knopf, und die Autotüren wurden mit einem mechanischen Zwitschern entriegelt. Josie stieg ein. Auf der Fahrt gerieten sie in den dichten Verkehr auf der I-10, nutzten die Zeit jedoch nicht, um einander besser kennenzulernen. Josie war damit beschäftigt, die Schutzhülle wegzureißen, unter der sie ihr Inneres und ihre Unsicherheiten versteckt hatte. Es gelang ihr ganz gut. Als Jude sie am Jeep absetzte, sagte er nur noch: »Streichen Sie morgen alle Termine. Es gibt da jemanden, den Sie kennenlernen müssen.«

»Ich muss gar nichts.« Josie schwang die Beine aus dem Wagen und zerrte ihre Aktentasche mit hinaus.

Jude beugte sich über den Beifahrersitz, wo sie gerade noch gesessen hatte, und blickte zu ihr hoch. Aus seinen Augen strahlte eine entnervende Selbstsicherheit. »Stimmt. Aber seien Sie versichert, wenn Sie die Sache im Alleingang durchziehen wollen, dann mache ich Hackfleisch aus Ihnen, falls das in Colins Interesse ist.«

Jude nannte ihr einen Namen und eine Adresse, wartete, bis sie die Autotür geschlossen hatte, und trat dann aufs Gas, ohne zurückzublicken. Jude Getts verschwand in die Tiefgarage seines Hauses in Brentwood. Den Jeep hatte ein Parkjunge weggefahren. Josie zahlte die Gebühr, notierte sich, was er ihr gesagt hatte, und als ihr Wagen kam, fuhr sie nach Hause. Bis nach Hermosa blieb sie auf den Nebenstraßen. Es war eine lange Fahrt, und der Gedanke, dass das Video in ihrer Handtasche echt war, peinigte sie.

Als sie die Tür zu ihrem Haus öffnete, Max streichelte und sah, dass Archer im Innenhof auf sie wartete, rückte der Gedanke an die Gefahr durch das Video nicht in so weite Ferne, wie es Josie lieb gewesen wäre.

Kapitel 12

»Kann ich aufstehen?«

Hannah fragte Josie um Erlaubnis, Josie sah Archer an, und Archer nahm von keiner der beiden Notiz. Es war ein verkrampftes Abendessen gewesen, und nach den Gesichtern von Archer und Hannah zu schließen, würde ein Nein es nicht angenehmer machen.

»Natürlich. Geh nur.«

»Sie sollte Geschirr spülen. Wenigstens den Tisch könnte sie abräumen«, maulte Archer, sobald Hannah fort war. Es war eine kleinliche, spießige Bemerkung, die Josie in Harnisch brachte.

»Die Frage, wer den Tisch abräumt, steht im Moment nicht besonders weit oben auf meiner Prioritätenliste, Archer.« Josie fingerte an ihrem Weinglas herum, nahm es schließlich und trank es aus. Um Geduld bemüht, lächelte sie Archer schmallippig an. »Fühlst du dich besser?«

»Das Aspirin hilft gegen die Schwellung.« Ein Achselzucken begleitete Archers Antwort. »Die Arbeit wird mich ablenken. Ich habe mit ein paar Freunden telefoniert. Sie besorgen mir den Bericht über die Festnahme und außerdem Tims Unfallbericht. Ich muss meine Erinnerungen an jenen Tag auffrischen. Es ist lange her, und ich …«

»Okay, Archer.« Josie schob das Weinglas weg und verschränkte die Unterarme auf dem Tisch. »Hast du nicht schon genug Unheil angerichtet, als du zu Roger McEntyre gefahren bist? Was hast du damit bezweckt? Ihn zu verfolgen, Herrgott noch mal. Er hätte dich anzeigen können.«

»Hat er aber nicht«, entgegnete Archer scharf, dann gab er widerwillig nach. »Hör zu, es tut mir leid. Es war blöd von mir. Es kam einfach über mich. Ich habe vor seinem Büro auf ihn gewartet, wusste nicht, was ich zu ihm sagen sollte, und bevor mir etwas eingefallen ist, war er schon weg. Dann bin ich ihm eben hinterhergefahren … Und …«

Während sie mit halbem Ohr zuhörte, wie Archer sein Verhalten rechtfertigte, griff Josie nach der Weinflasche und schenkte sich nach, obwohl Alkohol das Letzte war, was sie brauchte. Archer blieb beim Bier und drehte die Flasche hin und her, als wollte er ein Loch in den Tisch bohren. Hannah stand zurzeit eher auf Wasser als auf Essen. Wenn das alles vorbei war, würde Josie mit ihr darüber sprechen müssen. Fürs Erste redete sie mit Archer, ohne sich darum zu kümmern, dass sie ihn mitten im Satz unterbrach. Wenn sie ihn jetzt nicht zügelte, schaffte das niemand mehr.

»Warum hat Lexi nicht vor dem Zivilgericht geklagt, Archer?«

»Wozu denn?« Eine Frage mit einer Gegenfrage zu beantworten war eine gute Methode, um Zeit zu schinden – ein Trick von Leuten, die etwas zu verbergen hatten –, und Josie erstickte den Versuch im Keim.

»Werd jetzt nicht philosophisch«, entgegnete sie. »Ihr beide kanntet doch haufenweise Anwälte, die euch bei einem Zivilprozess vertreten hätten. Warum habt ihr nicht einen von denen eingeschaltet?«

Archer nahm einen tiefen Schluck aus seiner Bierflasche. Der Kühlschrank summte und knackte. Max schnarchte friedlich vor sich hin und jaulte einmal kurz auf, wohl wegen eines besonders intensiven Traumes. Draußen waren Stimmen zu hören. Archer legte den Kopf schief und schien darauf zu warten, dass die Leute vorbeigingen, bevor er sich Josie anvertraute. Josie wartete. Beide wussten, dass sie nur so taten, als würden sie sich unterhalten; beiden war klar, dass es sich um ein Verhör handelte.

»Wozu hätte sie sich von einem Anwalt aussaugen lassen sollen, wo doch der Krebs das schon bestens erledigte?«

Es war eine gute Frage, und Archer merkte gar nicht, wie Josie bei seiner abfälligen Bemerkung zusammenzuckte. Eigentlich nahm er gar keine Notiz von ihr. Er dachte über Lexi nach, über Entscheidungen und den Tod.

»Nein, Josie, zweierlei stand ja schon fest: Lexi würde tot sein, und ich würde keinerlei Rechte haben. Tim war nicht mein Sohn. Kein Anwalt hätte sich mit einem solchen Fall abgegeben. Beantwortet das deine Frage?«

Archer sah zu ihr hinüber. In dem düsteren Licht wirkte sein zerschlagenes Gesicht heimtückisch. Josie fragte sich, was sie wohl zu hören bekommen würde, wenn sie das Schweigen nicht brach. Es waren Archers Spekulationen.

»Ist es das, was die behaupten, Jo? Dass ich Tim umgebracht hätte, um mal richtig abzusahnen?« Archer ließ den Nacken kreisen. Er stieß einen Laut aus, in dem Lachen, Stöhnen und Ungläubigkeit lagen, alles gleichzeitig. »Scheiße, das wäre ein idiotisches Motiv.«

Sein angewiderter Seufzer verklang, bis Josie ihn kaum noch hörte. Sie senkte den Blick. Archer griff wieder nach der Bierflasche, sah, dass sie leer war, und ließ sie zwischen zwei Fingern baumeln. Die Küchenuhr tickte. Aus Hannahs Zimmer drang Musik – irgendetwas Düsteres. Die Bässe hörten sich an wie der ungleichmäßige Herzschlag des Hauses.

»Weißt du, Jo, vielleicht war Tims Unfall ja ein Segen. Nach seinem Tod konnte Lexi sich dem eigenen Sterben stellen.« Archer legte die große Hand über die Augen und fuhr sich über das Gesicht, als könnte er mit dieser Geste die Vergangenheit besser bewältigen. »Wenn Lexi sich um Tim hätte sorgen müssen, dann hätte sie gar nicht mehr so lange gelebt. Sie hat ihre Kraft für sich selbst gebraucht. Vielleicht war es gar nicht schlimm, dass er gestorben ist. Unterm Strich jedenfalls.«

Josie drehte sich der Magen um. Ganz gleich, wie viel Archer Lexi bedeutet hatte – Tims Tod als Segen zu bezeichnen, und sei es auch nur Josie gegenüber, war zumindest unvorsichtig und konnte im schlimmsten Fall verhängnisvoll sein.

Abrupt stieß sie den Stuhl zurück und stand auf. Sie sammelte das Geschirr ein und sah dabei weg, um ihr Misstrauen zu verbergen. Als sie in der Küche waren, ließ Josie Wasser in das Spülbecken und sagte: »Sag so was nie wieder, Archer. Weder zu mir noch sonst zu irgendjemand.«

Josie spülte das Geschirr und stellte es zum Trocknen beiseite, doch mittendrin hielt sie inne. Sie umfasste den Rand des Spülbeckens mit beiden Händen, ließ den Kopf hängen und die Schultern sinken. Dieses Video fühlte sich an wie ein Mühlstein an ihrem Hals, und Archers Bemerkungen zogen den Strick noch enger zu.

Plötzlich schlangen sich Archers Arme um ihre Taille, und er zog sie an sich. Josie wusste nicht recht, ob sie das wollte, aber sie wusste auch, dass sie ihm nicht widerstehen konnte. Instinktiv lehnte sie sich an ihn und legte ihre Hände auf seine. Es fühlte sich immer noch so gut an.

»Alles wird gut.« Archer küsste die kleine Stelle hinter ihrem Ohr. Seine Brust hob und senkte sich an ihrem Rücken. Archer war so gelassen, wie nur ein Unschuldiger es sein konnte. Seine Lippen glitten zu ihrer Schläfe, dann zurück zu dem weichen Flaum neben ihrem Ohr. »Sobald wir wissen, was der Staatsanwalt in der Hinterhand hat, klopfe ich bei sämtlichen Leuten an, die mir noch einen Gefallen schulden. Ich schaffe diese Sache aus der Welt. Versprochen, Jo.«

Josie drehte sich um und legte ihre Hände flach auf seine Brust. Das genügte, er trat einen Schritt zurück. Josie hatte kein einfaches Leben gehabt; Archer war ebenfalls ein paarmal durch die Hölle gegangen, und deswegen glaubte sie nicht daran, dass alles wieder gut wurde, nur weil Archer das sagte. So lief es nicht im Leben. Nicht bei Menschen wie ihnen.

»Spar dir das mit den Gefallen, Archer. Du wirst nicht ermitteln.«

»Das halte ich für unklug, Josie«, sagte Archer ruhig. »Das ist mein Beruf. Ich mache keinen Blödsinn mehr, versprochen. Keine Verfolgungsjagden mehr, keine Streitereien. Direkte Fragen, Jo. Legale Ermittlungsarbeit.«

Josie entzog sich ihm. Verwirrt ging ihr Archer ins Wohnzimmer nach. Sie griff nach ihrer Handtasche und presste sie an sich, bevor sie das Video herauszog.

»Du kannst nichts finden, was sie nicht schon haben. Der Staatsanwalt will nicht, dass du die Zeugen einschüchterst, und wenn McEntyre möchte, kann er uns mit einer Anzeige wegen Belästigung eine Menge Ärger einbrocken. Herrgott, Archer, hättest du mit dieser Nummer nicht warten können, bis ich wieder da bin? Dann hätte ich dir sagen können, wie gefährlich es ist, Zeugen nachzustellen.«

»Verdammt, Jo, was denn für Zeugen? Von welchem Verbrechen? Es gab kein Verbrechen.« Erregt warf Archer die Hände in die Luft. Die Ruhepause war dahin. Die Seilbrücke schwankte unter ihren Füßen, und nur Josie bemerkte, dass sie sich bereits aufzulösen begann.

»Es gibt eine Zeugenliste, Archer.« Josie bückte sich und schob das Video in den Rekorder. Ihre Finger hielten kurz über dem Knopf inne, bevor sie ihn drückte. »Du steckst viel tiefer in der Klemme, als dir bewusst ist.«

Der Film begann. Der Schein des Fernsehers beleuchtete Josies Gesicht, aber nicht die Ecke, in der Archer stand und zusah. Langsam kam er näher. Jetzt stand er so dicht hinter ihr, dass sie sich an ihn hätte lehnen können. Sie hörte, wie er den

Atem anhielt, als er Lexi sah. Und dann noch einmal, als Tim von dem Fahrgeschäft stürzte.

»Noch mal von vorn«, flüsterte Archer, als es vorbei war.

»Archer, du musst nicht …«

»Noch mal von vorn, habe ich gesagt. Ich will es noch mal sehen«, verlangte er.

Josie spielte das Video ein zweites Mal ab. Diesmal schaute sie nicht hin. Stattdessen sah sie nach hinten, zu Archer hin.

Seine Augen glitzerten; stocksteif stand er da. Seine Lippen bewegten sich kaum, als er schließlich sprach. »Diesen Mist wollen sie gegen mich verwenden?«

»Der Angestellte sagt, dass du es warst, der Tim den Gurt angelegt hat.« Josie sah zu ihm hoch. »Ist das wahr, Archer?«

»Ja. Das stimmt. Und wenn sich jemand die Mühe gemacht und mich gefragt hätte, dann hätte ich ihm sagen können, dass Tim stark wie ein Ochse und ziemlich groß für sein Alter war. Manchmal war er kampflustig und ungeduldig, und wenn er um sich schlug, war das gefährlich. Einem Jungen wie Tim kann man nicht trauen. Ich habe richtig gehandelt, und du erzählst mir, dass ich den verdammten Gurt sabotiert haben soll?«

Josie stand auf, sodass sie mit ihm auf Augenhöhe war. »Beruhige dich«, befahl sie. »Erst mal muss ich mit ihm reden. Zum Glück wird er leicht zu finden sein, er arbeitet nämlich immer noch im *Pacific Park*. So viel habe ich zumindest aus Ruth Alcott herausbekommen.«

»Schön, wir werden eine ganze Menge mehr von diesen kleinen Mistkerl er…«

Archer unterbrach sich mitten im Satz. Josie schaute ihn fragend an, dann spürte sie es ebenfalls. Da war etwas in dem dunklen Zimmer. Sie waren nicht allein. Beide drehten sich um, und sie entdeckten Hannah. Der geisterhafte Schatten eines Mädchens, dessen Gegenwart in ihre Privatsphäre eindrang und deren Existenz sie völlig vergessen hatten. Zorn und Misstrauen lagen in dem Blick, mit dem sie Archer musterte. Als sie zu Josie herüberschaute, kamen außerdem Neugier und etwas Fragendes hinzu.

»Ich brauche Hilfe bei meinen Englischhausaufgaben.« Die Bitte schloss Archer nicht ein.

»Okay.« Geschäftig nahm Josie das Video aus dem Rekorder, stand auf und schaltete die Lampe neben der Couch ein. Wie viel hatte Hannah wohl gesehen?

»Ich gehe.« Archer zögerte, als er neben Josie vorbeikam. »Und ich werde mithelfen. Mein Leben, mein Prozess, Süße.«

»Nein, Archer. Dein Leben, mein Prozess«, erwiderte Josie gleichmütig. Beim nächsten Satz bezog sie Hannah mit ein. Sie waren eine Familie – oder wollten zumindest eine sein. »Du kannst helfen, indem du Hannah morgen zur Schule fährst. Du kannst den Informationen nachgehen, die der Staatsanwalt mir liefert. Ansonsten wirst du den Ball flach halten.«

Archer schaute zu Hannah, dann wieder zu Josie. Er war sichtlich unzufrieden, aber es war deutlich zu erkennen, dass er sich nicht in Gegenwart des Mädchens herumstreiten würde, das ihm die Zeit stahl. Sie gehörte nicht zu ihnen, und Archer würde nie zulassen, dass sie dazugehörte.

»Okay.« Das Wort kam widerwillig über seine geschwollene Lippe. »Ich hole sie um halb acht ab.«

Die Tür fiel hinter ihm zu. Wirklich allein waren Josie und Hannah nicht, denn Archer war eigentlich nicht fort. Seine Feindseligkeit und Bitterkeit befanden sich immer noch im Raum.

»Es ist nicht deine Schuld, Hannah. Es ist die ganze Situation«, erklärte Josie, ohne dass eine von ihnen es glaubte.

Hannah schlüpfte aus dem Haus. Josie folgte ihr und blieb am Tor stehen, als sie sah, dass Hannah fünfzig Meter weiter vorn Archer eingeholt hatte. Das gelbe Licht der Straßenlaternen fiel auf die Gesichter der beiden. Hannah hielt Archer am Arm fest und blickte zu ihm hoch. Der Wind blies ihr die langen Locken ins Gesicht, und sie schob sie mit ihrer anderen Hand beiseite. Sie waren zu weit entfernt, als dass Josie Hannahs Worte hätte verstehen können, aber Archer hörte ihr zu. Schließlich drehte Hannah um, und Archer setzte wortlos seinen Weg fort.

Dankbarkeit stieg in Josie auf, als Hannah auf sie zuschlenderte, ohne auf Josies neugierigen Blick zu reagieren. Sie trommelte mit den Fingern auf die Kante der niedrigen Mauer, die Josie um das Haus gebaut hatte. Zwanzig Mal tippte sie darauf, während sie vor sich hin zählte in dem Glauben, sie sei allein, bis sie Josie bemerkte und abrupt stehen blieb. Sie sahen einander an. Josie lächelte.

»Danke für das, was du zu Archer gesagt hast«, sagte Josie.

Hannah tippte mit einem Finger gegen die verputzte Wand. Sie hielt den Kopf auf die aufreizende Weise, mit der sie Erwachsenen zu verstehen gab, dass ihnen ihre nächsten Worte wahrscheinlich nicht gefallen würden. Aber Josie konnte die Zeichen nicht deuten. Dafür war die Mutterschaft noch zu neu für sie.

»Ich habe ihm nur gesagt, dass er mich morgen nicht abholen muss. Ich gehe zu Fuß in die Schule.« Eine winzige Pause entstand, bevor sie den Satz auf die grausame Weise beendete, die nur Jugendliche beherrschen. »Ich will nicht zusammen mit ihm im Auto sitzen. Womöglich hat er ja doch ein Kind umgebracht, das sich nicht wehren konnte.«

Hannahs Mundwinkel zuckten, ihre Augen waren unergründlich. Als sie lange genug gewartet hatte und von Josies Verwirrung genervt war, ging sie an Josie vorbei. Der Duft der Jugend umwehte sie, und mit einem Mal kam Josie sich alt vor, doch ohne sich dabei weise zu fühlen. An der Haustür drehte Hannah sich um und gab Josie ein weiteres Mal die

Gelegenheit, eine Entschuldigung oder Erklärung von ihr zu fordern. Als nichts kam, stemmte Hannah herausfordernd die Hand an die Hüfte und testete mit ihrer nächsten Frage, ob Josie in die Luft gehen und Archer Hannah vorziehen würde.

»Hilfst du mir trotzdem bei den Hausaufgaben?«

Kapitel 13

Es gab nur wenig, was Josie Baylor-Bates überraschen konnte. Schlechte Nachrichten, merkwürdige Begebenheiten, Zufälle, Missgeschicke – sie wurde mit allem fertig. Selbst die Verantwortung für Hannah war sie nüchtern angegangen. Verständlicherweise glaubte Josie, ihre innere Leere heilen zu können, indem sie bewies, dass sie ganz anders als ihre Mutter und so tüchtig wie ihr Vater war.

Ihr unbestechlicher Sinn für Richtig und Falsch, ihre Überzeugung, mit allem fertig werden zu können, waren es, das andere zu ihr hinzog. Doch als sie Wilson Page erblickte, geriet ihre Gefasstheit ins Wanken.

Josie kannte dicke Menschen, sie kannte korpulente und welche mit schweren Knochen. Auch Fettleibigkeit hatte sie schon gesehen, doch nie zuvor jemanden wie Wilson Page. Er war gut fünfzehn Zentimeter kleiner als Josie und wog hundertachtzig Kilo bei einer Statur, die aussah wie aus dem Baukasten. Wilson bestand aus rechten Winkeln, aus Klötzen über Fettwülsten. Sein Bewegungsradius beschränkte sich auf die Vertikale, auf- und abwärts, eine Drehung schienen Wilson Pages Gelenke nicht zustandezubringen. Die Hand, die sich um Josies Finger legte, glich einem Baseballhandschuh. Josie, die mit einer Hand einen Volleyball fassen konnte, fühlte sich beinahe kindlich, als seine Hand sich um ihre schloss. Jedem dritten Wort folgte bei Wilson ein heftiges Keuchen.

»Wie geht's Ihnen?«

Schnauf.

»Schön, Sie kennenzulernen.«

Schnauf.

»Da drüben. Nein …«

Schnauf, schnauf.

»… dort.«

Er dirigierte Josie erst zu einem Sofa, dann zu einem Sessel und schließlich, mit einer Geste seines wurstähnlichen Fingers, wieder zurück zum Sofa. Als Josie sich setzte, sank sie in eine tiefe Mulde ein. Anscheinend hatte Wilson auf der Couch einen Lieblingsplatz, denn Jude, der amüsiert zusah, saß gut acht Zentimeter höher als Josie.

Wilson nahm in einem riesigen maßgefertigten Sessel Platz, der so konstruiert war, dass er möglichst tief atmen konnte. Dennoch drückte seine obere Hälfte auf die untere, sodass er vom Hals bis zu den Leisten einer fleischigen Ziehharmonika ähnelte. Sein massiger Rumpf füllte den Sessel ganz aus, die ausgestreckten Beine legte er auf einer Fußstütze ab.

»Also.« Jetzt, nachdem er sich nicht mehr bewegen musste, hatte Wilson eine überaus angenehme Stimme und sprach ohne Mühe. »Jude, was meinst du? Soll ich anfangen? Ich meine, du willst doch, dass ich die Geschichte erzähle, oder? Diese Lady interessiert sich für den *Pacific Park*, nicht wahr?«

Jude lächelte Wilson an wie ein alter Freund, der Äußerlichkeiten ignorierte und Wilson Page für seine inneren Werte bewunderte. Josie fand diesen Gesichtsausdruck viel attraktiver als Judes übliches Zahnpastalächeln.

»Leg los, Wilson. Josie? Sind Sie bei uns?«

»Ja, tut mir leid. Ich war nur … in Gedanken.«

»Schon okay«, erwiderte Wilson schmunzelnd. »Wir wissen, was Sie getan haben. Sie haben gerade versucht, aus der Sache hier schlau zu werden, stimmt's? Jude und ich. Der Schöne und das Biest. Jabba der Hutte und Han Solo, Orson Welles und …«

»Herrje, Wilson. Bitte«, stöhnte Jude. »Genug jetzt.«

Josie hörte zu und überlegte, welche Geheimnisse sich wohl unter Judes hübschem Gesicht und seinem einnehmenden Wesen verbargen und wie sie zu dem Leid passten, dass in Wilsons massigem Körper eingeschlossen war. Schon beim Hereinkommen hatte sie das Einvernehmen zwischen den beiden gespürt und außerdem noch etwas anderes – etwas wie liebevolle Genervtheit. Ihr war nur nicht ganz klar, ob sie von Wilson oder Jude ausging.

»Okay, ich bin neugierig. Ich bezweifle, dass Sie beide Tennis miteinander spielen«, sagte Josie.

Wilson lachte und sagte: »Der war gut«, bevor er genüsslich zu erzählen begann.

»Am Abend vor einem großen Prozess ging Judes Festplatte kaputt. Das wäre ganz schön teuer für dich geworden, was, Jude?«

Schnauf.

»Also fängt Jude um zwei Uhr morgens an, in der Gegend herumzutelefonieren, um jemanden zu finden, der ihm das Ding repariert, weil nämlich sämtliche Beweise da drauf sind. Er stößt auf mich …«

Schnauf.

»… und ich sage ihm, dass ich das erledigen kann. Er redet und versucht, einen Preis auszuhandeln, weil er glaubt, dass ich ihn übers Ohr hauen werde, und ich sage ihm, es kostet, was es eben kostet. Also bringt er die Festplatte hierher. Als er mich sieht, fällt der arme Jude fast in Ohnmacht. Er umklammert seinen Computer, als hätte er Angst, ihn mir auszuliefern. Wahrscheinlich dachte er, ich würde das Ding aufessen und ihn selbst gleich hinterher.«

Schnauf. Kicher. Schnauf.

»Komm schon, Wilson«, sagte Jude liebevoll. »Jeder ist erst mal überrascht, wenn er dich kennenlernt. Auf diesem Computer waren sensible Daten, und deine Arbeitsumgebung ist nicht gerade vertrauenerweckend. Ich meine, sieh dich hier doch nur mal um.«

Wilsons großer Kopf senkte sich zustimmend. Diesmal atmete er durch die Nase ein.

»Da ist was dran, Jude. Um die Geschichte abzukürzen, er hat mir den Computer gegeben. Ich habe die Dateien von der Festplatte gesichert und dabei herausgefunden, dass sie manipuliert worden war. Jemand von Judes Belegschaft hielt nicht besonders viel von ihm und hatte versucht, seine harte Arbeit zu sabotieren.«

»Um die Geschichte noch mehr abzukürzen, der Betreffende wurde entlassen, und Wilson und ich wurden Freunde«, unterbrach ihn Jude. »Können wir uns jetzt bitte der Angelegenheit zuwenden, wegen der wir hier sind?«

»Aber«, Wilson hob die Hand, als wollte er etwas präzisieren, »richtige Freunde wurden wir erst, als Jude die Rechnung bekam. Es imponierte ihm so sehr, dass ich mich nicht bereicherte, dass er mich auf die Gehaltsliste setzte. Es waren gute Jahre mit dir, Jude. Es gibt keinen, der anständiger ist, Ms Bates. Mir ist es egal, was die Leute über den Anwalt dieses Klägers sagen. Er ist der Beste. Wann immer ich irgendwas brauche, dann …«

Schnauf.

»Und wenn man Wilson nicht Einhalt gebietet, kaut er einem das Ohr ab. Zeit ist Geld, Wilson«, unterbrach Jude rasch.

Josies Lippen zuckten, als sie sah, dass Jude rot angelaufen war. War es möglich, dass sie hier die verletzliche Seite eines Hais sah? Erstaunlich, dass die bei diesem Fleischberg von einem Mann zum Vorschein kam. Die Wissenschaft von Anziehung, Freundschaft und Zuneigung war voller Geheimnisse. Josie dachte an Archer und vermisste ihn. Dann vergaß sie ihn wieder. Die Zeit war knapp. Jude war nervös, und Wilson merkte es.

»Na schön. Okay, genug davon. Reden wir von größeren, wichtigeren Dingen.« Wilson leckte sich die Lippen und strich dann mit drei Fingern darüber, als müsste er seinen Mund zurechtrücken, um die Worte richtig bilden zu können. Schließlich faltete er die Hände und legte sie auf dem massigen Bauch ab. »Keine Sorge, Ms Bates, ich lasse nicht zu, dass diese Leute Ihren Mandanten zu Unrecht verurteilen.«

»Wilson hat ein Problem mit *Pacific Park*. Auch wenn ich nie gedacht hätte, dass sich das mal als nützlich erweisen würde«, informierte Jude sie.

»Allerdings war das nicht immer so. Früher einmal habe ich *Pacific Park* geliebt, weil er so anders war als diese ganzen stromlinienförmigen Monstrositäten. *Pacific Park* war benutzerfreundlich, jedenfalls bis man beschloss, mich nicht mehr dort haben zu wollen. Verstehen Sie, ich war schon als Kind dick. Dann wurde ich noch dicker, und mit achtzehn – es war doch mit achtzehn, oder, Jude?«

»So hattest du es mir erzählt, mein Bester.« Jude nickte freundlich. »Mit achtzehn.«

»Ja … das ist jetzt … Moment …« Wilson legte einen gewaltigen Finger dorthin, wo sich normalerweise sein Kinn befunden hätte. »Das ist jetzt, okay, also … sechs Jahre und zwei Monate her. Wenn Sie wollen, könnte ich Ihnen die genaue Stunden- und Minutenzahl nennen, aber die sind wahrscheinlich nicht von Bedeutung. Jude?«

Jude schüttelte den Kopf. Das genügte Wilson.

»Nun, jedenfalls …« *Schnauf.* »… okay. Sie brauchen also nicht alle Einzelheiten. Nur die Zusammenfassung. Sie wollen, dass ich zum Punkt komme. Okay.«

Diesmal waren es zwei tiefe Atemzüge, die flach klangen, als würden sie nicht ganz bis in die unteren Bereiche der Lunge gelangen. Josie bemühte sich, nicht allzu ängstlich auszusehen, da Judes offenkundige Besorgnis für sie beide reichte.

»Ich bin damals zwei-, dreimal in der Woche in den Park gegangen«, sagte Wilson und lächelte bei der Erinnerung. »Großartig, rauszukommen, frische Luft zu schnappen, mich ein bisschen zu bewegen. Von einem Fahrgeschäft zum nächsten zu laufen ist für einen Dicken wie mich ein gutes Training. Mit ein paar Pfunden extra verbrennt man sogar beim Schlangestehen Kalorien.«

»Wilson, kannst du ein bisschen vorspulen?«, drängte Jude sanft, wobei er nicht weiter auf Wilsons offensichtliche Untertreibung einging.

»Natürlich, Jude. Natürlich. Gar kein Problem. Ich bin also in den Park gegangen. In den Park«, flüsterte Wilson und sog Luft durch die Zähne, wie um sich zu sammeln. Als er schließlich so weit war, richtete er die kleinen, hellen Augen auf Josie. »Eines sehr schönen Tages ging ich dorthin. Ich stand siebenundvierzig Minuten und zweiunddreißig Sekunden an, bis ich bei der Wilden Maus an der Reihe war. Ich hatte schon den ganzen Tag im Park verbracht und war mit allem gefahren, außer mit der Wilden Maus.«

Tiefes Schnaufen.

»Nun, die Angestellte des Fahrgeschäfts beharrte darauf, dass die Wilde Maus mich nicht tragen würde, aber sie irrte sich. Ich kannte bei sämtlichen Fahrgeschäften dort das für die Fahrgäste zugelassene Maximalgewicht. Bei der Wilden Maus sind es hundertfünfundsechzig Kilo. Ich wog damals hundertzweiundsechzig Komma sieben Kilo. Das erklärte ich der Angestellten.«

Schnauf. Schnauf. Schnauf.

»Wilson ist mit vierzehn auf die CalTech gekommen. Er weiß, wovon er spricht.«

Jude ließ die kleine Information über Wilsons Universitätsbesuch einfließen und sprang gleichzeitig für ihn ein, bis er so weit war, um fortzufahren.

»Danke, Jude. Ich kenne mich aus, wie du ganz richtig sagst.« Anmutig neigte Wilson den Kopf. »Schon immer. Und ich habe es mir zum Steckenpferd gemacht, jedes einzelne Fahrgeschäft im Park zu katalogisieren und zu verstehen. Ich kannte alle technischen Beschränkungen und die Sicherheitsbegrenzungen bei Gewicht, Körpergröße, Zugkräften. Mich in die Wilde Maus zu setzen hätte weder mich noch die anderen Fahrgäste auch nur im Geringsten in Gefahr gebracht. Ganz zu schweigen davon, dass man mir die Fahrt nicht hätte verweigern dürfen, solange man mich nicht gewogen hatte. Es gab nirgendwo einen Hinweis, dass es im Ermessen der Angestellten lag, jemanden wegen der subjektiven Einschätzung seines Gewichts abzulehnen. Es wurde natürlich ordnungsgemäß darauf hingewiesen, dass die Fahrt aufgrund der Körpergröße verweigert werden könne. Verstehen Sie, Größe ist etwas völlig anderes als Gewicht, wie man an den Warnhinweisen sieht …«

»Wilson«, mahnte Jude.

»Ja, natürlich. Zurück zum Thema, Jude«, stimmte Wilson zu. Er machte eine kurze Pause. »Es gab die üblichen Hinweise für Schwangere, für Leute mit Herzproblemen und so weiter und so fort.«

Wilson wedelte mit dieser faszinierenden Hand. Es sah aus, als würde sie sich unabhängig von seinem Arm bewegen. Er war ein sitzender Buddha, die Grinsekatze aus *Alice im Wunderland*, die faul auf einem Baum thronte.

»Aber das Körpergewicht? Oh nein. Davon war nirgends die Rede, dabei hätte ich es durchaus respektiert, wenn es irgendwo ein entsprechendes Schild gegeben hätte. Ich versicherte der Angestellten – eines dieser unglaublich niedlichen kleinen blonden Mädchen, die in ihrer Uniform zwar hübsch aussahen, aber den IQ eines Hotdogs hatte –« *schnauf* –, »ich sei bereit, das Risiko auf mich zu nehmen. Außerdem versicherte ich ihr, die hydraulische Halterung sei hervorragend und würde mich bestens absichern, sodass ich ihr nicht vor die Füße fallen und wie ein riesiger Wasserballon zerplatzen würde, wenn sie mich mitfahren ließe.«

Wilsons Stimme kletterte in den Sopran, als er von jenem schrecklichen Tag berichtete. Wieder war da diese Hand. Diesmal lag sie auf seiner Brust.

»Ich nehme an, die Frau hat Sie nicht mitfahren lassen«, bemerkte Josie leise, in der Hoffnung, ihn zu beruhigen.

Wilson blinzelte. Er schien seine Gäste völlig vergessen zu haben, während er die Demütigung ein zweites Mal durchlebte. »Nein, allerdings nicht, Ms Bates. Ich war sehr traurig.« Wieder schnaufte Wilson heftig. Seine Augen glitzerten. Nicht aus Boshaftigkeit, sondern eher, so schien es Josie, weil Tränen darin standen. Es war schwer zu sagen, weil sie so tief in diesem riesigen, freundlichen Gesicht saßen. »Ja, ich war traurig, und echte Traurigkeit ist ein schreckliches Gefühl. Aber es warteten noch mehr Demütigungen auf mich. Miss Hotdog rief den Sicherheitsdienst.« Diesmal schwang in dem Schnaufen Erstaunen mit. »Sie sollten mich zum Parkausgang ›begleiten‹, aber sie taten etwas viel Schlimmeres. Ich wurde auf die erniedrigendste Weise hinausgeworfen. Ich weiß zwar nicht, was diese kleine Cheerleaderin ihnen erzählt hat, aber ich kann es mir denken. Wahrscheinlich, dass sie Ärger mit einem richtig fetten Typen habe und man gleich die Kavallerie schicken solle, so etwas in der Art. Ich glaube kaum, dass ihr Vokabular für tiefergehende Erläuterungen ausreichte. Ich habe dir erzählt, wie demütigend es war, nicht wahr, Jude? Man schickte vier Männer. *Vier.*«

Wilsons Kopf drehte sich zu Jude, und sie teilten einen Augenblick gemeinschaftlichen Leids. Wilsons Nasenlöcher blähten sich. Er hob die Hand und berührte seinen Augenwinkel. Wilson Page seufzte und sprach zu dem Fußboden unter Josie Schuhen weiter.

»Mir ist klar, dass ich nicht normal bin. Mir ist klar, dass manche Menschen sich in meiner Nähe unwohl fühlen. Aber behandelt zu werden, als wäre ich eine Bedrohung, obwohl ich nur versucht hatte, die junge Frau aufzuklären und die Verantwortung selbst zu übernehmen, war zutiefst beschämend. Es war eine Erniedrigung, die ich nicht einfach hinnehmen konnte.«

Mehrmaliges leises Schnaufen folgte, als würde er seine Traurigkeit einsaugen, anschließend irgendwie in seinem Herzen verdauen und danach ausscheiden und vergessen. Mit einem Mal blickte Wilson auf und lächelte. Er wollte eine Augenbraue hochziehen, erreichte jedoch nur, dass die Falten in seinem Gesicht in Bewegung gerieten. »Oh, ich habe Ihnen noch gar nichts zu trinken angeboten. Ich habe Limonade da. Ein Stück Kuchen? Hätten Sie gerne Kuchen oder Limonade?«

»Nein, danke«, sagte Jude, zog dabei in einer Körperdrehung ein Bein weiter auf die Couch und streckte den Arm auf der Sofalehne aus, um Josie besser ansehen zu können. »Die Sache ist die, Josie, Wilson lässt sich nicht so einfach aufs Kreuz legen.«

»Sozusagen«, ergänzte Wilson schmunzelnd. »In der Tat lege ich mich nie aufs Kreuz. Ich stelle diesen maßgeschneiderten Sessel nach hinten, den Jude …«

»Ich glaube nicht, dass du Josie für etwas derart Persönliches schon gut genug kennst, Wilson«, lachte Jude. Der Dicke kicherte ebenfalls, während Jude weiterredete. »Wie auch immer, wenn Wilson sich ungerecht behandelt fühlt, klärt er den Rest der Welt darüber im Internet auf. Im vorliegenden Fall hat Wilson eine Webseite, die sich mit den Mängeln im *Pacific Park* beschäftigt und sie öffentlich macht.«

»Und zwar ohne jeden Groll, Ms Bates«, erklärte Wilson,

um sich gleich darauf zu korrigieren. »Na ja, anfangs hegte ich schon ein bisschen den Wunsch, es denen heimzuzahlen. Aber jedenfalls habe ich mir von den Dingen, die ich auf die Seite stelle, nie etwas ausgedacht. Was erst nur eine schlichte Webseite war, auf der ich mir Luft machte und die technischen Einzelheiten für Laien erklärte, entwickelte sich plötzlich zu etwas viel Größerem, als ich es mir je hätte träumen lassen. Ich stieß auf Hunderte von Menschen, für die *Pacific Park* nicht das angenehme Erlebnis gewesen war, auf das sie sich gefreut hatten.«

»Wilson, du solltest dazusagen, dass die meisten Mängel, die du publik gemacht hast, trivial waren«, erinnerte ihn Jude.

»Oh ja, fairerweise sollte ich das, Jude«, schnaufte Wilson. »Sie wissen schon, das Übliche: kalt gewordene Speisen, warm gewordene Getränke, lange Anstehzeiten in den Schlangen – was hatten die Leute denn erwartet? –, ästhetische Beanstandungen. Derartiges Gemecker nahm ich nicht weiter ernst. Aber es gab andere Dinge. Schlimme Dinge. Unfälle. Nachlässigkeiten. Davon sollten die Leute erfahren.«

Wilson hob kaum merklich einen Fuß, wie um sein Gewicht in dem Sessel zu justieren.

»Ich verfolge Blogs, mische mich unter die Angestellten, um diejenigen aufzustöbern, die die Firma verklagt haben, finde unzufriedene Lieferanten und gehe Gerüchten auf den Grund. Ich gebe Ihnen mein Wort darauf, dass ich alles, was ich öffentlich mache, vorher peinlich genau überprüft habe. Ehrenwort, Ms Bates. Ich lüge ganz einfach nicht. Mir geht es um die Fakten, und das sind die Fakten.«

»Das ist gut, Wilson, genau die suche ich nämlich auch«, beschwichtigte ihn Josie.

»Wunderbar.« Wilson strahlte. Jude veränderte seine Sitzhaltung, sodass er die Füße auf den Boden stellen und sich mit den Unterarmen auf den Knien abstützen konnte, und sagte:

»Also, sehen wir uns mal an, was du hast, Wilson? Es wird Josie gefallen, das weiß ich.«

Wilson lächelte, und nicht einmal Judes brillantestes Zahnpastalächeln konnte dagegen anstinken. Auch Josie lächelte. Jetzt ging es zur Sache.

»Also, fangen wir an. Die Vorfälle im *Pacific Park* beschränken sich nicht auf zwei Todesfälle in den letzten Jahren. Jude?«

Jude griff hinter die Couch und nahm ein paar Unterlagen aus einem Bücherregal. Er reichte Josie eines der Papiere.

»Ich begann mit meinen Recherchen, als Mr Wren Jude um Hilfe bat. Was Sie hier in den Händen halten, ist eine Liste sämtlicher Vorfälle in den letzten vierundzwanzig Monaten. Sie werden feststellen, dass es zwei schwere Unfälle gab, bei denen es zu Knochenbrüchen kam, und einen weiteren, nach dem sich ein junges Mädchen sogar wegen eines nicht unerheblichen Schädelbruchs einer Hirnoperation unterziehen musste, von der sie sich bis heute noch nicht vollständig erholt hat. Sie erlitt außerdem Platzwunden an Gesicht und Oberkörper und musste zum plastischen Chirurgen.«

Schnauf.

»Einer der Unfälle ging eindeutig auf technische Probleme zurück. Wegen der anderen beiden wird noch ermittelt, und bei der Frage, ob der Vorfall durch den Fahrgast verursacht wurde oder ob technisches Versagen die Ursache war, gehen die Meinungen auseinander.«

Wilson schien dem Ersticken nahe zu sein. Jude verkrampfte sich und beobachtete seinen Freund angespannt, kam zu dem Schluss, dass ein Eingreifen nicht notwendig war, und wartete. Als der Anfall vorbei war, räusperte sich Wilson und sprach nach einer raschen Entschuldigung weiter.

»Bei vier weiteren Unfällen kam es zu Gerichtsverfahren. Zwei davon gingen auf mangelhafte Reparaturarbeiten zurück. Außerdem gab es fünfzehn Beinaheunfälle, die durch Bedienungsfehler, unzureichende Wartung oder Budgetkürzungen verursacht wurden. Der letztere der beiden Todesfälle wurde anscheinend durch den Fahrgast verursacht. Im Fall von Timothy Wren wird als Ursache ein Unfall genannt. Angeblich trifft niemanden die Schuld.«

Wilson war vorerst am Ende seiner Erläuterungen angekommen. Er schnaufte rhythmisch durch die Nase und mischte hin und wieder einen tiefen Atemzug durch den Mund darunter, während Josie den Bericht studierte. Uhrzeiten, Tage, die genauen Verletzungen, das Alter der Betroffenen, Telefonnummern und Adressen. Viele der Opfer waren Kinder. Bei ihnen hatte Wilson die Eltern oder gesetzlichen Vormunde aufgeführt sowie die Prognose und in einigen Fällen Charakterstudien der Kinder und Mutmaßungen über ihre Beteiligung an dem Unfall.

»Das ist großartiges Material«, murmelte Josie und legte das Blatt beiseite. »Aber wenn das alles in den letzten beiden Jahren passiert ist – plus die beiden Todesfälle –, wieso gab es dann nicht mehr Aufmerksamkeit von den Medien?«

»Aus zwei Gründen«, antwortete Jude. »Erstens kam es durchaus zu kleineren Meldungen, die Ihnen aber wahrscheinlich nicht aufgefallen sind. Wenn in Hermosa Surfer von Haien angegriffen würden, wären Sie gleich hellwach, aber ihr letzter Besuch in einem Freizeitpark ist schon eine Weile her. Die Menschen achten auf das, was ihre Interessensphäre betrifft.«

Josie nickte. »Punkt für Sie.«

»Der andere Grund ist, dass *Pacific Park* nicht für Schlagzeilen taugt«, erklärte Wilson, der sich inzwischen erholt hatte und darauf brannte, an dem Gespräch teilzunehmen. »Für die bekennenden Vergnügungsparkfans unter uns bietet Kalifornien eine Vielzahl an Möglichkeiten: *Knott's Berry Farm*, *Magic Mountain* und natürlich den Achthundert-Kilo-Gorilla: *Disneyland*. Wenn an einem dieser Orte Unfälle passieren, ist das einfach viel aufregender. *Pacific Park* ist zwar der älteste Freizeitpark, aber nicht so sexy. Natürlich hat er eine Anzahl treuer Fans, aber die Besucherzahlen sind nicht so hoch wie bei den anderen und die Attraktionen auch nicht so brandaktuell.«

»Sie wollen also sagen, die Medien haben über diese Unfälle einfach wenig oder gar nicht berichtet?«

»Public Relations funktioniert in beide Richtungen, Ms Bates«, belehrte Wilson sie. »Ich will damit sagen, dass *Pacific Park* gut darin war, das Aufheben klein zu halten. Bei Todesfällen allerdings wird die Presse aufmerksam. Über Tim Wrens Tod wurde durchaus berichtet, wenn auch nicht sehr lange. Es gab keinen Prozess. Die Mutter wollte nicht mit den Medien reden. Aber wegen des zweiten Todesfalls gibt es jede Menge Streitereien. Die Familie des Opfers fordert viel Geld. Da die Öffentlichkeit bei Tod und Verstümmelungen unersättlich ist, hat man parallel dazu den Fall Tim Wren aufgewärmt. Damit wurde die neue Story noch blutiger, verkaufte sich besser und erhielt höhere Einschaltquoten in Fernsehen und Radio.«

Wilson hob die Schultern, wie um zu sagen, so sei das eben im Leben, und in sein Schnaufen mischte sich leises Bedauern.

»Und was schließen wir aus alldem? Dass im *Pacific Park* einiges im Argen liegt. Bei näherer Betrachtung lässt sich schlussfolgern, dass die Probleme vor allem auf das Alter der Fahrgeschäfte zurückgehen. Sie werden zwar immer schön bunt gestrichen, aber *Pacific Park* kauft viele seiner Fahrgeschäfte aus zweiter Hand und lässt sie wieder herrichten. Einige zumindest.«

»Sie meinen, die Fahrgeschäfte sind minderwertig?«, fragte Josie ungläubig.

»Nein, nein, nein.« Wieder wedelte Wilson mit seiner großen Hand. Die Geste wurde zunehmend zu einem Barometer seines Befindens. Er schwächelte ein wenig, hielt sich jedoch tapfer. »Gute Geräte, aber aus zweiter Hand. Schon abgenutzt in Anbetracht ihres Alters. Der Alte, Isaac Hawkins, sorgt dafür, dass alle gut gewartet werden. Da ist er sehr streng. Er begreift nur nicht, dass keine Wartung Materialermüdung, Verschleiß und veraltete Konstruktionen hundertprozentig ausgleichen kann – ja, die Mängel könnten auf die Konstruktion zurückgehen anstatt auf die im Grunde funktionierenden Teile. Angesichts der vielen Fälle von technischem Versagen in der Liste, die ich Ihnen gegeben habe, muss ich mir die Frage stellen, ob Isaac das in Betracht zieht.«

»Okay. Wunderbar. Danke. Damit kann ich etwas anfangen. Mehr, als ich je erwartet hätte.« Josie schloss Jude in ihren Dank mit ein. »Was ist mit Abfindungen? Selbst wenn nicht alle diese Vorfälle vor Gericht gelandet sind, muss doch Geld geflossen sein.«

»Natürlich. Eine Zeit lang hatten sie dafür ausreichend Geld. Die laufenden Kosten dieses Unternehmens sind nicht so hoch wie die eines Parkes, der sich in jeder Saison selbst neu erfindet«, erklärte Jude. »*Pacific Park* produziert keinerlei Filme und kein Werbematerial. Es gibt keine Läden, Bücher oder Videos, deshalb hat diese Firma mehr auf der hohen Kante als die meisten anderen Parks. Sie haben sich außergerichtlich geeinigt.«

»Aber ewig reicht das finanzielle Polster nicht. Sie sind nicht mehr so zahlungskräftig wie früher«, erinnerte ihn Wilson. »In keiner Weise. Nicht mal annähernd. Zahlungskräftig ist nicht das Gleiche wie unermesslich reich. Aber wir müssen etwas bedenken, von dem zwar nicht viele Leute wissen, aber ich schon. Ich weiß es, weil ich zuhöre, weil es mir am Herzen liegt, alles über *Pacific Park* zu …«

»… erfahren«, beendete Jude den Satz für ihn. Selbst Judes Geduld mit seinem Freund hatte ihre Grenzen. »Komm schon, Wilson, spuck es aus, sonst gehe ich.«

»Okay. Okay. Okay«, sagte Wilson. »Also, Ms Bates, *Paci-*

fic Park muss Judes Klage abwenden, weil die Firma Mr Wren unmöglich das zahlen kann, was sie ihm nach einem gewonnenen Prozess zahlen müsste. Wegen des letzten Todesfalls wird es zu einem Vergleich kommen, und zusammen mit Mr Wrens Klage wären sie pleite. Für Isaac Hawkins ist das undenkbar. Er ist ein alter Mann, der Park ist sein Lebenswerk, und Isaac wird es nicht mehr lange machen. Falls es zu einem Bankrott kommt, hat er nicht mehr genug Zeit, wieder von vorne anzufangen. Und obendrein überlegt *Greater United Parks*, *Pacific Park* zu kaufen. Wenn die ganze Kohle bei irgendwelchen Prozessen draufgeht, hat *Pacific Park* nur noch alte Fahrgeschäfte zu bieten. Die Bilanz wird nicht mal mehr einen nominellen Firmenwert aufweisen, und dann wird das Geschäft mit *Greater United Parks* platzen. Zwei Zivilprozesse gleichzeitig kann Isaac sich nicht leisten. Der eine wegen des Jungen, der vor drei Monaten gestorben ist, geht gerade noch. Aber wenn sie einen weiteren wegen eines vor fast zwei Jahren verunglückten Jungen führen müssen – noch dazu eines behinderten, zurückgebliebenen Jungen –, dann ist der Park ruiniert.«

»Ach du liebe Sch…«, seufzte Josie. »Das ist gut. Aber es ist keine Erklärung für das Video. Es gibt da einen Film, auf dem es so aussieht, als würde mein Mandant etwas mit dem Gurt des Jungen anstellen. Kann das sein, Wilson? Wäre es möglich, dass Archer den Gurt auf dem *Shock & Drop* gelöst hat?«

»Ja. Das wäre möglich.« Wilson sammelte seine Gedanken, um seine Kräfte einzuteilen. »Das *Shock & Drop* kam etwa im Jahr siebenundneunzig in den Park und war damals bereits zehn Jahre alt. Bei diesem speziellen Gurt hätte Ihr Mandant den Verschlussmechanismus ebenso leicht lösen können wie beim Sicherheitsgurt in einem Auto. Aber um dafür zu sorgen, dass der Junge hinunterfiel, hätte Ihr Mandant noch mehr tun müssen. Normalerweise würde man sich in so einem Fall festklammern oder sich stärker zurücklehnen.«

»Dieser Junge möglicherweise nicht, Wilson«, bemerkte Jude.

»Aber gibt es denn keine Notfallsicherung?«, bohrte Josie.

Wilson schüttelte den Kopf. »Es war kein hydraulischer Metallbügel. Der Fahrgast hing auch nicht an den Schultern in der Luft. Die Konstruktion ist schlecht, weil sie auf die Mitwirkung des Fahrgastes setzt. Tim Wren stand auf einer Plattform, die Haltegriffe sorgten dafür, dass er aufrecht stand. Der Gurt hielt ihn lediglich an der Rückenlehne. Aber nageln Sie mich nicht fest, Ms Bates. Ich kann nicht beschwören, ob Ihr Mandant die Möglichkeit hatte, den Gurt zu lösen, ehe ich den Mechanismus nicht selbst überprüft habe.«

»Dann werde ich dafür sorgen, dass wir uns dieses Fahrgeschäft alle mal ansehen können, und diesmal gehen Sie durch den VIP-Eingang rein, Wilson«, sagte Josie und erkundigte sich nach einem Telefon.

Wilson zeigte ihr, wo es stand. Lächelnd beobachtete er sie, während sie mit dem Sicherheitsdienst im *Pacific Park* verhandelte. Als sie auflegte, zog Jude bereits sein Jackett an und half Wilson aus dem Sessel. Die beiden hielten inne, als sie Josies grimmiges Gesicht sahen.

Die Hand noch am Telefon, sagte Josie: »Vergessen Sie es. Man will uns nicht reinlassen. Man verweigert uns die Erlaubnis, dieses verdammte Fahrgeschäft anzuschauen.«

Kapitel 14

»Habe ich Ihnen schon gesagt, dass Sie heute besonders hübsch aussehen?«

»Und darf ich Ihnen sagen, dass Sie heute außerordentlich viel Blödsinn reden?«

Josie und Jude marschierten im Gleichschritt auf die Abteilung 50 des Zivilgerichts zu, wo Richter Carl Smith auf die Argumente zu dem Begehungsantrag wartete, den Jude eine Woche zuvor gestellt hatte.

»Na schön, habe ich Ihnen schon gesagt, dass sie brillant sind? Ich finde, irgendwo zwischen Großartig und Wunderschön sollten Sie wirklich in Erwägung ziehen, für mich zu arbeiten.«

Josie verdrehte die Augen, ohne ihm jedoch böse zu sein. Sie nahm Judes Geflirte und Energie locker. Sie wollte ihn nicht mehr loswerden, seit ihr klar geworden war, dass ihre Vorbereitungszeit sich durch seine Informationen halbiert hatte, und sie begann sogar widerwillig, ihn zu mögen.

»Ein Glück, dass Sie ›brillant‹ gesagt haben, sonst würde ich womöglich auf Ihre Sprüche hereinfallen.« Kurz vor dem Gerichtssaal blieb Josie stehen. »Sie sind bereit, oder?«

»Kinderspiel, Josie. Wir haben damit gerechnet, dass das Strafgericht Ihren Antrag auf eine Besichtigung ablehnen würde. Mich wurmt nur, dass ich nicht vor Ihnen auf die Idee gekommen bin, die Sache über das Zivilgericht laufen zu lassen.«

»Dann wäre es gar nicht mehr mit Ihnen auszuhalten.«

Josie fasste an die eine Seite der Flügeltür, die in den Gerichtssaal führte. Jude griff nach der anderen. »Dann mal los«, sagte sie.

Sie betraten den Gerichtssaal gemeinsam, um sich gleich darauf zu trennen. Josie nahm auf der Holzbank gleich hinter der Schranke Platz, und Jude blieb an der Seite stehen und wartete, bis der Richter mit dem Anwalt vor ihm fertig war. Eine Minute später verließ ein unzufriedener Anwalt den Gerichtssaal, und Richter Smith wandte sich Jude zu.

»Mr Getts. Es ist mir wie immer ein Vergnügen.«

»Euer Ehren.« Jude trat durch die Schwingtür und nickte respektvoll, dann nahm er seinen Platz am Tisch des Anklägers ein, als würde er ihm gehören.

»Mr Hillerman?« Mit päpstlicher Geste winkte der Richter den Anwalt der Verteidigung heran.

»Hier, Euer Ehren.«

Ein älterer Mann, dem sein grauer Anzug hervorragend stand, trat vor und hatte kaum Platz genommen, als Richter Smith auch schon begann.

»Also, Mr Getts, ich habe Ihren Antrag gelesen und auch Ihre Erwiderung, Mr Hillerman. Natürlich könnte ich Ihnen einfach sagen, was ich davon halte, aber ich liege heute gut in der Zeit. Also erläutern Sie mir doch bitte noch einmal den Sachverhalt – nur für den Fall, dass ich irgendetwas übersehen habe.« Zwanglos lehnte Smith sich zurück, bereit, sich unterhalten zu lassen. »Erzählen Sie mir eine Geschichte, Herr Anwalt.«

»Herr Richter, ich vertrete Colin Wren bei seiner Klage gegen *Pacific Park* und bitte schlicht um einen Begehungstermin für das Fahrgeschäft namens *Shock & Drop*, in dem der Sohn meines Mandanten sich zum Zeitpunkt seines Unfalls aufhielt. Diese Begehung ist nicht nur angemessen, sondern für meine Beweisführung auch unabdingbar.«

»Euer Ehren«, unterbrach Mr Hillerman, voll und ganz die Stimme der Erfahrung und Weisheit. »Ich fürchte, Mr Getts ist hier übereifrig. Das Zivilverfahren wurde bis zum Ende des Strafprozesses in der Sache Tim Wren ausgesetzt. Es gibt zu diesem Zeitpunkt überhaupt keinen Grund für Mr Getts, das Fahrgeschäft zu besichtigen. Die Sache könnte sich möglicherweise sogar von selbst erledigen. Falls der Ausgang des Strafprozesses unseren Erwartungen entspricht, würde eine Begehung sowohl eine Verschwendung von Mr Getts' Zeit wie auch der von *Pacific Park* bedeuten. Ich ersuche das Gericht, Mr Getts in Erinnerung zu rufen, dass Geduld eine Tugend ist.«

Jude lächelte breit, hocherfreut darüber, dass sich die Sache nicht als reine Formalität entpuppte.

»Das ist alles korrekt, Euer Ehren. Die Angelegenheit ist mittlerweile kompliziert. Allerdings befindet sich die fragliche Maschine meines Wissens in einem Depot, das Wind und Wetter ausgesetzt ist, und zwar schon seit fast zwei Jahren. Sollte der Strafprozess sich über ein Jahr oder sogar länger hinziehen, ist der weitere Verfall der Maschine nicht abzusehen. In diesem Fall müsste der Kläger befürchten, dass wesentliche Informationen verloren gehen. Die Funktionstüchtigkeit der Maschine betrifft unseren Fall unmittelbar.«

»Hat die Verteidigung in der Strafsache eine Begehung beantragt?«, fragte Smith beide.

»Ja, Euer Ehren, aber der Antrag wurde abgelehnt«, erwiderte Jude. »Das Gericht hat geurteilt, dass *Pacific Park* lediglich der Ort des mutmaßlichen Verbrechens ist und nicht als Verursacher im Mittelpunkt steht. Aus diesem Grund ist *Pacific Park* berechtigt, den Zutritt zum Park und zu den Fahrgeschäften nach Belieben zu verweigern. Die Geschäftsleitung hat der Verteidigung eine Begehung unter Berufung auf den Datenschutz untersagt, und das Strafgericht hat sich dieser Begründung angeschlossen. Außerdem behauptet die Geschäftsleitung, dass der Staatsanwalt über einschlägige Informationen zu diesem Verfahren verfügt, und als außenstehende Partei ist *Pacific Park* nicht verpflichtet, einer Begehung durch die Verteidigung zuzustimmen. Bei einem Zivilprozess muss das Opfer als Gegner des Parkes vertreten werden und steht nicht als Beklagter vor Gericht. Wir sind ganz klar berechtigt, das Fahrgeschäft auf Mängel zu untersuchen. Nicht nur das, wir haben auch das Recht, das zeitnah zu tun. Vor der strafrechtlichen Klage war *Pacific Park* alles andere als entgegenkommend mit Informationen, die die Vertreter meines Mandanten betreffen, und wurde wegen Missachtung des Gerichts belangt …«

»Euer Ehren, diese Entscheidung wurde widerrufen, nachdem Richter Benson erkannt hatte, dass wir lediglich bemüht waren, dem Staatsanwalt bei einer besonders heiklen Ermittlung zur Seite zu stehen«, widersprach Mr Hillerman.

»Und das, Mr Hillerman, hat keinen Einfluss auf meine heutige Entscheidung«, erinnerte ihn Richter Smith.

»Dann, Herr Richter«, fuhr Mr Hillerman fort, der sich nicht so leicht abwimmeln ließ, »bedenken Sie bitte Folgendes. Es ist nicht sinnvoll, an *Pacific Park* die üblichen Maßstäbe zur Offenlegung in Zivilprozessen anzulegen, da wir hier nicht über einen Unfall sprechen. Da Tim Wren ermordet wurde, steht Mr Getts letzten Endes ohne Mandat da.«

Richter Smith hob die Hand. »Genau wie die Verurteilung wegen Missachtung des Gerichts hat auch die Strafsache hier keinen Einfluss, Mr Hillerman. Der Mord wird lediglich behauptet und steht noch nicht fest. Meines Wissens ist in der Strafsache noch niemand wegen irgendwelcher Beweise gehört worden. Vor einem Prozess und einem Schuldspruch weiß niemand wirklich, wovon wir sprechen.«

Der Richter schwieg und dachte nach. Er verschränkte die

Unterarme auf dem Tisch und musterte seinen Ehering, als könnte dieser ihn inspirieren. Schließlich blickte er auf.

»Ich respektiere zwar die Aussetzung des Zivilverfahrens, bin mir aber auch im Klaren darüber, dass der Strafprozess noch nicht abgeschlossen ist. Nach meinem Ermessen könnte Mr Getts durchaus bald wieder auf der Prozessliste stehen. Deshalb sehe ich in der vorliegenden Angelegenheit keinen Grund, Mr Getts und seinem Team den Zugang zum Park zu verweigern, um das fragliche Fahrgeschäft in Augenschein zu nehmen.«

Richter Smith schob einen Papierstapel zusammen, reichte ihn dem Gerichtsdiener und fasste seine Erkenntnisse zusammen.

»Mr Getts, Sie und Ihre von Ihnen bestimmten Vertreter dürfen das Fahrgeschäft namens *Shock & Drop* besichtigen. Sie haben die Erlaubnis, *Pacific Park* zeitnah und mit angemessener Voranmeldung zu betreten und die Besichtigung durchzuführen. Nur das als *Shock & Drop* bekannte Fahrgeschäft darf besichtigt wer…«

»Ich würde außerdem gerne das Gelände begehen, auf dem das Fahrgeschäft gestanden hat, bevor es von dort entfernt wurde«, erweiterte Jude seinen Antrag auf charmante Weise. Oliver Twist hätte es nicht besser hinbekommen.

»Mr Hillerman?« Richter Smith sah den grau gekleideten Mann an.

»Ich wüsste nicht, welchen Sinn das haben sollte, Euer Ehren. Seit der Stilllegung des Fahrgeschäfts sind fast zwei Jahre vergangen. Inzwischen befindet sich an dieser Stelle eine ganz andere Attraktion, und das Gelände wurde gärtnerisch umgestaltet. Es gäbe gar keine Grundlage für einen Vergleich mit dem *Shock & Drop* zum Unfallzeitpunkt.«

»Das sehe ich auch so«, sagte der Richter. »Wir beschränken die Entscheidung auf eine Besichtigung des eigentlichen

Fahrgeschäfts. Mr Getts, bitte setzen Sie sich dazu mit Mr Hillerman in Verbindung. Mr Hillerman, falls Sie nicht dabei sein können, werden Sie eine Kontaktperson im Park bestimmen.«

»Sehr wohl, Euer Ehren.« Mr Hillerman neigte den Kopf, froh, einen kleinen Sieg für *Pacific Park* errungen zu haben.

»Und Sie werden gegenüber demjenigen, der sich mit Mr Getts' Partei trifft, klarstellen, dass er zuvorkommend zu behandeln ist. Ich will nicht der nächste Richter werden, der *Pacific Park* wegen Missachtung vorladen lässt.«

»Ja, Euer Ehren.« Hillerman neigte den Kopf.

»Ausgezeichnet. Damit wäre die Sache erledigt, es sei denn, einer von Ihnen hat noch ein weiteres Anliegen an das Gericht.«

Bei keinem der beiden war das der Fall. Richter Smith verschwendete keine weitere Zeit und ließ den Gerichtsdiener den nächsten Fall aufrufen. Als Jude und Hillerman den Saal verließen, waren sie bereits vergessen. Hillerman ging weiter. Josie stieß zu Jude.

»Na?«, fragte Jude.

»Wegen etwas, das sowieso schon feststand, werde ich mich nicht gleich vor Begeisterung überschlagen«, sagte Josie trocken, die ihm keine Komplimente machen wollte, so glücklich sie auch war.

»Das nenne ich mal Dankbarkeit«, lächelte Jude. »Dabei habe ich doch die ganze Arbeit gemacht.«

»Es war meine Idee. Sie waren nur die hübsche Verpackung.« Sie waren bei den Aufzügen angelangt. Jude drückte den Knopf nach unten. Während sie warteten, dachte Josie laut nach. »Wilson kann die Begehung nicht durchführen. Er wäre als Zeuge ohne richtige Qualifikationen nicht zu gebrauchen. Ganz zu schweigen von seiner offensichtlichen Voreingenommenheit gegenüber *Pacific Park* und der Tatsache, dass er vermutlich einen Herzinfarkt erleidet, wenn er auf etwas steigt, was höher als eine Trittleiter ist.«

»Ich habe mich bereits darum gekümmert«, beschwichtigte Jude sie. »Wir haben einen Professor vom MIT. Er hat ein paarmal als Gutachter für uns gearbeitet, aber noch nicht so oft, um voreingenommen zu wirken. Er will nur die eigenen Spesen erstattet haben, was ihn wiederum für mich verdächtig macht.«

»Bei Ihnen geht es wohl immer nur um den Gewinn, was, Jude?«, bemerkte Josie. »Und, wann hat er Zeit? Ich will die Sache möglichst schnell hinter mich bringen.«

»Übermorgen? Oder spätestens bis Freitag. Bevor Sie und Ruth loslegen, will ich, dass wir unsere Schäfchen im Trockenen haben«, antwortete Jude.

»Schön. Ich sage Archer Bescheid.« Die Aufzugtüren öffneten sich. Josie wollte hineingehen, aber Jude hielt sie zurück.

»Oh nein. Sie werden ihn nicht mitbringen, Josie. Auf gar keinen Fall.«

»Nicht sehr entgegenkommend von Ihnen«, sagte Josie. Jude ließ sie los, hielt sich im Aufzug jedoch dicht neben ihr. »Und nicht sehr klug. Ruth hat zwar klargestellt, dass sie Archer nicht in der Nähe ihrer Zeugen haben will, aber es existiert keine einstweilige Verfügung, nach der ihm der Zutritt zum Park verboten wäre. Richter Smith hat gesagt, dass Ihr Team hineindarf. Archer ist jetzt offiziell ein Teil dieses Teams. Oder haben Sie vergessen, dass die Anhörung nur ein Manöver für die Verteidigung im Strafprozess war?«

Sie waren wieder im Erdgeschoss und kämpften sich an den Leuten vorbei, die in den Aufzug drängten. Josie war als Erste draußen und sah sich nach Jude um.

»Archer ist entscheidend für die Besichtigung, Jude. Er ist derjenige, der mit dem Fahrgeschäft gefahren ist. Er ist derjenige, der sich an jenen Tag erinnern soll. Vielleicht hilft der Anblick des Dings ja seinem Gedächtnis auf die Sprünge oder bringt Einblicke in das, was nach dem Unfall passiert ist.«

Jude beschleunigte sein Tempo und lief direkt vor Josie.

Josie täuschte erst links an, dann rechts, ohne dass Jude sie vorbeiließ.

»Was ist?«, fragte sie.

»Das ist doch Blödsinn, Josie, und das wissen Sie genau. Was Sie da tun, ist gefährlich.«

»Sie reden Quatsch.« Sie warf den Kopf zurück und bemerkte, dass die Leute zu ihnen herübersahen. Sie senkte die Stimme. »Was schadet es denn, wenn Archer mitkommt?«

»Sie machen sich *Pacific Park* zum Feind, verärgern den Staatsanwalt, bringen Ihren Mandanten in eine unmögliche Lage, und vor allem«, sagte Jude und beendete seine Litanei mit etwas Freundlichem, »wäre es furchtbar für Sie, wenn Archer dabei wäre.«

Josie verengte die Augen und ließ ein abschätziges Schnalzen hören.

»Sie sind wirklich gut, Jude. Ein bisschen Melodrama, Bedenken, wie ich vor Gericht dastehen könnte, und als Krönung dann die Besorgnis wegen meiner Gefühle. Nicht schlecht. Richtig süß.«

»Schluss jetzt«, befahl Jude. »So tough sind Sie gar nicht, und Sie wissen ganz genau, wovon ich rede. Was, wenn Archer einfällt, dass er es getan hat? Oder wenn er es die ganze Zeit gewusst und Sie getäuscht hat. Was ist, wenn Sie ihn anschauen, während er die Maschine betrachtet, und ihm seine Schuld ansehen?«

Josies Blick war unnachgiebig. Sie wusste, dass Judes Argumente etwas für sich hatten. Sie sah die Risiken und begriff, dass die Folgen Sie und Archer betreffen würden. In Anbetracht von all dem gab es nur eine Entscheidung. Josie schob Jude beiseite.

»Archer kommt mit.«

KAPITEL 15

JOSIE FUHR MIT heruntergelassenem Verdeck. Sie hatte die Baseballkappe aufgesetzt, und ihre Sonnenbrille hielt den kalten Fahrtwind ab, während sie über die Autobahn 405 jagte. Das Verdeck hatte sie mit Absicht unten gelassen, denn es hätte sie wahnsinnig gemacht, mit jemandem unter dem niedrigen Dach zusammengepfercht zu sein, der so angespannt war wie Archer und der bei jeder Kleinigkeit sauer wurde, weil er aus Stolz nicht zugeben konnte, Angst vor der Begegnung mit der Vergangenheit zu haben.

Josie fuhr sich mit der Hand über die Nase, die so kalt war, dass die Berührung wehtat. Sie veränderte ihre Sitzhaltung und ließ den Nacken kreisen, um die Verspannungen zu lösen, die ihren ganzen Rücken hinunterreichten. Archer war nicht der Einzige, bei dem die Nerven blank lagen. Josie war selbst nicht sonderlich erpicht auf diesen Ausflug, zumal sie zu dem Schluss gekommen war, dass Jude bei ihren Motiven den Nagel auf den Kopf getroffen hatte.

Zu dieser Erkenntnis war sie in der Nacht gekommen, als sie wach neben Archer lag. Ihre nackten Körper übten keinerlei Reiz aufeinander aus; sie hatten sich völlig unter Kontrolle. Keiner von ihnen wollte Trost in der Liebe suchen, weil beide fürchteten, dass es nichts mehr zu lieben gab. Beide fürchteten sich vor der Leere, die der Akt ohne tiefere Verbindung mit sich brachte.

Furcht war etwas Neues zwischen ihnen. Genau wie Sorge, Anspannung und alle anderen Begriffe, mit denen sich die

Beziehung zweier Menschen beschreiben ließ, die plötzlich das Gefühl hatten, einander nicht mehr zu kennen, aber mit niemand anderem reden konnten. Viele Bereiche mussten sie aussparen. Manche Fragen durfte Jo, Archers Freundin, nicht stellen, wohingegen Josie, die Anwältin, es tun musste. Da waren die kurze Anspannung vor einer Antwort und das kaum hörbare Aufatmen, wenn diese Antwort sie weiterbrachte, anstatt sie zurückzuwerfen; einen Punkt klärte, anstatt Misstrauen zu säen.

Im Moment lieferten Archer und Josie der Fahrtwind, die Geschwindigkeit und die hereinbrechende Dämmerung eine Ausrede, um sich nicht zu unterhalten, während sie sich *Pacific Park* näherten, wo sie auf Wilson, Jude und den Ingenieur treffen würden. Als der Park vor ihnen auftauchte, löste Josie eine Hand vom Lenkrad und streckte sie instinktiv nach Archer aus. Sie verflocht ihre Finger mit seinen, und er zog die Hand nicht weg. Zwar leistete er kurz Widerstand, als wollte er ihr nicht zeigen, wie sehr er sie brauchte, doch dann erwiderte Archer den Händedruck. Das genügte. Sie waren zusammen.

Zufrieden zog Josie die Hand wieder zurück und lenkte mit beiden Händen, während sie die Autobahn verließ. Mit fünfzehn Sachen über dem Limit fuhr sie die Ausfahrt hinunter. Der alte Jeep vibrierte, als sie bremste, den Verkehr abwartete und sich dann in die Schlange zum *Pacific Park* einfädelte.

»Da.« Archer hob die Hand und zeigte auf ein riesiges Schild, das den Abschnitt E des weitläufigen Parkplatzes markierte. Josie nickte, scherte aus der Schlange aus und rollte langsam weiter, auf der Suche nach einer Parklücke.

»Das ist Judes Wagen.« Josie deutete mit dem Kinn darauf, und Archer sah hinüber.

»War ja klar«, murmelte Archer, als sie in der übernächsten Lücke einparkte. Er wand sich aus dem Jeep und klopfte seine Kleidung ab, während er den champagnerfarbenen Mercedes beäugte.

Josie ging zu Archer hinüber und nahm ihn beim Arm. Seine Verunsicherung überraschte sie nicht. Der edle Wagen repräsentierte alles, was für Archer im Moment bedrohlich war: Geld, das er nicht hatte, Freiheit, die er nicht hatte, Judes Jugend und sein gutes Aussehen, die Archer beide niemals haben würde. Deshalb die abfällige Bemerkung über Judes Auto, die sich im Grunde in eine Frage an Josie übersetzen ließ: Liebte sie ihn noch? Hatte sie sich von jemandem verführen lassen, der mit ihrer Branche vertraut war, der eher zu ihrer Altersgruppe gehörte, von einem Mann, der nicht vorbelastet war? Josie verstand die Frage und beantwortete sie, so gut sie konnte.

»Alles okay, Archer?«, fragte sie und drückte seinen Arm. Er nickte. Sie lächelte. »Gut. Dann komm.«

Sie ließ seinen Arm los und steckte die Hände in die Taschen der uralten Lederjacke, die das Kleinod ihres Vaters gewesen war. Die Kappe behielt sie auf, nahm jedoch die Sonnenbrille ab. Archer ging zielstrebig neben ihr her wie jemand, der nichts zu verbergen hat. Das war gut. Nicht so gut war das Kribbeln in Josies Magen, das Gefühl drohenden Unheils, ein ganz untypisches Gefühl für eine Anwältin, das sie verunsicherte.

Dann sah sie Jude, und schon fühlte sie sich besser. Der Anzug war verschwunden und durch Jeans, ein oben offenes Hemd und ein Jackett, das nach Kaschmir aussah, ersetzt worden. Wanderstiefel. Sein Blick war unbeirrt. Josie blickte zu Jude hin, doch die Hand streckte sie nach Archer aus. Auch wenn die Rollen verändert waren, ihre Loyalität war es nicht. Archer war ihr Fels in der Brandung gewesen; jetzt würde sie seiner sein.

»Da sind Sie ja«, begrüßte Jude sie, als sie zu seiner kleinen Gruppe stießen. »Ich wollte gerade anfangen, mir Sorgen zu machen.«

»Auf der Überleitung zur 710 war ein Stau. Tut mir leid«,

entschuldigte sich Josie. »Haben Sie beim Sicherheitsdienst angerufen?«

»Ja, gleich, als ich Sie erspäht habe«, erwiderte Jude. Er wandte sich an Archer. »Kommen Sie klar damit, dort reinzugehen? Wenn nein, dann sagen Sie es jetzt.«

»Das mache ich nur, wenn ich Angst kriege«, antwortete Archer, dem angesichts der Dreistigkeit dieses neuen Hahns der Kamm schwoll.

»Ich wollte nur sichergehen.« Jude ließ das Thema elegant fallen.

Archer wurde ein bisschen freundlicher. »Ich komme schon klar.«

»Prima.« Jude streckte die Hand aus, Archer ergriff sie, und Jude zog ihn zu den anderen. »Das ist Wilson Page.«

Archer schüttelte dem dicken Mann die Hand und sah ihm in die Augen. »Danke für Ihr Kommen.«

»Um nichts in der Welt hätte ich mir das entgehen lassen«, erwiderte Wilson freundlich. Josie nahm mit Besorgnis Wilsons Blässe zur Kenntnis. Sie hatte sich immer noch nicht an sein Keuchen gewöhnt. Wilson übernahm die Vorstellungen und machte sie mit dem großen, hageren Mann neben ihm bekannt. »Das ist Dr. Hart. Ein ausgezeichneter Ingenieur. Genau der Profi, den wir hier und jetzt brauchen.«

Alle begrüßten einander mit höflichen und gedämpften Stimmen, denen man die Ernsthaftigkeit der bevorstehenden Aufgabe anhörte. Josie wollte gerade Dr. Hart ansprechen, als sich plötzlich das letzte Teammitglied aus dem Schatten des Personaleingangs löste. Wie ein Geist kam Colin Wren zu ihnen herüber, die Priesteraugen einzig und allein auf Archer gerichtet. Sein weites Cordjackett konnte seine schmächtige Statur ebenso wenig verbergen wie die Brille und sein Auftreten seine Skepsis. Archer und Colin ignorierten einander, und Josie beobachtete die beiden neugierig. In Colins Blick lag etwas Neues, die Gereiztheit schien durch Feindseligkeit ersetzt worden zu sein.

Josie zog Jude beiseite. »Sie hätten mir sagen müssen, dass er mitkommt. Ich halte das für keine gute Idee.«

»Muss ich Sie daran erinnern, dass Sie und Archer nur wegen Colin hier hineindürfen?«

»Das Strafverfahren gibt es überhaupt nur, weil er die ganze Sache in Gang gebracht hat«, schoss Josie zurück. »Sie hätten mich zumindest warnen können.«

»Er hat sich erst in letzter Minute dazu entschieden. Für ihn wird das sehr schwer, und ich erwarte, dass sie ein wenig Mitgefühl zeigen«, erwiderte Jude.

»Und Sie meinen, für Archer ist es ein Kinderspiel?«, fragte Josie. »Und ...«

»Halten Sie nur Archer im Zaum«, sagte Jude flüsternd.

»Ich weiß nicht, ob es Archer ist, dessentwegen wir uns Sorgen machen müssen.« Josie musterte Colin und versuchte, die Veränderung an ihm näher zu bestimmen. »Was hat er? Ich dachte, er wollte uns helfen. Ich fange ungute Schwingungen auf. Gibt es da etwas, das ich wissen sollte?«

»Er ist nur angespannt. Das hier ist wie bei einer Begehung nach einem Flugzeugabsturz. Es bringt alle möglichen Gefühle an die Oberfläche.«

»Nein, es ist was anderes.« Josie kaufte ihm das nicht ab. »Wieso hat er sich so versteckt?«

Jude schaute nach hinten. »Meine Güte, Josie, er hat sich nur abseits gehalten.«

»Er sich vom Fleck gerührt. Archer nicht aus den Augen gelassen. Es wirkt, als wollte er ihn provozieren.«

»Hören Sie, der ganze Abend wird stressig werden, machen Sie nicht alles noch schlimmer, indem Sie sich etwas einreden. Jetzt kommen Sie und machen Sie ein freundliches Gesicht. Es geht gleich los.« Jude nahm sie beim Arm. Roger McEntyre näherte sich mit raschen Schritten. Kurz vor dem Tor blieb er stehen.

»Mr Getts?«

Judes Gruppe rückte zusammen.

»Ja.«

Roger McEntyres Augen bewegten sich kaum, doch Josie wusste, dass er notfalls selbst die Farbe der Knöpfe an Judes Ärmelaufschlägen würde bezeugen können. Er ließ den Blick über die anderen schweifen und händigte einem nach dem anderen sein Besucherschild aus.

»Mr Hart, Mr Page, Ms Bates und Mr Getts. Mr Wren.« Der Mann war gut. Er hatte seine Hausaufgaben gemacht.

»Einen haben Sie vergessen.« Josie trat vor.

»Nein, ich glaube nicht. Der Park hat Anweisung erhalten, Mr Getts' Team zur Begehung hereinzulassen.« Roger blickte zu Archer hinüber. »Dieser Mann hier ist Angeklagter in einem Strafprozess. Nach dem Antrag auf Besichtigung, der in diesem Prozess abgewiesen wurde, dürfen wir jedem nach eigenem Ermessen den Zutritt verweigern.«

»Bei Mr Getts gab es keine Einschränkungen«, konterte Josie, die McEntyre für seine Voraussicht bewunderte. »Der Gerichtsbeschluss war allgemein gehalten. Er enthielt keine Angaben über die Größe und Zusammensetzung des Besichtigungsteams und schloss auch niemanden aus.«

»Das sehe ich anders, aber ich bin kein Anwalt.« Roger war so höflich wie ein Türsteher, kurz bevor dieser einem wegen einer Unvorsichtigkeit die Fresse poliert. »Aber ich werde mich gern mit dem hausinternen Anwalt in Verbindung setzen, damit er Kontakt mit dem Richter aufnimmt, um die Sache zu klären. Allerdings ist es leider schon spät, es könnte also etwas dauern.«

»Mr McEntyre«, unterbrach Jude, »wir bewegen uns innerhalb der Auflagen des Gerichtsbeschlusses, und nachdem es sich um eine Besichtigung unter Aufsicht handelt, werden Sie feststellen, dass Ms Bates' Mandant sich auf die Zuschauerrolle beschränken wird. Er hat keine Erlaubnis, etwas anzufassen oder mit Ihrem Personal zu sprechen, und wird sich durchgehend in Sichtweite Ihres Angestellten aufhalten. Und falls Ihnen das nicht ausreicht, sorge ich persönlich dafür, dass Sie wegen Missachtung einer gerichtlichen Anordnung verurteilt werden.«

McEntyres Schnurrbart zuckte gereizt, doch er gab nicht nach. Er sah Colin an und nahm den leisen Beifall im Blick des Mannes wahr. Diese Reaktion fand er zwar interessant, doch er richtete das Wort an Jude.

»Da es hinsichtlich der Motive von *Pacific Park* in der Vergangenheit zu Missverständnissen gekommen ist, möchte ich lieber auf Nummer sicher gehen. Ich glaube kaum, dass irgendein Richter das als Missachtung interpretieren würde. Ich habe Anweisung, Ms Bates' Mandanten nicht in den Park zu lassen. Solange ich nichts anderes höre, werde ich mich daran halten.«

Roger beäugte Archer. Josie machte sich auf eine Erwähnung von Archers Übertritt gefasst, aber es kam nichts. Vielleicht hatten sie ja einen Freund in Roger McEntyre. Aber im nächsten Augenblick zeigte Roger McEntyre Flagge, und es war die von *Pacific Park*.

»Meiner Meinung nach strapaziert es die Grenzen unserer Gastfreundschaft bereits, dass ich Ms Bates in den Park lasse. Sie können also gerne mit unserem Anwalt sprechen und einen Richter suchen, der sich Ihrer Auffassung anschließt, aber solange ich nicht ganz sicher gesetzlich verpflichtet bin, diesen Mann hereinzulassen, werden Sie auf dem Parkplatz warten müssen. Es liegt ganz bei Ihnen.«

Zufrieden, seinen Standpunkt verdeutlicht zu haben, schaute er von Josie zu Jude. McEntyre wusste, wo die Macht lag, er war sich nur nicht ganz im Klaren, wer von beiden mehr davon hatte.

»Also gut. Wir akzeptieren Ihre Bedingungen.« Josie hatte das Wort ergriffen. Irgendjemand musste schließlich eine Entscheidung fällen. Judes Miene blieb ausdruckslos. Colin machte ein triumphierendes Gesicht, und Archer stieß das verächtliche kleine Geräusch aus, das einer Eskalation vorausging. Josie nahm Archer beim Arm, führte ihn ein paar Schritte beiseite und redete auf ihn ein.

»Besonders aussichtsreich war es sowieso nicht …«

Er unterbrach sie genauso heftig. »Das ist doch Blödsinn …«

Josie hielt ihn am Arm fest. Er wollte sie abschütteln, doch es gelang ihm nicht.

»Besonders aussichtsreich war es nicht«, wiederholte sie nachdrücklich. »Das Unternehmen hat das Recht dazu. Sie könnten es damit begründen, dass die Gäste verschreckt werden, wenn du im Park herumläufst.«

»Als ob mich da drin irgendjemand erkennen würde. Komm schon, Jo«, widersprach Archer mit einer heftigen Kopfbewegung zum Park hinüber.

»Wenn die einen Richter davon überzeugen, dass deine Anwesenheit in dem Park der von Jack the Ripper in einem Bordell gleichkäme, dann wird diese Theorie sehr real. Außerdem haben wir keine Zeit zum Streiten. Ihr Anwalt könnte die ganze Nacht Gründe suchen, um dich draußen zu halten. Am Ende erzählt McEntyre womöglich noch von dem kleinen Besuch, den du ihm abgestattet hast. Die Anhörung, der Antrag, das frisst alles Zeit, die wir nicht haben. Ich brauche diese Besichtigung noch vor der Voruntersuchung.« Josie bewegte sich, sie stand dicht vor ihm und hatte den Kopf abgewendet, als würden sie tanzen. »Bitte, Archer«, flüsterte sie. »Sei jetzt vernünftig. Ich schaffe die ganze Sache aus der Welt. Ich verspreche es dir, Schatz.«

Archer schloss die Augen. Wie Sand über einem Toten

wurden Demütigung und Schmach über ihm aufgehäuft. Ein Sandkorn hier und da hätte sich abschütteln lassen; aber in der Masse begann das verdammte Zeug ihn niederzudrücken.

Josie fasste ihn an den Schultern. »Selbst falls die noch nicht fertig sein sollten, in einer Stunde bin ich wieder da, dann komme ich zu dir, Archer, und warte mit dir zusammen, wenn du mich jetzt nur so lange reingehen lässt, dass ich mir alles ansehen kann.«

Es dauerte eine gefühlte Ewigkeit, aber schließlich nickte Archer.

Josie ließ ihn los. Sie blieb noch kurz bei ihm stehen, dann ging sie wieder zu den Männern, die am Tor standen. »Er bleibt hier.«

»Gut.« McEntyre winkte einem Mann, der in der Nähe stand, und sprach so laut, dass Archer ihn verstehen konnte. »Ich lasse einen Wachmann hier, damit Ihr Mandant nicht die Regeln vergisst.«

Josie drehte sich bei dieser Herablassung der Magen um, aber es war McEntyres zufriedenes Grinsen, das ihr bewies, wie richtig sie mit ihren zweiten Gedanken gelegen hatte: Hier gab es niemand, der ihnen freundlich gesinnt war. McEntyre hatte gerade einen weiteren Kübel Sand über Archer aufgehäuft. Hoffentlich würde das nicht der sein, der ihn endgültig vernichtete, dachte Josie, und folgte den Männern in die Spielzeuglandschaft namens *Pacific Park.*

KAPITEL 16

JOSIE UND JUDE gingen hinter Roger McEntyre durch den *Pacific Park*. Wilson und Dr. Hart bildeten die Nachhut. Wilson sah blass und angestrengt aus, war jedoch anscheinend entschlossen, den ganzen Weg zu Fuß zurückzulegen. Colin hielt sich abseits. Er schien sich nicht für seine Umgebung zu interessieren und schritt gleichmäßig aus, den Blick nach vorn gerichtet. Es wirkte, als hätte er Angst, von einem imaginären Seil in die Tiefe zu fallen.

Colin war ein merkwürdiger, verschlossener Mann, und es ging Josie nicht in den Kopf, wie Lexi sowohl ihn als auch Archer hatte lieben können. Archer trug sein Herz auf der Zunge; Colin verbarg seine Gefühle hinter einer stoischen Fassade. Hätte Josie sich einen Kampfgefährten aussuchen müssen, wäre es Colin Wren gewesen. Er war ein Mensch, der strategisch vorging und zielstrebig auf ein im Voraus bestimmtes Ziel zusteuerte. Niemals hätte er zugelassen, dass seine Gefühle sein …

»Cool, was?« Jude lief neben Josie her wie ein Kind, das eine Gratiskarte bekommen hat.

»Wir sind nicht zum Spaß hier.« Josie beschleunigte ihr Tempo, als McEntyre scharf nach links abbog, ohne einen Blick hinter sich zu werfen.

Jude fiel zurück, um sich zu vergewissern, dass Wilson und der Doktor die Richtungsänderung mitbekommen hatten. Colin befand sich vor ihnen. Weil alle unterschiedlich schnell gingen, wurde die Gruppe weit auseinandergezogen und fand sich schließlich erst fernab der Besuchermengen wieder zusammen.

Roger McEntyre wartete, bis alle da waren, schlug eine Plane an einem riesigen zeltartigen Leinwandkonstrukt zurück und ging hinein. Judes Team folgte ihm, einer nach dem anderen reichte dabei die Plane dem Nächsten weiter. Innen verteilten sie sich entlang der Stoffwand und sahen sich um. Sie befanden sich in einem geschlossenen Raum ohne Decke, der das *Shock & Drop* vor neugierigen Blicken abschirmen sollte.

Zuerst standen alle nur da, bevor sie sich ausgiebig umsahen und die Blicke schweifen ließen, bis schließlich der Turm aus Metall und Drähten, Plastik und Hebeln ihre Aufmerksamkeit anzog. Das *Shock & Drop* war so imposant und trügerisch wie ein Ungeheuer, das nur scheinbar tot war und bei der leisesten Berührung und dem verstohlensten Schritt zum Leben erwachen konnte.

»Meine Güte!«, keuchte Wilson, bevor er wieder einatmete und sich das verblüffte Zischen zu einem bewundernden Pfiff wandelte.

»Verdammt richtig«, pflichtete Jude ihm bei.

Colin starrte das Monstrum an.

Josie blickte durch das Ding hindurch, bis sie bereit war, es anzusehen.

Dr. Hart kam als Erster in Bewegung.

Entschlossen ging er auf das Fundament zu, suchte sich eine geeignete Stelle und öffnete seine Tasche. Er holte Messinstrumente, Millimeterpapier und Vergrößerungsgläser heraus, lauter Gegenstände, über die sich Josie noch schlaumachen musste, bevor sie ihn im Zeugenstand zu seinem Befund befragte.

Als hätte Dr. Hart den Startschuss gegeben, kam plötzlich Leben in die Männer. Wilson fand eine passende Stelle, um sich zu setzen und seine massige Gestalt zu entlasten, und begann ein lockeres Gespräch mit Dr. Hart.

Josie entfernte sich von den anderen, stand jedoch gleich darauf vor Jude, der Roger McEntyre ausfragte. Sie ging weiter und hielt sich dabei abseits, am Rand des Geschehens. Sie wollte sich das Ding erst einmal in Ruhe ansehen, das in Archers Leben eine solche Verwüstung angerichtet hatte. Sie schritt zurück und ließ den Blick über die Maschine schweifen, als sie hinter dem stählernen Labyrinth auf einmal Colin Wren erblickte. Er sah nicht zum *Shock & Drop* hin, sondern unterhielt sich mit Roger McEntyre, bis er plötzlich innehielt und herumfuhr. Er hatte Josies neugierigen Blick gespürt und hielt nach der verursachenden Person Ausschau. Sein Blick verriet so viel Verletzlichkeit, sein Schmerz war so unverhüllt und sein Zorn so heftig, dass Josie, als er sie entdeckte, sich allein schon durch ihre Verbindung mit Archer schuldig fühlte.

Kaum fähig, zu atmen und ihn länger anzusehen, tauchte Josie unter dem Stoffgebilde hindurch nach draußen und marschierte auf die Leute zu, die *Pacific Park* das Geld einbrachten.

Während sie sich einen Weg durch die Menge bahnte, war sie sich der Lichter, des Lärms, des Lächelns auf den Gesichtern der Kinder bewusst. Ein kleines Mädchen vor ihr ließ sein Spielzeug fallen, und sie blieb stehen, um sich danach zu bücken. Sie hielt dem Kind das Spielzeug hin, vergaß jedoch, es loszulassen.

Das Mädchen war höchstens zehn und rührte etwas in Josie an. Vielleicht waren es die Augen oder die Gesichtsform oder auch das Haar, das sie sich zur Hälfte zu einem Pferdeschwanz hochgebunden hatte, während der Rest ihr offen auf den Rücken fiel. Vielleicht war es auch das Unbehagen, mit dem sie ihre hübschen Kleider trug, ein Wildfang, dem die Mutter ihren Geschmack aufgezwungen hatte. Erst als das Mädchen an dem Spielzeug zog und Josie es freigab, wurde ihr klar, was sich hier so vertraut anfühlte. Das Mädchen lief weg, und Josie versank in die Vergangenheit.

Verblüfft darüber, wie deutlich ihre Erinnerungen waren, ließ sich Josie auf eine Bank sinken, die wie ein Gänseblümchen geformt und rosa wie ein Sonnenuntergang in Hermosa Beach war. Den Kopf in den Nacken gelegt, blickte sie lächelnd in den mittlerweile dunklen Himmel, bis ihr Herzschlag sich beruhigt hatte. Das war eine ihrer guten Erinnerungen. Wahrscheinlich die letzte gute, die sie an ihre Mutter hatte, die verschwunden war, als Josie dreizehn war.

Doch an jenem besonderen Tag war Josie noch elf gewesen und Emily die perfekte Mutter, die ihre Tochter im *Funland* verwöhnte. Sie lachte über Josies Witze und teilte sich eine Pizza mit ihr. In sämtlichen Fahrgeschäften saßen sie nebeneinander, so dicht beisammen, dass es sich wie eine Umarmung anfühlte. Es existierte ein Foto davon.

Es existierte ein Foto davon.

Josie legte die Hände auf die Knie und dachte darüber nach, als sie von der rosa Bank aufstand. In sich hineinlächelnd, ging sie langsamer weiter. Was wohl aus jenem Foto geworden war? Sie konnte sich noch genau an das Bild erinnern: Josie und Emily, die Arme in die Luft gestreckt, lachend und kreischend, während die Achterbahn sie auf den Gipfel der letzten und furchterregendsten Steigung schob. Emily war ganz verblüfft über das Foto gewesen. Wo war die Kamera?, fragte sie. Wie konnten sie die Bilder nur so schnell entwickeln?, hatte sie sich gewundert. Sehen wir nicht toll aus?, gurrte sie, und Josie hatte geglaubt, dass Emily auch sie wirklich hübsch darauf fand.

Josie lachte laut auf. Kinder lassen sich so leicht einwickeln. Inzwischen war Josie klar, dass der Tag etwas Besonderes gewesen war, weil Emily das gewollt, und nicht, weil Josie das gebraucht hatte. Sie ging um zwei Männer herum, ohne deren bewundernde Blicke zu bemerken, und überlegte, wo das Bild wohl sein mochte.

Vernichtet? Verschwunden? Verlorengegangen? Vielleicht

steckte es irgendwo in einer Kiste. Sie könnte vielleicht in den Sachen ihres Vaters nachsehen. Vielleicht …

»Daddy!«

»Hey, Lady. Sie können sich hier nicht einfach vordrängeln, verdammt noch mal …«

Dem Fluch folgte ein Ellbogen, der sie anrempelte. Ein Mann in einem T-Shirt, das dafür warb, Schwiegermütter auszurotten, verteidigte seinen Platz. Josie sah sich um und merkte verblüfft, dass sie in eine Warteschlange geraten und unter lauter Leuten eingekeilt war, die für die Achterbahn namens *Perilous Peak* anstanden. Seit jenem Tag mit ihrer Mutter war Josie nicht mehr Achterbahn gefahren, und sie hatte nicht vor, sich je wieder in eines dieser Dinger zu setzen. Entschuldigungen murmelnd, schob sich Josie durch den Menschenpulk und wandte sich nach rechts, den Blick immer noch auf die Achterbahn gerichtet.

Es war ein Wunderwerk der Technik, so furchterregend wie sein Name. In winzigen Wagen zusammengepfercht, die zu Achterzügen miteinander verbunden waren, wurden die Fahrgäste durch steile Kurven geschleudert, rasten durch doppelte Schleifen, sausten wie Flipperkugeln eine Röhre hinab und wurden anschließend wieder nach oben geschossen. Alle kreischten, auch Männer in scheußlichen T-Shirts, und die meisten hielten sich an dem Metallbügel fest, der sie gemeinsam mit der Schwerkraft an ihrem Platz fixierte. Ein paar Unerschrockene streckten oben die Arme in die Luft, andere vergruben das Gesicht an der Schulter ihres Nebenmanns. Aber sämtliche Gesichter …

Ihre Gesichter.

Josie ging ein bisschen näher zu der Achterbahn hin.

Fotos.

Josie drehte den Kopf nach links, dann rechts, und da war sie – die riesige Tafel, an der die Fotos aufgehängt wurden.

Jeder, der mit der Achterbahn fuhr, wurde fotografiert. Wenn die Wagen mit einem Quietschen anhielten, waren die Bilder bereits entwickelt, und wenn die Fahrgäste auf wackligen Beinen zum Ausgang wankten, hingen die Aufnahmen schon an der Tafel. Die Fotos wurden aus zwei verschiedenen Blickwinkeln geschossen, genau wie damals, als Josie und Emily nach *Funland* gefahren waren. Sie hatten wählen dürfen: zwischen einem Bild, das frontal, und einem anderen, das schräg von der Seite aufgenommen worden war.

Voller Erregung über die Idee, die in ihrem Kopf Gestalt annahm, beschleunigte Josie ihre Schritte und presste sich durch die lärmende Masse, die in dem Park wogte. Sie schob eine Frau beiseite, die unvermittelt stehen geblieben war, und eilte an ihr vorbei auf der Suche nach den Kameras. Kameras. Josie war sich ganz sicher, dass sie mehr als eine finden würde.

Endlich hatte Josie sich durch die Menge gekämpft und stieß gegen den langen, niedrigen Sicherheitszaun.

Überall um sie herum waren Leute, die brüllten, um über den ohrenbetäubenden Lärm der Achterbahn gehört zu werden, aber Josie beachtete sie gar nicht. Dicht vor dem Schienengerüst stehend, konzentrierte sie sich auf die Konstruktion des Fahrgeschäfts. Rechts wanden sich parallele Stahlbänder über ein hoch aufragendes hölzernes Untergestell. Links bogen sich die Schienen zu einem doppelten Looping, und direkt vor ihr sausten die Wagen dann einen kleinen Abhang hinunter, bevor sie wieder nach oben schossen. Der Schwerkraft trotzend. Dem Tod trotzend. Beängstigend. Josie stützte sich auf das Geländer. Das Kreischen der Insassen vereinte sich zu einem einzigen wilden Schrei, als die Wagen den Scheitelpunkt erreichten. Unmittelbar darauf sauste die Wagenschlange an ihr vorbei und peitschte ihr den Fahrtwind mit seinem Schmutz und Staub so heftig ins Gesicht, dass sie die Augen zusammenkniff.

Der Zug war so schnell verschwunden, wie er gekommen war, die Stimmen verklangen, die Gesichter verschwammen. Josie, die groß genug war, um einen Fuß auf dem Boden zu lassen, reckte sich über das Geländer. Nur noch wenige Zentimeter von den Schienen entfernt, entdeckte Josie Bates schließlich, was sie gesucht hatte: Kameras.

Es waren mindestens zwei. Die eine hing hoch oben über einem Laternenmast auf der südlichen Seite des Fahrgeschäfts, die andere stand ein paar Meter von ihr entfernt. Josie presste sich stärker gegen das Geländer und beugte sich vor, um das Innere des Unterbaus sehen zu können. Über sich hörte sie Metall auf Metall knirschen, vernahm die Zahnräder. Ein weiterer Wagenzug wurde die Anhöhe hinaufbewegt. Es gab eine kurze Verzögerung, einen Augenblick, in dem alles stillstand. Dann kamen ein Luftzug, das Quietschen stählerner Räder und angstvolles Stimmengewirr. Aus dem Augenwinkel sah Josie, wie die Wagenschlange nach unten raste. Sie konnte jetzt nicht hier weg. Dort vorn war noch eine Kamera. Josie musste sehen, ob …

Mit einem Mal waren da nichts mehr als der Lärm des Zuges und der pfeifende Fahrtwind, als die Wagen vorbeirasten. Irgendwie war es, als würde sie schweben, als wären ihre Füße vom Boden losgelöst. Josie Bates griff nach dem Geländer, um sich festzuhalten, doch sie rutschte daran ab. Ein Arm schlang sich um ihre Taille, drückte ihr beinahe die Luft ab, und jemand brüllte:

»Was zum Teufel machen Sie denn da?«

* * *

Archer saß im Jeep. Er hatte die Jacke hochgezogen und die Hände tief in den Taschen vergraben. Die Sitzlehne war nach hinten gestellt, seine Füße lagen auf dem Armaturenbrett. Die

Straßenlaternen, von denen der Parkplatz übersät war, spendeten ein bleiches Licht. Es wurde dunkel, und Archer war stinkwütend, weil er im Auto hocken musste wie ein Kind, das auf seine Eltern wartet. Er stellte die Füße auf den Boden und setzte sich aufrecht hin, nahm die Hände aus den Taschen und stützte den Ellbogen an der Wagentür ab. Eine Sekunde lang blieb er so sitzen. Dann stieß er die Tür auf, stieg aus und sah sich nach seinem Freund am Tor um. Der Wachmann war immer noch da.

Idiot.

Archer schlug die Tür zu. Im Vergleich mit dem Hummer hörte sich das Scheißding wie Blech an, was Archer noch mehr aufbrachte. Er lehnte sich gegen den Kotflügel. Das wäre ein guter Augenblick für eine Zigarette, wenn er noch rauchen würde. Es war ein noch besserer Augenblick für eine Idee, und zufällig hatte er gerade eine.

Archer schlenderte lässig um den Wagen herum, zog das Verdeck herunter und sorgte dabei dafür, dass der Wachmann ihn sah. Er lief neben dem Wagen auf und ab und tat, als würde er sich langweilen. Er schlenderte durch Reihe E und besah die Autos, als wollte er sich die Beine vertreten und die Zeit totschlagen. Am Ende der Reihe kehrte er um, die Hände brav in den Taschen. Archer war noch sechs Wagenlängen vom Jeep entfernt, als er seine Chance witterte. Wie geplant hatte der Wachmann am Tor das Interesse an ihm verloren. Eine Frau mit drei Kindern war mit einer Frage an ihn herangetreten, und der Möchtegerncop gab ihr eine langatmige Antwort.

Gut und gut.

Archers Timing war perfekt, als er zwischen zwei Wagen hindurchschlüpfte und in Reihe D gelangte. Er ging weiter, ohne sich umzusehen und sich zu vergewissern, dass dem Kerl am Tor kein Licht aufgegangen war. Alles lief bestens, und der

Trottel merkte gar nicht, dass Archer sich nicht mehr in derselben Reihe aufhielt.

Er ging ein weiteres Mal durch die Parkreihe, drehte um und passte seine Gelegenheit ab. Gerade war ein voll besetzter Van in eine Parklücke Reihe C gefahren. Mit einem beiläufigen Blick vergewisserte Archer sich, dass der Wachmann ihm keine Beachtung schenkte. Archer schlüpfte zwischen zwei Kombis hindurch und kam so zur nächsten Reihe. Er war ein Springer, und der Parkplatz von *Pacific Park* war sein Schachbrett: zwei Schritte geradeaus, einer zur Seite, zwei Schritte geradeaus, einer zur Seite. Systematisch bewegte Archer sich weiter, die ganze Zeit das Schachmatt vor Augen. Der Wachmann am Personaleingang würde glauben, dass er sich wieder ins Auto gesetzt hatte, um sich aufzuwärmen. Zumindest hoffte Archer das, als er in seine Brieftasche schaute und darüber rätselte, gerade lang genug, dass zufällig aus dem Van neben ihm fünf Kinder und zwei Erwachsene ausstiegen. Sie gingen auf den Parkeingang zu und unterhielten sich dabei lebhaft und ausgelassen.

Archer fiel neben ihnen in Gleichschritt. Er achtete darauf, nicht vorauszugehen oder zu weit zurückzufallen, und war schlau genug, den Kopf zu drehen und zu lächeln und Interesse für eines der Kinder zu heucheln, als würde er es schon ewig kennen.

Er war auch schlau genug, um damit aufzuhören, als das Kind nervös wurde wegen des großen Kerls mit den vielen blauen Flecken, der ein bisschen zu dicht neben ihm herlief. Im perfekten Augenblick verließ Archer die Gruppe und ließ sich von der größeren Menschenmenge verschlucken, die sich am Haupteingang drängte. Es waren so viele Leute, dass sie eine ganze Herde von Archers hätten aufnehmen können.

Während der nächsten drei Minuten wartete er brav in der Schlange, zückte seinen Mitgliedsausweis im Automobilklub, schob zwei Zwanzigdollarscheine über den Tresen und wurde mit einer ermäßigten Eintrittskarte für den *Pacific Park* belohnt.

Archer war drin, und er würde verdammt noch mal dort bleiben, bis er hatte, was er wollte.

KAPITEL 17

»BEI SO EINER Nummer können Sie draufgehen. Oder haben Sie etwa noch nicht davon gehört, dass es in *Pacific* schon Todesfälle gab, weil die Leute Blödsinn machen?«

Roger McEntyre ließ Josie Baylor-Bates los und trat einen Schritt zurück. Aber nicht weit genug. McEntyre glich einer Mauer. Josie kam nicht an ihm vorbei. Sie wartete auf seine Ansage. Er drehte sich um und bedeutete ihr mit einem Seitenblick, mitzukommen.

»So knapp war es gar nicht«, widersprach Josie. Sie wollte sich unterhalten, um sich nicht fühlen zu müssen, als wäre sie auf dem Weg zum Schafott. »Mir wäre nichts passiert, es sei denn, gerötete Haut durch den Fahrtwind gehört für Sie dazu.«

»Ich wusste gar nicht, dass Sie Expertin für Gefahren in einem Freizeitpark sind.« Roger wandte sich nach rechts und wies ihr die Richtung. Josie zögerte, weil sie halb mit einer Finte rechnete. Schließlich ging sie voraus und schob sich durch eine Menschenansammlung. Roger folgte ihr. Als sie auf der anderen Seite herauskamen, hatten sie die Menge hinter sich gelassen.

»Ein Phänomen menschlicher Bewegungsmuster«, sagte McEntyre, als er wieder bei ihr war. »Die Leute bewegen sich gruppenweise, und ab und zu entstehen dabei leere Stellen. Es lässt sich aufzeichnen und mit den richtigen Geräuschen und Gerüchen und der richtigen Anordnung von Attraktionen beeinflussen. Damit die Leute nicht zu menschlichen Autoscootern werden.«

»Dann beruht der ganze Spaß hier also auf Wissenschaft«, bemerkte Josie.

»Auf der Begabung dessen, der den Park geschaffen hat«, entgegnete McEntyre, »und zusätzlich wissenschaftlichen Erkenntnissen und gesundem Menschenverstand.«

»Ich bin mir nicht sicher, ob ich den auf dem gesunden Menschenverstand basierenden Teil schon kennengelernt habe.«

»Ihre Nummer eben, beim *Perilous Peak*? Das war ein schönes Beispiel von Mangel an gesundem Menschenverstand.« McEntyre zeigte mit dem Daumen über die Schulter.

Josie warf einen Blick zurück, ohne stehen zu bleiben. »Kann schon sein, dass es für die Kinder kein so gutes Vorbild war …«

»Das ist noch eine Untertreibung. Hat Ihre Mutter Ihnen denn nicht beigebracht, dass Schranken ihren guten Grund haben?«

»Meine Mutter glaubte nicht an Schranken«, sagte Josie.

»Meine schon«, meinte McEntyre beiläufig. »Normalerweise haben sie durchaus ihren Sinn. Mich haben sie von Orten ferngehalten, an denen ich nicht willkommen war, und woanders daran gehindert wegzulaufen. Sie haben dafür gesorgt, dass mir nichts passiert ist.«

McEntyre hob leicht die Hand. An diesem kühlen Abend lag die Eisdiele so gut wie verlassen da. Roger setzte sich auf einen der roten Hocker, die um die gelben Tische herumstanden, Josie nahm einen anderen. McEntyre bot ihr kein Eis an, sondern redete einfach weiter.

»Es gibt einen guten Grund dafür, dass wir rund um die Fahrgeschäfte Schranken haben, und zwar an ganz bestimmten Stellen. Zum Beispiel dieses Geländer, über das Sie sich gebeugt haben. Sie haben sich eine besonders heikle Stelle ausgesucht. Die Wagen fahren mit einer Geschwindigkeit von siebzig Stundenkilometern. Es geht darum, dass sie schnell bis ganz nach unten kommen, um anschließend durch die Loopings zu schießen und die nächste Anhöhe hinaufzukommen. Eine Menge Physik, die Sie nicht unbedingt kapieren müssen. Eines allerdings sollten Sie wissen: Alle paar Jubeljahre entgleist tatsächlich einmal ein Wagen, und was glauben Sie, an welcher Stelle die Wahrscheinlichkeit dafür am größten ist?«

»Wenn Sie von diesem ersten Berg runterkommen?«

»Dort, wo Sie sich rübergelehnt haben? Ganz genau.«

Roger knöpfte seine Jacke auf und legte die Hand an die Hüfte. Josie sah die glänzende Gürtelschnalle und das tiefe Mahagonibraun des Ledergürtels. Er trug zwar keine Waffe an diesem Gürtel, aber Josie schloss nicht aus, dass er woanders eine hatte. Sie schaute ihm wieder ins Gesicht.

»Das Risiko gehe ich ein«, sagte Josie. »Angeblich gibt es doch keine technischen Mängel, von daher dürfte die Gefahr nicht so groß sein.«

»Dann lassen Sie uns doch über menschliches Versagen reden. Wissen Sie, was die Leute so anstellen, wenn sie die Gelegenheit dazu haben?« McEntyre zog die Augenbrauen hoch, fasste sich an den Schnurrbart und blickte dann zu den Leuten im Park hinüber, als hätte er keine sonderlich hohe Meinung von ihnen. »Die Leute machen Unfug. Sie lehnen sich in die falsche Richtung, sie stehen während der Fahrt auf, sie werfen Zeug aus dem Wagen. Sie würden nicht glauben, was die alles lustig finden. Einmal hatten wir einen Jungen, der neben der Bahn einen Stein aufhob und ihn am höchsten Punkt runterwarf, weil er sehen wollte, was zuerst unten ankommen würde, der Wagen oder der Stein. Der Stein landete auf einem Kinderwagen. Stellen Sie sich das mal vor.«

Josie wollte lieber nicht erfahren, wie es weitergegangen war. Er erzählte es ihr trotzdem.

»Zum Glück hatte die Mutter das Baby gerade aus dem Wagen herausgeholt, weil es schrie. Die Frau wurde hysterisch, der Kinderwagen war hinüber, und der Junge wurde freundlichst gebeten, *Pacific Park* nie wieder zu betreten. Die Eltern haben uns verklagt. Schließlich war ja niemand verletzt worden, und deshalb fanden sie, dass es keinen Grund gab, ihren Sonnenschein von hier fernzuhalten. Der Prozess hat uns ein kleines Vermögen gekostet. An dem Tag hat zum Glück der gesunde Menschenverstand gesiegt. Der Richter urteilte, dass der Junge es nicht verdient hatte, wieder herkommen zu dürfen.«

»Na schön.« Josie verschränkte die Unterarme auf dem Tisch. »Sie haben ja recht. Es war nicht besonders schlau von mir, mich über dieses Geländer zu beugen.«

»Nicht schlau ist gar kein Ausdruck«, sagte McEntyre. Er legte eine Hand auf den Tisch, ohne jedoch herumzufingern. Er war ein sehr beherrschter Mann. »Was haben Sie denn gesucht?«

»Nicht gesucht, sondern nach etwas Ausschau gehalten. Bei der Bahn gibt es zwei Kameras. Ich glaube, im mittleren Bereich befindet sich eine dritte«, antwortete Josie.

»Wollten Sie ein Foto von sich haben?«

Josie stützte den Kopf in die Hand. »Nein, ich will wissen, wie viele Kameras auf das *Shock & Drop* ausgerichtet waren. Wir haben nur ein Video. Wo sind die restlichen Bänder, Mr McEntyre?«

Josie hätte schwören können, dass unter dem strohblonden Schnurrbart ein leises Lächeln aufzuckte. Aber vielleicht täuschte sie sich, denn Roger McEntyre wirkte nicht sonderlich erheitert oder interessiert.

»Als Fragen zu dem Video kamen, sind wir sämtliche Archive durchgegangen und haben alles Mr Cooper übergeben. Dieses eine Band war alles, was da war.«

»Sie wollen mir also erzählen, dass am *Perilous Peak* mehrere Kameras installiert sind, während es bei einem so großen

Fahrgeschäft wie dem *Shock & Drop* nur eine einzige gab?«, fragte Josie skeptisch.

Roger stand achselzuckend auf und knöpfte seine Jacke zu. Die Leute im Park hatten anscheinend ihre Meinung geändert, denn plötzlich war die Eisdiele sehr begehrt. Der Mann mochte keine Menschenansammlungen. Also gingen sie weiter.

»Das war eben damals, und das andere ist jetzt. Es war ein älteres Fahrgeschäft, deshalb weiß ich nicht, wie viele Kameras dort installiert waren. Das *Perilous Peak* ist neuer, wir haben mehr Geld reingesteckt, und die Standfläche ist dreimal so groß wie beim *Shock & Drop*. Drei Kameras sind nicht besonders viel. Ich kann gerne ein Treffen mit unserem Planungsingenieur ausmachen, damit er Ihnen die Zahlenverhältnisse erklärt.«

»Ja, bestimmt würden Sie das sehr gern tun«, erwiderte Josie liebenswürdig.

Er spulte nur die offiziellen Infos ab, aber mit einer Konfrontation würde sie gar nichts erreichen. Sie würde warten müssen, bis sie mehr in der Hand hatte – was hoffentlich noch vor der Voruntersuchung der Fall sein würde. Sie gingen zum Gelände hinter dem Park, wo Jude und sein Team immer noch beschäftigt waren.

»Wenn es keine technischen Probleme gab, wieso wurde das *Shock & Drop* dann nicht wieder in Betrieb genommen?«, fragte Josie.

»Wieso suchen Sie nach dem Haar in der Suppe?«, entgegnete Roger. Dann wurde ihm klar, dass sie nicht locker lassen würde, und er seufzte. »Es wäre sowieso bald stillgelegt worden, deshalb war es kein Problem, den Betrieb einzustellen, als wir mit der Klage von Tim Wrens Mutter rechneten. Nachdem die nicht gekommen war, blieb es dann einfach dabei. Das Vorhaben ist dokumentiert. Mr Getts ist sicher darüber informiert.«

»Und Sie wissen ganz genau, dass Mr Getts nicht alle angeforderten Unterlagen erhalten hat.«

»Ich habe gehört, dass es da Probleme gab. Wir haben eine hohe Fluktuation in der Verwaltung. Es ist schwer, heutzutage gute Leute zu finden.« Roger log, ohne mit der Wimper zu zucken. »Ich lasse das überprüfen.«

Josie schwieg kurz, voller Bewunderung für Roger McEntyre. Sein Tonfall, seine Gangart, seine Haltung waren ihr vertraut. Er selbst war ihr vertraut. Er war beim Militär gewesen und deshalb ein guter Soldat. Seine Loyalität galt dem Park. Josie beschloss, kein Blatt vor den Mund zu nehmen, genau wie ihr Vater es getan hätte.

»Nur damit wir uns richtig verstehen: Ich glaube Ihnen kein Wort, und das gilt auch für die Wartungsberichte. Ich werde alles zerpflücken, was Sie mir geben, bis ich ganz genau weiß, was sich hier abgespielt hat. Ich werde mir die Informationen suchen, die ich nicht bekommen soll. Ich werde mit den Leuten reden, mit denen ich nicht reden soll.«

»Das würde ich genauso machen.« Seine dunklen, scharfen Augen glitzerten. Er nahm alles sehr genau wahr, was um ihn herum vorging. »Tun Sie, was Sie nicht lassen können. Hier werden Sie nicht finden, was Sie suchen. Und nur damit das klar ist, rechnen Sie lieber nicht damit, dass ich da sein werde, um Sie zurückzureißen, wenn Sie sich mal wieder in Schwierigkeiten bringen. Hier nicht und auch sonst nirgends.«

»Das dachte ich mir schon«, sagte Josie und sah ihn unverwandt an.

Er trat einen Schritt auf sie zu und senkte die Stimme ein wenig. »Und wenn Sie mir zu viel Ärger machen, hole ich mir eine einstweilige Verfügung gegen Sie und alle, die je mit Ihnen ein Wort gewechselt haben.«

Josie neigte den Kopf. »Damit kann ich leben. Aber falls

Sie irgendwas wissen und es vertuschen, dann stehen Sie als Komplize da, wenn ich …«

Josie kam nicht dazu, den Satz zu beenden. Rogers Handy klingelte. Er holte es aus der Tasche und entfernte sich ein paar Schritte. Josie ging ihm nach und konnte gerade noch verstehen, wie er sagte: »Ich kümmere mich darum.«

»Was ist los?«, fragte Josie, aber McEntyre war bereits auf dem Weg zum Ausgang. Josie hielt ihn am Arm fest und wiederholte ihre Frage.

»Ein Vorfall an der Ostseite des Parkes. Betrifft Sie nicht weiter.«

»Hey, Chef, wir haben höchste Alarmstufe.« Ein Mann in Zivil kam an Roger und Josie vorbei, blieb stehen und wartete, ob Roger Hilfe brauchte.

»Ich komme schon.« Roger riss sich von Josie los. Sie ging ihm ein paar Schritte hinterher. »Was ist denn da drüben los, McEntyre?«

Roger ignorierte sie, sah sich um und entdeckte links von sich einen weiteren Mann.

Josie lief ein paar Schritte und hörte, wie er einen Befehl gab.

»Es geht um Eric. Los. Schnell.« Roger drehte sich ein letztes Mal zu Josie um und war wütend, als er sie dicht hinter sich erblickte. »Packen Sie zusammen und verschwinden Sie von hier.«

Damit war er verschwunden. Josie lief ins Zelt, wo Judes Team noch mit dem *Shock & Drop* beschäftigt war.

»Jude!«, brüllte sie. »Ich gehe rüber zur Ostseite. Warten Sie nicht auf mich. Rufen Sie mich später an.«

Jude hob den Kopf, aber Josie war bereits fort und lief durch die Menge, ohne sich um die Blicke zu kümmern, die sie im Vorbeilaufen erntete. Eine böse Vorahnung sagte ihr, dass alles noch viel schlimmer werden würde, wenn sie sich nicht beeilte.

Jude rannte zum Zeltausgang. Er konnte gerade noch Josies Kopf ausmachen, während sie sich durch die Leute drängte. Neben ihm tauchte Colin Wren auf, geisterhaft stumm.

»Sind die anderen fertig?«, fragte Jude, während er noch Josie hinterhersah.

»Fast. Sie packen gerade zusammen«, antwortete Colin.

Jude nickte und ging zurück. Mit einem Mal konnte er gar nicht schnell genug von hier wegkommen. Zehn Minuten später waren sie fertig zum Aufbruch. Sie hatten, was sie brauchten, alles außer Colin Wren.

KAPITEL 18

DIE SCHLECHTE NACHRICHT verbreitete sich wie ein Lauffeuer.

Es hat einen Unfall gegeben.

Eine Schießerei.

Irgendwas Schlimmes!

Oh Gott! Wo?

Wie es in der Natur der Menschen lag, wurden die Menschen von dem Unglück angezogen. Sie blieben stehen. Sie drehten sich um. Sie schauten sich suchend um. Sie gafften und verbreiteten die Nachricht mit aufgeregtem Flüstern und hektischen Anrufen.

Wo sind die Kinder?

Irgendetwas stimmt nicht mit dem Reeling Rotator.

Aber über das unmittelbar Sichtbare musste man nicht reden. Vor dem schwarzen Himmel, der von der Parkbeleuchtung erhellt wurde, hingen die Gondeln bewegungslos an den Speichen des gigantischen Rades. Sie waren rosa, grün und rot und zum Schutz für die Fahrgäste mit Metallkäfigen ausgestattet. Neonlichter liefen beständig blinkend an der Maschine auf und ab. In den Gondeln waren die Leute angeschnallt, um nicht herumgeschleudert zu werden, während das gewaltige Rad beständig rotierte. Es war eine Respekt einflößende Maschine, wenn es dabei immer schneller wurde und sich nach allen Richtungen drehte, und wirkte jetzt, da es stillstand, noch furchteinflößender. Unten verstummten die Besucher und versammelten sich, angezogen von den markerschütternden Schreien und Hilferufen, die von dort oben herunterdrangen.

Josie verlangsamte ihre Schritte, blieb aber nicht stehen. Sie bahnte sich einen Weg um die Schaulustigen herum, die Wurzeln geschlagen zu haben schienen. Die Hälfte der Gondeln stand mehr oder weniger auf dem Kopf, drei davon in der höchsten Position. Andere ragten in unterschiedlichen Winkeln zur Seite, und nur zwei hingen herab. Die Lichter an den Gondeln funkelten wie ein SOS-Notruf. Auf der Nabe des Rades pulsierte eine riesige farbige Neonspirale zum Klang der computergenerierten Musik.

Josie schob sich an den Menschen vorbei und hielt nach Roger McEntyre Ausschau. Schließlich sah sie, wie er sich durch eine Gruppe Jugendlicher drängte, als seien sie der Feind. McEntyre befand sich näher am Eingang, aber Josie war größer als er. Sie erschrak, als sie sah, was sich dort abspielte. Archer drückte gerade einen jungen Mann in *Pacific-Park*-Uniform gegen das Häuschen der Fahrtaufsicht. Der Angestellte rief um Hilfe, und Archer brüllte ihn an. Verzweifelt kämpfte Josie sich nach vorn, um als Erste zu Archer zu gelangen, doch McEntyre war Profi und sprang über den Zaun.

»Archer!« Josie schrie, weil sie nicht schneller vorwärtskam. Er hörte ihre Warnung nicht, und sie drängte sich an den Menschen vorbei. Plötzlich entstand eine Lücke, und sie sah, wie McEntyre Archer an den Schultern packte und ihn zu Boden schleuderte. Archer prallte hart auf und wollte sich abrollen, doch McEntyre war schneller. Er beugte sich vor, riss Archer hoch und zerrte ihn weg, bevor Josie die beiden erreicht hatte.

Auf der Plattform hatten sich gerade drei Männer in Zivil zusammengefunden: Der eine scheuchte den Angestellten fort, die anderen beiden übernahmen die Fahrtleitung. Josie sah noch drei weitere, die auf die Leute einredeten und sie beruhigten. Tausend Hälse wurden gereckt, als sich der *Reeling Rota-*

tor mit einem metallischen Knirschen wieder in Gang setzte. Die Lichter erloschen, gingen dann wieder an, und langsam wurden die Menschen in den Gondeln heruntergelassen. Josie wartete nicht, bis die ersten beiden bleich und schlotternd herauswankten. Alles war wieder gut – nur nicht für den einen Menschen, der ihr wichtig war.

»Miss? Miss?«

Gerade als Josie Roger und Archer folgen wollte, zog jemand sie am Arm. Verwirrt blickte Josie das Mädchen in der rosafarbenen *Pacific-Park*-Uniform an, das sie strahlend anlächelte. Sie wirkte wie ein Kind, dem man gesagt hat, es solle brav sein und Großtante Maude einen Kuss geben.

»Miss? Der *Reeling Rotator* wird leider geschlossen, aber *Pacific Park* würde Ihnen gern zwei Gratiskarten für …«

»Wo ist hier der Sicherheitsdienst?«, fragte Josie.

»Ich wollte Ihnen doch nur … He, das dürfen Sie nicht«, stotterte das Mädchen, als Josie sie an den Schultern packte.

»Wo ist er?«, schrie Josie sie an. »Der Sicherheitsdienst. Wo ist er?«

»Da drüben.« Verwirrt streckte das Mädchen die Hand aus, und die Gratiskarten verteilten sich zwischen der Menschenmenge auf dem Fußboden. »Neben dem *Western-Wheels*-Restaurant. Dahinter, meine ich.«

Josie rief dem erschrockenen Mädchen ein »Dankeschön« zu und lief in die Richtung, in die es gezeigt hatte. Sie schlug einen Haken nach links, weil sie glaubte, etwas gesehen zu haben, und drängte vehement einen Mann beiseite, dem der Protest auf den Lippen erstarb, als er sich umdrehte und ihr Gesicht sah. Sie rannte ein paar weitere Schritte und wurde dann wieder langsamer. Etwa fünfzig Meter vor ihr war McEntyre, der Archer wie einen Kriegsgefangenen vor sich her trieb. Josie bemühte sich, die Männer im Auge zu behalten, aber die beiden gingen am Rand des Parkes, während sie sich mitten durch die Besucher kämpfte. Sie kam ein paar Minuten nach ihnen am Seiteneingang an und sah das rotierende Blinklicht. McEntyre und Archer waren nicht allein.

»Stopp! He, warten Sie!«

Mit erhobenen Händen lief Josie auf die Cops zu, die Archer gerade in einen Streifenwagen stießen. Daneben stand McEntyre, ungerührt von Archers Schicksal. Man drückte Archer den Kopf auf die Knie und legte ihm Handschellen an. Der Cop, der ihn festgenommen hatte, schlug die Tür zu. Sein Partner saß bereits am Steuer. Der Motor sprang an. Gleich würden sie losfahren.

»Officer. Warten Sie!«, brüllte Josie und drängte sich zwischen McEntyre und den Kopf. »Ich bin die Anwältin dieses Mannes. Ich will mit ihm reden.«

»Sie können zu ihm, sobald wir ihn inhaftiert haben«, antwortete der Polizist.

»Hat man ihm seine Rechte vorgelesen? Wenn …«

Der Uniformierte musterte Josie und wartete weiter auf McEntyres Reaktion. Die beiden verständigten sich wortlos, und der Polizist schien zufrieden. Er setzte sich in den Wagen, dessen Motor bereits lief, und schlug die Tür zu. Der Wagen fuhr so schnell an, dass Josie gezwungen war, beiseitezuspringen.

Wütend wirbelte sie zu Roger McEntyre herum.

»Sie hätten sie aufhalten können. Ich habe gesehen, wie er Sie angeschaut hat. Sie hätten sie dazu bringen können, kurz zu warten.«

»Und Sie hätten Ihren Mandanten daheim lassen sollen, als Sie hergekommen sind. Hier bestimme ich, und ich will ihn nicht in meinem Park haben. Und jetzt verschwinden Sie, verdammt noch mal, bevor ich Sie wegen Beihilfe zum Überfall verhaften lasse.« McEntyre drehte ihr den Rücken zu, als sei sie völlig unwichtig.

»Das ist Blödsinn, und das wissen Sie ganz genau.« Josie vertrat ihm den Weg und zwang ihn, ihr zuzuhören. »Ich habe Archer auf dem Parkplatz gelassen. Es ist doch nicht meine Schuld, dass Ihr Wachmann unfähig ist. Und wenn Sie mir unterstellen wollen, dass ich das geplant habe …«

»Wollen wir spielen?« McEntyre ging auf sie los. »Ja? Wenn ja, werde ich Ihnen nämlich ohne Weiteres nachweisen, dass Sie sich mit ihrem Mandanten verabredet haben, um meine Angestellten und die Gäste einzuschüchtern.«

Das ließ McEntyre erst einmal sacken. Er straffte die Schultern und machte mit Hals und Kopf eine kreisförmige Bewegung. Schließlich hatte er sich wieder gefasst. Als er erneut sprach, hatte er seine Gefühle unter Kontrolle und gab Josie Baylor-Bates einen Ratschlag.

»Er ist gefährlich. Vielleicht ist es an der Zeit, dass Sie sich das eingestehen.«

* * *

Als Josie ihnen zugerufen hatte, dass sie nicht auf sie warten sollten, hatte Jude sich zu Dr. Hart umgedreht, Wilson hatte Jude angesehen, und alle drei waren in hektische Aktivität verfallen. Jetzt galt es, sich schnell noch den Rest zu holen, alles, was sie noch brauchten, bevor Roger McEntyre sie daran hinderte. Niemand dachte an Colin Wren, und niemand sah, wie er sich zum *Reeling Rotator* aufmachte. Dort blieb er unsichtbar, doch Colin Wren sah alles. Er sah die glänzenden Augen der sensationsgierigen Menschen – Jung und Alt –, während sie sich auf das Schlimmste gefasst machten. Oder vielleicht sogar darauf hofften. Keiner schaute weg. Keiner hatte so viel Anstand im Leib.

Es war schlicht und einfach Blutdurst.

Colin erkannte Archer auf der Plattform, sah, wie er diesen

Jungen mit seinen großen Händen würgte. Diesen Jungen, dessen Aufgabe darin bestand, einen Hebel zu drücken, der nach seiner Schicht nach Hause wollte, der aussah wie ein Tier im Scheinwerferlicht, kurz bevor es überfahren wird. Colin Wren sah die gelangweilten Gesichter der Männer, die die Kontrolle übernahmen, dem Aufruhr auf den Grund gingen und dabei einkalkulierten, wie ihr Verhalten auf die wartende Menge wirkte.

Colin Wren sah das alles und erkannte, dass er hier gewissermaßen den Tod seines eigenen Sohnes durchlebte: die Schreie, die Angst und die anschließende Säuberung. Beide Male war Archer mittendrin gewesen. Colin war den Männern gefolgt, als sie Archer abführten. Er hatte tiefer im Schatten gestanden als McEntyre und besser aufgepasst als Josie Bates. Beiden ging er aus dem Weg. Er sah die Polizei und frohlockte, weil Archer zumindest heute bekommen würde, was er verdiente. Er hatte gehört, wie Roger McEntyre Archer als gefährlich bezeichnete, und war jetzt felsenfest davon überzeugt, dass es so war. Nicht, weil McEntyre noch überzeugter klang als der Staatsanwalt, sondern weil Colin Archer diesmal in Aktion gesehen hatte und weil er diesmal erkannt hatte, dass man etwas gegen Archer unternehmen musste – und nicht gegen *Pacific Park*.

KAPITEL 19

»DAS WAR DAS Idiotischste, was du je gemacht hast. Ich kann kaum glauben, wie dumm du bist, Archer. Was, zum Teufel, hast du dir dabei gedacht?«

»Dass ich mich nicht wie ein verdammtes kleines Mädchen in dieses Auto setzen lasse und darauf warte, dass du meine Probleme löst.«

»Na toll. Du lässt dich verhaften, weil du nicht willst, dass ich dich bloßstelle? Eigentlich müsste ich die Sache auf der Stelle hinschmeißen.«

Heftig gestikulierend lief Josie in dem kleinen Zimmer auf und ab. Am liebsten hätte sie den Mann dort drüben nicht einmal angeschaut. Er war genauso zornig, genauso frustriert wie sie, aber verdammt, er war schuld an diesem Schlamassel, und jetzt machte er es noch schlimmer.

»Darf ich dich daran erinnern, dass du mich brauchst, nachdem du bei der Lösung deiner Probleme nicht gerade erfolgreich warst? Dein Verhalten war einfach nur idiotisch.«

»Mein Verhalten war schlau. *Die* waren dumm. Sie haben einen Mann am Seiteneingang postiert und mich vorne reingehen lassen. Sie sind derart unfähig, dass sie mich nicht von einem Vergnügungspark fernhalten können.«

»Archer!«, brüllte Josie ihn an. »Wer ist es denn, der jetzt im Gefängnis sitzt? Wer wurde wie ein Hund aus *Pacific Park* rausgeschleift?«

Archers Kopf ruckte hoch, als hätte man ihn geschlagen. Er befeuchtete sich die Lippen und bezwang seine Wut.

»Ich will damit nur sagen, dass sie schlampig arbeiten. Wenn sie in diesem Punkt schlampig sind, dann auch woanders – zum Beispiel bei der Beweisführung. Ist dir das noch nicht in den Sinn gekommen?«

»Nein, natürlich nicht. Und dass es helfen würde, wenn du einen Highschooljungen zusammenschlägst, ebenfalls nicht«, höhnte Josie, die fuchsteufelswild war, weil er sie hintergangen hatte. Sie hatte sich für ihn verbürgt. Sie hatte ihm versprochen, zurückzukommen. Sie setzte sich für ihn ein, und er spuckte darauf.

»Ich hätte ... ihm nichts ... zuleide getan.« Archer umklammerte einen Stuhl an der Lehne und zog ihn vom Tisch weg. Er hob ihn hoch, ließ ihn auf den Boden donnern und wandte das Gesicht ab, bevor er sich schließlich hinsetzte. Er warf sich kurz und heftig hin und her, bis er schließlich erschöpft und beschämt die Ellbogen auf den Tisch stützte und den Kopf sinken ließ. »Er ist kein Junge. Er ist mindestens zwanzig.«

»Er ist ein Junge, der nicht wusste, wie ihm geschah«, sagte Josie mit zusammengebissenen Zähnen. »Er jobbt in einem Freizeitpark und hält das für einen Beruf, Archer. Du bist dreißig Jahre älter und dreißig Kilo schwerer. Komm schon, das war doch kein Gegner für dich.«

»Er hat dem Staatsanwalt erzählt, ich hätte Tims Gurt manipuliert«, sagte Archer. »Ich wollte nur, dass er zugibt, dass er gelogen hat, aber er wollte mich nicht mal ansehen. Ich wollte einfach nur, dass er versteht, was er mir da antut. Er hat sich geweigert, und ich weiß nicht, was dann passiert ist. Ich wollte einfach nur, dass er verdammt noch mal die Wahrheit sagt.«

Resigniert lehnte Archer sich zurück und ließ die Arme herabhängen. Seine breite Brust schien unter dem Stress des Tages einzusinken. Josie löste sich von der Wand; sie hatte ebenfalls keine Lust mehr zum Streiten. Sie setzte sich neben ihn. Ein Vorhang aus Feindseligkeit trennte sie, so dicht, dass sie ihn nicht hätte durchdringen können, selbst wenn sie es gewollt hätte.

»Nichts von dem, was er dir heute gesagt hätte, wäre irgendwie von Bedeutung gewesen. Es gab keinerlei Zeugen, außer für den tätlichen Angriff. Nicht mal, wenn er behaupten würde, du wärst runtergesprungen, um Tim zu retten, könnte ich das vor Gericht verwenden. Das Einzige, was du erreicht hast, ist, dir ein noch größeres Loch zu schaufeln.« Das ließ sie ihn erst einmal verdauen.

Schließlich konnte sie nicht mehr an sich halten und stellte die Frage, die ihr am Herzen lag. »Was hättest du denn gemacht? Ihn einfach so lange verprügelt, bis er dir gesagt hätte, was du hören wolltest?«

Archer warf ihr einen so bösen Blick zu, dass kein Mensch ihnen ihre Beziehung abgenommen hätte. Die wulstige Schramme über seinem Auge war immer noch feuerrot und rief Josie ins Gedächtnis, dass manche Menschen ihn für einen Mörder hielten; es gab erwachsene Männer, die Angst vor ihm hatten. Der Eindruck verblasste, als Archers Gesicht sich vor Schmerz verzerrte. »Du solltest mich besser kennen.«

»Ich kenne einen besonnenen Mann«, antwortete Josie. »Einen, der Geduld hatte, als ich mir ein neues Leben aufgebaut habe. Der für mich da war, als ich um Hannahs Leben gekämpft habe, und der dabei nie laut wurde oder gar die Hand gegen mich erhob. Ich kenne einen Mann, der abwägt, sich den Tatsachen stellt und sich nicht beeinflussen lässt. Das ist der Mann, den ich kenne.«

»Komm schon, Josie, genauso bin ich, und das weißt du genau!« Archer sprang auf, packte sie und zog sie zu sich hinüber. Sein Gesicht befand sich dicht vor ihrem. Er war dunkelrot vor Wut, sie weiß vor Entsetzen. Ein kurzer, spannungsgeladener Moment verging, dann erstarrte Archer, als ihm klar wurde, was er tat. Langsam ließ er sich auf den Stuhl zurücksinken. Seine Hände zitterten, als er Josie losließ. Entsetzt darüber, was er ihr antun könnte, schlang er die Arme um den Körper.

»Herrgott, es tut mir leid. Es tut mir leid.« Er vergrub das Gesicht in der Hand. »Ich habe solche Angst, Jo.«

Josies Magen zog sich zu einem Klumpen zusammen. Sie hatte schon zornige Männer erlebt, welche, die sich in ihr Schicksal ergaben, Männer, die sich etwas vormachten und die Wahrheit nicht akzeptieren wollten, aber noch nie einen, der gebrochen war. Archer so zu erleben war fürchterlich. Es war, als hätte Gott einen grausamen Witz gemacht. Er hatte Josie jemanden gegeben, den sie lieben konnte, und ließ sie jetzt mit ansehen, wie Archer alles genommen wurde, was sie an ihm schätzte.

»Ich habe keine Ahnung, wer du bist, Archer. Du hast mich nach Strich und Faden belogen.« Josie sah auf und hob die Hand, als wollte sie den Schmerz einer Erwiderung abwehren. »Selektive Wahrheit bringt einen in einer Beziehung nicht weit, und im Gerichtssaal bricht sie dir das Genick.«

Archer kniff die Augen zusammen. In ihnen war nichts als Bitterkeit zu sehen. »Du hast doch keine Ahnung, Jo. Du hast noch nie jemanden wirklich sterben sehen. Deine Mutter ist abgehauen, und du weißt nicht mal, ob sie noch am Leben ist.«

»Herrgott«, seufzte Josie, »Archer ...«

»Dein Vater lag schon aufgebahrt in diesem Krankenhaus, als du angekommen bist, oder? Ich habe mit ansehen müssen, wie meine Frau sich vor Schmerzen krümmte, vollgepumpt mit Medikamenten, die ihr eigentlich die Schmerzen hätten nehmen sollen. Ich habe ihren Sohn zerschmettert und mit aufgeplatztem Schädel auf dem Boden liegen sehen. Alle um ihn herum haben geschrien und geweint. Ist es das, worüber ich die Wahrheit hätte sagen sollen? Ist das die Scheiße, die du von mir hören willst? Okay, Süße. Dann lass es mich dir erzählen.«

Archers Stimme triefte vor Sarkasmus, und Josies Erwiderung klang dünn und zittrig.

»Ich verstehe schon …«

Archer zögerte kurz, aber er konnte sich nicht zurückhalten. Er hatte Angst wie ein Tier, das man in die Enge getrieben hat und das zurück in den Bau will, selbst wenn es dafür töten muss – selbst wenn das, was er dafür töten musste, Josies Liebe zu ihm war.

»Nein, du kapierst gar nichts!« Er ließ die Fäuste auf den Tisch donnern. Er war wieder aufgesprungen, rasend vor Zorn. »Du kapierst nicht, wie die ganze Sache mich verfolgt hat. Du kapierst nicht, dass ich Angst habe und nicht weiß, mit wem ich reden soll, und mit dir kann ich nicht reden, weil ich nicht will, dass du siehst, was ich gesehen habe.«

Ein Schluchzen erschütterte Archers breite Schultern. Es überkam ihn wie aus heiterem Himmel, und er schämte sich. Wie ein Blinder tastete er nach dem Stuhl und benutzte ihn als Krücke, als er sich wieder hinsetzte.

»Du sollst mich nicht retten. Ich will mich selbst retten. Ich muss dich davon überzeugen, dass ich niemals fähig gewesen wäre, diesem Jungen wehzutun, und schon gar nicht, ihn umzubringen.«

Josie zögerte, das Denken fiel ihr schwer, und sie wusste nicht, was sie tun sollte. In diesem kahlen Raum hatte sie endlich die Wahrheit gehört, die nichts mit Archer zu tun hatte, aber sehr viel mit ihr selbst. Josie hatte den Schrecken, einen geliebten Menschen zu verlieren, nie hautnah erlebt. Aber jetzt watete sie durch ein Meer aus Schmerz, das sie zu überwältigen drohte und in dem sie hilflos gegen die Gezeiten von Archers Hass und Selbstmitleid war. Was sollte sie tun? Ihn vor der Justiz retten? Ihn vor sich selbst beschützen? Sich von ihm abwenden, weil er auf sie losgegangen war und ihr wehgetan hatte? Archer sah auf. Er war völlig fertig. Er hatte keine Ahnung, was er angerichtet hatte.

»Kannst du mich nach Hause bringen, Jo?«

Betäubt schüttelte sie den Kopf. »Nein«, flüsterte sie.

Wie auf ein Stichwort ging die Tür auf, und ein Polizist erschien.

»Es wurde offiziell Klage eingereicht?« Josie sah kaum zu ihm hin.

»Allerdings. Gerade kam die Nachricht, dass die Haftverschonung aufgehoben wurde.«

Josie nickte. Die Tür ging zu. Sie setzte sich zu Archer an den Tisch, nahm seine Hand und verflocht ihre Finger mit seinen.

»Ab jetzt sind wir nur noch Anwältin und Mandant. Verstehst du?«

»Das wird uns auseinanderbringen, Jo«, murmelte Archer.

»Vielleicht. Vielleicht auch nicht«, sagte Josie, obwohl sie im Grunde wusste, dass er recht hatte. Möglicherweise würde sie Dinge erfahren, mit denen sie nicht leben konnte, nicht mit Archer an ihrer Seite.

Sie zog ihre Hände unter seinen weg. Der Cop war zurückgekehrt. Er nahm Archer beim Arm, zog ihn hoch und legte ihm Handschellen an.

Wider besseres Wissen, wider sämtliche Verfahrensregeln, wider ihre eigene Ankündigung, nur noch Archers Anwältin sein zu wollen, tat Josie einen Schritt nach vorn – nicht auf ihren Mandanten zu, sondern auf den Mann, den sie liebte.

Obwohl er die Geste nicht erwidern konnte, legte sie die Arme um ihn, rieb ihre Wange an seinem Gesicht und sog seinen Duft ein. Sie bewegte sich leicht, damit Archer ihren Körper ganz spüren konnte. Die Polizisten, die ihn verhaftet hatten, würden nie erfahren, wie intim dieser Moment war.

»Archer«, sagte sie halblaut.

Mehr gab es nicht zu sagen. Als man ihn abführte, hoffte Josie inständig, dass sie in der nächsten Zukunft seine Verteidigung und nicht sein Begräbnis planen würde.

Kapitel 20

»NATÜRLICH BIN ICH sauer. Himmel noch mal, Hannah, was hast du dir dabei gedacht, einen Mann hereinzulassen, den du nicht kennst?«

Hannah saß auf Josies Bett, das eine Bein unter den Po gezogen, den Kopf hoch erhoben, während Josie auf und ab marschierte. Dass ihr Josies Ärger etwas ausmachte, merkte man nur daran, dass sie sich kratzte: linke Hand, rechter Unterarm. Ihr Shirt war zwar langärmlig, aber Josie wusste, wie empfindlich die Haut unter den Ärmeln war, nachdem sie sich so viele Jahre geritzt hatte. Das Kratzen war kein gutes Zeichen, aber im Moment war Josie das egal.

»Hör auf, dich zu kratzen, Hannah. Lass es einfach. Und hör mit der Zählerei auf. Die ertrage ich heute Abend gar nicht.«

»Dann schau eben nicht hin.« Hannahs Lider flatterten, und die grünen Augen darunter blitzten trotzig auf. »Und reg dich nicht auf, weil ich Jude reingelassen habe.«

»Aber du wusstest doch gar nicht, dass es Jude war«, beharrte Josie. »Du hast ihn schließlich noch nie gesehen. Der Fall war in den Medien. Jeder hätte hier auftauchen und sich für ihn ausgeben können.«

»Ich wusste, dass er es war. Ich habe einen guten Instinkt. Er ist nicht gefährlich. Nur eingebildet. Und reich. Meiner Mutter würde er bestimmt gefallen.« Hannah warf den Kopf zurück, sodass das lange schwarze Haar ihr auf den Rücken fiel. Es war eine frivole Geste. Nach den vielen Dingen, mit denen Hannah Josie in den Wahnsinn trieb, um ihre Aufmerksamkeit zu bekommen, brachte sie damit das Fass zum Überlaufen.

»Lass das!« Josie stürzte sich auf Hannah und nahm deren linke Hand zwischen ihre beiden eigenen Hände. Sie beugte sich vor und blickte dem verblüfften Mädchen in die Augen. »Ich kann mir gerade keine Gedanken darüber machen, ob du durchdrehst, Hannah. Du musst mir jetzt mal entgegenkommen und mich unterstützen.«

»Ich dachte, ich sollte bei dir wohnen, weil du mir helfen willst. Ich wusste nicht, dass man mich gekauft hat«, provozierte Hannah sie frech.

»Ach, hör schon auf.« Josie ließ ihre Hand los und stand auf. »Du weißt ganz genau, was ich meine. Einen Unbekannten hereinzulassen ist dumm. Ich wünsche mir etwas Besseres für dich. Im Grunde wünsche ich mir Normalität für dich und ärgere mich, dass das jetzt nicht möglich ist. Deshalb bitte, bitte, versuch Ruhe zu bewahren, bis diese Sache mit Archer durch ist. Nimm es nicht persönlich, weil du glaubst, dass ich dich nicht beachte.«

»Das tue ich gar nicht. Das tue ich überhaupt nicht, und wenn du das denkst, dann weißt du rein gar nichts über mich.« Die Matratze gab ein wenig nach, als Hannah vom Bett aufsprang, aus dem Zimmer stürmte und die Tür hinter sich zuknallte.

Josie drehte sich um sich selbst, ohne recht zu wissen, wo sie hingehen sollte. Die Glastüren, die sie zusammen mit Archer eingebaut hatte, führten auf die Terrasse und in die Gartenoase, die sie innerhalb von drei Monaten eigenhändig angelegt hatte. Dahinter lagen die Mauer und der Strand und jenseits davon Hermosa und Los Angeles. Die Vorstellung, vor ihren Problemen wegzulaufen, machte Josie krank. Sie war nicht ihre Mutter. Josie gab nicht einfach auf, weil das Leben hart oder langweilig war oder weil hinter der nächsten Biegung vielleicht etwas Besseres wartete. Aber im Moment war das Leben schwieriger denn je, und etwas nagte an ihrem Selbstvertrauen.

»Normalerweise muss ich mich nicht selbst in das Schlafzimmer einer Frau einladen, um bemerkt zu werden.«

Josies Schultern fielen herab. Sie ließ das Kinn auf die Brust sinken und lachte kläglich. Sie hatte nicht einmal gehört, wie Jude die Tür geöffnet hatte. Als sie sich umdrehte, stand er vor ihr und grinste sie an.

»Jede Wette, Jude, dass Sie das nicht tun müssen. Und ich wette, Sie werden auch nicht allzu oft aufgefordert, ein Schlafzimmer zu verlassen.«

Josie ging an ihm vorbei und schaltete dabei die Schlafzimmerlampe aus. Im Wohnzimmer deutete sie auf den Couchtisch. »Möchten Sie einen neuen Drink?«

»Nein danke. Hannah hat diesen hier ganz schön stark gemixt. Sie ist ein interessanter Teenager.« Jude nahm auf dem Sofa Platz, als würde er jeden Abend dort sitzen.

»Das entscheidende Wort ist ›Teenager‹«, warnte Josie ihn und setzte sich in den Ledersessel gegenüber. »Aber Hannah ist nicht unser Thema. Sondern *Pacific Park*.«

»Wie Sie wollen«, sagte Jude bedauernd. »Archer hat heute Abend wirklich Mist gebaut. Colin faselt davon, Archer zu verklagen, unabhängig davon, ob er freigesprochen wird. Wenn Sie Archer also schützen wollen, dann müssen Sie ihn kontrollieren.«

»Er sitzt im Gefängnis, Jude. Mehr Kontrolle geht nicht.« Josie stand auf. Sie konnte nicht still sitzen, während sie über Archer sprach. Sie ging in die Küche und hob die Stimme, während sie sich ein Bier holte. »Wir haben Colin nie um etwas gebeten. Es tut mir leid, dass sein Geld für die Kaution futsch ist, aber damit musste er rechnen. Machen Sie sich keine Sorgen. Sobald Archer aus dieser Sache raus ist, kriegt Colin seine Gerichtsverhandlung.«

»Ihr Sarkasmus gefällt mir gar nicht, Josie«, sagte Jude ruhig. »Colin leidet wirklich. Er wollte Archer helfen, weil er einfach nicht glauben konnte, dass jemand Tim absichtlich etwas antun könnte, aber falls Archer schuldig ist, wird Colin seinen Kopf wollen.«

»Dann werden wir wohl seine Unschuld beweisen müssen, was?«

Josie lehnte sich an die Wand zwischen Wohn- und Esszimmer. Jude hielt sich nicht damit auf, ihr zu widersprechen, und sie hatte keine Lust, über Colin Wren und sein selbstgerechtes, leidendes Getue zu reden. Sie nahm einen Schluck aus der Bierflasche. Sie wollte ihr Leben wiederhaben, und zwar mit Archer. Dass Jude in ihrem Wohnzimmer herumsaß, half ihr kein bisschen.

»Wieso haben Sie mich nicht einfach angerufen und mir erzählt, was bei der Besichtigung herausgekommen ist, Jude?«

»Ich dachte mir, Sie könnten vielleicht einen Freund brauchen.« Er lächelte sparsam und ein bisschen traurig. »Aber nachdem ich mich da offenbar geirrt habe, teile ich Ihnen einfach das Ergebnis mit, und Sie überlegen sich, was Sie damit anfangen wollen.«

Josie zog die Nase hoch und verkrampfte sich innerlich. Ein Gigoloanwalt bemitleidete sie. Sie war wirklich ganz schön tief gesunken.

»Super Idee.« Sie trank noch einen Schluck.

»Wir haben nichts gefunden, was Sie gebrauchen könnten«, räumte er ein. »An einigen Plattformen waren die Sicherheitsgurte erneuert worden; offenbar waren es unterschiedliche Jahrgänge. Die von Tim waren älter. Der Verschlussmechanismus ist ein bisschen anders als bei den neueren, aber nicht schlechter. Wir werden uns noch davon überzeugen müssen, dass sie den damaligen Standards genügten, aber es gibt keinen Grund, etwas anderes anzunehmen.« Jude stand auf und hängte sich die Jacke über den Arm. »Wilson und Dr. Hart möchten vor dem Prozess gern das Fahrgeschäft auf Materialermüdung überprüfen und Härtetests mit den Sicherheitsgurten machen.«

»Meinen Sie nicht eher ›vor einem möglichen Prozess‹?«, fragte Josie gedehnt.

»Nein, Josie, ich meine vor dem Prozess. Die Vorverhandlung lässt sich jetzt nicht mehr gewinnen, und ich glaube, das wissen Sie auch.«

»Eigentlich hätte ich mehr Kampfgeist von Ihnen erwartet, Jude.«

»Ich bin pragmatisch veranlagt. Ich weiß, wann ich meine Strategie überdenken muss. Also, das wär's dann. Wir sehen uns vor Gericht.« Er wartete kurz ab. Als Josie schwieg, seufzte er. »Wir haben uns alle einen anderen Ausgang gewünscht, Josie.«

»Er ist unschuldig, Jude.« Josie blickte zu Boden und ließ die Bierflasche zwischen den Fingern baumeln. »Jeder ist bis zum Beweis des Gegenteils unschuldig.«

»Für Ihre Branche mag das stimmen«, bemerkte Jude. »In meiner ist jeder irgendwie schuldig, und irgendjemand muss büßen.«

»Dann finden wir doch raus, wo sich *Pacific Park* schuldig gemacht hat. Vielleicht bringt das Ruth Alcott und John Cooper zum Nachdenken, bevor sie Archer vor Gericht stellen. Geben Sie mir irgendein Druckmittel.« Herausfordernd sah sie Jude an. »Ich will Archer aus dem Gefängnis rausholen. Colin kann von mir aus gerne seine Genugtuung haben, aber nicht auf Archers Kosten.«

Jude schwieg und blieb vor Josie stehen. Sie betrachteten einander, beide gleich groß, beide gleich gut aussehend. Jude berührte ihren Arm und drückte ihn.

»Bitten Sie mich um Hilfe, wenn es nötig ist, aber kommandieren Sie mich nicht herum. In unserer Branche kann es tödlich sein, wenn man sich selbst ins Knie schießt.«

Josie blickte auf seine Hand herab. Er ließ sie los und wandte sich zum Gehen. Es war Josie zuwider, auf seine Hilfe angewiesen zu sein, doch plötzlich fiel ihr ein, dass er doch etwas hatte, das sie verwenden konnte. Jude hatte Wilson Page.

»Na schön, Jude, ich brauche Hilfe«, sagte sie, lehnte sich an die Wand und sah Jude direkt an. »Sagen Sie Wilson, dass er ins Internet gehen soll. Ich benötige die Pläne des östlichen Quadranten aus den Jahren, in denen das *Shock & Drop* in Betrieb war. Und zwar vom Zeitpunkt des Aufbaus bis zum Abbau. Ich will wissen, wo die Kameras in den Besucherbereichen hingen. Könnten Sie das für mich tun? Könnten Sie Wilson fragen, ob er das online schafft?«

»Okay, Josie. Okay.« Jude trat einen Schritt zurück. Er schien noch etwas auf dem Herzen zu haben, doch dann verzichtete er darauf, es loszuwerden, und verließ das Haus.

Max hob den Kopf, als die Tür zufiel, und blinzelte Josie an, die immer noch zu der Stelle schaute, wo Jude gestanden hatte. Der Hund rappelte sich hoch, die Hinterbeine steif von der Arthritis, aber unternehmungslustig wie eh und je. Er tappte über den Holzboden zu ihr herüber und schmiegte sich an ihre Beine. Josie streichelte ihn geistesabwesend, dann löste sie sich von der Wand, ging in ihr Zimmer und streckte sich auf dem Bett aus. Die Bierflasche mit einer Hand gegen den Bauch gedrückt, den Kopf in die Hand gestützt, blickte sie zur Decke, ohne an etwas anderes denken zu können als an ihre Zweifel wegen Archer, sich selbst und einer Welt, die Leuten zutraut, behinderte Kinder umzubringen – oder überhaupt Kinder.

* * *

Nichts geht einem so durch Mark und Bein wie die Geräusche, die von Gefängnisinsassen verursacht werden. Sie sind laut, konstant und unverwechselbar. Ein Sammelsurium von Geräuschen, verursacht von Opfern und Schlägern, Bittstellern und angeblichen Heiligen. Einige rufen nach ihren Freunden, manche brüllen einfach nur herum, manche reden vor sich hin, um sich selbst von ihrer Unschuld zu überzeugen. Sie werfen mit Dingen, verlangen Dinge, beten um Dinge, und keiner beachtet sie weiter, weder die anderen Insassen noch die Wachleute und Gott schon gar nicht. Archer kannte das alles von früher – allerdings nicht als Insasse.

Man hatte ihn sauber geschrubbt, ihm Kleider, Schlüssel und Brieftasche weggenommen und seinen Körper auf Schmuggelware abgesucht. All das war mit einer distanzierten Tüchtigkeit geschehen, die Archer früher als professionell bezeichnet hatte.

Jetzt hatte er ein anderes Wort dafür: entmenschlichend. Nicht einmal der Wachmann, der ihm bekannt vorgekommen war, als er Archer abholte und ihn durch den Eingang führte, beachtete ihn. Archer war ein Gefangener, und der Wachmann machte seine Arbeit.

Jemand legte einen Schalter um. Das Zusammenspiel von Mechanik und Metall, Verdrahtung und Zauberei schuf Magie. Das Tor ging gerade im passenden Moment auf, sodass der Wachmann mit Archer hindurchgehen und ihn durch einen schmalen Gang führen konnte. Bereits nach fünfzig Metern wurde Archers Ankunft von der gefängniseigenen Buschtrommel mit lautem Gejohle, Rufen und Geschrei angekündigt.

Als jemand ihm von hinten auf die Schulter tippte, kam Archer ins Stolpern, irritiert darüber, dass dieser Kerl, der ihn eigentlich hätte kennen müssen, ihn wie einen ganz normalen Hurensohn behandelte. Doch bereits die leichte Drehung genügte, um Archer erkennen zu lassen, dass der Wachmann schnell und tüchtig war. Seine Hand lag in Habachtstellung auf dem Knüppel, der an seinem Gürtel hing.

»Tut mir leid, Mann«, murmelte Archer und blickte nach vorn. Nach weiteren dreißig Metern kamen sie zu Archers Privatunterkunft. Die Tür war neu und glänzte. In dem Stahl befanden sich zwei rechteckige Schlitze: einer als Guckloch nach draußen, der andere, um Essen in die Zelle zu schieben. Der Wachmann gab ihm einen Wink. Archer wusste Bescheid. Er trat beiseite. Ein Knopf wurde gedrückt. Das Bügelschloss quietschte. Archer schluckte heftig und hielt den Blick nach vorn gerichtet. Wie in Zeitlupe glitt die Tür zurück: das Klo aus Edelstahl, ein Bett aus Metall, dünne Matratze, Tisch, Stuhl und ein Fenster, das nur einen dünnen Streifen Tageslicht ins Innere der kleinen Zelle ließ. Eine Deckenlampe, die Archer weder ein- noch ausschalten konnte. Keine Sonne, kein Sand, kein Meer. Es war ein grauenvoller Ort, und Archer war überzeugt, dass er hier sterben würde.

Da ihm nichts anderes übrig blieb, ging er hinein. Mit dem Gesicht zur Wand blieb er direkt davor stehen, weil er glaubte, es nicht ertragen zu können, wie die Tür zufiel, doch dann ertrug er es nicht, sie nicht zu sehen. Der Polizist ließ Archer nicht aus den Augen. Seine Miene war ausdruckslos, aber es lag noch etwas anderes darin. Archer tat einen Schritt nach vorn, die Handflächen zur Seite gekehrt, um dem Mann zu zeigen, dass er keine Bedrohung war. Er öffnete den Mund. Doch es war der Wachmann, der statt seiner sprach.

»Sei auf der Hut«, sagte er. Dann fiel die Tür hinter ihm zu.

Sei auf der Hut.

Er kennt mich.

Der Mann wusste noch, dass sie bei einem Fall zusammengearbeitet hatten. Er hatte Archer einen Rat gegeben, den dieser nicht brauchte, doch die Geste bedeutete ihm viel. Langsam näherte sich Archer der Tür und berührte sie. Sie war eiskalt. Wenn sie aufging, klang sie wie das Tor zur Hölle, und wenn sie sich schloss, wie ein Sargdeckel. Egal, welches von beiden es war, das Atmen fiel Archer verdammt schwer, jetzt, da sie zu war.

* * *

Der erste Schluchzer stieg so heftig in Josie auf, dass sie sich zusammenkrümmte und sich den Mund zuhielt, damit Hannah sie nicht weinen hörte. Das Bier schäumte aus der Flasche, die sie immer noch in der Hand hielt, und Josie rutschte über das Bett, um sie beiseitezustellen. Dann vergrub sie ihr Gesicht im Kissen. Schluchzend wälzte sie sich im Bett herum, ohne den Schmerz loswerden zu können.

Alles, was Josie sich je über ihre Stärke, ihre Unabhängigkeit und ihre Objektivität eingebildet hatte, fiel in sich zusammen, während sie darum trauerte, was sie gerade verlor. Schließlich blieb sie erschöpft liegen und rollte sich zusammen, die Arme um das Kissen geschlungen. Ohne weiter dagegen anzukämpfen, ließ sie die Tränen fließen, über das Gesicht und in das Kissen, das ihr allmählich leiser werdendes Schluchzen dämpfte.

Sie musste eingedöst sein, denn als sie die Augen wieder öffnete, war aus dem Abend Nacht geworden, und sie war nicht mehr allein. Neben ihrem Bett kniete Hannah, die eine Hand an Josies Kopf, den sie sanft berührte, fünf, zehn, zwanzig Mal.

Josie blinzelte. Sie spürte Hannahs Berührungen. Sie hätte gerne geschlafen, fürchtete jedoch, danach nie mehr aus dem Bett zu kommen.

»Es ist okay, wenn du mich nicht beachtest«, flüsterte Hannah. »Deswegen war ich nicht sauer.«

Josie atmete tief durch und raffte die Energie zusammen, die sie für ein Gespräch brauchen würde.

»Warum dann?« Für mehr fehlte ihr die Kraft.

»Ich wollte nicht, dass du leidest«, sagte Hannah leise. »Ich war wütend, weil Archer dir wehgetan hat. Ich wollte dich beschützen. Damit du mich liebst, weil ich dich beschützt habe.«

Josie schloss die Augen. Das war eine Premiere. Jemand wollte sich um sie kümmern. In dem stillen Zimmer tastete Josie nach Hannah. Das Mädchen legte den Kopf auf das Kissen, das Josie an sich presste, und streckte die andere Hand aus. Josie schlang ihre Finger um Hannahs Unterarm. Sie wollte ihn ganz festhalten. Hannah sollte wissen, dass sie geschätzt, wenn auch noch nicht richtig geliebt wurde. Doch bevor sie etwas sagen konnte, spürte Josie auf Hannahs Arm etwas Warmes, Nasses.

Blut. Oh Gott. Blut.

Josie öffnete die Augen. Hannah hielt ihre immer noch geschlossen. Josies Berührung hatte das Mädchen beruhigt. Vorsichtig legte Josie die Finger um Hannahs Arm. Es gab keinen Grund, jetzt über das Ritzen zu sprechen, keinen Anlass zur Empörung. Hannah hatte Josies Schmerz genommen und die eigene Haut damit durchbohrt, um die Verletzung samt dem Blut herausfließen zu lassen.

Sie blieben nebeneinander liegen – die große Frau, das Mädchen mit der dunklen Haut und den grünen Augen. Ihre Köpfe lagen dicht beieinander, ihr Atem ging tief und gleichmäßig. Der Mond ging auf, und sie beobachteten, wie sein Licht langsam ins Zimmer drang. Josies Finger streichelten Hannahs Arm, so sanft, wie es in ihrer Vorstellung eine Mutter tut. Als Hannahs Atem schließlich langsamer wurde und sie einschlief, ließ Josie sie los und berührte das Haar des Mädchens. Das war der letzte Augenblick des Selbstmitleids und des

Zweifels gewesen, versprach sie sich selbst. Hannah sollte nie wieder ihretwegen leiden und auch nicht wegen Archer.

Josie schloss die Augen. Das erste Versprechen würde sie halten können. Bei dem zweiten war sie sich nicht so sicher. Das würde sie womöglich umbringen.

Kapitel 21

Emily Baylor-Bates war stets zur richtigen Zeit am richtigen Ort gewesen. Für dieses Talent hatte Josie ihre Mutter immer bewundert. Wenn ein Supermarkt der zwanzigsten Kundin, die den Laden betrat, Lebensmittel schenkte, war Emily diese Kundin. Gab es einen willigen Mann, war Emily da, um die Glut anzufachen. Wenn es irgendwo Aufmerksamkeit zu bekommen gab, war Emily zur Stelle.

Josie war da ein wenig anders. Sie tat etwas für ihr Glück, arbeitete an ihren Stärken, machte Pläne und setzte sie in die Tat um. Damit fuhr sie sehr gut. Tatsächlich war Josie stolz darauf, normalerweise alles zu erreichen, was sie sich in den Kopf setzte. Die Perfektionierung ihrer Volleyballtechnik hatte ihr ein Stipendium an der University of Southern California eingebracht, und durch Beharrlichkeit und Intelligenz war sie zu einer der bestbezahlten Anwältinnen Kaliforniens aufgestiegen – damals, bevor Josie zu dem Schluss kam, dass Moral hinter Geld und Macht nicht zurückstehen sollte. Doch auch nachdem ihre Welt kleiner geworden war und sie Hermosa Beach und Faye Baxters Vorortkanzlei zu ihrem Zuhause gemacht hatte, war Josie wachsam geblieben. Zusammenfassend konnte man sagen, dass Josie gerne wusste, womit sie es zu tun hatte, anders als ihre Mutter, die sich lieber überraschen ließ. Und so hatte Josie eine ganz gute Vorstellung davon, was sie im Greenwood Home erwartete, als sie vor dem niedrigen weißen Gebäude im Valley parkte.

Das Greenwood Home nahm maximal fünfunddreißig

Patienten auf, die alle sowohl geistig als auch körperlich behindert waren. Die Skala dieser Behinderungen reichte von kompletter Pflegebedürftigkeit bis zu einer gewissen, wenn auch eingeschränkten Unabhängigkeit. Tim Wren befand sich am oberen Ende der Skala. Er war in dieser Einrichtung aufgewachsen, deren Leiterin zurzeit Barbara Vendy war. Sie war außerdem von den Leuten auf Ruths Liste am leichtesten zu finden gewesen, weshalb Josie bei ihr anfing.

Josie warf die Baseballkappe auf den Rücksitz, fuhr sich durchs Haar und öffnete den Reißverschluss ihrer Jacke. Das Wetter war mild, und die Sonne war herausgekommen. Auf der Autobahn hatte starker Verkehr geherrscht, und die Nebenstraßen waren kaum besser gewesen. Mit einer halben Stunde Verspätung ging sie auf das Greenwood-Gebäude zu und trat durch die Automatiktür, die breit genug für Rollstühle war. Ein mechanisches Summen erklang, und Josie spürte einen kühlen Luftzug. Mit einem weiteren Summen schloss die Tür sich hinter ihr. Josie verlangsamte ihre Schritte und versuchte, sich nicht anmerken zu lassen, dass sie auf Greenwood keineswegs so gut vorbereitet war, wie sie gedacht hatte.

Ein vom Hals ab gelähmter Mann fuhr in einem Rollstuhl, der von seinem Atem angetrieben wurde. Eine Frau tippte mit einem Finger auf einer Tastatur, die ihre Gedanken in eine quälend langsame Computerstimme übersetzte, während eine Schwester geduldig zuhörte. Josie konnte sich kaum vorstellen, derart eingeschränkt und auf Hilfe angewiesen zu sein. Sie nickte der Frau mit dem Talker zu und steckte den Kopf dann in das erstbeste Büro.

»Barbara Vendy?«, fragte sie.

»Zweites Büro links.« Das junge Mädchen mit dem Bleistift hinter dem Ohr machte eine Handbewegung. Nach erneutem Nachdenken sah sie auf. »Sie erwartet Sie doch, oder?«

Josie nickte, und das Mädchen wandte sich wieder ihrer

Beschäftigung zu, zu der ein gelber Textmarker, ein Computerausdruck und ein Lineal gehörten. Am Ende des Ganges kam Josie erst an einem Büro vorbei, dessen Tür geschlossen war, dann fand sie das richtige und klopfte kurz an.

»Barbara Vendy?«

»Das bin ich.« Die Frau sah auf und nahm die Lesebrille ab.

»Josie Bates. Tut mir leid, dass ich zu spät bin.«

Barbara Vendy streckte die Hand aus, und Josie ergriff sie. Ihr Händedruck war genauso resolut wie der Rest von ihr.

Sie trug Baumwollhosen, ein oben offenes Oxfordhemd, dessen Ärmel sie bis zu den Ellbogen hochgekrempelt hatte, Halbschuhe, goldene Ohrstecker und einen eher praktischen als modernen Haarschnitt. Ihr Gesicht war rund, freundlich und offen.

»Das macht nichts. Setzen Sie sich doch.« Barbara deutete auf einen Stuhl und hielt eine Mappe hoch. »Viel habe ich nicht über Tim Wren, deswegen bin ich mir nicht sicher, ob sich Ihre Fahrt hierher wirklich lohnen wird.«

»Ich dachte, er habe die meiste Zeit seines Lebens hier verbracht«, sagte Josie, während sie sich setzte.

»Eine Weile lang war Tim in einer anderen Einrichtung, aber Sie haben recht, er war seit seinem achten Lebensjahr bei uns. Das war dann wohl die meiste Zeit seines Lebens.«

Sie schlug die Mappe auf, überflog den Inhalt und gab Josie eine kurze Zusammenfassung.

»Schwierige Geburt. Hirnschaden infolge von Sauerstoffmangel. Kein Ärztefehler, sondern einfach Pech. Er hatte eine Zerebralparese, die mit einigen der neueren Medikamente behandelt wurde. Der Patient war frustriert über seine mangelnde Körperkontrolle, und es gab da einige schwerwiegende Probleme im Sozialverhalten. Aber an wem würde so etwas schließlich spurlos vorbeigehen?« Barbara sah auf, als erwarte sie eine Antwort, sprach dann jedoch weiter. »Und obendrein auch noch ein Herzklappenfehler.« Das war's. Sie klappte die Mappe zu und reichte sie Josie. »Mehr habe ich nicht.«

»Ich hatte gehofft, Sie könnten mir seine komplette Patientenakte aushändigen, damit ich seine Behandlung im Detail nachvollziehen kann. Die Schweigepflicht sollte kein Problem darstellen.«

Barbara hob den Kopf und sog für einen Moment an ihrer Unterlippe, während sie nachdachte.

»Ich habe die Akte leider nicht. Normalerweise werden Patientenakten fünf Jahre lang aufbewahrt, aber in diesem speziellen Fall wurden wir nach Tims Tod gebeten, sie an Lexi zu schicken. Wir haben nur noch diesen Überblick hier.«

»Na schön, ich werde in Lexis Sachen nachsehen. Aber was können Sie mir über Tim erzählen? Ich meine, wie war seine Lebensqualität?«, forschte Josie.

»Meistens war er zufrieden. Er konnte schwierig sein, aber das ist nicht ungewöhnlich bei jemandem, der körperlich und geistig behindert ist.«

»Wie war die Beziehung zu seinem Stiefvater?«

»Weiß ich nicht«, antwortete Barbara achselzuckend. »Tut mir leid. Ich kenne den Mann nur flüchtig. Er war nicht oft hier, aber immer höflich und geduldig. Ich will ehrlich mit Ihnen sein, Ms Bates, ich arbeite in der Verwaltung. Ich sorge dafür, dass alles funktioniert, dass kaputte Dinge repariert und die Rechnungen bezahlt werden und dass unsere Schützlinge Kontakt zu ihren Ärzten haben.«

»Aber Sie kannten Lexi doch, oder?«, bohrte Josie. »Sie kam doch schon lange vor ihrer zweiten Ehe hierher.«

»Alle kannten Lexi.« Barbara lachte unbeschwert, als würde allein schon der Gedanke an Lexi sie fröhlich machen. »Sie war reizend. Sie verpasste nie einen der angemeldeten Besuche und kam dazwischen, so oft sie konnte. Sie zahlte immer im Voraus und überlegte ständig, was Tim brauchen könnte. Sie brachte sogar Geld für experimentelle Therapien auf. Lexi war eine vorbildliche Mutter. Ich wünschte, alle unsere Familien wären so.«

»Haben die Behandlungen etwas genützt?«, fragte Josie.

»Nein«, antwortete Barbara traurig. »Und daran hätte sich auch nie etwas geändert. Nur Lexi glaubte daran, und zwar geradezu fanatisch.«

»Dann war das Geld also für die Tonne«, meinte Josie.

»Eigentlich nicht. Wenn Lexi daraus Hoffnung zog, dann hatte das Ganze durchaus sein Gutes.« Barbara stützte sich auf die Armlehne. »Aber im Grunde möchten Sie wissen, wie Lexis Mann damit umging, oder? Da kann ich nur meine allgemeinen Erkenntnisse beisteuern. Manchmal verübelt ein Ehepartner dem anderen die Geldausgabe, die Zeitverschwendung, die emotionale Bindung zu dem Patienten. Für Männer kann eine Situation wie diese besonders schwierig sein und für einen Stiefvater erst recht. Bei Lexis Ehemann kam alles zusammen.«

Sie ließ den Arm sinken und legte die Hand auf den Telefonhörer.

»Wissen Sie, vielleicht sollten Sie mit einer der Schwestern sprechen, die mit Tim und seiner Familie zu tun hatten. Möglicherweise würde Ihnen das weiterhelfen.«

Kapitel 22

»Hey, hey, Mr Folton. Na kommen Sie. Seien Sie brav. So ist es gut, Mann. Ganz ruhig. Scheiße!«

Der große Afroamerikaner warf sich über das Bett und landete auf einem Patienten von der Statur einer Bohnenstange, der um sich schlug wie ein Dreschflegel. Der Schwarze war so kräftig wie ein Footballspieler, hatte aber trotzdem alle Mühe, den anderen auf dem Bett festzuhalten. Ächzen und Stöhnen war zu hören, und es ließ sich schwer sagen, wer mehr zu kämpfen hatte: derjenige, der sich aus dem Griff befreien wollte, oder der, der ihn zu bändigen suchte. Der Footballspieler im grünen Kittel gewann schließlich. Mr Folton wurde fixiert, und seine Energie verpuffte, während der andere auf ihn einredete.

»Okay, Mr Folton. So ist es gut. Jetzt ruhen Sie sich ein bisschen aus, und gleich kommt eine Schwester und gibt Ihnen was zum Einschlafen. Dann werden Sie sich viel besser fühlen, Mr Folton. Sie werden sehen. Ganz bestimmt, Kumpel. Keine Sorge, Sir.«

Der Mann auf dem Bett wand sich und brüllte ein letztes Mal auf. Der Große legte Mr Folton die Hand auf die Stirn, als würde er ihn segnen, gab beruhigende Laute von sich und zog noch einmal die Gurte nach. Als der Mann sich umdrehte, erblickte er Josie.

»Sie sind zwar bestimmt nicht die Schwester, aber wir könnten Sie gut in unserem Team brauchen«, entschied er, als er auf sie zuging.

Josie ließ ihn vorbei und folgte ihm dann durch den Gang. »Müssten Sie nicht bei ihm bleiben, bis die Schwester kommt?« Sie blickte über die Schulter, halb in der Erwartung, dass Mr Folton ihnen nachsetzte.

»Er kann sich jetzt nicht mehr wehtun. Bis sie hier ist, passiert ihm nichts.« Er warf Josie einen Seitenblick zu. »Wieso interessiert Sie das so sehr?«

»Tut es gar nicht.« Josie musste kleinere Schritte machen, um neben ihm zu bleiben. »Es sah nur ein bisschen brutal aus, was Sie da drin mit ihm gemacht haben. Sie hätten ihm fast den Brustkorb zerquetscht. Anstatt ihn festzubinden, hätten Sie bei ihm bleiben können, bis er sein Medikament bekommt.«

Der Afroamerikaner blieb stehen und lachte rau. »Lady, wenn man ihn nicht festbindet, ist es nur noch schlimmer. Dann verletzt er womöglich Patienten, die sich nicht wehren können. Und wenn er das nicht hinkriegt, verletzt er sich selbst bei dem Versuch. Und falls Sie nicht zu seiner Familie gehören, glaube ich nicht, dass ich mit Ihnen drüber reden darf, was für Mr Folton gut ist und was nicht.« Der Mann stemmte die Arme in die Hüften. »Und ich kümmer mich jetzt schon seit zehn Jahren um ihn, und deshalb glaub ich kaum, dass Sie zur Familie gehören. Und wenn Sie von irgendeiner Wohlfahrtsbehörde sind, wie ich in dem Fall vermute, will ich genauso wenig mit Ihnen sprechen. Nichts für ungut. Sie sollten vielleicht eher mit den Verwaltungsleuten reden. Und jetzt entschuldigen Sie mich, Ma'am, ich hab zu tun.«

»Warten Sie. Mein Name ist Josie Bates, und Ms Vendy hat mich hergeschickt.« Josie lief ihm hinterher. »Ich bin Anwältin. Ich will mit Ihnen über Tim Wren sprechen, und wenn Sie jetzt keine Zeit haben, dann warte ich so lange.«

Ihre Absätze klapperten in dem stillen Gang, als sie an ihn herantrat und ihm die Hand entgegenstreckte. Er musterte sie und nahm sich einen Augenblick Zeit, um sich zu entscheiden.

»Nate Walters.« Er ergriff ihre Hand. »Wollen Sie helfen oder Ärger machen?«

»Helfen, hoffe ich.«

»Sie werden Tim nicht als böse hinstellen.«

»Ganz bestimmt nicht«, versicherte ihm Josie. »Nach allem, was ich über Tim weiß, konnte er gar nicht böse sein.«

»Allerdings nicht. Anstrengend, aber nicht böse.« Nate schaute durch den leeren Gang, dann blickte er wieder sie an. »Wollen Sie mitkommen? Ich habe jetzt Pause.«

Ein paar Minuten später saß Josie in einem Zimmer mit zusammengewürfelten Möbeln, einem Radio, einem Spülbecken und einer Kaffeemaschine; außerdem einem Schwarzen Brett, das mit Nachrichten, Memos und Witzen aus Zeitschriften übersät war. Nate saß Josie breitbeinig gegenüber, die Hände auf den Knien, die dunklen Augen fest auf sie gerichtet, während er redete.

»Ich kümmer mich meistens um die Männer, weil die eine starke Hand brauchen. Tim ist mit ungefähr elf Jahren schwierig geworden. Die dachten, dass er mit mir besser klarkommt. Männer konnte er sowieso gut leiden. Er wollte zu den Männern gehören.« Nate lachte bei der Erinnerung an seinen Schützling. »Dieser Bursche hat immer wieder gesagt, dass er ein Mann sein wollte. Wir haben ewig gebraucht, bis wir das kapiert haben. Alle haben geglaubt, er wollte sagen ›ich will allein sein‹. War schon in Ordnung, der Bursche.«

»Aber manchmal wurde er gewalttätig, oder?«

»Nicht schlimmer als die meisten. Er hat nach den Schwestern geschlagen, wenn die ihm helfen wollten und er keine Lust dazu hatte. Bei mir hat er's auch probiert, aber ich war ihm immer eine Nasenlänge voraus; er hat's nie geschafft.« Nate entspannte sich, verschränkte die Hände und legte sie in den Schoß.

»War er groß genug, um sich gegen einen Erwachsenen zur Wehr zu setzen?«, forschte Josie.

»Na klar«, erwiderte Nate nüchtern. »Aber Sie denken wie ein normaler Mensch. Sie wollen wissen, ob Tim sich gewehrt hätte, wenn jemand auf ihn losgegangen wär, oder? So läuft das aber nicht.« Es klang belustigt.

»Sie meinen, wenn ihm jemand hätte wehtun wollen, hätte er sich nicht gewehrt?«

»Ich will damit sagen, dass er nicht unbedingt genau wusste, was normal war. Zum Beispiel auf diesem Fahrgeschäft in *Pacific Park*, da hat Tim vielleicht nicht gewusst, was gut für ihn ist. Verstehen Sie, was ich meine?« Nate drehte die Handflächen nach oben und lächelte, zufrieden, ihr voraus zu sein. »Oh ja, ich hab davon gelesen. Ist ja nicht so, dass die hier uns Tag und Nacht einsperren. Ich hab mein eigenes Leben. Ich les die Zeitung. Da stand, dass dieser Mann Tims Gurt aufgemacht hat. Also, Tim hat vielleicht gar nicht gewusst, dass das gefährlich war. Wahrscheinlich war ihm nicht klar, dass er runterfällt, wenn er sich nicht festhält.«

»Sie meinen, er hat das Prinzip von Ursache und Wirkung nicht verstanden?«, sagte Josie.

»Ganz genau. Sie haben es kapiert.« Nate lächelte breit. »Wenn Sie mit einem Baseballschläger auf ihn losgegangen wären, wäre er wahrscheinlich sitzen geblieben und hätte gewartet, bis Sie ihm eins überziehen. Aber wenn Sie versucht hätten, ihm seinen Reispudding wegzunehmen, dann hätten Sie ein Problem gehabt, das können Sie mir glauben.« Nate lachte, von den eigenen Geschichten über Tim Wren erheitert.

»Okay, da Sie Bescheid wissen, wie war Tim in Gegenwart von Lexis Mann?«

»Den Ehemann kannte keiner so richtig. War schwer, aus dem schlau zu werden. Er hat sich mit dem Jungen nicht richtig wohlgefühlt, so viel kann ich Ihnen sagen.«

»Normal unwohl oder eher wütend?«, fragte Josie.

»Das läuft hier aufs Gleiche raus. Die Leute haben Schuldgefühle, weil sie gesund sind. Aber ihr Mann ist immerhin dabeigeblieben. Ich meine, er war ja kein Vater oder Bruder oder so. Am liebevollsten sind die Mütter. Fremde, na ja, die sind höflich. Aber Stiefelternteile? Die haben die Mutter oder den Vater geheiratet, aber sie haben keine Ahnung, was ihnen da für den Rest ihres Lebens blüht. Wenn Sie dahinterkommen, wird es hässlich. 'ne Menge Ehen von Leuten, die hier Verwandte haben, gehen den Bach runter.«

Die Tür ging auf, und eine rothaarige kleine Frau steckte den Kopf herein.

»Nate. Wir kriegen Richard nicht in die Dusche. Kannst du kommen?«

Nate hob den Finger, und die Frau war so schnell fort, wie sie gekommen war. Er legte die Hände auf die Knie, als wollte er sich hochstemmen.

Auch Josie stand auf, hielt ihn jedoch auf, bevor er an der Tür war. »Aber zwischen Archer und Tim wurde es doch nicht hässlich, oder? Oder zwischen Archer und Lexi?«, fragte sie.

»Nicht, dass ich wüsste«, antwortete Nate, »aber ich bin ja nicht immer hier. Aber eins weiß ich, es war eine verdammte Schande, dass Tims richtiger Paps nicht hergekommen ist und ihn besucht hat. Tim hat immer gehofft, dass er das tun würde.«

»Sein richtiger Vater ist nie hier gewesen? Sie haben ihn nie kennengelernt?«, forschte Josie. »Schütteres Haar. Brille. Nicht besonders groß.«

»Nicht dass ich wüsste. Tim hat nie was davon gesagt. Und ich hab nie so einen Kerl mit seiner Mutter gesehen.« Nate ging um Josie herum, öffnete die Tür und gab sie an Josie weiter. »Tim hätte es mir erzählt, wenn sein Paps gekommen wär'.«

»Hat Tims Mutter mal etwas über Tims leiblichen Vater gesagt?«

»Sie meinen, ob sie über ihn hergezogen hat?« Nate schüttelte den Kopf. »Ich bin nicht so eng mit den Patientenfamilien. Aber wenn Sie wissen wollen, ob ich mal gehört hab, wie sie was über Tims Paps gesagt hat, dann lautet die Antwort Nein. Ich weiß nur eins sicher, diese Frau hat zwischen Tim und ihrem Mann einen Eiertanz veranstaltet. Aber am Ende war ihr nur der Junge wichtig. Ihr war es egal, dass der Mann nicht hier sein wollte. Sie wollte hier sein.« Nate warf einen Blick über die Schulter und gönnte Josie dann einen weiteren Augenblick, um ihr etwas vorzuschlagen. »Ich muss jetzt los, aber wenn Sie bis zum Abend dableiben, können Sie mit Mrs Schmidt reden. Sie und die Mom von Tim waren dicke Freundinnen. Vielleicht weiß sie, was passiert ist.«

»Danke. Möglicherweise werde ich das tun.« Josie wandte sich bereits ab.

Auch Nate hatte schon einen Fuß in den Gang gesetzt, als er stehen blieb und sie zurückrief. Sie gingen aufeinander zu. Als Nate bei ihr war, sagte er: »Nur fürs Protokoll: Wenn Ihr Mann Tim was getan hat, dann hoffe ich, dass er auf den Stuhl kommt.«

Nate ging dorthin, wo er gebraucht wurde, und Josie dachte über seine Worte nach. Zum ersten Mal hatte jemand offen den Wunsch geäußert, Archers Kopf rollen zu sehen. In den Medien stand es zwischen den Zeilen, es war in den Blicken der Leute zu lesen und schwang sogar in Burts halbherziger Verteidigung von Archer mit, nachdem dieser zum zweiten Mal verhaftet worden war. Josie hob den Kopf, umklammerte ihre Tasche, atmete tief durch die Nase ein und durch die geschürzten Lippen wieder aus. Irgendwo brüllte jemand. Sie hörte einen Fernseher und ein Beatmungsgerät. Archer könnte es schlimmer treffen. Zwar nicht viel schlimmer, aber möglich war das durchaus.

Auf dem Parkplatz setzte Josie sich in ihren Jeep und rief Hannah an, um ihr zu sagen, dass sie erst spät nach Hause kommen würde. Danach legte Josie den Kopf nach hinten, starrte an die Wagendecke und fragte sich, ob irgendjemand es merken würde, wenn sie nie wieder ausstieg.

* * *

Hannah legte den Telefonhörer auf, als es an der Tür klingelte. Getreu den neuen Hausregeln holte sie Max zu sich, näherte sich leise der Tür und zog die weißen Gardinen so weit zur Seite, dass sie sah, ob draußen Freund oder Feind war. Mit einem theatralischen Seufzer scheuchte sie Max weg, schloss auf und öffnete die Tür, als würde sie Billy Zuni, der mit einem breiten Grinsen auf der Veranda wartete, einen ungeheuren Gefallen tun.

»Was willst du?«

Hannah öffnete die Tür gerade so weit, dass Billy sie sehen konnte. Billy sollte merken, wie wenig seine Gegenwart ihr imponierte und dass sie es kaum erwarten konnte, bis er das kapierte.

Doch das reichte nicht. Billy lächelte noch breiter und strich sich die blonden Fransen aus dem Gesicht. »Hannah. Hey. Ich habe Ms B gesagt, ich schau nach dir, wenn sie nicht da ist. Ihr Wagen steht nicht da, also dachte ich, ich schau mal nach dir. So wie ich's versprochen hab …«

Seine Stimme erstarb. Er war doch nicht so dumm, wie Hannah gedacht hatte. So wie sein Lächeln schwand und er von einem Fuß auf den anderen trat, war ihm wohl klar, dass er nicht erwünscht war. Leider brachte ihn das nicht auf die Idee, zu verschwinden.

»Der Wagen könnte doch in der Garage geparkt sein«, bedeutete ihm Hannah lustlos.

»Ja, aber da steht er nicht, ich warte nämlich schon seit vier auf sie, und sie ist nicht früher von der Arbeit gekommen.« Billys Gesicht hellte sich auf, als er wieder Oberwasser gewann. Er befand sich auf einer Mission und würde nicht aufgeben, bis Hannah ihn mochte. »Gut, Ms B ist nicht zu Hause, also sollte ich auf dich aufpassen, es wird nämlich langsam dunkel.«

»Du meinst, du willst hier babysitten?« Hannah verdrehte ungläubig die Augen, und Max winselte, als hätte er Mitleid mit Billy.

»Nein, nein.« Billy schüttelte heftig den Kopf. »Ganz bestimmt nicht. Ich wollte nur nachsehen, ob bei dir alles in Ordnung ist. Brauchst du irgendwas? Wenn nicht, dann könnte ich, na ja ... Soll ich mich auf die Terrasse setzen und ein bisschen hierbleiben? Geht das?«

»Nein, ich will, dass du nach Hause gehst, Billy. Geh einfach nach Hause und lass mich in Ruhe.«

»Nee, das kann ich nicht machen. Meine Mom hat Besuch da, und außerdem hab ich's versprochen.«

»Ja, verdammt, ich weiß. Du hast es Josie versprochen.«

Hannah stieß die Tür auf, drehte sich um und ging. Sollte er doch reinkommen oder auch nicht – es war seine Entscheidung. Hannah ging in ihr Zimmer und machte die Tür hinter sich zu. Billy redete einfach lauter.

»Okay, wir könnten vielleicht zu Burt gehen und Burger essen. Ich hab zwar kein Geld, aber Burt weiß, dass ich kreditwürdig bin.«

Billy stand im Wohnzimmer und wartete darauf, dass sie zurückkam, aber es war Max, der auf ihn zutrottete und ihn begrüßte.

Billy nahm den Hundekopf zwischen die Hände und zauste ihm liebevoll das Fell.

»Okay, dann essen wir beide eben was, Kumpel«, flüsterte er.

Billy wechselte Max' Trinkwasser und schüttete Futter in seinen Napf. Als er fertig war, ging er auf die Terrasse und nahm den Schlauch, um Josies Pflanzen zu wässern. Dort fand ihn schließlich Hannah.

»Also, wollen wir jetzt was essen gehen oder nicht?«, wollte sie wissen.

Immer wieder berührten ihre Finger den Türstock, in kurzen Aktivitätsschüben, mit denen Hannah sich ihrer Umgebung versicherte und ihre Nervosität über Josies Abwesenheit verbarg. Billy schien es gar nicht zu bemerken; genauso wenig wie ihre auf der Hüfte sitzenden Jeans, das enge T-Shirt, die schokoladige Haut dazwischen und die Tatsache, wie schön Hannah selbst dann war, wenn sie sich ärgerte. Nichts von alldem fiel Billy auf, denn Hannah hatte sich gerade bereit erklärt, mit ihm zu Burt zu gehen. Das löste erneut ein Lächeln bei ihm aus.

»Okay. Klar doch, Hannah. Wollen wir runter zum Strand? Es ist gar nicht so kalt. Wir könnten ja ein bisschen dasitzen und den Wellen zuschauen, und danach gehen wir zu Burt, und später könnten wir am Pier spazieren gehen. Angeblich kriegen wir eine rote Flut, aber ich glaube, dafür ist es zu spät im Jahr.«

»Das ist kein Date. Ich will einfach nur was essen und anschließend nach Hause, und hinterher verschwindest du.« Hannah lief Billy voraus. Auf dem Weg zur Haustür berührte sie den Tisch, die Lampe und das Sofa.

Demütig wie Max, der Hund, lauschte Billy dem Regelkatalog, während Hannah die Tür abschloss. Dreimal legte sie den Weg zurück, und dreimal kehrte sie um und überprüfte das Türschloss. Beim vierten Mal begleitete Billy sie, und das reichte, dass Hannah damit aufhörte. In ihren Kapuzenpulli gekuschelt ging sie neben Billy her. Gemeinsam überquerten sie die Straße und bogen dann rechts Richtung Fahrradweg ab. Billy schob die Hände in die Hosentaschen, ließ den

Blick schweifen und zermarterte sich das Gehirn nach einem Gesprächsthema. Schließlich fiel ihm eines ein, zu dem sie beide etwas beisteuern konnten.

»Weißt du, vielleicht liegt es ja an dieser Sache mit Lexis Sohn, dass Archer nicht warm mit uns wird. Vielleicht ist das der Grund, warum er keine Kinder mag.«

»Kann sein«, murmelte Hannah.

»Was machst du, wenn Archer schuldig ist?«, fragte Billy.

»Gar nichts.« Hannah zog eine Grimasse und warf ihm einen Blick zu, als sei er ein Mutant. »Wieso sollte ich denn irgendwas machen?«

»Hey, stopp. Flipp nicht gleich aus. Ich hab doch nur gefragt.« Schweigend gingen sie weiter. Dann hellte sich Billys Gesicht auf. Ihm war gerade etwas anderes eingefallen – die Antwort auf ihre Frage. »Weil es nicht gerade toll bei euch sein wird, wenn Archer diesen Jungen ermordet hat.«

»Da wäre ich ja nie drauf gekommen«, murmelte Hannah und verzichtete auf den ohnehin wenig Erfolg versprechenden Hinweis darauf, wie furchtbar banal dieser Satz war.

Sie bückte sich und hob etwas von der Straße auf. Es war ein Stückchen Silberpapier, das Einwickelpapier eines Kaugummis. Hannah steckte es in die Tasche. Der Strand war zwar nicht ihr Lieblingsplatz, aber sie mochte es nicht, wenn er schmutzig war. Außerdem gab ihr das eine Beschäftigung, während Billy sich weiter um ein Gespräch bemühte.

»Ja«, sinnierte Billy. »Vielleicht will Josie keine Jugendlichen mehr um sich haben, wenn Archer wegen einem ins Gefängnis muss. Verstehst du? Mich würde sie wohl sowieso nicht mehr dahaben wollen, weil ich sie an diesen Jungen erinnere, aber vielleicht würde Josie ja keinen von uns mehr hier wollen. Du weißt schon, weil das Ganze mit einem Jungen angefangen hat. Und wir sind ungefähr genauso alt wie er. Du und ich. Na ja, wir sind zwar älter, aber …«

Billy ging weiter, ohne zu merken, dass Hannah hinter ihm stehen geblieben war.

Als er sich umdrehte, ließ Hannah ihr Gesicht ausdruckslos werden, öffnete den Mund und sagte: »Mann, bist du dumm.«

Dann machte sie kehrt und stürmte zu Josies Haus zurück. Billy folgte ihr. Er nahm es ihr nicht übel. Billy wusste, dass Hannah nicht darüber nachgedacht hatte, was passieren würde, im Gegensatz zu ihm. Er dachte immer voraus. Wenn man wusste, was schlimmstenfalls passieren würde, dann konnte es nur noch besser kommen. Er war zwar nicht der Klügste hier am Strand, aber eins wusste er ganz genau. Das hatte ihm seine Mutter beigebracht. Billy Zuni wusste, dass Frauen den Kindern die Schuld gaben, wenn die Männer die Fliege machten oder eingesperrt wurden.

Das war nun einmal so.

Kapitel 23

Gemessen an den üblichen Standards, hätte sich Josie Bates nicht als besonders mildtätige Person bezeichnet. Sie sammelte in der Vorweihnachtszeit keine Kinderspielsachen. Sie betete nicht für den Weltfrieden. Sie ging nicht mit Frauen essen, die für alles sammelten, was vier Beine oder zwei Flossen hatte. Sie hatte sich noch nie für einen freiwilligen Pflegedienst gemeldet.

Ja, sie hatte Hannah aufgenommen, doch das war in ihren Augen weniger karitativ als vielmehr eine Notwendigkeit, die auf der Hand lag. Es war eine fest umrissene Aufgabe: Essen, Kleidung und Unterricht für Hannah, die Möglichkeit, sich zu entwickeln, damit sie anschließend die Verantwortung für sich selbst übernehmen konnte. Aber Mildtätigkeit? Im Sinne von Selbstlosigkeit angesichts von existenziellen Bedürfnissen anderer Menschen? Das war dann doch etwas ganz anderes. Völlige Hilflosigkeit, Schwäche, das alles waren Dinge, die Josie nicht gut aushielt, weil sie dem Gegenüber einen gottgleichen Anstrich gaben. Niemand, wirklich niemand war so gut.

Vielleicht war das der Grund, weshalb Josie sich kurz Zeit nahm, um Mrs Schmidt in Zimmer 21 in Augenschein zu nehmen. Sie suchte nach Anhaltspunkten dafür, dass die Frau nicht ganz so perfekt war, wie es aussah. Josie hätte sie gern bei einer Entgleisung ertappt, einen Bruch in ihrem Verhalten gesehen, der bewiesen hätte, dass diese Frau genauso unvollkommen war wie neunundneunzig Prozent der Bevölkerung.

Doch sie bemerkte nichts dergleichen. Mrs Schmidt war mit übermenschlicher Geduld, Freundlichkeit und guter Laune ausgestattet. Zu allem Übermaß sah sie auch noch blendend aus.

Mrs Schmidt war eine gertenschlanke, damenhafte Frau. Ihre Kleidung war schlicht und elegant. Ihr fein geschnittenes Gesicht wurde von honigblondem Haar umrahmt. Ihre Hände bewegten sich anmutig, und ihre Stimme war sanft. Sie schien gar nicht zu bemerken, dass der Mann im Bett auf ihre liebevollen Worte nicht reagierte, dass er nicht schluckte, was sie so gewissenhaft mit dem Löffel in seinen fast reglosen Mund beförderte, und dass er sie nicht ansah.

Im Angesicht dieser wirklich barmherzigen Seele klopfte Josie erst, als Mrs Schmidt ihrem Ehemann das aus dem Mund laufende Essen von Lippen und Kinn gewischt hatte.

»Mrs Schmidt?«

»Ja?« Sie stellte die Schale auf den Schoß. Ihre großen braunen Augen musterten Josie direkt. Ihr Rücken war gerade, ihre Miene heiter und gelassen.

»Mein Name ist Josie Baylor-Bates, und ich …«

»Und Sie sind hier, weil Sie mit mir über Tim und Lexi sprechen möchten«, beendete die Frau den Satz für sie und unterstrich ihn mit einem leichten Lachen. Sie stellte die Schüssel beiseite und schob den Nachttisch weg. »Nate hat mir schon von Ihnen erzählt. Er kümmert sich um uns alle. Er weiß, wie wenig Familienmitglieder Überraschungen mögen.«

»Ich wollte nicht stören. Ich kann gerne warten, bis Sie fertig sind.« Josie betrachtete den Mann im Bett. Aber nicht lange, denn Nate hatte recht gehabt. Für Leute, die nicht hierher gehörten, gab es hier keinen angenehmen Ort.

»Schon in Ordnung. Ich bin eigentlich schon fertig.«

Sie beugte sich über ihren Mann und löste die Serviette von seiner Brust. Rasch, aber ohne Eile faltete sie sie zusammen, murmelte ein paar Worte, legte ihrem Mann die Hand auf den Kopf und küsste ihn auf die Wange.

»Das ist mein Ehemann James. Er ist seit einem Autounfall vor zehn Jahren in diesem Zustand. Ich besuche ihn jeden Abend und esse mit ihm – nur für den Fall.«

»Für den Fall, dass es eine Änderung gibt?«, fragte Josie, verzweifelt um den angemessenen Small Talk bemüht.

Mrs Schmidts sanfte Augen richteten sich auf Josie. Ihr Lächeln glich dem von Sofia Loren.

»Nein, denn es wird keine Änderung geben«, sagte sie unverblümt und setzte sich neben Josie. »Ich komme jeden Tag hierher, um mir meine Karmapunkte abzuholen. James hat immer gesagt, dass man etwas für schlechte Zeiten zurücklegen sollte. Er hat zwar Geld gemeint, aber ich denke, es ist auch in anderer Hinsicht ein weiser Grundsatz, finden Sie nicht? Ich meine, wer weiß, vielleicht liege ich irgendwann auch in so einem Bett. Falls es dazu kommt und ich dann genug Punkte habe, schickt mir Gott vielleicht jemanden, der sich um mich kümmert. Deswegen komme ich hierher – für alle Fälle.«

»Das ist ein guter Grundsatz. Ich wünschte, ich würde danach leben.«

Langsam gingen sie den Gang entlang, wobei Mrs Schmidt Josie mit unmerklichen Kopfbewegungen und Gesten dirigierte. Sie und ihr Mann mussten auf der Tanzfläche ein schönes Paar abgegeben haben.

»Hätte ich das nur früher getan, dann hätte ich schon ein Guthaben gehabt. Vielleicht wäre James dann nur leicht verletzt worden, anstatt so zu enden.« Vor einer Glastür blieben sie stehen.

Mrs Schmidt legte eine Hand darauf und sah zu Josie hinüber. »Hätten Sie etwas dagegen, wenn wir uns auf die Terrasse setzen? Ich rauche nach dem Essen gern eine Zigarette.«

Sekunden später stand Josie auf der quadratischen Betonfläche, zu der man die Patienten brachte, damit sie »frische Luft schnappten«. Schmiedeeiserne weiße Tische und Stühle mit sonnengebleichten Sitzkissen standen in dem Hof verteilt. Die Sonnenschirme waren geschlossen und fixiert, die Sommerblumen in den drei kleinen Pflanzentrögen verwelkt. Aus den Gängen fiel Licht auf die Terrasse.

Mrs Schmidt nahm an einem Tisch in der gegenüberliegenden Ecke Platz, zog einen zweiten Stuhl zu sich her und legte die Füße darauf. Josie setzte sich ihr gegenüber und war sich bewusst, an einem Ritual teilzuhaben: eine Zigarette, ein Blick in den Himmel, ein bisschen über das Leben und die Liebe und das Schicksal sinnieren, und dann ab nach Hause.

»Ich vermisse Lexi.« Mrs Schmidts Stimme klang beinahe träumerisch. Sie hatte ganz unvermittelt angefangen zu sprechen und sah Josie nicht an. Das Ende ihrer Zigarette glich einem ziellosen Glühwürmchen, das sich immer wieder in Mundnähe niederließ, dann aber wieder wegflog. Hin und her. Träge. Gedankenlos. Genusslos. Beruhigend. Schließlich hielt sie die Zigarette von sich weg. »Es scheint alles so lange her zu sein. Beinahe so, als seien sie nie hier gewesen.«

Geschickt schnippte sie die Asche weg. In der Dunkelheit sah Josie, wie sie den Kopf zu ihr hindrehte, das Glänzen ihrer Zähne, als sie reumütig lächelte.

»Es tut mir leid. Ich vermisse Lexi wohl mehr, als mir bewusst war. Jetzt werde ich schon sentimental, dabei weiß ich noch gar nicht, was Sie eigentlich wollen. Vielleicht vermisse ich sie ja einfach nur so stark, weil Sie in diesem Stuhl sitzen, genau wie Lexi früher.« Sie zog noch einmal an der Zigarette. »Ich heiße übrigens Carol.«

»Ich bin Josie«, sagte Josie noch einmal. »Archers Anwältin. Tut mir leid, dass ich Sie belästigen muss, aber ich brauche so viele Informationen wie möglich, und zwar so schnell es geht.«

»Ich kann Ihnen nur erzählen, was ich gesehen habe, und

das ist alles lange her.« Mrs Schmidt hob leicht die Schultern, aufrichtig und entschuldigend.

»Aber Sie kannten Lexi gut«, bohrte Josie.

»Ja.« Carol Schmidt hielt die Zigarette von sich ab und blickte auf das glimmende Ende, als versuchte sie zu entscheiden, ob sie die Angewohnheit aufgeben solle. Sie nahm einen weiteren Zug. »Lexi und ich waren Schwestern im Geiste. Wir hatten es beide nicht leicht gehabt. Eine solche Freundschaft entwickelt sich nur zwischen Menschen, die beide viel mitgemacht haben. Sie nannte mich immer die verheiratete Witwe. Das hat mir gefallen.«

»Warum hat sie Sie so genannt?«, fragte Josie.

»Weil ich nicht in der Gegend herumschlief. Ich wollte mir nicht eingestehen, dass James nie wieder gesund werden würde und dass ich jung und gesund war. Sie hat nicht von mir erwartet, dass ich James aufgab; sie wollte nur, dass ich mich auf mein eigenes Leben besann. Verstehen Sie, wie sie selbst, nachdem sie Archer kennengelernt hatte. Ich habe zu Lexi gesagt, dass ich den Mann, der James früher war, zu sehr lieben würde.« Carol zog noch einmal an der Zigarette, dann warf sie den Stummel in das kahle Beet. »Ich wollte mit keinem anderen schlafen. Ich wollte keinem anderen Mann nahe sein.«

»Hatte Lexi dafür Verständnis?«, fragte Josie.

»Aber natürlich. Sehen Sie sich doch nur an, was sie für Tim getan hat. Jede wache Minute hat sie an diesen Jungen gedacht, jeder Cent wurde für ihn ausgegeben.«

»Aber sie hat wieder geheiratet. Sie hatte ein Leben außerhalb dieses Ortes«, erinnerte Josie sie.

»Und sie hatte hier einen Sohn, keinen Ehemann. Darin bestand der Unterschied«, antwortete Carol.

»Sie meinen also, Archer spielte bei ihr die zweite Geige?«, fragte Josie.

»Nein, natürlich nicht. Lexi hat Archer leidenschaftlich

geliebt, genau wie alle Menschen, die ihr etwas bedeuteten. Sie konnte ihr Glück kaum fassen, einen netten Mann gefunden zu haben, bei dem sie tun konnte, was sie tun musste. Nein.« Carol schüttelte den Kopf. »Lexi war glücklich, und das hat mich wirklich verblüfft.«

»Warum hat ihr Glück sie verblüfft?«, fragte Josie aufrichtig erstaunt.

»Weil sie gegenüber ihrem ersten Mann so verbittert war. Sie hat Colin gehasst, weil er Tim im Stich gelassen hatte«, sagte Carol Schmidt. »Deswegen hat es mich verblüfft, wie vollkommen glücklich sie nach der Heirat mit Archer war.«

»Was ist mit Colins Verhalten ihr gegenüber? War Lexi darüber nicht auch verbittert?«

»Sie haben sie anscheinend nicht gekannt.« Carol lachte, ohne zu bemerken, dass Josie sich bei dieser Bemerkung angesichts von Lexis Tragödie klein und unbedeutend fühlte. »Lexi hat immer nur darüber gesprochen, dass Colin Tim verlassen hatte, nie darüber, dass er auch sie verlassen hatte. Wenn Lexi einen wirklich liebte, dann bekam man das mit. Wenn sie einen nicht leiden konnte, allerdings auch.« Carol stellte die Füße auf den Boden, verschränkte die Unterarme auf dem Tisch und fingerte an dem Zigarettenpäckchen herum. »Tut mir leid. Ich sollte wohl lieber Sie die Fragen stellen lassen, anstatt hier vor mich hin zu plappern.«

»Nein«, beschwichtigte sie Josie. »Das ist schon in Ordnung. Alles ist hilfreich. War Lexis Beziehung zu ihrem Exmann wirklich so schlecht?«

»Woher soll ich das wissen? Colin hatte zwar ganz gewiss Probleme, eine Beziehung zu seinem Sohn aufzubauen, aber ich weiß nicht, ob Lexi ihm genug Zeit gelassen hat, um mit der Enttäuschung über ein Kind wie Tim fertig zu werden. In Lexis Augen musste Liebe etwas Bedingungsloses sein. Sie wollte keine Abfindung nach ihrer Scheidung. Sie sagte, das würde sich anfühlen, als würde er sie auszahlen – als würde Colin sein Gewissen wegen seiner Gefühle gegenüber seinem Sohn reinwaschen. Lexi war schrecklich stolz und schrecklich wütend auf Colin.«

»Aber sie hat eine Abfindung bekommen, und zwar eine gute«, rief Josie Carol ins Gedächtnis.

»Oh, irgendwann kam sie zur Besinnung und nahm, was Colin ihr anbot. Er war sehr großzügig, fand ich. Meiner Meinung nach hätte sie in dem Haus wohnen sollen, aber das wollte sie nicht. Das wäre so gewesen, als würde sie Colin verzeihen, sagte sie. Aber da war bestimmt ein bisschen Show dabei. Letzten Endes hat sie gerechnet und begriffen, dass sie mit den Mieteinnahmen Tims Aufenthalt in Greenwood bestreiten konnte. Das Geld, das sie von Colin außerdem als Abfindung bekam, hat allerdings nicht lange gereicht. Sie hat es allen möglichen Leuten in den Rachen geworfen, von denen sie glaubte, sie könnten Tim helfen. In dieser Hinsicht konnte sie nicht klar denken. Ein paar der Entscheidungen, die sie nach der Scheidung getroffen hatte, waren richtig, aber andere waren einfach nur selbstzerstörerisch.«

Carol Schmidt seufzte und spielte mit dem Zigarettenpäckchen.

»Ich habe vor acht Jahren damit aufgehört, den Ärzten Geld hinterherzuwerfen. Bin zu dem Schluss gekommen, dass meine Karmapunkte zwar möglicherweise für ein Wunder reichten, aber alles Geld auf der Welt James nicht heilen würde. Lexi kam nie bis an diesen Punkt. Ich habe ihr gesagt, sie soll das Geld investieren, damit für Tim vorgesorgt sei, falls ihr etwas passierte. Aber sie wollte nicht auf mich hören. Lexi hat eigentlich nie auf jemanden gehört. Wenn sie sich etwas in den Kopf setzte, dann war sie wie eine kleine Dampfwalze, egal, ob sie recht hatte.«

»Und Archer?«, fragte Josie.

»Und Archer.« Carol seufzte. »Na ja, ich hätte einiges darauf verwettet, dass Lexi den Männern abgeschworen hatte, aber bei Archer war es um sie geschehen. Er hat sie um nichts gebeten. Er war ehrlich. Dafür hat sie ihn geliebt, und deswegen habe ich mich für sie gefreut.«

»Dann war die Liebe also gut, aber wie stand es um die Ehe?«, fragte Josie im Bewusstsein, dass ihre Neugier nicht nur beruflich bedingt war.

»Er war ein Mann, zu dem es sich gut nach Hause fahren ließ, wenn Lexi hier fertig war.«

Josie veränderte ihre Sitzhaltung. Es war kalt, und es war dunkel, und sie fand es schwierig, zuzuhören, wie jemand Archer bewertete.

»Hat Archer Tim gutgetan?«

»Weder gut noch schlecht, würde ich sagen. Er hat mehr getan, als die meisten getan hätten, und weniger als manche anderen. Er hat Lexi trotzdem geheiratet. Meiner Meinung nach ist das schon eine Menge.« Carol zeichnete auf dem schmiedeeisernen Muster des Tisches einen Kreis nach. »Eine Zeit lang begleitete er sie bei den Besuchen.«

»Ich dachte, er sei immer dabei gewesen, weil Tim so schwierig war.« Josie hörte mit ihrem Gezappel auf.

»Oh nein, tut mir leid. Er ist nur mitgekommen, wenn Lexi mit Tim einen Ausflug machen wollte. Dann war Archer immer dabei, um ihr zu helfen. Es waren die Besuche, bei denen sie in Greenwood blieben, die er nicht ertrug.«

»Hat er das gesagt?«, forschte Josie.

»Ich bin einfach davon ausgegangen, dass es so war«, erwiderte Carol. »So etwas hat man irgendwann im Gefühl. Es wurde schließlich nicht alles anders, nur weil Lexi Archer geheiratet hatte. Wenn sie das Gefühl hatte, dass Tim zu kurz kam, konnte sie ziemlich unausstehlich werden, und Archer kam damit nicht zurecht. Lexi ging dann in die Luft, und wenn sie später wieder nach Hause kam, war alles wieder gut. Sie konnte einfach so umschalten.« Carol schnippte mit den Fingern. »Es ist eine Kunst, wenn man wie wir zwei Leben lebt. Ein Leben in diesen Mauern, das andere draußen. Wenn man da keine Kompromisse eingeht, dreht man durch.«

»Also hat Lexi es an Ihnen ausgelassen, wenn sie wütend oder frustriert war?«, wollte Josie wissen.

»Legen Sie mir bitte nichts in den Mund. Sie hat sich Luft gemacht, mehr nicht. Mir hat das ebenfalls geholfen, ob Sie es glauben oder nicht. Es war, als würde jemand an meiner Stelle Dampf ablassen.« Bei der Erinnerung furchte sich Carols Stirn. »Aber als Lexi dann krank wurde, änderten sich die Dinge. Sie war besessen von dem Gedanken, was nach ihrem Tod aus Tim werden würde. Bei jeder Gelegenheit hat sie Archer hierhergeschleift. Sie hoffte, er würde anfangen, etwas für den Jungen zu empfinden. Es hat sie völlig fertiggemacht, als sie begriff, dass es dazu nicht kommen würde. Verstehen Sie mich nicht falsch, aus meiner Sicht gab Archer sich wirklich Mühe, aber er konnte mit Tim einfach nichts anfangen.«

Carol Schmidt befeuchtete sich die Lippen; ihre Stimme hatte kurz gestockt, und sie machte eine kurze Pause.

»Ein paarmal saß sie genau an diesem Platz hier und schimpfte, was für ein egoistisches Schwein Archer sei. Danach brach sie zusammen und gab zu, dass sie viel zu viel von ihm erwartete. Es war sehr emotional. Im Grunde war Lexi wütend, weil sie sterben würde und nichts dagegen tun konnte, glaube ich. Alles lief aus dem Ruder. Ich will gar nicht wissen, wie es bei den beiden zu Hause zuging.«

»Sie meinen also, Archer wollte mit Tim nichts zu tun haben?«

»Direkt geweigert hat er sich wohl nicht«, sagte Carol. »Aber ich kann es nicht mit Gewissheit sagen. Ich weiß nur, dass es wie in einer Soap Opera war. An einem Tag hing der

Himmel voller Geigen, am nächsten war alles im Eimer. Dann blieb Archer immer die ganze Nacht von zu Hause weg, und wenn er wieder nach Hause kam, flehte er Lexi an, sich mehr um sich selbst zu kümmern. Verstehen Sie, er hatte Angst um sie, sie hatte Angst um Tim, und Tim bekam kaum etwas mit. Lexi konnte einfach nicht begreifen, wieso sie wichtiger sein sollte als ihr Sohn. Sie lag zwar im Sterben, aber Tim war ja nur behindert. Er hätte Archers Hilfe noch lange nach Lexis Tod gebraucht. In ihren Augen stellte sich die Sache ganz einfach dar.«

Carol stand auf und lief auf der Terrasse auf und ab. Offenbar rang sie mit sich. Sie blieb stehen und fuhr fort: »Eines Abends traf ich Archer zufällig im Eingangsbereich. Er sah schrecklich aus. Ich fragte ihn, ob alles in Ordnung sei. Er sagte, nichts würde je wieder in Ordnung sein. Dann sagte er …« Sie ging auf Josie zu, blieb dann jedoch stehen. Ihr Gesicht lag im Schatten, und sie hielt sich an einem Stuhl fest. »Er sagte zu mir, dass Tim derjenige sein sollte, der im Sterben liegt, nicht Lexi. Er sagte, das sei viel vernünftiger. Bis dahin hatte ich kaum mehr als ein paar Worte mit ihm gewechselt, und dann sagt er auf einmal so etwas. Es zerriss mir das Herz.«

Josie zog sich der Magen zusammen. Schon als Archer ihr von diesen Gefühlen erzählt hatte, war ihr klar gewesen, dass diese Äußerungen gegen ihn sprachen. Aber nie wäre es ihr in den Sinn gekommen, dass er sich ausgerechnet hier Luft gemacht hatte.

»Glauben Sie, er meinte das ernst?«, fragte Josie.

»Ja«, antwortete Carol. »Aber genauso überzeugt bin ich, dass es keine Drohung gegen Tim sein sollte, falls Sie das meinen. Er war einfach nur ehrlich. In Archers Augen wäre es das Beste gewesen.«

Carol kehrte zu ihrem Platz zurück. Sie schien sich allmählich für das Thema zu erwärmen. Offenbar verschaffte es ihr

Erleichterung, ihre Gedanken mit jemandem zu teilen. Archer war nicht der Einzige, für den Lexis Tod ein Verlust gewesen war. Carol Schmidt hatte eine Vertraute verloren, einen Rettungsanker und eine Freundin.

»Verstehen Sie, Lexi hätte Archer nicht geheiratet, wenn er kein guter Mensch gewesen wäre. Möglicherweise hätte Archer sich irgendwann der Verantwortung gestellt, wenn Lexi nicht so krank gewesen wäre oder wenn sie ihn nicht so sehr bedrängt und so viel von ihm erwartet hätte. Sie taten mir alle drei schrecklich leid. Man kann schließlich niemanden zwingen, einen Behinderten zu lieben. Die meisten von uns akzeptieren das.«

»Aber?«, forschte Josie.

»Aber ich könnte es wohl bei niemandem ganz ausschließen. Das Leben ist einfach so.«

Carol klopfte sich eine Zigarette heraus und nahm sie in die eine Hand, während sie das Feuerzeug in der anderen hielt. Sie war eine pragmatische, ehrliche und mit einem Mal erschreckend leidenschaftslose Frau.

»Ich habe durchaus darüber nachgedacht, James zu töten. Einmal hätte ich sogar die Gelegenheit dazu gehabt. Es wäre ganz leicht gewesen. Das Problem war nur, dass ich zuvor darüber nachgedacht hatte. Ich musste mir die Frage stellen, ob es mir um sein Leiden oder um meines ging. Das ist nichts, was man mit anderen Leuten bespricht; und es ist nichts, was man einem wehrlosen Menschen antut. Der Punkt ist: Ich hielt es allen Ernstes für eine Lösung. Vielleicht dachte Archer ja genauso. Vielleicht war er nicht so feige wie ich und hat tatsächlich bei Tim Sterbehilfe geleistet. Vielleicht war das seine Art, Mitgefühl zu zeigen.«

Carol Schmidt hob die Zigarette an die Lippen, hielt sie dort fest und ließ das Feuerzeug aufflammen. Im Schein der kleinen Flamme wirkten ihre Augen sinnlich, und mit der

Zigarette zwischen den Lippen klang ihre Stimme erschütternd leidenschaftslos.

»Wenn er es getan hat, dann war es vielleicht ein Gnadentod.«

KAPITEL 24

»NEIN«, ENTFUHR ES Josie.

»Was?« Carol Schmidt fuhr zusammen, als sei sie überrascht, Josie immer noch am Tisch vorzufinden.

»Nein«, sagte sie etwas ruhiger. »Das wäre nicht der Fall gewesen. Aber es ist eine interessante Theorie.«

Josie raffte ihre Sachen zusammen, erschüttert über das Gehörte und entschlossen, ihre Erschütterung nicht zu zeigen. Wenn Carol Schmidt diese beiläufige Bemerkung gegenüber der Staatsanwaltschaft fallen ließ, würde Ruth sie ohne Zweifel zum Eckpfeiler ihrer Beweisführung machen. Ihre Ausführungen würden den Geschworenen einleuchten. Sie leuchteten – Gott helfe ihr – für einen Moment lang sogar Josie ein.

»Ich mache mich mal lieber auf den Weg. Ich habe noch eine lange Fahrt vor mir«, sagte Josie. Es gab nichts mehr, was sie Carol Schmidt noch fragen wollte.

»Ich wohne hier in der Nähe. Ich bleibe wohl noch ein bisschen«, erwiderte Carol, aber keine von ihnen machte Anstalten zu gehen.

Josie wusste, was jenseits der Veranda lag, und sie begriff nicht, weshalb Carol länger bleiben wollte. Der Anblick, der Geruch und die Geräusche im Greenwood Home erschienen ihr wie etwas Dreidimensionales, ein Hindernis, das Josie überwinden und nach ihrer Heimkehr abwaschen musste. Inzwischen verstand Josie Archers Widerwillen, hierherzukommen. Er ertrug die Anzeichen des Siechtums genauso schlecht wie sie. Sie sah zu Carol Schmidt hinüber. Da war noch etwas.

»Nachdem ich es dem Staatsanwalt gesagt habe, sollte ich es wohl besser auch Ihnen erzählen. Ich habe gesehen, wie Archer gegenüber Lexi gewalttätig wurde. Einmal. Mehr nicht«, sagte Carol zögerlich.

»Was ist passiert?«

»Ich weiß es nicht genau«, räumte sie ein. »Damit das klar ist, ich bin nur zur falschen Zeit ins Zimmer gekommen. Archer stand da und drückte Lexi gegen die Wand. Ich habe nur gehört, wie er sagte: ›Hör auf, hör einfach auf.‹«

»Wie hat er sie angefasst?«, fragte Josie.

Carols Augenlider flatterten. Sie setzte sich aufrecht hin und streckte die Arme aus. Die Zigarette hing zwischen ihren Fingern, und ein träger Rauchfaden stieg in der Dunkelheit auf, während sie die Finger krümmte, um zu veranschaulichen, was Archer getan hatte.

»Er hatte sie an den Schultern gepackt und drückte sie nach hinten. Er hat sie irgendwie geschüttelt.« Carol sah Josie an. »Irgendwie sah es so aus, als würde er sie gegen die Wand drücken, aber nicht richtig fest. Ich hab gesehen, dass seine Knöchel weiß waren, er muss sie also sehr fest gehalten haben. Da war etwas in Lexis Gesichtsausdruck – als hätte sie Angst oder als wäre ihr gerade etwas Schreckliches über Archer klar geworden.«

»Sind Sie sicher? Vielleicht war sie einfach nur verdattert«, sagte Josie, die sich an Strohhalme klammerte.

»Das glaube ich nicht«, antwortete Carol betrübt. »Wirklich nicht.«

»Wann war das?«

»Kurz vor Tims Unfall. Zwei Tage zuvor, glaube ich. Aber egal, was Archer Lexi angetan hat, es geschah aus Frustration, das weiß ich. Ich bin mir sicher, dass das der Grund war.«

»Der Staatsanwalt wird es als etwas Schlimmes darstellen, das wissen Sie«, warnte Josie sie.

»Ich weiß.« Carol lächelte traurig. Ihre Zigarette war heruntergebrannt, nur noch ein kleiner Stummel war übrig. Auch aus ihrer Stimme war die Glut gewichen; als sei die letzte Hoffnung auf Gerechtigkeit im Leben in ihr erloschen. »Und Sie werden es so aussehen lassen, als wäre ich ein Dummkopf, der nicht zwischen einem Streit und einer Diskussion unterscheiden kann. Mein Ehemann wurde von einem betrunkenen Autofahrer angefahren, Ms Bates. Der Anwalt des Fahrers hat James als unverantwortlich und arrogant hingestellt. Ich habe Jahre gebraucht, bis ich begriffen habe, dass es in diesem Gerichtssaal niemals um Gerechtigkeit ging, sondern immer nur darum, wer die bessere Geschichte erzählen konnte.«

Carol verzichtete auf den letzten Zug und trat die Zigarette auf dem Boden aus.

»Verstehen Sie, deshalb ist es nicht meine Sache, wie meine Aussage wahrgenommen wird. Darum müssen Sie sich kümmern oder der Staatsanwalt oder die Medien, falls die sich dafür interessieren. Ich werde eine gute Staatsbürgerin sein und vor Gericht erscheinen, und mehr kann keiner von ihnen erwarten.«

»Dem Staatsanwalt geht es ums Gewinnen. Mir dagegen um die Wahrheit«, versicherte ihr Josie.

Carol Schmidt musterte Josie einen weiteren Augenblick, dann klopfte sie sich eine zweite Zigarette heraus. Das Letzte, was Josie hörte, waren das Geräusch ihres Feuerzeugs und Carol Schmidts skeptische Bemerkung: »Davon bin ich überzeugt.«

* * *

»Ach, Roger, ich wünschte, dein Vater würde noch leben. Dir vertraue ich genauso, aber er und ich gehörten derselben Generation an. Damals war alles anders. Man hat noch ehrliche Geschäfte gemacht. Wenn ich jetzt etwas sage und es nachher in den Vertrag geschrieben wird, dann ist es nie ganz das, was ich wollte. Mündliche Vereinbarungen zählen nicht mehr.«

Isaac redete weiter, während Roger McEntyre ihm einen Drink eingoss und diesen vor ihm hinstellte. Der alte Mann hatte seine Krawatte gelockert. Sein Haar wirkte dünner als sonst, sein Gesicht blasser. Roger wusste, dass es nicht am Licht lag; Isaacs heutiger Tag hätte jeden Menschen ausgelaugt.

»An einem Vergleich wegen des Jungen, der vor drei Monaten gestorben ist, ist nichts Unehrenhaftes, Isaac. Das ist das Geschäft«, beschwichtigte ihn Roger und setzte sich dem alten Mann gegenüber. »Allerdings war es kein besonders guter Vergleich. Fünf Millionen sind heutzutage viel Geld. Die Geschäfte gehen schlecht, und wir hatten uns nichts zuschulden kommen lassen. Laut Hillerman hätten wir gewinnen können, wenn wir vor Gericht gegangen wären. Außerdem meinte er, die Familie hätte sich bestimmt auch mit zwei Millionen zufriedengegeben, wenn wir stur geblieben wären.«

»Ich weiß. Ich weiß.« Der alte Mann hatte keine Lust, über eine Sache zu reden, die nicht mehr zu ändern war. »Dieser dumme Junge hätte sitzen bleiben sollen, dann wäre er noch am Leben. Selbst wenn wir in die Welt hinausschreien würden, dass es nicht unsere Schuld war, stünden wir weiterhin schlecht da. Die Wahrheit interessiert keinen. Jeder will nur glauben, dass wir böse Menschen sind, dass unsere Firma böse ist. Verlogen, alle miteinander. Die Leute glauben, was sie glauben wollen.« Isaac nahm einen tiefen Schluck. »Vor einem Geschworenengericht hätten wir noch viel mehr zahlen müssen und wären ruiniert gewesen. Und wenn wir es ausgesessen hätten, hätten die Pressefritzen behauptet, dass wir den Preis für ein Menschenleben drücken wollen. Deswegen habe ich die Sache in aller Stille geregelt. Diese Sache ist geregelt. Der Park braucht jetzt gute Presse und keine schlechte. Er braucht jetzt ganz allgemein nur noch Positives.«

»Die Pfadfinder wollen hier ihren Westküstenausflug abhalten, Isaac«, sagte Roger. »Wir binden sämtliche lokalen Radiosender mit ein und lassen das Fernsehen rein. Wir werden gute Presse bekommen.«

»Das hoffe ich.« Seufzend stellte Isaac das Glas beiseite und ließ die Hand über die Stuhllehne baumeln. »Möglicherweise wird *Greater United Parks* meinen Park nicht kaufen wollen, und dann ist es aus mit *Pacific Park*. Das kann ich nicht zulassen, Roger. Mein Lebenswerk ist alles, was ich habe. Das darf nicht einfach in Rauch aufgehen und ausradiert werden, als hätte es nie existiert.«

»Dazu wird es nicht kommen, Isaac. Es war richtig, mit dieser Familie zu einem Vergleich zu kommen, bevor sie vor Gericht gegangen sind. Diese andere Sache – der Tod von Tim Wren? Die ist in spätestens einem halben Jahr Geschichte. So lange müssen wir durchhalten, Isaac.«

»Ein halbes Jahr«, seufzte Isaac. »In meinem Alter ist ein halbes Jahr ein halbes Leben, Roger.«

»Das kommt dir nur hier drinnen so vor, Isaac.« Roger sah sich in dem düsteren Büroraum um, als wollte er Isaac einladen, die Dinge aus seiner Perspektive zu sehen. »Geh in den Park. Dann sieht alles gleich viel freundlicher aus.«

»Du hast recht, Roger. Du hast immer recht.« Mühsam stand Isaac auf. Roger war zur Stelle, doch der Alte schaffte es allein. Isaac holte seine Jacke, steckte einen Arm in einen Ärmel und brauchte einen Augenblick, um den anderen zu finden. Schließlich hatte er die Jacke an, knöpfte sie zu und zog sie über den Schultern zurecht. »Trotzdem, bei dieser Sache mit dem Wren-Jungen muss ich mir ganz sicher sein. Womöglich erzählt der Angestellte ja irgendwelche Geschichten, weil er um seinen Job fürchtet. Du weißt ja, wie manche von diesen jungen

Leuten sind. Ich stehe zu kurz davor, meinem Schöpfer gegenüberzutreten, um diese Schuld auf mich zu laden.«

Roger McEntyre begleitete Isaac Hawkins bis zu seiner Bürotür. Seit Archers Verhaftung hatte er das alles schon hundert Mal gehört, und er würde es weitere hundert Male hören, bevor Isaac starb.

Roger verabschiedete sich und ging in sein eigenes Büro zurück. In weniger als einer Stunde würde der Park seine Pforten schließen. Wie Heuschrecken würden die Reinigungs- und Wartungstrupps ausschwärmen, um alle Spuren der vielen Tausend Besucher verschwinden zu lassen, die durch den Park getrampelt waren. Aber vorher hatte Roger selbst noch eine kleine Wartungsaufgabe vor sich.

Aus einer Ecke seines Büros holte er aus einem Geheimfach eines Schrankes zwei Videokassetten, die er dort vor langer Zeit hineingelegt hatte. Er schaltete seine Schreibtischlampe an und betrachtete sie eingehend. Die eine war mit dem Namen des Parkes beschriftet, auf der anderen klebte kein Etikett. Anscheinend hatte der Absender selbst nicht genau gewusst, wie er sie bezeichnen sollte.

Geschickt ließ Roger die erste Kassette in den Videorekorder gleiten und drückte auf »Play«. Er sah sich einen kurzen Abschnitt des Filmes an, um sich zu vergewissern, dass es das Band war, an das er sich erinnerte. Dann schob er die zweite, unbeschriftete Kassette in den Rekorder, ohne mehr Zeit mit ihr zu verschwenden als mit der ersten. Ohne besondere Eile ging Roger zu seinem Schreibtisch und zog das Videoband systematisch aus der Plastikumhüllung der ersten Kassette, um es zu zerstören. Mit der zweiten verfuhr er genauso.

Roger zog das Etikett von der ersten Kassette ab, dann stopfte er die ganze Bescherung in seine Aktentasche. Anschließend setzte er sich ins Auto und fuhr zwei Stunden lang durch die Gegend, bis er die richtige Stelle gefunden hatte, um die erste Kassette zu entsorgen. Dann fuhr er eine weitere Stunde umher und warf die zweite Kassette weg. Jetzt stand ihm noch ein Halt bevor.

Er war fast fertig.

Noch ein paar Kleinigkeiten, dann würde alles geregelt sein.

* * *

»Moo shoo?« Amelia hielt eine Box vom Schnellchinesen in die Höhe, doch Jude lehnte ab.

»Ich bleibe bei meinem Essen«, sagte Jude und registrierte kurz, dass Amelia, die Teilhaberin, die in Josies Augen zu gut war, um real zu sein, ohne Schuhe, die Beine vor sich ausgestreckt, sogar noch reizender aussah. Sie dagegen fand ihn offenbar nicht attraktiver als sonst. Sie konzentrierte sich auf die Arbeit und das Essen, und zwar in dieser Reihenfolge.

»Ich habe heute noch einmal mit Colin Wren geredet. Er will wissen, wann es mit seinem Prozess weitergeht. Und zwar mit genauem Termin. Er treibt mich in den Wahnsinn. Mittlerweile ruft er täglich an.«

»Er ist ein Mann auf einer Mission«, sagte Jude beiläufig, stellte sein Essen beiseite und griff nach seinem Getränk. »Ich lege los, sobald der Strafprozess vorbei ist, das habe ich ihm schon hundert Mal gesagt. Was glaubt er denn? Dass ich herumsitze und auf eine Einladung warte, bevor ich die Sache wieder angehe?«

Amelia zuckte mit den Schultern. »Genau das Gleiche habe ich ihm auch schon gesagt. Aber das war nicht der Grund seines Anrufs. Er wollte wissen, wie der Stand der Dinge im Strafprozess ist. Und er will mit Ihnen über eine Zivilklage gegen den Angeklagten sprechen. Colin sagt, er hätte recherchiert und könnte noch während der Strafsache klagen.«

»Herrgott noch mal«, murmelte Jude und spießte ein vereinzeltes Stück Rindfleisch auf. »Jetzt ist er also auch noch Anwalt. Verdammt.«

»Was ist nur los mit ihm? Ich hab noch nie jemanden erlebt, der derart auf einen Prozess brennt. Er ist geradezu besessen. Sind Sie sicher, dass sein Unternehmen gut läuft? Vielleicht braucht er ja Geld und hofft auf einen saftigen Vergleich, um sich zu sanieren.«

»Das würde ihm mit einer Klage gegen Archer kaum gelingen«, spottete Jude. »Und nein, ich habe ihn nicht überprüft. Wieso auch? Uns geht es um einen Vergleich mit *Pacific Park*. Er wird nicht derjenige sein, der zur Kasse gebeten wird. Aber Colin wird uns mächtig Schwierigkeiten machen, Amelia. Das habe ich im Gefühl.«

Jude stocherte in der kleinen Essensschachtel herum.

»Colin wollte unbedingt einen Prozess. Er war bereit, die Kaution für Archer zu bezahlen, um schneller ans Ziel zu kommen. Und jetzt ist er auf eine Zivilklage gegen Archer aus. Wenn die Presseheinis davon Wind bekommen, werden sie verbreiten, dass der Vater des Opfers mittlerweile Archer für den Schuldigen hält. Die Staatsanwaltschaft wird glauben, dass sie Colin auf ihrer Seite hat. Wenn Archer verurteilt wird, steht uns ein Zivilprozess gegen einen Kerl bevor, der, verglichen mit *Pacific Park*, arm wie eine Kirchenmaus ist.«

»Ihnen bleibt noch reichlich Zeit, Colin die Sache auszureden. Offenbar ist er fest entschlossen, sich nach allen Seiten abzusichern, und zwar auch in Archers Richtung«, sagte Amelia.

»Nun, ich werde nicht unsere ganze Arbeit für einen Vergleich in den Sand setzen, mit dem wir nicht mal die Telefonrechnung bezahlen können. Nein, uns geht es um maximalen Gewinn und damit um die Klage gegen *Pacific Park*. Ich werde nicht zulassen, dass Colin uns da in die Quere kommt.«

»Wussten Sie, dass er mich gefragt hat, ob ich Archer für schuldig halte?«, fragte Amelia beiläufig.

»Tatsächlich? Was haben Sie geantwortet?«

»Dass die Frage voreilig ist.«

»Und er?«

»Er hat gesagt, er ist den Spruch leid. Er hat gesagt, ich zitiere wörtlich: ›Hat denn niemand mehr Mumm in den Knochen?‹«

»Reizend.« Jude holte tief Luft. »Vielleicht sollten wir Mr Wren lieber mal daran erinnern, dass sein Mumm und die Absicherung nach allen Seiten ihm auf lange Sicht gar nichts bringen. Wenn er für den Tod seines Sohnes entschädigt werden will, wird ihm das nicht auf Archers Kosten gelingen. Ich rede mit ihm.«

»Na dann viel Glück«, meinte Amelia gedehnt.

»Dafür brauche ich kein Glück. Colin ist schließlich nicht dumm, und es gibt da ein paar Details, die ihn sehr schnell wieder auf Spur bringen werden. Wilson hat mich heute angerufen. Gerüchten zufolge will einer der Hauptversicherer von *Pacific Park* die Firma loswerden. Es gibt zwar noch zwei weitere Policen, aber in einem solchen Fall ist es wie bei einem Kartenhaus – zieht erst einmal ein Versicherer den Schwanz ein, dann folgen die anderen seinem Beispiel. Sollte dieser Park bankrott gehen, sind wir nur einer von vielen Gläubigern. Ich hätte zwar nichts gegen einen Vergleich einzuwenden, bei dem Colin das Grundstück bekommt, aber falls der Strafprozess sich länger hinzieht – oder falls Archer verurteilt wird –, sind die Chancen für einen Vergleich mit *Pacific Park* gleich null. Bevor wir auch nur die Hand aufhalten können, werden alle ihre Schäfchen ins Trockene bringen wollen.«

Amelia zeigte mit einem Essstäbchen auf ihn, wobei ihr ein Spritzer Pflaumensauce auf den Schoß tropfte. »Soll ich Colin anrufen und ihm das sagen?«, fragte sie.

»Um Himmels willen, nein.« Jude verdrehte die Augen. »Ich mache das. Er ist langsam derart hibbelig, da sollte die Ansage lieber von ganz oben kommen.«

»Und dann wäre da noch das eigentliche Problem«, sagte Amelia.

»Und das wäre?«

»Der fehlende Beweis, dass er überhaupt einen Vergleich verdient. Es gibt einfach nichts, was seine Geschichte stützt, wonach er Tim finden wollte. Keine Briefe. Keine Einzelverbindungsnachweise. Wir haben einzig und allein sein Wort. Ich versuche noch, Leute ausfindig zu machen, die für die Beraterfirma gearbeitet haben – wegen seiner Behauptung, die Briefe seien über sie gelaufen. Wenn die Leute bei *Pacific Park* nicht ganz blöd sind, sorgen sie für ein paar nette Schlagzeilen, die zeigen, dass Colin die letzten zehn Jahre nicht besonders interessiert an seinem Sohn war.«

»Wie auch immer«, sagte Jude und stellte sein Essen hin. »Eins nach dem anderen. Die Finanzunterlagen von *Pacific Park* gebe ich Josie. Sie kann es so aussehen lassen, als wollte die Firma Archer zum Sündenbock machen. Mit dem Ausstieg der Versicherer und der geplatzten Fusion mit *Greater United Parks*…«

»Nicht zu vergessen der Vergleich, zu dem es heute Morgen wegen dieser anderen Sache kam. Fünf Millionen. Das muss denen ganz schön wehgetan haben«, erinnerte ihn Amelia. »Umso mehr werden sie versuchen, die Schuld an Tims Tod jemand anders anzuhängen.«

»Ich vereinbare ein Treffen mit Colin und erkläre ihm die Rechtslage. Ich werde die Kosten, die wir hatten, nicht einfach abschreiben, nur weil er den Racheengel spielen will.«

Amelia rümpfte die Nase und musterte die kleine weiße Schachtel. Sie hörte zwar noch zu, aber über dieses Thema hatten sie schon hundert Mal gesprochen. Sie war es leid.

Außerdem musste Jude den unbotmäßigen Mandanten auf Spur bringen und nicht sie.

»Kein Fleisch mehr da. Ich gehe dann. Soll ich noch aufräumen?«

Jude schüttelte den Kopf.

»Nein, lassen Sie nur. Sie haben lange gearbeitet. Gehen Sie nach Hause und nehmen Sie ein ausgiebiges heißes Bad.«

Ohne ihm zu widersprechen, verabschiedete sich Amelia. Jude hielt Wort, sammelte die Reste ein und steckte sie zurück in die Tüte. Als er Josie anrief, ging niemand ans Telefon, weshalb er eine Nachricht hinterließ, während er einen Glückskeks aufbrach und den Zettel darin las.

Alle Blicke sind auf dich gerichtet.

Na toll. Außerdem standen seine Lottozahlen darauf. Jude glaubte nicht an die Lotterie – er liebte zwar Herausforderungen, aber er war kein Dummkopf. Glück war etwas völlig anderes.

Alle Blicke sind auf dich gerichtet.

Nachdenklich steckte er den kleinen Zettel ein, nahm den Hörer ab und setzte sich wieder hin. Er drehte sich in seinem Stuhl, bis er hinter der gläsernen Wand seines Büros die Pflanzen draußen sehen konnte. Vage nahm er sein eigenes Spiegelbild wahr, gleich darauf jemanden, der durch den Garten schlich. Jemand, der dunkle Kleidung anhatte. Die Gestalt stand geduckt, sodass sie hinter einer Gruppe Palmen kaum sichtbar war. Jude nahm den Hörer vom Ohr und beugte sich vor. Sein Herzschlag beschleunigte sich, obwohl er wusste, dass keine echte Gefahr bestand. Die Scheibe war massiv wie Stahl. Dennoch wünschte Jude sich zum ersten Mal in seinem Leben, er wäre nicht allein. Er fühlte sich verwundbar, und das war gar kein gutes Gefühl.

Jude veränderte seine Sitzhaltung und beobachtete den Mann, als dieser sich plötzlich aufrichtete, merkte, dass Jude ihn beobachtete, und die Hand hob – eine Hand, die eine Gießkanne hielt. Judes Blick fiel auf seinen Overall, auf dem die Worte *Gerrys Dschungel* eingestickt waren. Er lachte laut auf. Ein Gartenarbeiter. Herrgott, wen hatte er erwartet? Colin, der sich im Schatten herumdrückte? Archer, der aus dem Gefängnis entflohen und auf Mord aus war?

Jude musste über sich selbst lachen. Das gab der Wendung »Sieh dich vor« eine ganz neue Bedeutung. Man wusste schließlich nie, wer da beobachtete, lauerte, wartete. Genau wie beim Glück. Man wusste nie, wer …

»Hallo? Hallo? Wer spricht da, bitte?«

Jude blickte zurück auf den Schreibtisch. Seinen Telefonanruf hatte er vollkommen vergessen. Jetzt konnnte er am anderen Ende der Leitung Wilson hören, der verzweifelt wissen wollte, wer ihn da anrief. Beim Klang der vertrauten Stimme entspannte er sich wieder.

»Wilson, mein Bester«, begrüßte Jude ihn. »Entschuldige, ich hatte nur gerade den Mann beobachtet, der im Büro die Pflanzen gießt. He, hör zu, ich weiß ja, dass du für Josie die Pläne und Finanzberichte des Parkes besorgen sollst, aber hier geht es um etwas anderes. Ich hätte da was, was du auf deine magische Webseite setzen musst. Geht ganz schnell. Nicht weiter kompliziert, und möglicherweise bringt es uns interessante Informationen.«

Jude spielte an seinem kleinen Glückskekszettel herum und diktierte, während Wilson, von der Einfachheit des Planes beeindruckt, sich vor Begeisterung beinahe überschlug.

»Es springt auch für dich etwas dabei heraus, Wilson. Lad es unbedingt hoch«, wies Jude ihn an.

Dann legte er auf und rief Colin an, bekam aber nur den Anrufbeantworter an die Strippe. Er hinterließ eine alles andere als freundliche Nachricht. Danach hatte er erst einmal Feierabend.

Jude knüllte die Tüte mit den Überresten seines Abendessens zusammen und warf sie in den Abfalleimer. Obwohl gleich der erste Wurf ein Treffer war, fühlte er sich unzufrieden. Colin machte Schwierigkeiten. Er nervte Jude gewaltig mit seinem bockigen Schweigen und jetzt mit seiner Einmischung. Aber jetzt würde Jude mit Wilsons Hilfe etwas in Gang bringen. Es war zwar nicht sonderlich aussichtsreich, aber immer noch besser, als einen Vergleich für einen Mann auszuhandeln, der seinen behinderten Sohn zehn Jahre lang nicht besucht hatte. Falls Wilson Erfolg hatte, war Archer aus dem Schneider, Jude würde seinen Vergleich mit *Pacific Park* bekommen, Colin Wren seine Rache und sie beide einen Haufen Geld. Letzten Endes ging es Colin doch darum. In diesem Punkt war sich Jude Getts sicher, denn letzten Endes war es das, was alle wollten.

* * *

Colin spielte Judes Nachricht zweimal ab. Beim ersten Mal hörte er nur zu; erst beim zweiten Mal verstand er sie wirklich.

»So ist das also.« Er schob den Anrufbeantworter von sich weg, starrte ihn jedoch an, als erwartete er, dass das Gerät ein Gespräch beginnen würde.

»Eingebildeter Wichser«, murmelte Colin in die Stille. »So verflucht eingebildet. Das ist meine Entscheidung. Nur meine. Wie kann er mir jetzt mit dem Spruch kommen, für eine Kursänderung hätte er schon zu viel Zeit und Geld investiert.«

Colin berührte die Schreibtischplatte und trommelte mit den Fingern darauf herum. Am liebsten hätte er sie zertrümmert. Aber das war nicht sein Stil. Er war eher der methodische, geduldige, besonnene Typ. Schließlich hatte er gelernt, seine Gefühle zu beherrschen. Ein- oder zweimal hatte er die Kontrolle verloren, Dummheiten gemacht, Menschen wehgetan, aber diese Zeiten waren lange vorbei. Sich ein anderes Verhalten anzugewöhnen war zwar nicht einfach gewesen, aber er hatte es geschafft. Das hier war seine Buße. Alles, was er wollte …

»Alles, was ich je wollte, war eine Chance. Ich wollte immer nur beweisen, dass ich ein guter Vater sein kann, und jetzt will mein Anwalt mich um diese Chance bringen. Dem geht es nur ums Geld. Er ist skrupellos.«

Colin marschierte vor dem Schreibtisch auf und ab. Er nahm das Glas, das schon so lange an dieser Stelle auf dem Schreibtisch stand, dass sich auf dem Holz ein heller Ring gebildet hatte.

»Das kann einfach nicht richtig sein. Wenn dieser Mann schuldig ist, dann sollte er büßen, oder? Ich will schließlich nicht ungerecht sein. Falls *Pacific Park* mit Tims Tod nichts zu tun hatte, muss ich die Klage fallen lassen und den wirklichen Schuldigen verfolgen. Halten Sie das nicht auch für gerecht?«

Hinter seiner Brille blinzelte Colin zu seinem Besucher hinüber. Der Mann, der auf dem Sofa saß, nickte. Er wusste, dass das Schicksal diesen Mann in die eine wie auch in die andere Richtung lenken konnte, und er wollte nicht die Ursache dafür sein, dass er in die falsche Richtung ging. Also tat er, was er für richtig hielt. Colin Wren hatte Mitleid mit Roger McEntyre.

»So würde ich das auch sehen, Mr Wren. Allerdings steht jetzt erst einmal die Voruntersuchung an. Vielleicht warten Sie einfach ab, wie die Justiz die Sache beurteilt.«

Roger hob sein eigenes Glas und beobachtete Colin Wren über den Rand hinweg. Ihm war zwar nicht klar, was er erwartet hatte, als er Colin Wren um dieses Treffen gebeten hatte, aber er erlebte hier eindeutig eine Überraschung. Colin Wren war sauer auf seinen Anwalt, hielt Archer für schuldig und brannte darauf, einen Schuldspruch zu erwirken. Oh ja, dieses Treffen war in der Tat eine Überraschung. Niemals hätte Roger sich träumen lassen, dass Colin Wren *Pacific Park* kampflos und ohne einen Vergleich aus der Verantwortung entlassen würde.

Kapitel 25

Archer wartete bereits, als man Josie den Verhörraum betreten ließ. Um seine Körpermitte lief eine Kette. Die Hände hatte er zwar frei, doch er trug Fußfesseln. Er versuchte nicht einmal aufzustehen.

»Geht es dir gut?« Josie setzte sich ihm gegenüber.

»Ging schon besser.« Archer musterte sie. »Du siehst gut aus, Jo.«

»Du auch, Schatz.« Der Kosename, den sie automatisch gebraucht hatte, fühlte sich seltsam an, denn er verstieß gegen die neuen Regeln, nach denen sie zwischen Beruflichem und Privatem trennten. Er passte hier nicht, also beschloss sie, darauf zu verzichten. Bis Archer wieder in Freiheit war, würde sie ihn nicht mehr verwenden. »Behandeln sie dich einigermaßen anständig?«

Er hob eine Schulter, wie um anzudeuten, dass es da zwar den einen oder anderen Moment gegeben hatte, er ihr jedoch nichts davon erzählen würde. Vielleicht später, falls sie noch zusammen waren, wenn das alles vorbei war.

»Na schön«, seufzte Josie. Sie holte ihre Notizen heraus. »Dann fangen wir mal an. Ich habe dir einen Anzug mitgebracht. Du musst dich noch umziehen, und wir sollen um zehn bei Gericht sein, wir haben also noch eine halbe Stunde.«

Josie überflog ihre Notizen und erklärte den Ablauf und das, worauf es ihr ankam, obwohl Archer in der Vergangenheit unzähligen Voruntersuchungen beigewohnt hatte. Als sie aufblickte, war sein Blick nackt. Tiefer Groll lag darin, der sich nicht gegen sein Schicksal richtete, sondern gegen sie. Josie nahm ihn zur Kenntnis, ohne darauf zu reagieren. Die Situation zwischen ihnen war, wie sie eben war. Sie kam zur Sache.

»Ich bin die Notizen durchgegangen, die du mir gegeben hast.« Josie blätterte zur zweiten Seite ihrer Aufzeichnungen vor und dann wieder zurück zur ersten. »Du hast gesagt, Lexi habe sich an dem Tag eures Ausflugs in den *Pacific Park* nicht gut gefühlt. Wie schlecht ging es ihr?«

»Am Morgen war ihr kotzübel. Sie hatte Schmerzen. War fix und fertig. Die Chemo forderte ihren Tribut«, sagte Archer pflichtschuldig auf, obwohl er das Gefühl hatte, diese Geschichte schon zehn Mal erzählt zu haben.

»Und trotzdem bist du mit ihr in einen Freizeitpark gefahren?«

Josie kam es auf eine klare Antwort von Archer an, eine, die die Geschworenen von seinen guten Absichten überzeugen würde. Falls er Lexi zu einem Besuch im *Pacific Park* überredet hatte, obwohl sie krank war, gab er der Staatsanwaltschaft damit eine Grundlage für die Behauptung, er habe etwas im Schilde geführt – und zwar, Tim irgendwie in den Park zu schaffen, auch wenn seine Frau noch so krank war.

»*Sie* ist mit *mir* zum *Pacific Park* gefahren«, sagte Archer mit unverhohlener Ungeduld. »Lexi brach nie ein Versprechen, das sie Tim gegeben hatte. Sie hatte die Sache wochenlang geplant. Sieh dir doch die Akte in Greenwood an. Die führen dort Buch, und es muss dokumentiert werden, wenn ein Patient das Heim verlässt. Lexi hat alles arrangiert und bei Tims Abholung unterschrieben.«

»Okay. Gut.« Josie war zufrieden. Die Antwort passte, und Carol Schmidt konnte bezeugen, wie fürsorglich Lexi Tim gegenüber gewesen war. »Ist zwischen dir und Tim an diesem Tag irgendetwas Besonderes vorgefallen? Irgendwas, das vielleicht auch anderen auffiel?«

»Tim erregte andauernd Aufmerksamkeit. Woher soll ich wissen, ob die Leute, die ihn ansahen, auf mich achteten? Ich habe auf den Jungen aufgepasst und dafür gesorgt, dass er nicht aus der Reihe tanzte. Ich habe versucht, Tim ruhig zu halten. Dafür gesorgt, dass er nicht hinfiel. Lexi lief neben uns her. Manchmal hielt sie seine Hand. Manchmal legte sie den Arm um ihn. Und irgendwann wurde sie sehr müde. Sie war bereit, nach dem *Shock & Drop* nach Hause zu fahren. Es war die fünfte Fahrt des Tages.«

Josie machte sich Notizen und dachte an das Video. Lexi hatte darauf keinen erschöpften Eindruck gemacht. Irgendwie würde Josie das herunterspielen müssen. Selbst jetzt musste sie ihre Vorbehalte verbergen, weil sie etwas Persönliches betrafen.

»Dann wart ihr also nur ein paar Stunden dort.«

»Drei vielleicht. Zwei der Schlangen waren lang. Am längsten mussten wir am *Shock & Drop* warten.« Archer hob die Schultern, als wären diese Details belanglos, nachdem doch ohnehin schon feststand, was an jenem Tag passiert war. »Lexi amüsierte sich nicht besonders. Die meiste Zeit war Tim außer Rand und Band. Später wurde er dann ruhiger. Ich war froh, weil wir bald nach Hause gehen würden und Lexi sich dann ausruhen könnte. Als wir die Schlange am *Shock & Drop* hinter uns hatten, legte ich Tim den Gurt an. Ich habe ihn zweimal überprüft und seine Hände auf die Haltegriffe gelegt. Lexi sollte sehen, dass ich gut auf Tim aufpasste, denn ich wusste, dass sie zum letzten Mal einen solchen Tag mit ihrem Sohn erleben würde.«

»So darfst du das nicht formulieren, Archer«, warnte Josie.

»Weil sie nicht mehr lange zu leben hatte, meine ich, nicht weil ich ihren Sohn umbringen wollte.« Mit einem scharfen Blick wies er sie in ihre Schranken. »Ich dachte nur an sie, aber sie nahm mich gar nicht wahr.«

Seine Stimme schwankte. Selbst nach dieser langen Zeit

machte es Archer immer noch etwas aus, wie Lexi an jenem Tag über ihn gedacht hatte. Selbst jetzt tat ihm die Missachtung seiner Frau noch weh. Auch nach all dieser Zeit konnte Archer für Tim keinen freundlichen Gedanken aufbringen.

»Ihr seid also die Wasserbahn gefahren, die Achterbahn, die Wilde Maus …« Josie las ihre Liste ab, und Archer unterbrach sie, um die Auflistung zum Ende zu bringen.

»Die Röhrenbahn und zuletzt das *Shock & Drop*. Wenn ich Tim hätte umbringen wollen, wäre es viel einfacher gewesen, ihn von der Wasserbahn zu schubsen. Er war Nichtschwimmer. Das wäre ganz leicht gewesen.«

Josie machte sich Notizen, während sie zuhörte und seinen Sarkasmus ignorierte. Archer war ehemaliger Polizist – für ihn waren Richtig und Falsch wie Schwarz und Weiß, und er verstand einfach nicht, dass keiner das kapierte. Josie dagegen war Anwältin. Sie wusste, dass man Prozesse gewinnt, indem man die Geschworenen den Umriss der Wahrheit in den Schatten der Schatten erkennen lässt. Außerdem war sie zu klug, um Archers Köder zu schlucken, auch wenn es dadurch keineswegs einfacher wurde.

»Ich habe fünfzehn Stellen gesehen, an denen du Tim viel leichter etwas hättest antun können, wenn das dein Plam gewesen wäre. Aber was ist mit der Zeit davor, nachdem ihr aufgestanden wart?«

»Da gibt es nichts, was hier weiterhelfen würde …«

»Sei so gut, Archer«, sagte sie. »Wir haben nicht viel Zeit.«

Er legte die großen Hände auf sein Gesicht. Josie sah eine Schnittwunde an seinem Handrücken und ein Hämatom am Handgelenk. Schließlich ließ er die Hände wieder sinken. Er erinnerte sich noch an die Details, aber darüber zu sprechen fiel ihm schwer.

»Ich bin eine Runde Fahrrad gefahren. Lexi hat ihre Chemo und ihr Compazin genommen. Wenn sie die Tabletten nahm, hatte sie gern für etwa eine Stunde ihre Ruhe, deswegen habe ich das Haus verlassen. Lexi hat geduscht. Sie rief in Greenwood an, damit Tim bei unserem Eintreffen fertig sein würde …«

»Hast du gehört, wie sie angerufen hat?« Josie hielt inne, ihr Kugelschreiber schwebte in der Luft.

»Ich habe es auf ihrer Liste gesehen. Sie hatte es durchgestrichen.« Archer schüttelte den Kopf. »Nachdem Lexi krank geworden war, machte sie Listen von allen möglichen Dingen. Sie hatte Angst, der Krebs würde auf ihr Gehirn übergreifen, sodass sie nicht mehr richtig denken oder wichtige Dinge vergessen würde. Sie hat sogar gesagt, sie würde ihre Gedanken für Tim in einem dieser Tagebücher festhalten …« Archer schnaubte. »Als ob er damit etwas hätte anfangen können.«

»Und, hat sie es getan?«

»Was?«, fragte Archer.

»Hat sie ein Tagebuch geführt?« Josies Aufmerksamkeit war geweckt. Von einem Tagebuch war bisher noch nie die Rede gewesen. »Hast du es noch? Ihr Tagebuch?«

»Sie hat eines angefangen, aber wieder damit aufgehört. Tim hätte nichts von dem verstanden, was sie schrieb. Aber Lexi glaubte, es würde irgendwann so etwas wie einen besonderen Moment geben. Sie würde sterben, und Tim und ich würden zusammen Weihnachten feiern und uns gegenseitig aus ihren Tagebüchern vorlesen.« Archer schnaubte humorlos. »Natürlich wäre es dazu nie gekommen.«

»Prima, Archer. Zieh nur weiter über eine todkranke Frau her.«

»Es war ganz anders, als es jetzt klingt, Jo«, beharrte Archer. »Du warst schließlich nicht dabei. Sie war überzeugt, richtig zu handeln, aber ich kannte meine Grenzen. Keine Ausnahmen. So hatten wir es immer gehalten.«

»Aber sie hatte nicht mehr lange zu leben, Archer«, erinnerte ihn Josie.

»Ja, stimmt. Aber wenn ich sie angelogen hätte, hätte ich mir selbst nicht mehr ins Gesicht sehen können«, entgegnete Archer. »Ich habe nach bestem Gewissen gehandelt.«

Hier konnte Josie ihm nicht widersprechen. Mit Gewissensbissen kannte sie sich schließlich aus. Sie hatte sie auf die harte Tour kennengelernt, als sie einen Freispruch für eine Frau erwirkt hatte, die wegen Mordes an ihrem Ehemann angeklagt gewesen war, wonach ihre Mandantin ihre eigenen Kinder umgebracht hatte. Hatte Josie mit ihrem Anteil an dieser Geschichte nicht genug zu tun gehabt? Sie hatte immer noch Albträume von diesen Kindern. Vielleicht hatte Archer ja recht. Vielleicht ist es besser, brutal ehrlich zu sein – aber Archer hatte Lexi angeblich geliebt. Eigentlich hätte ihm das eine kleine Notlüge wert sein müssen, damit sie in Frieden sterben konnte. Josie musterte Archer und fragte sich unwillkürlich, was ihr an Lexis Stelle lieber gewesen wäre: schöne Lügen oder die hässliche Wahrheit. Vielleicht hängt das davon ab, ob man an ein Weiterleben der Seele nach dem Tod glaubt. Josie glaubte an die Gegenwart und daran, dass nur Erinnerungen den Tod überdauern.

»Was warst du denn dann bereit für Tim zu tun?«, fragte sie.

»Ich war da, als Lexi noch lebte, verdammt noch mal«, blaffte Archer, voller Frustration darüber, dass Josie nicht verstand, obwohl sie ihn doch so gut kannte.

Doch Josie wollte nicht verstehen. Über den Tisch gebeugt, schlug sie zweimal mit der flachen Hand auf die Tischplatte. »Das reicht nicht, Archer! Wir stehen gleich vor Gericht, und Ruth Alcott wird dich wegen Mordes an Tim Wren anklagen. Ich muss die Glaubwürdigkeit ihrer Zeugen anfechten. Dafür muss ich wissen, was du nach Lexis Tod für diesen Jungen getan hättest.« Josie lehnte sich zurück und senkte die Stimme. Sie klang ausdruckslos und herrisch. »Ich brauche von dir ein Statement, das sich nicht derart selbstbezogen, egoistisch und selbstgerecht anhört, als würdest du Mitleid mit dir selbst erwarten und nicht mit den beiden Menschen, die gestorben sind.«

Archer lief rot an. Zorn, Scham und Verwirrung traten in seinen Blick, als Josie ihn an seine Grenzen trieb. Falls er unschuldig war, war es eine hässliche, ungerechte Taktik. Nein, sie war hässlich, *weil* er unschuldig war. So kurz vor dem Gerichtstermin durfte Josie sich keine andere Haltung erlauben.

»Ich habe ihr versprochen, die Rechnungen zu bezahlen«, sagte Archer. »Ich habe ihr versprochen, mich davon zu überzeugen, dass es Tim gut ging. Falls er gesundheitliche Probleme gehabt hätte, hätte ich einen Arzt für ihn gesucht. Wenn er gestorben wäre, hätte ich sein Begräbnis organisiert. Aber ich hätte nicht so getan, als sei ich sein Vater. Die werden mich doch wohl nicht an die Wand stellen, nur weil ich das nicht wollte.«

»Vielleicht doch, Archer«, erwiderte Josie.

»Dann solltest du ihnen besser klarmachen, in welcher Lage ich mich befand.« Archer wollte aufstehen, aber die klirrenden Ketten erinnerten ihn daran, dass die Freiheit jenseits dieser Tür lag und er für die Freiheit auf die Frau angewiesen war, die ihm gegenübersaß. Er blieb auf seinem Platz und legte die große Hand vor sich auf den Tisch.

»Sieh mal, Jo, du weißt eine ganze Menge nicht von mir, wir hatten schließlich gerade erst angefangen, uns richtig kennenzulernen. Du weißt noch nicht mal, dass ich an den Himmel glaube, oder? Und an die Hölle auch. Und ich glaube daran, dass Lexi es erfahren hätte, wenn ich nach ihrem Tod keinen Finger für den Jungen gerührt hätte. Also mach diesem Richter doch bitte klar, dass ich mich nur richtig verhalten wollte, als ich ihn in diesem Ding angeschnallt habe.«

»Und was soll ich sagen«, fragte sie ungerührt, »wenn Carol Schmidt in den Zeugenstand gerufen wird und dort deine Aussage wiedergibt, es sei besser für Tim, wenn er tot wäre? Oder wenn sie aussagt, dass du Lexi in einem Wutanfall gegen die Wand gedrückt hast? Du weißt schon, Lexi – die Frau, die du geliebt hast? Die Frau, um die du so besorgt warst?«

Josie ersparte ihm nichts. Sie stellte genau die Fragen, die Ruth ihm im Zeugenstand stellen würde, und sie sah, was Ruth nur allzu gern sehen würde: Überraschung und Argwohn, die in Archers dunklen Augen aufflackerten, bevor er sie rasch vor ihr verbarg.

»Du sagst, dass nur ich dabei war, als Lexi in diesem Zimmer hysterisch wurde. Sie hatte Angst vor dem Tod. Sie hatte Angst um Tim, und sie warf mir vor, das Problem nicht zu lösen. Niemand außer mir war dabei. Alle haben immer nur gesehen, wie tapfer und perfekt sie war, aber ich war bei ihr, als sie vor Angst fast durchgedreht ist.« Archer senkte seine Stimme noch weiter, sodass seine Worte beinahe drohend klangen. »Und du wirst darauf hinweisen, dass niemand von Lexi und mir die anschließenden Entschuldigungen gehört hat – weder ihre noch meine –, weil es nämlich ein intimer Moment ausschließlich zwischen meiner Frau und mir war. Du wirst die Ärzte von Greenwood bezeugen lassen, dass Tim nicht das liebenswerte behinderte Kind war, als das alle ihn darstellen. Einmal hat er einen anderen Patienten verprügelt und ihm ein blaues Auge verpasst. Bei mir hat er es auch versucht. Ich musste ihn zügeln.«

»Und die anderen werden behaupten, du hättest ihm wehgetan«, konterte Josie.

»Ich habe das getan, was ein Cop tut, der mit einem randalierenden Verrückten konfrontiert ist. Darum geht es nämlich letzten Endes: dass Lexi und diese Greenwood-Leute nie wahrhaben wollten, dass Tim verrückt war!«

Archer schlug mit der flachen Hand auf den Tisch. Seine Ketten klirrten, und vor Empörung hatte er rote Flecken im Gesicht. Er kümmerte sich nicht darum, was Josie ihm bedeutete; im Moment war sie der Feind.

»Okay, Archer!«, brüllte Josie. Sie drückte die Faust gegen die Lippen und nahm sich zurück. Sie verschwendeten hier nur kostbare Zeit. Josie zog ihren Notizblock zu sich heran. »Wir sind vom Thema abgekommen. Was ist passiert, als du wieder nach Hause gekommen bist?«

»Lexi hat ihre Tasche gepackt.« Archer zog die Nase hoch und befeuchtete sich die Lippen. »Ich brachte sie zum Auto. An jenem Tag war ich nichts als ein notwendiges Übel. Ich war der Chauffeur und bezahlte und trug die Sachen. Es war Lexis und Tims gemeinsamer Tag. Vielleicht ist das ja der Grund, weshalb mich die Erinnerung daran so aufregt. Ich habe alles getan, um ihnen einen schönen Tag zu ermöglichen, Jo.«

»Sag mir, ob du ihn angerührt hast, Archer. Oder ob er dich angerührt hat.« Josie machte weiter, ohne Rücksicht auf ihn zu nehmen.

Archer ließ den Kopf sinken. Er ließ die Handschellen an seinen Ketten hin und her schnellen, als würde er eine Münze werfen, obwohl er wusste, dass er nicht gewinnen konnte.

»Was ich dir jetzt sagen werde, ist die Wahrheit, Josie, und danach werde ich nie wieder darüber sprechen. Das mit dem Unfall ging viel zu schnell. Es ist durchaus möglich, dass er eine falsche Bewegung gemacht hat und dass ich geglaubt habe, er brauchte Hilfe. Durchaus möglich, dass ich die Hand ausgestreckt habe. Durchaus möglich, dass ich irgendwie an den Verschlussmechanismus gekommen bin. Es war so ähnlich, als würde man in einer finsteren Gasse die Pistole ziehen. Wenn man es für nötig hält, tut man es einfach. Ich habe die Hand nach Tim ausgestreckt, und das war das, was du auf dem Video gesehen hast. Bin ich an den Gurt gekommen und habe ihn gelöst? Habe ich versucht, Tim festzuhalten, weil er ihn selbst aufgemacht hatte? Ich weiß es nicht, und ich will es auch nicht wissen. Falls ich irgendwas getan habe, was zu dem Tod dieses Jungen geführt hat, dann ist das schrecklich. Aber wenn es so war, dann geschah es ohne böse Absicht, dann gab es keinen Vorsatz und damit auch keinen Mord.«

Josie hörte sich das alles in professioneller Haltung an, doch ihr Herz wurde weit vor Mitgefühl und Verständnis und aufrichtigem Glauben an Archers Unschuld. Doch schon im nächsten Augenblick flossen alle Hoffnung und aller Glaube aus ihr heraus, als hätte Archer ihr einen Dolch in die Brust gebohrt.

»Sorg dafür, dass sie das begreifen, Josie. Tu deine Arbeit.«

KAPITEL 26

RUTH ALCOTT STARTETE die Show mit einem Knalleffekt. Eric Stevens, der an dem verhängnisvollen Tag, an dem Timothy Wren gestorben war, am *Shock & Drop* gearbeitet hatte, machte eine Zeugenaussage, deren Inhalt Josie bereits kannte.

Timothy Wren war ihm aufgefallen.

Geistig zurückgebliebene Menschen machten ihn nervös.

Ja, er erkannte Archer wieder.

Den Mann, der ihn vor ein paar Wochen beinahe umgebracht hatte.

»Hier geht es um den Tag, an dem Tim Wren gestorben ist, Mr Stevens.« Mühelos brachte Ruth ihren Zeugen wieder zum Thema zurück. »Erzählen Sie uns alles darüber.«

Ein heißer Tag …

Der Junge war außer Rand und Band, aber als er zur Plattform kam, ist er ruhiger geworden …

Der Angeklagte hat mich weggestoßen. Wollte nicht, dass ich meine Arbeit mache. Er wollte den Jungen anschnallen …

Das hat er getan, und der Junge ist runtergefallen …

Der Junge ist gestorben …

Ruth lächelte. Sie überließ den Zeugen Josie, bei deren Befragung Eric schließlich zugab, dass einmal, bei einem Aufnahmeritual, der Verschluss geöffnet worden war, ohne dass der Fahrgast deshalb in den Tod stürzte. Er hatte zwar Todesangst ausgestanden, aber er war nicht hinuntergefallen. Auf Josies Nachfrage räumte Eric ein, dass Lexi offenbar keine Bedenken gehabt hatte, Tim von ihrem Mann anschnallen zu lassen. Josie nahm Eric in die Zange, bis er schließlich zugab, sich nur noch daran zu erinnern, wie Archer Timothy Wren den Gurt anlegte und sich zweimal vergewisserte, dass er richtig saß.

Diese Zeugenaussage hatte mit Sicherheit keinen Schaden angerichtet. Die nächste war schon ein bisschen besorgniserregender.

»Dr. Weber, können Sie uns Ihr Verhältnis zu dem Verstorbenen, Tim Wren, beschreiben?«

Ruth Alcott richtete das Wort an ihren zweiten Zeugen. Dr. Weber war Anfang sechzig. Über die eine Seite seiner Stirn zog sich ein Feuermal, das er berührte, als würde es ihm beim Denken helfen.

»Ich habe eine ganze Weile als Arzt in Greenwood gearbeitet. Tim Wren kam über einen Zeitraum von drei Jahren regelmäßig zu mir. Ich bin sowohl Kinderpsychiater als auch Kinderarzt. Mein Fachgebiet sind Kinder wie Tim Wren.«

Ruth verschränkte die Hände und lächelte ihn strahlend an, als sei sie hocherfreut darüber, wie gut ihr bester Schüler sich machte.

»Und wie schätzten Sie Tim Wren ein?«

»Falls es Ihnen darum geht, ob er je über die geistigen Fähigkeiten eines Fünfjährigen hinausgekommen wäre, dann lautet die Antwort ›nein‹. Falls Sie wissen wollen, ob er ein gut angepasster Fünfjähriger im Körper eines Halbwüchsigen war, dann lautet die Antwort ebenfalls ›nein‹. Er war frustriert wegen seiner körperlichen Einschränkungen. Seine Mutter verhätschelte ihn, wodurch Tim etwas von einem verwöhnten Kind hatte. Das ist nicht ungewöhnlich in Situationen wie dieser.«

»Welcher Art waren die Einschränkungen, die Tim frustrierten?«, fragte Ruth.

»In erster Linie motorischer Art. Er brauchte Hilfe beim

Anziehen. Er konnte sich nicht die Schuhe binden. Wenn man ihm das Essen klein schnitt, war er zwar imstande, mit der Gabel zu essen, aber er konnte weder Messer noch Löffel richtig benutzen.«

»Dann wäre es also kaum vorstellbar, dass Tim seinen Gurt selbst geöffnet hat, oder?«

»Meiner Meinung nach wäre das sehr überraschend, wenn nicht sogar nahezu unmöglich«, versicherte ihr Dr. Weber.

Mit »Ihr Zeuge« in Josies Richtung nahm Ruth Platz und ließ dabei den Gummibund ihrer Hose schnalzen. Sichtlich unbeeindruckt von ihrer Größe, ihrer athletischen Anmut und ihrer geradlinigen Art, blickte der Arzt Josie entgegen.

»Tim konnte die Klettverschlüsse an seinen Tennisschuhen auf- und zumachen, nicht wahr?«

»Ja, ich glaube, das hatte er gelernt.«

»Er war in der Lage, seinen Gürtel zu öffnen, und er lernte gerade, ihn wieder zu schließen, nicht wahr?«

»Auch das ist richtig«, räumte der Arzt ein, fuhr jedoch fort: »Sie müssen wissen, dass Tim solche Dinge nach und nach durch Versuch und Irrtum lernte. Er hatte die Hilfe geduldiger Mitmenschen, die wussten, wie man ihm so etwas beibringen musste.«

Josie ließ Dr. Weber reden, der als Sachverständiger offenbar eher unerfahren war. Er hatte eine Tür geöffnet, von der Josie erwartet hatte, sie mit viel Mühe aufstemmen zu müssen.

»Tim lernte also durch Wiederholung«, dachte sie laut. »Doktor, wussten Sie, dass Tim nach vorsichtigen Schätzungen im Lauf seines Lebens mindestens zwölf Mal mit dem *Shock & Drop* gefahren ist?«

»Nein, das wusste ich nicht.« Er drehte den Kopf, fasste sich an den Kragen und trommelte mit zwei Fingern auf sein Muttermal.

»Hätte Tim verstanden, wie der Verschluss funktioniert, wenn er zwölf Mal gesehen hätte, wie jemand ihn auf- und zumachte?«, fragte Josie.

»Einspruch! Aufforderung zur Spekulation!«, rief Ruth.

»Abgewiesen«, sagte der Richter. »Dieser Zeuge ist ein Experte, und seine Meinung ist in dieser Angelegenheit zulässig. Doktor, Sie dürfen die Frage beantworten.«

»Es ist möglich, aber nicht wahrscheinlich. Falls die Person, die den Gurt zugemacht hat, nicht …«

»Aber es ist möglich«, beharrte Josie, die ihn jetzt doch unterbrach, nachdem er ihr die gewünschte Antwort gegeben hatte.

»Ja, es ist durchaus möglich«, gab Weber zu, ohne sich bei seiner Antwort einschränken zu lassen. »Aber es geht wohl kaum jemand davon aus, dass Tim den Gurt während der Fahrt geöffnet hat. Tim brauchte für alles, was er tat, sehr viel Konzentration. Ich glaube kaum, dass er sich während der Fahrt hätte konzentrieren können.«

»Dann erlauben Sie mir folgende Frage.« Josie änderte ihre Taktik. »Verstand Tim das Konzept ›Tod‹?«

»Ja. Einer von Tims Mitbewohnern war gestorben, und er fragte oft nach ihm.«

»War ihm klar, dass seine Mutter nicht mehr lange zu leben hatte?«, fragte Josie.

»Ja«, erwiderte der Arzt.

»Wie ging Tim damit um?«

»Er war abwechselnd neugierig und durcheinander. Dass seiner Mutter die Haare ausfielen, verstörte Tim sehr. Wenn ich mit ihm darüber sprechen wollte, ignorierte er mich manchmal völlig.«

»Würden Sie sein Verhalten als depressiv charakterisieren?«

»Ja, zuweilen wäre diese Bezeichnung zutreffend gewesen«, räumte der Doktor ein.

»Wollte Tim seine Mutter bei ihrem Tod begleiten?« Josie sprach lauter und akzentuierte die Wörter bei ihrer nächsten Frage übermäßig, um Missverständnisse auszuschließen. »Wäre es möglich, dass Tim seinem Leben ein Ende setzen wollte?«

»Sie gehen davon aus, dass Tim begriff, wie Menschen zum Tod kamen«, erwiderte der Arzt kühl. »In Wirklichkeit hätte Tim gar nicht verstanden, dass das Öffnen des Gurtes zu seinem Tod führen würde. Das Konzept Suizid oder die Frage, wie man ihn durchführt, war für Tim Wren zu komplex.«

»Haben Sie noch Fragen an diesen Zeugen, Ms Bates?«, fragte der Richter, der dieses Thema leid war.

Josie schüttelte den Kopf, und der Zeuge durfte gehen. Sie hatte nichts erreicht. Der Richter gab Ruth einen Wink, die daraufhin Carol Schmidt in den Zeugenstand rief.

* * *

Ruth musste weder bohren, schmeicheln noch drohen. Carol Schmidt erzählte die Geschichte von Lexi und Tim mit wohlklingender Stimme, hielt die Hände entspannt im Schoß gefaltet und tat genau das, was sie Josie angekündigt hatte – ihre Pflicht. Carol Schmidt war die perfekte Zeugin, und Ruth Alcott führte die Zeugenbefragung mit Geschick und einer Raffinesse, die Carol ungeahnte Details entlockte. Am Ende der Befragung hatte sie den Eindruck erweckt, dass Archer Lexi umbringen wollte, als er auf sie losging; dass er Tim gehasst hatte und lieber barfuß über glühende Kohlen gegangen wäre, als sich nach Lexis Tod um ihren Sohn zu kümmern. Und dabei wirkte Carol die ganze Zeit über wie eine zurückhaltende, aber rechtschaffene Zeugin, eine Heilige unter den Frauen und eine verantwortungsvolle Staatsbürgerin. Carol Schmidt war der Goldstandard, an dem die Geschworenen Archers Auftreten und Verhalten gemessen hätten.

Glücklicherweise gab es keine Geschworenen.

Geschworene hätten Josie für das, was sie jetzt gleich tun würde, verabscheut.

»Mrs Schmidt, erinnern Sie noch, dass Sie am Abend des 28. Oktober im Greenwood Home mit mir gesprochen haben?«

»Ja«, erwiderte Carol mit einem zögerlichen Lächeln, als Josie das Wort an sie richtete.

»Bei diesem Gespräch sagten Sie mir, Sie hätten darüber nachgedacht, Ihren Ehemann zu töten, ist das richtig?«

Josie stellte die Frage ohne vorherige Einleitung und kam sich niederträchtig vor, als Carol Schmidts Gesichtsausdruck sich in unbeschreiblichem Schmerz verzerrte. Ihr schönes Gesicht wurde blass wie Marmor. Tiefe Schatten legten sich über ihre Augen. Möglicherweise hätte Carol Schmidt sich gewehrt, wenn Josie sie nicht derart überrumpelt hätte.

Doch sie hatte den Schlag bewusst ausgeführt, und so konnte Carol nur noch flüstern: »Ja.«

»Und haben Sie außerdem gesagt, Sie hätten darüber nachgedacht, sich selbst umzubringen?«

Ein Zittern lief durch Carol Schmidts Körper. Josie stand so dicht vor ihr, dass sie sah, wie es ihren Nacken hochkroch und ihr Kinn zu beben begann.

»Ja«, antwortete sie.

Josie rührte sich immer noch nicht. Sie würde keinerlei Nachsicht mit Carol üben. Josies Loyalität gegenüber Archer wog schwerer als ihr Mitgefühl mit dieser Frau.

»Haben Sie Ihren Ehemann getötet, Mrs Schmidt?«, fragte Josie.

»Euer Ehren«, protestierte Ruth empört.

Josie wiederholte die Frage, da Ruth nicht wirklich Einspruch erhoben hatte.

»Haben Sie Ihren Ehemann getötet, Mrs Schmidt?«

»Nein«, sagte sie mit schwacher Stimme.

»Und Sie sind ebenfalls noch am Leben, nicht wahr?«

»Ja«, sagte Carol, als würde sie sich schämen.

»Und als Sie mir erzählten, Sie hätten darüber nachgedacht, das Leiden ihres Mannes zu beenden und Ihrem eigenen Leiden durch Selbstmord ein Ende zu setzen, da haben Sie das nicht wortwörtlich gemeint, nicht wahr, Mrs Schmidt?« Carol hatte offenbar ihre Stimme verloren, also fuhr Josie mit vermehrter Schärfe fort: »Und als Sie meinen Mandanten sagen hörten, für Tim Wren sei es vielleicht besser, tot zu sein, hatten Sie da Grund, ihm zuzustimmen?«

»Ja.«

»Waren Sie der Meinung, dass der Angeklagte Tim Wren töten wollte?« Josie sprach mit fester Stimme, und das Trommelfeuer ihrer Fragen schien Carol Schmidt in tiefe Verwirrung zu stürzen.

»Ich weiß es nicht. Nein, ich glaube nicht.«

»Halten Sie es für möglich, dass Menschen aus Mitgefühl Dinge sagen, die sie nicht so meinen?«

»Euer Ehren, das ist völlig inakzeptabel. Mrs Schmidt sitzt hier nicht auf der Anklagebank. Es gibt keinerlei Grundlage, dieser Frau irgendwelche Sachkenntnis zuzusprechen …«

Ruth Alcotts Stimme erstarb. Alle Blicke waren auf Carol Schmidt gerichtet, die den Kopf gesenkt hielt. Der Richter traf seine Entscheidung sanft; mit sehr viel Mitgefühl für die Zeugin und der widerwilligen Einsicht, dass sie begründet war.

»Sie haben das hier angestoßen, Ms Alcott. Fahren Sie fort, Ms Bates.«

Josie wiederholte ihre Frage, und diesmal machte Carol Schmidt sich bereit für den Kampf. Sie straffte ihre Schultern, befeuchtete sich die Lippen und hob den Kopf.

Josie sah es und vollführte ihren letzten Schlag, der dafür sorgen sollte, dass sie nicht mehr aufstand. »Mrs Schmidt, halten Sie es für denkbar, dass jemand so etwas aus Mitgefühl sagt? Wie ist Ihre Meinung? Kann man seinem Mitgefühl Ausdruck verleihen, indem man den Wunsch äußert, das Leben eines anderen, leidenden Menschen zu beenden? Oder sind Sie als Einzige mit so viel Empathie gesegnet?«

Josies Frage schwebte im Raum. Alle Blicke waren auf Carol Schmidt gerichtet. Sie antwortete klar und deutlich, das musste man ihr zugutehalten. Auf Josies Spiel ging sie nicht ein.

»Ich bin weder Philosophin noch Geistliche«, erwiderte sie. »Ich kann diese Frage nicht beantworten.«

»Sie besuchen regelmäßig einen Mann, der nur noch vor sich hin vegetiert, Mrs Schmidt. In meinen Augen macht sie das zu einer Expertin. Deshalb frage ich Sie noch einmal, kann der Tod für einen Menschen mit stark eingeschränkter Lebensqualität ein Segen sein?«

»Meiner Meinung nach lindert der Tod das Leiden. Ich würde gerne erleben, dass das Leiden meines Ehemanns aufhört. Aber ich werde nicht diejenige sein, die es beendet. Das wäre falsch.«

»Aber es ist nicht falsch, es sich zu wünschen, nicht wahr, Mrs Schmidt? So wie mein Mandant sich wünschte, dass das Leiden seiner Frau und das von Tim Wren aufhören möge? Daran ist nichts Falsches, oder?«, fragte Josie gedehnt und sah Carol Schmidt so lange unverwandt an, bis die andere verlegen den Blick senkte. »Keine weiteren Fragen.«

Zufrieden damit, Carol Schmidts Aussage das Gewicht genommen zu haben, aber ohne sich deswegen besser zu fühlen, wollte Josie zum Tisch der Verteidigung zurückkehren.

»Wenn Liebe im Spiel ist!« Carol Schmidt schrie es beinahe, und Josie blieb unvermittelt stehen. Langsam drehte sie sich um. Carol saß immer noch im Zeugenstuhl, zornig, den Tränen nahe und stark, als sie Josie ihre Zeugenaussage ins Gesicht schleuderte. »Natürlich ist es Mitgefühl, wenn man sich wünscht, dass ein geliebter Mensch nicht leidet. Ich möchte, dass Sie das begreifen. Aber er hat Tim nicht geliebt. Er kann gar kein Mitgefühl empfunden haben, weil er Lexis Sohn gehasst hat.« Carols Hand schoss nach vorn, als wollte sie Archer verurteilen.

»Euer Ehren, ich beantrage Streichung!« Josie ging auf Carol Schmidt zu, in der Hoffnung, sie zum Schweigen zu bringen. Doch es gelang ihr nicht.

»Nein, nein!« Carol schrie beinahe. »Streichen Sie meine Aussage nicht!«

»Mrs Alcott!«, rief der Richter. »Kontrollieren Sie Ihre Zeugin!«

»Wie können Sie es wagen? Wie kann auch nur einer von Ihnen wagen, mich zu kontrollieren und mir das Wort im Mund herumzudrehen!« Carol war halb von ihrem Stuhl aufgestanden und beugte sich gegen die Brüstung des Zeugenstands, als wollte sie den Richter um Gehör anflehen. »Ich glaube, wenn Archer die Gelegenheit gehabt hätte, dann hätte er den armen Tim getötet. Ich weiß zwar nicht, ob er es getan hat, aber er hätte es getan, da bin ich sicher. Das ist der Unterschied. Wenn er damit Lexi geholfen hätte, hätte er Tim umgebracht. Das ist kein Mitgefühl. Sondern Egoismus.«

Carol wandte den Kopf zum Richter, dann zu Ruth Alcott. Sie schaute die Zuschauer an. Schließlich sah sie Josie an, und beide Frauen blickten zu Boden. Carol Schmidts Brust hob und senkte sich, sie atmete flach, auf ihrem Gesicht lag ein Ausdruck von Entsetzen und Erleichterung. Es war, als seien Carols Dämonen hervorgebrochen, als sie Archer Schlimmeres als Wünschen unterstellte. Carol Schmidt wirkte entrückt, als hätte sie das Licht gesehen, als sei ihre Seele nun befreit.

Josie war sprachlos und konnte den Blick nicht von der Zeugin wenden, doch sie war die Einzige. Alle anderen sahen weg, peinlich berührt nicht nur von Josies Tun, sondern auch von Carol Schmidts Zusammenbruch.

Tiefe Resignation erfüllte Josie. Sie hatte zwar den Sieg davongetragen, doch Archers Verteidigung hatte sie in eine Zeit zurückgeworfen, in der es nur ums Gewinnen ging und in der sie durch das Leben anderer Menschen gepflügt war und ihnen geschadet hatte. Wenn sie überhaupt etwas bedauerte, dann war es die Niederlage in diesem persönlichen Kampf. Das Kalkül hatte über den Anstand gesiegt, und irgendwann würde sie dafür geradestehen müssen.

»Die Zeugin stellt Mutmaßungen an, Euer Ehren«, sagte Josie, äußerlich ungerührt. »Mrs Schmidt, könnte man es als mitfühlend bezeichnen, was der Angeklagte über die Krankheit seiner Frau und die Situation seines Stiefsohns äußerte? Ja oder nein?«

»Ja.« Carol flüsterte nur noch. Besiegt setzte sie sich wieder hin.

»Als der Angeklagte diese Worte äußerte, sahen Sie da eine Bedrohung darin?«

»Nein.«

»Keine weiteren Fragen an diese Zeugin, Euer Ehren.« Josie ging zum Tisch der Verteidigung zurück. Carol Schmidts Zeugenaussage war verlaufen, wie sie es erwartet hatte. Was Josie dagegen nicht erwartete, waren der nächste und der übernächste Zeuge.

Kapitel 27

Der Mann im Zeugenstuhl war schon früher hier gewesen. Er wusste genau, was er sagen wollte. Und was er zu sagen hatte, alarmierte Josie über alle Maßen, als er seinen Namen zu Protokoll gab.

»Ich heiße Tom Ford und bin leitender Detective bei der Polizei von Los Angeles, Abteilung West.«

»Sind Sie dem Angeklagten schon früher begegnet?« Ruth deutete auf Archer.

»Der Angeklagte war Detective unter mir, bevor er in den Ruhestand ging.«

»Hatten Sie mit dem Angeklagten während seiner Dienstzeit irgendwelche Schwierigkeiten?«

»Bis etwa drei Monate vor seinem Ausscheiden war er ein ausgezeichneter Polizist. Ab da wurde er unberechenbar. Einige meiner Detectives weigerten sich, mit ihm zusammenzuarbeiten, solange er sich keiner Evaluierung unterzog.«

»Und hat eine solche Evaluierung stattgefunden?«, fragte Ruth.

»Der Angeklagte verweigerte ein Beratungsgespräch mit unserem Polizeipsychologen. Meines Wissens hielt er sich auch nicht an das Versprechen, sich privat Hilfe zu suchen.«

»Könnten Sie das Verhalten des Angeklagten während dieser Monate beschreiben?« Geistesabwesend zog Ruth ihre Hose hoch und schob das Gummiband zurecht.

»Sein Verhalten war allgemein zunehmend aggressiv. Er war aufbrausend, gereizt und unwirsch.«

»Gab es ein bestimmtes Verhalten, das in der Abteilung Besorgnis erregte?«

»Es kam zu einer Beschwerde wegen unnötig brutalen Vorgehens«, antwortete der Zeuge.

»Was genau wurde dem Angeklagten vorgeworfen?«

»Der Beklagte wurde vorgeladen, weil er bei der Verhaftung eines sechzehnjährigen Jungen übermäßige Gewalt angewandt hatte. Der Junge musste deshalb ins Krankenhaus«, antwortete der Detective.«

»War dieses Verhalten ungewöhnlich für den Beklagten?«

»Ja. Aber auch verständlich.«

»Inwiefern?«, fragte Ruth.

»Die Arbeitseinstellung des Beklagten stand im Zusammenhang mit der Krebsdiagnose seiner Frau.«

»Einspruch!«, rief Josie. »Unbewiesene Behauptung.«

Ruth nahm sich der Sache umgehend an und erläuterte den Verlauf von Lexis Erkrankung wie auch die Beschwerden gegenüber Archer. Es war eine kleine juristische Übung. Danach wandte sie sich wieder der eigentlichen Angelegenheit zu. »Wäre unter diesen Umständen Wut nicht etwas ganz Natürliches gewesen?«, fuhr sie fort.

»Einspruch!« Josie war aufgesprungen. »Dieser Mann ist kein Arzt. Er kann keine Diagnose stellen.«

»Stattgegeben. Führen Sie die Befragung fort, Ms Alcott«, ordnete der Richter an.

»Hat der Beklagte Ihnen je persönliche Einsicht in die Gründe für sein verändertes Verhalten gegeben?«

»Unterschiedlich. Mal leugnete er die Erkrankung seiner Frau, mal war er erzürnt darüber. Je weiter die Krankheit voranschritt, desto häufiger wurden seine Zornausbrüche. Er machte sich lautstark und immer öfter Luft.«

»Würden Sie das nicht von einem Mann erwarten, der mit dem Verlust seiner Frau rechnen muss?«

»Ja, nur dass der Zorn des Angeklagten zusätzlich dadurch verschlimmert wurde, dass seine Frau in seinen Augen zwar zutiefst besorgt um das Wohlergehen ihres Sohnes war, um seines, das ihres Ehemannes, dagegen überhaupt nicht. Seiner Meinung nach hätte sie sich Gedanken um ihn machen müssen, da schließlich er es war, der sie pflegte, die Rechnungen bezahlte und sie zum Arzt brachte.«

Josie warf Archer einen Seitenblick zu. Kerzengerade saß er da, die Zähne zusammengebissen, sodass sich der Muskelstrang an seiner Halsseite abzeichnete. Sie legte ihm die Hand aufs Knie, nicht aus Trost oder Loyalität, sondern um das Ausmaß seiner Erregung abzuschätzen. Es war jenseits von Gut und Böse.

»Sprach er oft über Geld?«, fragte Ruth.

»Ja. Er machte sich Sorgen wegen der Kosten, die anfallen würden.«

»Wurde der Beklagte am Ende wegen seines Verhaltens suspendiert?«

»Nein. Er wurde auf einen Schreibtischposten versetzt, war unzufrieden deswegen und nahm schließlich seinen Abschied. Ich glaube, seine Frau starb etwa drei oder vier Wochen später.«

»Dann hat der Beklagte seinen Polizeiposten also in der Woche von Tim Wrens Tod gekündigt, stimmt das?«

»Das stimmt.« Tom Ford antwortete, ohne zu Archer hinüberzuschauen.

Ruth nickte und dankte ihrem Zeugen.

Josie übernahm, ging um den Tisch herum und näherte sich dann rasch dem Zeugenstand. »Sir, sind Sie sich darüber im Klaren, dass die Frau des Angeklagten Sanitäterin und damit im Krankheitsfall finanziell durch die County-Versicherung abgedeckt war?«

»Ich wusste, dass sie Sanitäterin war.«

»Wieso hätte der Beklagte sich dann um Geld Gedanken

machen sollen, wenn die Krankenversicherung seiner Frau sie doch gegen die Kosten durch schicksalhafte Erkrankungen absicherte?«

»Die Einzelheiten der Versicherungsleistungen waren mir nicht bekannt«, erwiderte der Chief.

»Wir werden die Versicherungspolice anfordern«, sagte Ruth mit einem Desinteresse, das Josie alarmierte.

»Würden Sie demnach darauf schließen, dass Sie die Einstellung des Angeklagten zu seiner finanziellen Situation nicht richtig einschätzen konnten?«

Der Mann schüttelte den Kopf. »Nein, sicher nicht. Der Beklagte hat mir selbst erzählt, dass seine Frau eine experimentelle Behandlung für ihren Sohn wollte. Soweit ich weiß, war der Beklagte sehr besorgt, weil er für die Behandlung seiner Frau Zuzahlungen leisten musste und weitere Kosten für die experimentelle Behandlung des Jungen anfielen. Das Geld stellte ein sehr großes Problem dar. Da bin ich mir ganz sicher.«

Josie sammelte sich für die nächste Frage, ohne sie jedoch zu stellen. Irgendetwas war falsch. Der Gerichtssaal fühlte sich plötzlich seltsam an, als sei er aus dem Lot geraten. Es war, als stehe sie an Deck eines Schiffes und könne den Horizont nicht mehr sehen. Tausend Informationsfetzen wirbelten um sie herum wie eine Strömung, die sie in die falsche Richtung zog, ihr winziges Boot ergriff und es Zentimeter um Zentimeter vom Ufer wegtrieb, bis Josie mit einem Mal begriff, dass sie hilflos war. Sie hatte keine Ruder, um zum Ufer zurückzukehren. Das Ufer war nicht einmal in Sichtweite.

»Ms Bates? Ms Bates!«

Josie riss sich aus ihrer Trance. Sie kämpfte gegen den Drang, zu Archer hinüberzuschauen. Am liebsten hätte sie ihn gefragt, was sie tun solle. Hier wurde das Bild eines egoistischen Mannes gezeichnet, eines Mannes, der sich nicht unter Kontrolle hatte, dem es um das Geld, nicht um Menschenleben ging, eines Mannes, der log, indem er Dinge ausließ oder verschwieg – selbst ihr gegenüber.

Archer erwiderte ihren Blick, nicht mit Antworten, sondern mit Forderungen. Sie wartete auf eine Reaktion von ihm, doch dann hörte sie stattdessen die Stimme ihres Vaters.

Du musst kämpfen.

Auch ihre Mutter war da.

Renn weg, bevor sie dich bei lebendigem Leib auffressen.

Sie verscheuchte den Geist ihrer Mutter und klammerte sich an den ihres Vaters. Sie war seine Tochter. Wenn sie Reißaus nahm, würde sie sich und das Ziel aus den Augen verlieren, und was vielleicht am schlimmsten war, sie würde Archer im Stich lassen.

»Entschuldigen Sie, Euer Ehren.« Josie räusperte sich und wandte sich dem Zeugen zu. »Sir, als Sie meinen Mandanten wieder auf seinen Posten zurückkehren ließen, waren Sie da der Meinung, dass er eine Gefahr für andere darstellte?«

»Nein«, erwiderte er. »Sonst hätte ich ihn vom Dienst freigestellt.«

»Wurde er wegen der übermäßigen Gewaltanwendung verurteilt?«, fragte Josie.

»Nein.«

»Danke«, murmelte Josie.

Damit zufrieden, ging sie an ihren Tisch zurück und setzte sich neben Archer. Als er sich zu ihr herüberbeugte und ihr zuflüsterte, er und Lexi hätten nur über jene Operation bei Tim gesprochen, er habe keine außergewöhnlichen Ausgaben übernommen, und seine Gereiztheit sei ganz normal gewesen, niemand könne ihm daraus einen Vorwurf machen, schnitt Josie ihm das Wort ab. Darüber würde sie später mit ihm sprechen.

Ruth Alcott rief gerade den Anwalt auf, der mit Lexis Vermögen befasst gewesen war.

Es war nicht viel, was er zu sagen hatte, aber das Wenige war unbestreitbar negativ. Lexi hatte nur eine winzige Lebensversicherung gehabt, aber sie hatte ein Mietshaus in Hermosa Beach besessen, und Tim, ihr Sohn, hätte es nach dem Tod seiner Mutter geerbt. Doch Tim war vor ihr gestorben, und offenbar war Archer bei dieser kleinen Immobilie der Nächste in der Erbfolge gewesen.

»Und womit konnte der Beklagte rechnen?«

»Für den Fall, dass er das Haus in Hermosa Beach behielt, mit beträchtlichen Einnahmen aus den Mietwohnungen, und im Fall eines Verkaufs mit etwa vier Millionen. Natürlich«, fügte der Zeuge hinzu, »ist der Marktwert der Immobilie seither gestiegen, weshalb sie heute eineinhalb Millionen mehr einbringen würde.«

»Nicht schlecht«, sagte Ruth grinsend, »für die Beseitigung eines zurückgebliebenen Jungen.«

»Euer Ehren, das ist unerhört!« Josie erhob zwar Einspruch, aber selbst sie musste sich eingestehen, dass ein so lukratives Motiv etwas für sich hatte. Sie gab den Staffelstab weiter, und Ruth rief Mr Hillerman, den Anwalt von *Pacific Park*, in den Zeugenstand.

Er war dabei gewesen, als *Pacific Park* Lexi einen Vergleich angeboten hatte. Sie hatte kein Geld gewollt, obwohl ihr Ehemann sie gedrängt hatte, in aller Ruhe darüber nachzudenken. Die Frau des Angeklagten war standhaft geblieben. Sie wollte lediglich, dass *Pacific Park* das Begräbnis ihres Sohnes bezahlte. Diesem Wunsch wurde auf die bestmögliche Weise entsprochen. Keinerlei Ausgaben wurden gescheut.

Als Letzter betrat Roger McEntyre den Zeugenstand. Der Tag, wie auch Ruths Vorstellung, neigte sich seinem Ende zu. Keuchend lag Josie im Ring und suchte nach einem Hoffnungsschimmer, um den Kampf an einem weiteren Tag fortsetzen zu können.

Roger McEntyre erzählte, während das Video von Tim Wrens tödlichem Unfall abgespielt wurde. Er beantwortete Fragen zu dem kürzlichen Angriff auf Eric Stevens. Roger berichtete, er habe befürchtet, dass der Angeklagte Eric auf die gleiche Weise umbringen würde… nun, schließlich war Eric noch ein Junge.

Josie hätte bei dieser Unterstellung und Falschdarstellung schreien können, doch als sie an die Reihe kam, blieb sie vollkommen sachlich. Eine lange Papierrolle in der Hand, ging sie auf McEntyre zu.

»Mr McEntyre, können Sie mir sagen, wieso es in *Pacific Park* Überwachungskameras gibt?« Josie war kühl, selbstbewusst und beeindruckte Roger McEntyre kein bisschen.

»Sie sind aus verschiedenen Gründen dort angebracht.«

»Nennen Sie mir zwei«, schlug Josie vor und versuchte, nicht an das Loch zu denken, das Ruth Alcott in sie hineingeboxt hatte.

»Die Kameras geben unseren Gästen ein Gefühl der Sicherheit. Falls es im Park Probleme gibt, liefern sie uns Aufzeichnungen.«

»Wie das Video des Unfalls, das wir gerade gesehen haben?«, fragte Josie.

»Ja«, antwortete Roger.

»Als Chef des Sicherheitsdienstes wissen Sie bestimmt, wo sich im Park die Kameras befinden.«

»Ja.«

»Außerdem wissen Sie sicherlich, wie viele Kameras auf jedes Fahrgeschäft gerichtet sind«, sagte Josie herausfordernd.

»Mehr oder weniger. Für genaue Informationen müsste ich in unseren letzten Wartungsunterlagen nachsehen. Der Park befindet sich in ständigem Wandel. Wir verändern laufend etwas. Kein Sicherheitssystem ist perfekt. Auch unser Kamerasystem nicht.«

»Mr McEntyre, als wir uns in *Pacific Park* unterhalten haben, sagten Sie mir, Sie hätten nur ein Video – das Video, das wir in diesem Gerichtssaal gesehen haben –, auf dem der Unfall am *Shock & Drop* aufgezeichnet wurde, bei dem Tim ums Leben kam.«

»Das ist richtig.« Roger nickte.

»Bleiben Sie bei dieser Aussage, Mr McEntyre?«

»Ja, ich habe nur ein Video des Unfalls von einer Kamera, die auf dieses Fahrgeschäft gerichtet war.«

»Wieso gibt es nicht mehr Aufzeichnungen, Mr McEntyre?«, fragte Josie.

»Weil das alles ist, was ich habe, Ms Bates.«

Josie entrollte den Ausdruck in ihrer Hand und segnete im Stillen Wilson Page, während sie das Papier vor Roger ausbreitete.

»Mr McEntyre, können Sie mir sagen, was das hier ist?«

»Das sind die Pläne der Elektrik im Park aus dem Jahr 2003.«

»Und würden Sie diese bitte für das Gericht genauer bezeichnen?« Josie deutete auf die Grafiken.

»Das ist der östliche Quadrant des Parkes, und die Markierungen kennzeichnen die Stellen, wo sich in diesem Bereich Kameras befinden.«

»Und diese spezielle Kamera, Mr McEntyre – können Sie mir sagen, was die aufgezeichnet hat?«

»Diese spezielle Kamera filmte das Geschehen vor dem *Shock & Drop*.«

»War darauf das Fahrgeschäft selbst zu sehen, insbesondere die untere Hälfte kurz vor der Stelle, an der die Fahrt langsamer wird?«

»Ich weiß es nicht.«

»Oder Sie wollen es uns nicht sagen«, bemerkte Josie und nahm die Pläne weg.

»Ich weiß es nicht«, sagte Roger mit ausdrucksloser Stimme. »Die Kamera wurde deinstalliert, als wir den Bereich für eine neue Attraktion umgestaltet haben. Wir haben den öffentlichen Bereich erweitert, weil das neue Fahrgeschäft kleiner war. Diese Kamera gibt es nicht mehr.«

»Aber am Tag von Tim Wrens Tod war sie in Betrieb, ist das korrekt, Mr McEntyre?«

»Meines Wissens ja.«

»Und wer sieht sich die Videoaufzeichnungen an, Sir?«, fragte Josie.

»Bei einer Situation, wie wir sie an jenem Tag hatten, normalerweise ich«, räumte Roger ein.

»Und Sie wollen mir weismachen, dass Sie sich nicht mehr erinnern, ob man auf diesem Video die untere Hälfte eines Fahrgeschäfts sehen konnte, in dem ein junger Mann gestorben ist?«

»Ich wusste nicht mehr, was auf dem ersten Band war, bevor ich es mir ein weiteres Mal angesehen habe.«

»Wieso haben Sie sich das zweite Band nicht noch einmal angesehen?«, wollte Josie wissen.

»Weil es kein Video mehr gibt, das man sich ansehen könnte, Ms Bates.«

Josies Puls beschleunigte sich. »Haben Sie dieses Band vernichtet, Mr McEntyre?«

Roger zögerte. Sein Schnurrbart zuckte, doch sein Blick blieb unbeirrt. »Ja.«

»Haben Sie dieses Band vernichtet, weil etwas, was darauf zu sehen war, meinen Mandanten entlasten würde?«, fragte sie in der irrwitzigen Hoffnung, die Sache damit zu beenden und einen Freispruch für Archer zu erwirken.

Roger McEntyre legte den Kopf schief. Seine dunklen Augen hielten ihren Blick fest. Sie glaubte, ein Lächeln zu erkennen. Josie hatte den vagen Eindruck, dass er mit ihr spielte. Als er ihre Frage schließlich beantwortete, war sie sich sicher.

»Ich habe es vernichtet, weil die Kamera im allgemeinen Bereich installiert war. Die übliche Verfahrensweise sieht vor, dass die Bänder neun Monate lang aufbewahrt werden. Nur die Videos, die zu den Fahrgeschäften gehören, werden mehrere Jahre lang aufgehoben. Ist Ihre Frage damit beantwortet, Ms Bates?«

»Ja«, murmelte sie entmutigt. »Ja, damit ist sie beantwortet.«

Roger McEntyre durfte gehen. Die verbleibenden Anwesenden im Gerichtssaal warteten stumm darauf, was der Richter von den vorgelegten Beweisen hielt. Lange mussten sie nicht warten. Der Richter sah Josie, dann Archer an und hielt eine einstudierte Rede mit durchschlagender Wirkung.

»Nach Ansicht des Gerichts gibt es hinreichende Anhaltspunkte für die Richtigkeit der Anklage. Es wird angeordnet, dass der Angeklagte in hundertzehn Tagen zur Anklageverlesung vor Abteilung 1 erscheint. Die Verhandlung wird vertagt.«

Spärliche Worte, doch damit war es vorbei. Archer, dem jetzt ein Mordprozess bevorstand, blickte sich nicht nach Josie um, als man ihn abführte. Sie rief ihm nichts nach. Ruth packte ihre Sachen zusammen und verließ den Gerichtssaal, ohne mit irgendjemandem ein Wort zu wechseln, mit zufriedener Miene und nachdem sie ihren Hosenbund ein weiteres Mal über den breiten Hüften hatte schnalzen lassen. Einige Zuschauer blieben stehen, blickten zu Josie hinüber und schienen sich zu fragen, warum sie der Sache nicht eine spektakuläre Wendung hatte geben können. War das nicht immerhin die Anwältin, die vor nicht allzu langer Zeit dieses Mädchen auf so eindrucksvolle Weise verteidigt hatte? Die hätte ihren Biss eigentlich nicht so schnell verlieren dürfen, oder? Man hätte eine bessere Show erwarten können, nicht wahr?

Josie war sich dieser Gedanken bewusst wie auch der Blicke in ihrem Rücken, als sie langsam ihre Unterlagen einpackte. Sie sah zu dem großen Amtssiegel des Staates Florida hinüber, das über dem Richtertisch hing, doch es tröstete sie nicht. Als es schließlich still war und sie hinter sich niemanden mehr wahrnahm, ergriff Josie ihre Aktentasche, um aufzubrechen, doch dann merkte sie, dass sie gar nicht allein war.

Ganz hinten saß Colin Wren. Das Licht spiegelte sich in seinen Brillengläsern, seine Haare waren ordentlich gekämmt, sein Anzug frisch gebügelt, und er regte sich nicht, nicht einmal, als Josie durch die Schranke trat. Die kleine Tür schwang hin und her und warf ihr Echo durch den fast leeren Sitzungssaal. Josie stoppte sie mit der Hand und schritt durch den Mittelgang. Sie erwog, ihn anzusprechen. Gern hätte sie ihm gesagt, dass noch ein langer Weg vor ihnen lag und er nicht den Mut verlieren solle, doch Colin kam ihr zuvor. Er stand auf. Er trat in den Mittelgang und sorgte dabei dafür, dass Josie ihm ins Gesicht sehen musste. Dann drehte er sich um und ließ sie allein.

* * *

»Himmelherrgott noch mal.« Jude nahm sein Handy und schloss die Faust darum, als wollte er es zerquetschen. Sieben Monate, Hunderte von Arbeitsstunden, ganz zu schweigen davon, dass er selbst Colin Wrens Prozess gegen *Pacific Park* für eine todsichere Sache gehalten hatte, und jetzt das.

Er biss sich auf die Unterlippe und kurvte um einen Kombi herum, in dem ein gefühltes Dutzend Kinder saß, nahm die Abzweigung acht Stundenkilometer schneller als erlaubt und hielt vor Wilsons Haus, ohne sich darum zu scheren, dass der Mercedes zu drei Vierteln im verbotenen Bereich neben einem Hydranten stand. Wilson Pages Wohnviertel stand auf der

Prioritätenliste der Politessen nicht besonders weit oben, und bei der Niederlage, die Jude gerade eingesteckt hatte, war ein Strafzettel seine geringste Sorge.

Er ließ sein Jackett auf dem Beifahrersitz liegen, knallte die Autotür hinter sich zu und wünschte sich auf dem Weg zu Wilsons Haus, er hätte diesen Termin nicht vereinbart. Bei Rückschlägen zog Jude die Gesellschaft einer willigen, geistreichen Frau der von Wilson vor, aber sei's drum. Jetzt war er nun mal hier. Jude klopfte zweimal heftig an und trat ein, bevor Wilson Gelegenheit hatte, ihn hereinzubitten.

»Jude!«, begrüßte Wilson ihn fröhlich von seinem riesigen Computerbildschirm aus.

»Wir machen mit Colins Sache nicht mehr weiter, Wilson. Vergiss das Ganze. Und zwar komplett.« Jude ging in dem kleinen Raum auf und ab. »Colin hat gerade angerufen. Er zieht die Klage gegen *Pacific Park* zurück. Er sagt, es ist ihm egal, ob Josie das Ruder noch herumreißen kann, weil er jetzt die Wahrheit kennt. Nach Colins Meinung ist Archer schuldig.«

Verdrossen steckte Jude die Schlüssel ein und ließ sich auf das Sofa sinken. Es war die falsche Seite. Er sackte in die Vertiefung, die Wilson verursacht hatte, als er noch weniger ausladend gewesen war und auf einem Sofa sitzen konnte. Das war er – der Tropfen, der das Fass zum Überlaufen brachte.

Fuchsteufelswild stemmte Jude sich hoch, marschierte an Wilson vorbei und sagte: »Es hätte keinen Sinn, jetzt zu arbeiten. Reine Zeitverschwendung. Ich rufe an, falls sich etwas Neues ergibt.« Jude war an der Tür. Er legte die Hand auf die Türklinke und blickte Wilson an, als er sie herunterdrückte. Er sah das Mitgefühl im Gesicht des Mannes, seine bedingungslose Ergebenheit und seine Bedürftigkeit, und mit einem Mal ärgerte sich Jude Getts maßlos darüber. »Verdammt noch mal, Wilson, kauf dir endlich ein neues Sofa, okay?«

KAPITEL 28

ZUSAMMENGESUNKEN SASS JOSIE auf einem Stuhl in Faye Baxters Kanzlei und dribbelte ihren Volleyball neben sich auf den Fußboden. Draußen vor Fayes Büro waren Angie, die Rechtsanwaltsgehilfin, und eine weitere Empfangsdame mit den Dingen beschäftigt, die täglich in einer Vorortskanzlei anfielen. Eigentlich hätte das auch für Faye gelten müssen, aber Josie war aufgetaucht und hatte ein offenes Ohr und eine objektive Meinung gebraucht.

»Jude wirft das Handtuch. Er hat mir gesagt, dass ich ab jetzt allein dastehe.«

»Für mich hört es sich nicht so an, als hätte er eine Wahl. Sein Mandant hat ihm den Geldhahn zugedreht. Was soll er denn machen?«

»Ach, komm schon,«, jammerte Josie. »Ohne Jude und Colin würde Archer gar nicht erst in dieser Klemme sitzen. Wenn die Situation umgekehrt wäre, würde ich doch genauso ...«

Ein Blick auf Faye genügte, um Josie zurückrudern zu lassen, wenn auch widerwillig.

»Na schön. Wenn mir auf einmal dreißig Riesen fehlen würden, würde ich vielleicht genauso handeln, aber das ändert nichts daran, dass Archer sich die nötigen Ermittlungen nicht leisten kann. Es ärgert mich wirklich, dass Jude Wilson nicht mehr dabei haben will.«

»Nun ja, das erschwert die Sache. Aber du hast immer noch einen Mandanten und einen Fall. Dich wegen Jude Getts zu grämen, bringt Archer gar nichts.«

»Ich gräme mich ja gar nicht, und ich bin auch weiterhin entschlossen«, sagte Josie mürrisch. »Ich musste nur mal Dampf ablassen. Vielleicht bin ich ja auch gar nicht wütend deswegen. Vielleicht habe ich nur Angst, dass Archer tatsächlich schuldig sein könnte.«

Josie dribbelte den Ball im Rhythmus ihrer Worte, als würde ihr das helfen, all die hässlichen Gefühle wegzupacken und zu verstauen: den verloren gegangenen Glauben an Archer, an sich selbst, den Zorn und die Enttäuschung über Jude, die Sorge um Hannah – alles Gefühle, die Josie loswerden musste, um sich konzentrieren zu können.

»Gib mir den Ball, Josie«, sagte Faye scharf. »Du machst mich wahnsinnig. Ich kann nicht denken, wenn du das machst.«

Faye streckte die Hände aus, aber Josie hielt ihren geliebten Ball fest, den ihr Vater ihr anlässlich ihres Volleyballstipendiums für die University of Southern California geschenkt hatte, und drückte ihn gegen ihren Bauch, als sei er ein Kuscheltier aus Hartgummi. Faye zog ein Gesicht, wie man es bei einem widerspenstigen, aber im Grunde liebenswerten Kind tut.

Schade, dass es mit ihnen beiden nicht funktioniert hatte. Faye war so erpicht darauf gewesen, Josie als Teilhaberin in ihrer kleinen Kanzlei zu haben. Aber Josies Mandat bei Hannahs Prozess und der Wirbel, den das in einer Kanzlei verursacht hatte, die auf einen so medienträchtigen Fall nicht eingerichtet war, hatten alles geändert. Faye hatte ihr Angebot zurückgezogen, und die Partnerschaft war geplatzt. Ihre Freundschaft hatte die Sache glücklicherweise überlebt. Sie hatten ein Arrangement vereinbart, bei dem beide profitierten. Josie zahlte eine symbolische Summe, um Fayes Kanzleiräume zu nutzen und ihre Mitarbeiter für bestimmte Aufgaben heranzuziehen; Faye dagegen durfte bei Bedarf Josies Dienste in Anspruch nehmen. Diese Regelung nützte beiden – besonders Faye. Sie war zu alt für die Art von Problemfällen, die Josie anschleppte, aber nicht zu alt, um bei kniffligen Fragen ihren Rat beizusteuern.

»Danke«, sagte Faye, als Josie mit dem Dribbeln endlich aufhörte.

»Keine Ursache«, brummte Josie und fügte dann ein »'tschuldigung« hinzu, als sie gleich darauf wieder damit anfing. »Ich bin wegen Jude durcheinander. Und wegen der heutigen Zeugenaussage. Ich hatte zwar nicht mit einem kampflosen Sieg gerechnet, aber auch nicht damit, völlig fertiggemacht zu werden, und ich weiß einfach nicht, was schiefgelaufen ist. Ich konnte nicht richtig denken, meine Reaktionen waren verlangsamt. Ich habe es nicht geschafft, auch nur einen dieser Zeugen infrage zu stellen, es sei denn, man rechnet Carol Schmidt mit ein, die ich zumindest eingeschüchtert habe. Ich war mit dem Versuch beschäftigt, die Zeugenaussagen über Archer mit dem Mann, den ich kenne, in Einklang zu bringen.«

»Du bist auch nur ein Mensch, Josie.«

»Das war es nicht allein. Ich war voreingenommen. Falls Archer diesem Jungen irgendetwas getan hat – sei es unbewusst oder spontan oder vorsätzlich –, dann wäre das furchtbar, und er sollte dafür verurteilt werden. Das war meine Einstellung, und das geht einfach nicht, wenn ich ihn verteidigen soll.«

Faye verlagerte ihr beträchtliches Gewicht und stützte das Kinn in die Hand. Sie sah großartig aus, die sprichwörtliche Rubens-Schönheit.

»Das ist eine ganz schöne Kehrtwendung. Noch vor nicht allzu langer Zeit warst du der Meinung, dass Hannah das Recht hatte, sich gegen ihren Misshandler zu wehren, aber Archer willst du das nicht zugestehen. Nicht sehr professionell, Josie«, rügte Faye sie.

»Sei nicht albern. Äpfel und Birnen«, beharrte Josie.

»Archer ist nicht misshandelt worden. Er ist erwachsen und hat deutlich klargestellt, dass er in dieser Beziehung tat, was er wollte.«

»Tatsächlich?« Faye zog eine wohlgeformte Augenbraue hoch. »Wenn dein Mandant jemand anders wäre, würdest du es begreifen. In deinen Augen ist Archer der Fels von Gibraltar, weil er immer für dich da ist, aber so, wie es auf mich wirkt, hat Lexi ihm starken Druck gemacht. Diese Beziehung war furchtbar kompliziert, Josie. Es klingt, als hätte Lexi ihm ständig wegen Tim in den Ohren gelegen. Sie mag vielleicht von ihrer Krebserkrankung geschwächt gewesen sein, aber nach dem, was ich gehört habe, besaß diese Frau eine unglaubliche Zielstrebigkeit. Archer sorgt sich also schrecklich um seine Frau, muss ihr beim Sterben zusehen, hat selbst Angst, versucht trotzdem, für sie stark zu sein, und sie macht ihm auf Schritt und Tritt Schuldgefühle. Komm schon, Josie. Versetz dich mal in seine Lage. Du bist derart verletzt, weil er dir nicht sein Herz ausgeschüttet hat, dass du gar nicht siehst, wie Lexi ihn manipuliert hat. Meiner Meinung nach könnte man die Verteidigung auf psychischem Missbrauch aufbauen.«

»Nicht schlecht, aber wir reden hier über einen Mann. Es ist riskant. Kein Mensch glaubt daran, dass Männer missbraucht werden können.«

Josie hob den Ball auf, um wieder zu dribbeln, sah, wie Faye einen Finger hob, und legte den Ball in ihren Schoß zurück. »Zu glauben, dass ich das übernehmen könnte, war ganz schön arrogant von mir, was? Ich hätte nie gedacht, dass Archer überhaupt eine Verteidigung brauchen würde, weil ich dachte, ich könnte die Sache abwenden. Und zwar allein.«

Josie beugte sich über den Ball und legte die Arme darum, als sei er ein Kind. An ihren zusammengezogenen Augenbrauen und den geschürzten Lippen erkannte Faye, dass Josie am Ende war und alles in Zweifel zog – vor allem sich selbst.

»Dann zieh eben noch jemanden hinzu«, schlug Faye freundlich vor. »Einen zweiten Verteidiger, ganz gleich, wen, aber schaff ein bisschen Abstand, wenn du glaubst, dem nicht gewachsen zu sein. Das bist du Archer schuldig.«

Josie wandte den Kopf ab und starrte ins Leere. Sie überlegte. Sie seufzte. Sie dachte laut nach.

»Ich würde nicht damit klarkommen, wenn ein anderer es vermasselt. Und wenn er gewinnen würde, würde Archer mich nachher mit anderen Augen sehen. *Ich* würde mich mit anderen Augen sehen.« Kopfschüttelnd biss Josie sich auf die Unterlippe. Sie drehte den Kopf und sah Faye erneut an. »Irgendetwas übersehe ich. Das weiß ich.«

»Dann erzähl mir eine andere Geschichte«, schlug Faye vor. »Eine, bei der Archer im Zweifelsfall unschuldig ist.«

»Na schön.« Josie sammelte sich kurz. Dann richtete sie sich auf und begann langsam: »In Greenwood war ich dabei, als ein dünner, kleiner Mann es beinahe schaffte, einen Typen abzuwehren, der wie ein Baseballspieler aussah.« Josie hielt inne; sie formulierte stichpunktartig, damit beide ihren Gedanken folgen konnten. »Und was ist das eine, das alle über Tim sagen? Dass er stark war. Lexi schaffte es nicht, ihn zu kontrollieren. Er war so kräftig und unberechenbar, dass Archer ihn bändigen musste.«

»War Tim an seinem Todestag besonders wild?«, fragte Faye.

Josie schüttelte den Kopf. »Er machte zwar so viel Unsinn, dass er Eric Stevens in der Schlange auffiel. Aber derselbe Zeuge hat ausgesagt, dass Tim ruhig war, als Archer ihn schließlich auf der Plattform anschnallte.«

»Dann musst du in Betracht ziehen, ob Tim seine Anfälle periodisch hatte. Falls du beweisen kannst, dass seine Stimmungsschwankungen und Ausbrüche nicht vorherzusehen waren, könntest du darauf abstellen, dass er Unfug gemacht und irgendwie seinen Gurt gelöst hat.«

»Das ist aber nicht das, was auf dem Video zu sehen ist.« Josie hätte den Vorschlag schon fast verworfen, doch dann überdachte sie ihn noch einmal. »Sie waren mindestens dreißig Sekunden lang nicht im Bild. Wir wissen, dass es in den fünfundvierzig Minuten, nachdem er Eric Stevens auffiel, eine starke Veränderung in seinen Verhalten gab. Aber Eric Stevens kann ihn nicht jede einzelne Minute beobachtet haben. Vielleicht hat Tims Stimmung in diesem Zeitraum ja fünfundvierzig Mal gewechselt. Könnte irgendein unbeherrschbarer Drang in den dreißig Sekunden, in denen er nicht im Bild war, eine Änderung bei Tim bewirkt haben?«

»Vielleicht hatte er ja eine Art Schub, einen Anfall aus heiterem Himmel. In diesem Fall könnte Archer hinübergegriffen haben, um ihn irgendwie zum Aufhören zu bewegen oder unter Kontrolle zu bekommen. Auf ein Verhalten, das so plötzlich auftritt, wäre das eine ganz instinktive Reaktion.«

Josies Lächeln wurde breiter, als sie auf einmal das Licht am Ende des Tunnels sah. Es war hell, zeigte die Bühne in ganz neuem Licht und ließ Archer als Helden anstatt als Schurken erscheinen.

»Lass uns eine andere Bezeichnung nehmen, Josie«, schlug Faye vor. »Wie wäre es mit ›Krampf‹? Falls Tim einen Krampf hatte, könnte er den Verschluss durch sein Körpergewicht gesprengt haben. Ich habe mal eine Frau kennengelernt – eine Lehrerin –, die die Familie eines kleinen Mädchens verklagen wollte, das Epilepsie hatte. Die Lehrerin wollte ihr bei einem Anfall zu Hilfe kommen, und das Mädchen traf sie ungünstig im Gesicht und brach ihr den Kiefer. Die Lehrerin wollte etwas Gutes tun, hatte aber am Ende ein halbes Jahr lang Drähte im Mund. Aber dieses Risiko hatte sie bei ihrer Hilfeleistung in Kauf genommen. Falls Archer den Krampf mitbekommen hat, könnte er im Reflex, also versehentlich, den Verschluss geöffnet haben, weil er den Eindruck hatte, dass dieser mehr schadet als nützt. Nur dass seine Hilfeleistung schlimmere Folgen hatte als einen gebrochenen Kiefer.«

»Wow, Faye, das ist gut.« Josie nahm den Ball in die Hand und legte ihn dann neben den Stuhl. »Das ist wirklich gut. Aber mit dem Reflex werden wir nicht durchkommen. Auch ein Reflex würde einen normalen Menschen nicht dazu bringen, während der Fahrt den Verschluss zu öffnen. Das würden mir die Geschworenen nicht abnehmen.«

»Ich denke ja nur laut«, sagte Faye. »Aber Archer könnte von dem Krampf erschrocken sein, zu Tim hinübergefasst und den Verschluss gelöst haben, während er versuchte, Tim unter Kontrolle zu bringen.«

»Absolut. Ja«, stimmte Josie zu. »Barbara Vendy sagte, die Patientenakte sei an Lexi geschickt worden. Ich werde sie suchen und von einem Sachverständigen auswerten lassen. Das hätte ich schon vor der Voruntersuchung machen sollen. Ich muss los.«

* * *

Josie schlug Fayes Einladung zum Abendessen aus und nahm die Abkürzung nach Hause. Das Licht auf der Veranda war nicht eingeschaltet. Das Haus war dunkel, und Josie war enttäuscht, sich nicht einmal bei den einfachsten Dingen auf Hannah verlassen zu können. Allerdings musste man Hannah zugutehalten, dass die Dämmerung gerade erst vorbei und es noch nicht richtig Nacht war. Josie warf den Volleyball in die Ecke und kramte nach ihren Schlüsseln. Noch ehe sie das Bund gefunden hatte, ging die Tür auf, und ihre Zurechtweisung erstarb ihr auf den Lippen. Totenbleich umklammerte Hannah den Türrahmen. An ihrem Mundwinkel klebte Blut, das Haar hing ihr wirr ins Gesicht, und um ihren Hals lag ein Seil.

»Oh mein Gott«, flüsterte Josie und konnte sich nicht rühren. »Was ist passiert?«

»Was?«, fragte Hannah zurück.

»Du blutest.«

Hannah schob die Hüfte vor und legte den Schalter hinter der Tür um. Die Verandalampe ging an, Josie blinzelte, und ihr Herz fing wieder an zu schlagen. Hannah war nicht bleich, sie war nur weiß geschminkt. Das Blut tröpfelte nicht nur aus ihrem Mundwinkel, es sprudelte hervor und war so dick wie Ketchup.

»Halloween.« Ein wenig Herablassung schwang in Hannahs Feststellung mit.

Max, der Hund, kam aus dem Haus getrottet und begrüßte Josie mit einem Wedeln. Auf dem Tisch hinter Hannah stand eine Schüssel mit Süßigkeiten. Sie war nichts weiter als eine Jugendliche, die Kindern, die nach Süßem fragen, Saures geben will.

»Halloween. Habe ich vergessen«, gab Josie zu.

»Ich nicht«, entgegnete Hannah.

»Okay, stell die Schüssel mit den Süßigkeiten auf die Veranda. Wir haben zu tun.«

Kapitel 29

Die alten Federn ächzten, als Josie Archers uralte Garagentür hochdrückte. Sein Hummer stand so nah wie möglich an der linken Wand der Garage geparkt, auf der rechten Seite stapelten sich zugeklebte Kartons.

Josie schaltete die Wandlampe an.

»Wo fangen wir an?« Hannah ging in die kühle, dunkle Garage. Es roch nach Schimmel und morschem Holz. Sie breitete die Arme aus und drehte eine Pirouette. »Hier drin ist so viel Zeug.«

»Zuerst fahre ich den Wagen weg. Dann fangen wir ganz oben an.«

Josie fuhr den Hummer rückwärts aus der Garage und verbrachte viel zu viel Zeit damit, auf den schmalen Straßen von Hermosa einen Parkplatz zu finden. Sie joggte zurück, nahm Archers Leiter von den Haken an der Wand und machte sich daran, Hannah die Kisten nach unten zu reichen.

Als Hannah rief, dass sie aufhören sollte, kletterte Josie hinunter. Das Mädchen stand zwischen so vielen Kartons, dass sie kaum noch zu sehen war. Systematisch schnitt Josie alle Kartons auf, und sie fingen an. Es war nur ein oberflächlicher Blick nötig für die Feststellung, dass die meisten nichts Wertvolles enthielten. Archers alte Fallakten. Unbenutztes Geschirr. Krempel.

»Wonach suchen wir noch mal?«, fragte Hannah, während sie eine Kiste beiseiteschob und mit der nächsten anfing.

»Tims Patientenakte. Halt nach etwas Ausschau, auf dem

sein Name oder Greenwood oder der Name eines Arztes steht. Wenn du Lexis Patientenakte findest, leg sie wieder zurück. Falls du dir bei etwas nicht sicher bist, zeig es mir.«

»Okay. He, Josie, sieh dir das an. Das ist ja cool.« Hannah hob eine Lederjacke mit einem Besatz aus Kaninchenfell hoch.

Sie zog die Jacke an, doch vor ihrem geistigen Auge sah Josie Lexi: ihre Gestalt, ihre Größe, ihren Stil. Es war, als würde sie heimlich beobachten, wie Lexi sich zum Ausgehen mit Archer zurechtmacht, wie ihr Archer beim Nachhausekommen aus dem Mantel hilft, wie er mit Lexi schläft, deren Körper fest und gesund war. Wo Josie es mit Archers Körpergröße locker aufnehmen konnte, war Lexi klein und schutzbedürftig gewesen. Nur eine zierliche Frau wie sie hatte eine so schmale Jacke tragen können, und Josie kam sich im Vergleich zu ihr groß und plump vor.

»Leg sie wieder zurück, Hannah.« Josie wandte sich ab.

»Ob Archer wohl etwas dagegen hätte, dass ich sie nehme?« Ohne zu verstehen, dass Josie sie nicht in dieser Jacke sehen mochte, zog Hannah sie aus und faltete sie zusammen. Aus den falschen Gründen kam sie schließlich zum richtigen Schluss. »Egal. Du hast recht. Ich lege sie lieber zurück. Außerdem würde Archer mich wohl sowieso ignorieren. Hier sind nur Klamotten drin. Wo ist das Klebeband?«

Josie warf ihr die Rolle zu. Hannah strich sich die Haare aus dem Gesicht und hievte den Karton ächzend hoch, dann huschte sie weg, als Billy Zuni neugierig den Kopf hereinsteckte.

Er war unterwegs zum *Sharkeez*, um zu feiern. Eine Blumenkette aus Plastik hing über seinem verblichenen T-Shirt. Er war ein hawaiianischer Pooljunge, wie er ihnen mitteilte. Josie lachte und riet ihm, es lieber nicht im *Sharkeez* zu versuchen, ehe er nicht volljährig war, dann schickte sie ihn weg und schloss das Garagentor hinter ihm. Sie zog an der Schnur, die an der nackten Glühbirne an der Garagendecke hing, und blinzelte. Es dauerte einen Moment, bis sie sich an das grelle Licht gewöhnte, dann sah sie Hannah, die ganz hinten in einem Stapel kramte. Als sie wieder nach vorne kam, grinste sie.

»Ich habe Lexis Handtasche gefunden. Da drin ist ihre Geldbörse und alles.«

Sie schob sich durch die Kisten, setzte sich im Schneidersitz auf den kalten Betonfußboden und zog den schweren Reißverschluss von Lexis Tasche auf. Josie setzte sich zu ihr und griff nach der Tasche, als Hannah darin zu wühlen begann. Hannah überließ sie ihr, blieb jedoch neben ihr sitzen, während Josie den Inhalt inspizierte.

»Ein Foto.« Josie betrachtete es lange, bevor sie es an Hannah weiterreichte.

»Er sieht nett aus«, wisperte Hannah.

Josie nickte. Tim Wren sah wirklich nett aus und unvollkommen, und Lexi war schön trotz des Schals, den sie um den kahlen Kopf gewickelt hatte. Bewundernd sah sie ihren Sohn an. Einen Arm hatte sie Tim um die Taille gelegt, in der anderen Hand hielt sie einen Drink. Sie drückte Tim fest an sich, sodass die seltsame Krümmung seiner Arme beinahe natürlich wirkte. In Wirklichkeit griff er gerade nach der Wasserflasche, die Lexi in der Hand hielt. Es war ein brillanter, natürlicher Moment, den Archer fotografisch eingefangen hatte.

Aber das Bild war nicht mit Archers Kamera aufgenommen worden. Es war ein altmodisches Polaroid. Josie legte es beiseite – möglicherweise würde es wichtig für ihre Verteidigung sein. Hannah beugte sich zu Josies Rücken vor und legte ihr die Hände auf die Schultern, um zu sehen, was sie als Nächstes aus der Tasche zog. Josie, die Hannah gerade nicht an sich hängen haben mochte, stemmte sich gegen die Berührung. Mit einer geschmeidigen Bewegung zog sich das Mädchen zurück. Gehen, bevor man weggeschickt wird. Das war eine Lektion, die Hannah von ihrer Mutter gelernt hatte.

»Tabletten«, murmelte Josie. Sie drehte ein kleines braunes Fläschchen um, damit sie das Etikett lesen konnte. »Orale Chemotherapie.«

»Ich wusste gar nicht, dass es dagegen Tabletten gibt«, flüsterte Hannah. Josie hatte zwar nicht viel mehr Ahnung als Hannah, aber sie würde sich erkundigen. Sie nahm ein weiteres Fläschchen aus der Tasche.

»Celexa.« Auch diese Flasche hob sie hoch. »Von Lexi.«

»Depressionen«, sagte Hannah mit der Überzeugtheit der Expertin.

»Phenobarbital.« Das letzte Fläschchen.

»Wofür ist das?« Hannah kam wieder näher. Diesmal ließ Josie sie gewähren.

»Ich weiß nicht. Gegen Schmerzen, nehme ich an«, sagte Josie und raffte die Fläschchen zusammen. »Wahrscheinlich war es das Einzige, was sie über den Tag brachte.«

»Falls sie die Tabletten überhaupt genommen hat«, murmelte Hannah. »Ich meine, genau wissen wir das ja nicht, oder?«

»Willst du zweite Anwältin werden?«, fragte Josie, halb im Scherz und beeindruckt von Hannahs Scharfsinn.

»Ich würde nie Anwältin werden wollen«, murmelte Hannah.

Josie öffnete das Fläschchen und leerte es aus. »Vom *Phenobarbital* sind noch zwanzig von dreißig Tabletten übrig.« Sie schüttelte die Tabletten wieder in das Fläschchen und verschloss es. Dann hob sie das *Celexa* hoch. »Ein fast volles Fläschchen. Sie hat es eine Woche vor dem Unfall gefüllt. Nur zwei fehlen statt sieben, wie es sein sollte.«

»Vielleicht hatte sie noch woanders welche«, regte Hannah

an. »Du weißt schon – ein nicht ganz leeres Fläschchen, das sie mit diesem hier zusammengeschüttet hat.«

»Vielleicht war sie der Meinung, die Tabletten nicht zu brauchen. Schau dir das Bild an. Sie wirkt fröhlich«, sagte Josie mit einem Nicken zu dem Foto hin.

»Nur gespielt. Von dem Zeug geht es keinem besser«, pflichtete Hannah ihr bei. »Ich hab meine Tabletten immer in die Toilette geworfen, als ich dachte, ich wäre geheilt. Hey, was ist das?«

Hannah zeigte auf einen kleinen schwarzen Beutel.

Josie öffnete ihn und ging die Dinge darin durch. »Lipgloss. Lippenstift. Performance. Wimperntusche.«

Sie zog den Reißverschluss wieder zu und fühlte sich dabei, als hätte sie eine Privatsphäre verletzt. Lexi hatte ihre Lippen korallenrot geschminkt, um Archer damit anzulächeln. Sie hatte Wimperntusche dabeigehabt, obwohl ihr die Wimpern zusammen mit den übrigen Haaren ausgefallen waren. Der Inhalt des kleinen Beutels bewirkte, dass Josie sich weniger weiblich fühlte. Sie schminkte sich weder Lippen noch Wangen. Wenn sie Archer anlächelte, dann nicht, damit er ihre Schönheit bemerkte. Archer erwartete so etwas nicht von ihr, aber vielleicht würde es ihm ja gefallen? Seufzend legte Josie die Kosmetiktasche weg. Eigentlich wollte sie gar nicht so viel über Lexi wissen wie auch nicht über sich selbst. Sie wühlte weiter in der Tasche.

Eine Plastikflasche fiel ihr in die Hände, die nach all den Jahren immer noch einen Schluck Wasser enthielt. Josie legte sie in die Handtasche zurück. In Lexis Geldbörse steckten ihr Ausweis, ihre Versicherungskarte und ein paar Dollar. Außerdem befanden sich ein kleines Päckchen Kleenex und eine halb volle Schachtel Schokoriegel in der Tasche. Josie legte alles zurück, dann durchsuchte sie die Seitenfächer der Handtasche.

»Zwei Eintrittskarten für das *Shock & Drop*.« Sie zeigte sie

Hannah. »Sein eigenes Ticket muss Archer wohl eingesteckt haben.«

Beinahe ehrfurchtsvoll nahm Hannah die Tickets entgegen. Sie hielt sie zwischen zwei Fingern und führte sie an die Lippen, als wollte sie das Papier küssen. Dann schloss sie die Augen und erinnerte sich an Menschen, die sie nie kennengelernt hatte.

»Ich kann sie spüren«, flüsterte sie.

»Dann sag ihnen, sie sollen mir einen Tipp geben«, murmelte Josie und warf einen Blick über die Schulter.

Josie brauchte keine übernatürliche Wahrnehmung, um die Falschheit jenes Tages zu spüren: das aufgesetzte Lachen, das verzweifelte Bedürfnis, die Gemeinsamkeit ganz normal zu gestalten. Lexis Tabletten, winzige Dinger, die alle ihre Gefühle gedämpft hatten, mit Ausnahme der Liebe zu ihrem Sohn. Die eingepackten Schminksachen deuteten darauf hin, dass es ihr wichtig gewesen war, ihr Make-up aufzufrischen. Das Foto zeugte von Tims Liebe zu Lexi und von ihrer Rücksichtslosigkeit sich selbst gegenüber. Die Wasserflasche, die sie erfrischte, wenn sie müde wurde, und mit der sie ihre Tabletten hinunterspülte, wenn die Schmerzen kamen. Die Eintrittskarten, die sie ängstlich immer wieder gefaltet hatte, bis sie nur noch kleine Papierfitzelchen waren, und das hier …

Das hier bewies, dass Archer zumindest in einem Punkt die Wahrheit gesagt hatte. Josie hatte Lexis Liste gefunden, ihren Plan für einen einzigen Tag perfekten Glückes, von eigener Hand geschrieben. Die Schrift war ein wenig zittrig, aber doch leserlich. Aufstehen. In Greenwood anrufen. Duschen. Medizin einnehmen. Wasserflasche herrichten. Tasche packen. Tim abholen. Die Liste ging immer weiter. Hier stand, mit welchen Fahrgeschäften sie fahren würden, was sie essen würden, wann es Zeit für die Tabletten war. Jede kleine Etappe hatte Lexi durchgestrichen, nachdem sie erledigt worden war.

»Schau mal.« Über Josies Schulter zeigte Hannah auf den letzten Punkt auf der Liste. Ein verschnörkeltes *Ende*, das mit schwacher Hand durchgestrichen worden war.

Hannah blieb reglos sitzen, während Josie die Liste wieder dorthin legte, wo sie sie gefunden hatte. Sie zögerte, bevor sie die Tasche verschloss. Nicht, was sie gefunden hatte, irritierte sie, sondern vielmehr, was sie nicht gefunden hatte. Hier gab es nichts, das an Archer erinnerte. Lexi hatte niemanden gebeten, ein Familienfoto von ihnen zu machen. In ihrer Geldbörse steckte kein Foto von ihm. Auf der Liste tauchte er nicht auf. Archer war nicht im Bild, nicht in ihren Gedanken. Kein Wunder, dass er verletzt gewesen war. An jenem Tag – oder vielleicht auch sonst – war er wenig mehr als ein Handlanger gewesen. Archer hatte Lexi zwar ganz gewiss geliebt, doch mit einem Mal fragte Josie sich, wie tief Lexis Liebe zu Archer gegangen war.

Josie war derart in Gedanken versunken, dass sie Hannah völlig vergessen hatte, bis sie schließlich ein wohlvertrautes Geräusch hörte. Es war das rhythmische Klopfen, das von Hannahs innerer Not zeugte. Josie drehte sich um. Dort saß Hannah inmitten der Kisten, beobachtete Josie und tappte zwanzig Mal mit den Fingern, bevor sie wieder von vorne anfing. Josie stand auf und ging zu dem Mädchen hinüber. Sie beugte sich vor und nahm Hannahs Hände in ihre.

»Wollen wir hier verschwinden?«, fragte Josie. Hannah nickte. »Okay. Hol dir einen Karton. Wir nehmen ein paar davon mit nach Hause.«

Hannah lächelte voller Dankbarkeit und Erleichterung. Sie mochte sich nicht mehr die Sachen einer Toten ansehen. Sie mochte nicht mehr über einen toten Jungen nachdenken, denn wenn es nach dem Willen ihrer eigenen Mutter gegangen wäre, dann wäre vermutlich auch Hannah jetzt tot. Froh darüber, dass sie gingen, nahm Hannah die erstbeste Schachtel, die ihr in die Hände fiel, aber Josie hielt sie auf.

»Nein, Hannah, lass die hier, die ist zu klein. Darin finden wir bestimmt nichts von dem, was wir suchen.« Josie nickte zu der weißen Schachtel hinüber, die mit Klebeband versiegelt und verschnürt war.

Hannah schob sie zurück in den Stapel, verdrehte die Augen und griff nach einem der großen Kartons. Josie nahm zwei mit. Auf dem Heimweg kamen sie an kostümierten Nachtschwärmern vorbei, die zu den Bars und Restaurants unterwegs waren. Die Frauen trugen Kaninchenschwänze an den drallen Hinterteilen oder hatten Teufelshörner im langen Haar befestigt. Die Männer trugen Hüte oder Masken, und alle amüsierten sich prächtig, einschließlich Josie, die sich auf dem ganzen Nachhauseweg mit Hannah unterhielt.

Sie stellten die Kisten ins Wohnzimmer, und Max kam zu Hannah, um sich streicheln zu lassen. Sie kraulte ihm die Ohren und ging mit ihm so selbstverständlich nach draußen, als hätte sie es ihr Leben lang getan. Josie sah gerade die Post durch, als sie zurückkehrte.

»Schön, wieder zu Hause zu sein«, seufzte Hannah.

Verblüfft sah Josie auf. Hannah bezeichnete das hier als ihr Zuhause, obwohl Josie sie die ganze Zeit über als eine Art Dauerbesuch betrachtet hatte. Seltsamerweise hatte Josie nichts dagegen, und das sagte eine Menge aus. Das eine, kleine Wort offenbarte außerdem, was der Kern von Lexis und Archers Problemen gewesen war. Vereinfacht ausgedrückt, hatte Lexi von Archer hören wollen, dass sein Zuhause auch das von Tim sein könnte.

Josie warf die Post beiseite. Sie würde nicht die Fehler wiederholen, die ihre Mutter oder Hannahs Mutter oder auch Lexi gemacht hatten. Für eine Weile wollte sie sogar Jude und Archer vergessen. Sie tat ihr Bestes, und Hannah hatte ihr gerade vermittelt, dass das genügte. Josie legte Hannah die Hand auf die Schulter. »Komm, ich mache dir ein Sandwich.«

Der Abend kam und verging, während Hannah über die Schule redete und darüber, wie wenig sie Billy Zuni ausstehen konnte. Sie sprach über Kleider und darüber, wie es ihrer Mutter wohl im Gefängnis erging. Sie trommelte mit den Fingern. Wenn Josie den Kühlschrank aufmachte, vergewisserte sie sich anschließend jedes Mal, dass er geschlossen war. Aber inzwischen schienen ihre Zwangshandlungen mehr Gewohnheit als Bedürfnis zu sein. Die ganze Zeit über mussten sie immer wieder zur Haustür und Süßigkeiten verteilen, bis nichts mehr übrig war und Hannah auf ihr Zimmer ging. Kurz darauf pulsierte Musik durch die geschlossene Tür. Josie öffnete die mitgebrachten Kartons, ohne darin etwas von Bedeutung zu finden. Morgen früh würde sie noch einmal in Archers Wohnung gehen.

In ihrem Schlafzimmer schaute Josie Nachrichten, entwarf Theorien, überlegte sich Strategien und korrigierte sie, wenn sie in Sackgassen führten. Schließlich schlief sie ein. Als sie aufwachte, war es im Schlafzimmer dunkel, und der Fernseher war ausgeschaltet. Bei einem der Rundgänge, auf denen Hannah sich vergewisserte, dass Josie sie nicht allein gelassen hatte, hatte Hannah sie zugedeckt. Lächelnd fasste Josie nach der Decke. Unter den denkbaren Zwangsvorstellungen war Hannahs Version gar nicht so übel. Genauso wenig wie die Idee, die ihr gerade gekommen war. Die war fast schon genial.

Josie schob die Decke weg, rieb sich mit der Hand über das Gesicht, um die Durchblutung anzuregen, und stand auf. Im Wohnzimmer schaltete sie die Tischlampe ein und wühlte in den Akten, die sie für die Voruntersuchung zusammengestellt hatte. Sekunden später saß sie im Schneidersitz auf dem Fußboden und sah sich das Video an, das die Überwachungskamera im *Pacific Park* von Tims Tod aufgezeichnet hatte. Als sie sich überzeugt hatte, dass sie sich das Ganze nicht einbildete, lehnte Josie sich an die Couch, nahm den Hörer ab und wählte die Nummer von Jude Getts. Er klang schläfrig, dann, als er Josies Stimme hörte, verärgert. Ehe er auflegen konnte, sagte Josie: »Rufen Sie Colin Wren an. Tun oder sagen Sie, was immer dafür nötig ist, aber ich brauche seine Erlaubnis, Tims Leiche exhumieren zu lassen.«

Kapitel 30

Die ausgestreckten Beine über Kreuz, den Kopf gegen die Wand gelehnt, saß Josie auf einem der wenigen Stühle in Dr. Chows Wartezimmer. Trotz ihrer Müdigkeit war sie unfähig, sich zu entspannen, während sie auf die Ergebnisse von Timothy Wrens Autopsie warteten. In den letzten paar Wochen nach ihrem späten Anruf bei Jude hatte sie kaum geschlafen.

Wie erwartet, hatte er keine Einwände erhoben, nachdem sie ihm einen Vergleich in Aussicht gestellt hatte. Colin Wren zu überzeugen war schon schwieriger gewesen. Immerhin hatte er die Beweise gegen Archer gehört, das Video gesehen und Archer bei einem Wutanfall in Aktion gesehen. Colin wollte nicht, dass die Leiche seines Sohnes exhumiert wurde, damit die Verteidigung eine aus der Not geborene Theorie beweisen konnte. Tim sollte in Frieden ruhen. Das war der schmale Spalt in Colins Bollwerk, durch den Jude zu ihm durchgedrungen war. Tim, so hatte er gesagt, würde niemals in Frieden ruhen können, wenn es auch nur die kleinste Möglichkeit gab, dass sie einem Unrecht mit einem neuen Unrecht begegneten.

Colin hatte geschimpft und gezetert und eine Tirade gegen Archer vom Stapel gelassen, wie Jude sie noch nie gehört hatte. Jude hatte geduldig zugehört, weil es ihm nur um eins ging: die Einwilligung zur Exhumierung. Nachdem Colin sich verausgabt hatte, hatte er sie schließlich gegeben.

Der Antrag war gestellt und bewilligt worden, und die Räder der Bürokratie hatten sich in Gang gesetzt, bevor Colin seine Meinung ändern konnte. Auf dem Friedhof hatte Josie abseits gestanden, an einen Baum gelehnt, die Hände in den Jackentaschen, während die Baggerschaufel sich in den harten Boden grub. Es war ein kalter Tag gewesen. Der Himmel über Los Angeles war klar, aber über den Bergen hatten sich Gewitterwolken zusammengeballt. Ein scharfer Wind blies die Blätter von den Bäumen und wirbelte sie über das Gras. In der Ferne schmückte die Familie ein Kindergrab mit Ballons und Teddybären. Josie hatte sie beobachtet, fasziniert von so viel Hingabe. Sie schienen beinahe zu glauben, mit ihrem Geistkind spielen zu können, wenn sie den Ort möglichst kindlich wirken ließen.

Dann hatte die Schaufel des Baggers sich in das Erdreich gegraben und Josies Aufmerksamkeit zu dem Geschehen vor ihr zurückgelenkt. Tims letzte Ruhestätte war mit einer flachen Bronzetafel versehen, auf der sein Name und sein Geburts- und Sterbedatum eingraviert waren. Weiter nichts. Gequält. Wütend. Behindert. Opfer. Das waren keine Wörter, die man in die Ewigkeit trägt.

Seit seinem Tod war niemand an seinem Grab gewesen: Archer nicht, weil ihn nichts mit dem Jungen verband, und Colin nicht, weil er angeblich keine Ahnung gehabt hatte, dass sein Sohn tot war. Josie blickte zu ihm hinüber und überlegte, ob sie ihm glaubte und ob es überhaupt noch eine Rolle spielte. Für Colin schien diese Mär durchaus noch wichtig zu sein. Josie dagegen wurde von ihr daran erinnert, dass Archer eine Frau namens Lexi gehabt hatte und dass sie ebenfalls tot war. Ihr Grab, das neben dem ihres Sohnes lag, erzählte mehr von Archers Ergebenheit als von Lexis Leben. Der Grabstein war schlicht, aber teuer und geschmackvoll. Zwei Wörter waren in den Marmor eingraviert.

Geliebte Ehefrau.

Immer wieder schweifte Josies Blick zu diesen Worten, die

sie zu verhöhnen schienen. Wenn sie mit dem Sterben an die Reihe kam, würde es keine Gravur auf dem Grabstein geben. Eine Tochter war sie nicht. Ihre Mutter war verschwunden, ihr Vater war tot. Auch Mutter war sie nicht. Das Kind bei ihr zu Hause hatte sie gerettet und nicht zur Welt gebracht. Sie war weder Ehefrau noch Geliebte. Sie war eine moderne Frau, die Archer auf moderne Art liebte. Zwischen ihnen gab es keine gesetzlichen Bande, nur tiefen, beständigen Respekt und eine Liebe, die von dem Bewusstsein gemäßigt wurde, dass jeder von ihnen gehen könnte, wenn er wollte. Das reichte nicht, um sich die Bezeichnung »geliebt« zu verdienen, und sie war sich nicht einmal sicher, ob sie beide sich immer noch …

»Es dürfte nicht mehr lange dauern.«

Jude stellte sich neben sie. Er trug einen Mantel, viel zu übertrieben für Südkalifornien, aber so war Jude eben. Es war ein Versuch, wiedergutzumachen, was er zu ihr gesagt hatte, als Colin die Klage gegen *Pacific Park* zurückgezogen hatte. Jude erkundigte sich nach Archer. Wie war es gelaufen, als sie ihm von ihrer Theorie erzählt hatte? Josie hatte mit den Achseln gezuckt. Wie sollte es schon laufen, wenn der Liebste einem in Sträflingskleidung gegenübersaß? Wie sollte es laufen, wenn alle Hoffnungen auf Spekulationen beruhten? Beim derzeitigen Stand der Dinge war Archer wütend, er war unfreundlich, und er bekam zunehmend Schwierigkeiten im Gefängnis, seit er der allgemeinen Abteilung zugewiesen worden war.

Josie beantwortete Judes Frage mit einem unverbindlichen »gut«. Etwas Besseres brachte sie nicht zustande. Alles andere war zu kompliziert.

Danach hatten Jude und Josie einander nichts mehr zu sagen gehabt und deshalb zugesehen, wie Colin immer näher an Tims Grab heranging, so nah, dass der Baggerfahrer die Arbeit einstellte, bis Colin ein Stück zurücktrat. Lange blieb er nicht weg. Es war fast, als rechnete er damit, Tim zu sehen, und Josie fand es ein bisschen krank, seinen Wunschtraum so auf die Spitze zu treiben.

Aber das alles war schon mehrere Tage her, und jetzt fuhr Josie zusammen, als jemand sie am Fuß anstieß. Die Gegenwart war kein bisschen angenehmer als der Tag auf dem Friedhof. Josie sah Jude misstrauisch an, als er sich auf den Stuhl neben ihr gleiten ließ, so nah, dass ihre Schultern sich berührten.

»Ich dachte, Sie hätten gesagt, dass der Arzt jetzt so weit ist?«

Colin wollte die Klage gegen *Pacific Park* nicht wieder aufrollen, auch dann nicht, falls Josie mit ihrer Theorie recht hatte.

»Das war die Nachricht, die ich bekommen hatte«, sagte sie. »Ich habe Ihrer Sekretärin gesagt, dass Sie nicht herzukommen brauchen. Ich hätte Sie schon angerufen und Ihnen mitgeteilt, was dabei herausgekommen ist.«

»Soll das ein Witz sein?« Jude setzte sich aufrechter hin. »Colin steht kurz vor dem Durchdrehen. Ich hoffe wirklich, wir gehen damit vor Gericht, sonst werfen wir nur noch mehr Geld und Arbeitszeit aus dem Fenster.«

»Schön, Jude. Fast hätte ich vergessen, wie unterschiedlich wir die Dinge sehen.« Josie kreuzte die Arme über der Brust und schloss die Augen, um Jude nicht ansehen zu müssen. Im Wartezimmer eines Gerichtsmediziners wirkte alles an Jude übertrieben; ein Übermaß von allem, was das Leben zu bieten hatte, an einem Ort, wo der Tod einem alles nahm. Sie musste geseufzt haben.

Er begriff. »Tut mir leid«, sagte er, und Josie spürte, wie er sich neben ihr entspannte. »Dieser Ort hier verursacht mir Gänsehaut. Ich arbeite nicht ohne Grund in der Finanzbranche.«

Jude tappte ein paarmal mit der Schuhspitze auf den Boden, dann beugte er sich vor, stützte die Unterarme auf die Knie und musterte seinen Mandanten. Josie öffnete die Augen und sah ebenfalls hin. Colin lehnte draußen neben der Tür. Josie und Jude konnten ihn durch das tief in die Mauer eingelassene große Fenster sehen.

»Er war gar nicht glücklich über diese Idee von Ihnen«, murmelte Jude.

»Eigentlich sollte man doch glauben, dass er erfahren will, was hinter Tims Tod steckt, selbst wenn dabei herauskommt, dass keiner schuld war«, überlegte sie.

»Sie kapieren es immer noch nicht. Es geht ihm nicht nur um den Tod seines Sohnes, es sind die ganzen Jahre, in denen er von Tims Leben ausgeschlossen war.«

»Damit hatte Archer nichts zu tun.«

»Und was ist mit Lexi?«, fragte Jude.

»Davon werden Sie mich nie überzeugen können.« Josie streckte die Beine aus. »Die eine Sache, die wir über Lexi mit Sicherheit wissen, ist, dass sie Tim absolut ergeben war. Als Archer nicht einspringen wollte, hätte sie allen Grund gehabt, den Bruch mit Colin zu kitten. Sie wollte nicht sterben, ohne dass Tim versorgt war, und ihr Exmann wäre immerhin besser als nichts gewesen. Meiner Meinung nach hat er ihr einen Korb gegeben und klargestellt, dass er nicht interessiert sei. Ich traue dem Kerl nicht über den Weg, und wenn er sich jetzt zurechtfantasiert, was alles hätte sein können, hat er Pech gehabt.«

Jude legte den Kopf schief. »Haben Sie noch nie gehört, wie nachtragend Frauen sein können?«

»Und haben Sie noch nie gehört, dass die meisten Männer in puncto Verantwortung Arschlöcher sind?«

»Eine gewagte Feststellung«, konterte Jude.

»Aber sie trifft den Nagel auf den Kopf, oder haben Sie noch nie die Scheidungsstatistiken gesehen?« Josie machte eine abfällige Geste, dann lachte sie und legte die Hand an die Stirn. »Oh Gott, nicht zu fassen, dass ich das gesagt habe. Es tut mir leid. Wir können uns hier streiten, bis wir schwarz werden.

Unterm Strich geht es einfach darum, dass ich niemanden mag, der hier auftaucht, die Hand aufhält und dem es egal ist, was man ihm hineinlegt.«

Jude ließ den Blick auf seinem Mandanten ruhen. »Ich weiß nicht. So sehe ich ihn nicht. Ich glaube, Colin befindet sich in einem frühen Stadium echter Trauer, und das ist der Grund, warum ihre Theorie ihm so wehtut.«

»Ich weiß nicht, wieso sie ihm mehr ausmachen sollte als die Annahme, dass Archer Tim auf dem Gewissen hat oder dass ein technisches Problem am *Shock & Drop* schuld ist. Tim ist so oder so tot. Was spielt es schon für eine Rolle, ob er vor dem Sturz gestorben ist?«

Josie erwärmte sich langsam für ihr Thema. Sie rutschte auf dem Stuhl nach vorn und versuchte noch einmal, Jude für ihre These zu begeistern.

»Schauen Sie, Jude, ich habe mir das Video hundert Mal angesehen, und auf mich wirkt es so, als wären Tims Augen geschlossen gewesen und sein Körper vollkommen schlaff, als er hinuntergefallen ist. Es ist ohne Weiteres möglich, dass er einen Krampfanfall oder ein Blutgerinnsel hatte, etwas, das ihn in der Sekunde umbrachte, bevor er wieder ins Bild kam. Bei einem Blutgerinnsel kann es ganz schnell vorbei sein.« Josie schnippte mit den Fingern. »Archer hat gespürt, dass etwas nicht stimmte, zu Tim hinübergegriffen und irgendwie den Verschluss geöffnet. Entscheidend ist: Falls Tim Wren schon tot war, bevor der Verschluss aufging, wäre es juristisch gesehen nicht einmal dann Mord, wenn Archer ihn von der Plattform heruntergerissen und zu Boden geschleudert hätte.«

»Und wenn der Arzt diese Theorie bestätigt?«, fragte Jude. »Dann wird Colin der Einzige sein, der leidet. Dann kann er niemandem mehr die Schuld geben und hat nur noch den ganzen Schmerz, ohne etwas dafür zu bekommen.«

»Vielleicht ist Wut ja alles, was dieser Mann hat, und

Tim ist nur die Ausrede, um sie herauszulassen«, sagte Josie und betrachtete Colin Wren finster. »Außerdem können Sie argumentieren, dass der Angestellte einen Fehler gemacht hat. Gemessen an Tims Aussehen und Verhalten hätte man ihn in diesem Fahrgeschäft nicht mitfahren lassen dürfen. Colin wird trotzdem kassieren.«

Jude legte Josie die Hand auf die Schulter und stand müde von seinem Platz auf, ohne zu widersprechen. Josie hatte ihre feste Meinung über diesen Mann, aber Jude hatte Mitgefühl mit ihm, wie er da so alleine draußen stand. Er bückte sich und flüsterte ihr zu: »Seien Sie nicht so hart, Josie. Manche Leute brauchen ein bisschen länger als andere, um sich über die Gefühle für ihre Kinder klar zu werden. Nur die wenigsten Eltern sind Ungeheuer. Andererseits sind aber auch nur wenige Heilige darunter.«

Jude schlenderte nach draußen. Er sagte ein paar Worte zu Colin, der einen Schritt zurücktrat. Er wollte keinen Freund. Josie beobachtete die beiden, hatte dabei aber nur Augen für Jude. Seine Worte hatten sie tief getroffen. Was hätte sie getan, wenn ihre Mutter zurückgekehrt wäre, um sie zu holen? Wäre sie ihr in die Arme gefallen, hätte sie ihre Entschuldigungen aufgesogen, ihr ihre Reue abgenommen und ihr vergeben? Womöglich würde sie wollen, dass ihre Mutter büßte, einfach nur, weil sonst niemand da war, um die Rechnung zu bezahlen.

Zum Teufel damit.

Ihre Mutter würde nicht zurückkommen, die Frage stellte sich also nicht.

Zum Teufel mit ihm.

Josie schüttelte den Anflug von Mitgefühl mit Colin Wren ab, für den verloren geglaubten Vater, den Mann, der nach dem Tod seines Sohnes für ihn eintrat, um wiedergutzumachen, dass er ihn früher im Stich gelassen hatte.

Josie stand auf und strich sich die Hose glatt. Tim Wren

war ein Opfer, das noch etwas mitzuteilen hatte. Gerade als sie das dachte, öffnete der Mann, der die Sprache der Toten dolmetschen konnte, die Tür und lächelte sie an.

Dr. Chow, der unabhängige Gerichtsmediziner, war so weit.

Kapitel 31

»KOMMT MR WREN noch?« Jude war hereingekommen, als Josie gerufen hatte. Colin war draußen geblieben. Mit hängenden Schultern lehnte er an der Wand, die Hand am Kinn. Jude entschuldigte ihn. »Das hier ist vielleicht ein bisschen zu grausam für ihn.«

»Oh nein, ich habe nichts allzu Blutrünstiges gefunden. Ich weiß, dass die Leute von mir glauben, ich würde in die schlimmsten, blutigsten Details gehen, aber Tatsache ist, bei mir geht es eher um kühle Fakten. Ohne zweideutig sein zu wollen.« Dr. Chow schob die Brille nach oben, regelte sein Grinsen einen Tick herunter und schaute durch das Fenster zu Colin hinüber. »Wollen Sie ihn nicht fragen, ob er hereinkommen will? Ein Pathologe ist nicht gerade billig.«

»Danke, aber er hat sich ziemlich klar ausgedrückt«, versicherte ihm Jude.

»Also? Doktor?« Josie drängte ihn mit einer Handbewegung, endlich anzufangen.

»Nun. Also. Meine Untersuchung von Timothy ist abgeschlossen. Ich muss sagen, der Einbalsamierer hat erstklassige Arbeit geleistet. Dank der Mühe, die man vor seinem Begräbnis auf Tim verwendet hat, konnte ich sehr gut mit ihm arbeiten. Das hat mir die Arbeit außerordentlich erleichtert.« Wieder rückte Dr. Chow seine Brille zurecht. Das Gestell war eckig und schwarz und ließ ihn sehr jung wirken. »Sie bekommen natürlich noch einen endgültigen Bericht, aber hier kommt schon mal die Zusammenfassung.

»Die Sterbeurkunde nennt Gewalteinwirkung durch einen stumpfen Gegenstand als Todesursache, und offen gestanden habe ich dagegen nichts einzuwenden. Ein solcher Befund ist Standard in Fällen wie diesem, in denen die Ursache recht eindeutig scheint und es keinen Grund für eine Autopsie gibt.«

»Sie sind sich also absolut sicher, dass Tim vor seinem Sturz nicht tot war?«, fragte Josie, die wider besseres Wissen hoffte, ihn falsch verstanden zu haben.

»Nein, mit Timothys Herzen war alles in Ordnung. Es war stark, trotz eines Herzklappenfehlers. Kein Anzeichen für einen Schlaganfall. Aber das schließt nicht aus, dass er auf Sie tot gewirkt haben könnte, wie Sie es mir beschrieben haben, Ms Bates. Timothy war eindeutig weggetreten. Ich habe in seinem Blut eine hohe Konzentration von *Phenobarbital* gefunden. Es überrascht mich, dass er bei dieser großen Menge noch gerade stehen konnte. Seine Reaktionen müssen stark verlangsamt gewesen sein. Er war ganz gewiss schwerfällig. Es wäre eine große Anstrengung für ihn gewesen, den Verschluss absichtlich zu sprengen oder sich festzuhalten, falls er aufging. Von daher, ja, er war gewissermaßen lebloser Ballast, aber unter keinen Umständen tot.«

»In Lexis Handtasche habe ich ein Behältnis mit diesem Medikament gefunden.« Josie blickte von dem Arzt zu Jude. »Ich dachte, es seien ihre Tabletten gewesen.«

»Das kann gut sein. Sie sollten Timothys Arzt fragen, ob er sie dem Jungen verschrieben hat«, schlug Dr. Chow vor.

»Hätte es einen Grund gegeben, Tim diese Tabletten zu verschreiben?«, wollte Jude wissen.

Dr. Chow schüttelte den Kopf. »Man gibt *Phenobarbital* zwar bei Krampfanfällen, aber ich sehe keinen Hinweis dafür, dass Timothy davon betroffen war. Ich würde vermuten, dass das Medikament für die Mutter bestimmt war. Falls der Krebs auf ihr Gehirn übergegriffen hatte, könnte sie unter Krämpfen gelitten haben. Eine Verschreibung von *Phenobarbital* wäre in diesem Fall nicht ungewöhnlich. Die Frage ist, wieso fand es sich in Timothys Organismus?«

Dr. Chow holte Luft und schürzte die Lippen, als wollte er einen von ihnen küssen, und begann zu spekulieren.

»Meiner Meinung nach kommen hier mehrere Szenarien infrage. Zum Beispiel könnte das Medikament verabreicht worden sein, um Timothy zu dämpfen. Tatsächlich lässt sich der Wirkstoff als Ersatz für Heroin einsetzen. Mit einer derart hohen Konzentration im Blut hätte er einen nahezu komatösen Eindruck gemacht. Der Gedanke, dass ein Arzt so etwas tun würde, ist mir zwar zuwider, aber mittlerweile überrascht mich beim Ärztestand nichts mehr. Es gibt allerdings noch eine andere Möglichkeit. Das *Phenobarbital* könnte versuchsweise verabreicht worden sein, um Tims Muskelkrämpfe unter Kontrolle zu bekommen. Mir liegt zwar keine neuere Literatur über Experimente mit diesem Wirkstoff vor, aber ich könnte dazu recherchieren.«

»Ich bin mir aber fast sicher, dass Lexis Name auf dem Fläschchen stand«, überlegte Josie.

»Und das führt uns zu einer weiteren Möglichkeit«, sagte der Doktor. »Es könnte sein, dass die Mutter dem Jungen ihr Medikament gegeben hat. Eigenmächtige Medikamentierung ist kein unbekanntes Phänomen. Falls sie um sein Wohlergehen besorgt war und die Tabletten ihr Erleichterung verschafft hatten, hat sie sie vielleicht Timothy gegeben. Die Dosis wäre in diesem Fall fragwürdig. Sie war zu hoch. Allerdings müsste ein Laie bei der Dosierung raten. Und dann ist da noch ein weiteres Problem. Wie ließe sich beweisen, auf welche Weise der Wirkstoff in Tims Blut gelangte, nachdem ich sein Vorhandensein nun nachgewiesen habe?«

»Aber Sie sind der Meinung, dass das *Phenobarbital*, das Sie in dem Organismus des Jungen gefunden haben, seine Reaktionen verlangsamte«, beharrte Josie, die von dem Arzt klare Worte hören wollte.

»Oh, auf jeden Fall. Und zwar ganz erheblich. Ich werde mir das Video, das sie mir mitgebracht haben, noch ansehen, doch angesichts meiner Ergebnisse habe ich keinerlei Zweifel, dass Timothy sediert war. Es lässt sich aber ziemlich deutlich nachweisen, dass Timothy irgendwie versucht hat, den Sturz zu verhindern, und das ist angesichts der Wirkstoffdosis in seinem Organismus erstaunlich.«

»Wie kommen Sie darauf?«, fragte Josie.

»Unter seinen Fingernägeln befand sich DNA, Ms Bates«, erwiderte der Doktor. »Ich habe das Material zur Untersuchung ins Labor geschickt. Der Nagel am Mittelfinger war abgebrochen, die DNA fand sich nur unter drei Nägeln der rechten und linken Hand, Tim scheint also nicht mit jemandem gerungen zu haben, der ihn festhielt. Es sieht eher so aus, als hätte er um sich geschlagen, um jemanden abzuwehren, und dabei gleichzeitig nach etwas gegriffen.« Der Doktor machte mit den Händen Bewegungen wie ein Hund, der in der Erde wühlt.

»Die Richtung von Timothys Bewegungen ging dabei nach vorn, und zwar in Abwehrhaltung. Unter den Nägeln befanden sich unterschiedliche Mengen an DNA, so als hätte er gekämpft. Wenn er sich an jemandem festgeklammert und sich gleichzeitig gewehrt hatte, hätte ich auch unter dem Nagel des Daumens und den anderen Nägeln Material gefunden.«

»Können Sie sagen, ob jemand Tim daran gehindert hat, seinen Gurt zu manipulieren?«, fragte Josie, die sich bewusst war, dass sie sich an einen Strohhalm klammerte.

»Sie meinen, ob jemand ihn daran hindern wollte, den eigenen Gurt zu lösen?«

»Genau«, sagte Josie.

»Ich kann es zwar nicht mit Bestimmtheit sagen, aber ich würde dieses Szenario als zweifelhaft bezeichnen. Falls Tim die

Hand an dem Metallverschluss gehabt und jemand sie gewaltsam von dort weggezogen hätte, wären an seiner Handinnenfläche Kratzer oder andere Verletzungen. In diesem Fall hätte ich wohl keine fremde DNA unter seinen Fingernägeln gefunden.« Wieder veranschaulichte Dr. Chow während seiner Rede pantomimisch, was er meinte. »Falls Tim nach dem Gurt gegriffen hätte, um aufrecht zu stehen oder sich festzuhalten, dann hätte ich an seiner Handfläche Abschürfungen gefunden, wie sie bei Leuten auftreten, denen man ein Seil durch die Hände zieht. Nein, wenn ich aussagen müsste, würde ich sagen, Timothy hat vor seinem Tod jemanden abgewehrt und die Person dabei gekratzt.«

Dr. Chow nahm die Brille ab und putzte sie beim Sprechen an seinem Laborkittel. »Mir scheint, dafür kommen nur zwei Personen infrage.«

* * *

»Nein, Jude, das mache ich nicht, also bitten Sie mich kein zweites Mal darum«, sagte Josie leise.

Dr. Chow war gegangen, nachdem er um Proben von Lexis und Archers DNA gebeten hatte, um seinen Bericht zu vervollständigen. Josie hatte vage gesagt, er werde die Proben bekommen, aber jetzt hörte es sich schon anders an.

»Seien Sie nicht albern, Josie. Lassen Sie den Test durchführen.«

»Nein, ich brauche keine Sicherheit. Falls es Archers DNA ist …«

»Was vermutlich zutrifft, es sei denn, der Erzengel Gabriel wäre auf der Plattform neben Tim erschienen«, sagte Jude.

»Falls es Archers DNA ist, wird Ruth behaupten, Tim hätte ihn abwehren wollen, und das ist dann der letzte Nagel zu Archers Sarg«, sagte Josie und wandte sich zum Gehen. »Das mache ich nicht.«

»Haben Sie doch keine Angst vor der Wahrheit, Herrgott noch mal. Wissen ist Macht. Nichts von all dem hier spielt sich im luftleeren Raum ab. Ruth erfährt sowieso davon, was hier besprochen wird, und wird es ausschlachten.«

»Ich finde schon eine Möglichkeit. Geben Sie mir nur ein bisschen Zeit zum Nachdenken.« Josie wollte sich losreißen, aber Jude umfasste ihren Arm fester.

»Denken Sie lieber schnell, Josie, denn wenn Sie irgendetwas von den heutigen Ergebnissen verwenden, wenn Sie auch nur den Wirkstoff in Tims Blut erwähnen, dann kann kein Gesetz auf der Welt Ruth daran hindern, alles zu verwenden, was ihr in die Finger fällt. Sie wird unterstellen, Tim hätte Archer gekratzt, weil Archer ihm etwas antun wollte. Sie wird behaupten, dass Archer dem Jungen die Tabletten gegeben hat.«

»Erzählen Sie mir etwas, das ich nicht schon weiß, Jude«, fauchte Josie.

Sie war bereits halb an der Tür, als Jude ihr etwas nachrief. »Wenn wir Gewissheit haben, Josie, dann können wir planen!« Sie sah sich zu ihm um, während er auf sie zuging. »Wir können uns zehn weitere Ärzte besorgen, um mit fehlerhafter Statistik zu argumentieren und die Sache mit der DNA zu verwässern. Geschworene können mit DNA immer noch nicht wirklich etwas anfangen. Bei einer solchen Strategie könnten Sie den Wirkstoff in Tims Blut hervorheben, die Wirkung, die er auf seine Reaktionsfähigkeit und seinen geistigen Zustand gehabt hätte. Denken Sie doch mal nach, Josie.«

»Ich weiß gar nicht, was das mit dem *wir* soll, Jude. Sie wollten doch raus aus der Sache, wissen Sie nicht mehr? Sie sind nur hier, weil Sie auf etwas hofften, mit dem Sie Colin von der Fortführung des Zivilprozesses überzeugen können. Aber Sie haben vergessen, dass Dr. Chow diese Informationen nicht ohne meine explizite Zustimmung weitergeben darf. Ich habe die verdammte Autopsie bezahlt. Archer ist nicht in Gefahr.«

»Seien Sie doch kein Dummkopf.« Jude warf die Hände in die Luft. »Mir ist es egal, ob es zu einem Vergleich für Colin kommt. Ich versuche hier, Ihnen zu helfen, indem ich Ihnen das Offensichtliche vor Augen führe. Erstens ist Ruth eine gute Anwältin und wird eine Möglichkeit finden, das Schweigerecht zu …«

»Und zweitens werde ich der Staatsanwaltschaft alles unterschreiben, damit Ihr Mandant für seine Taten büßt, falls die DNA unter den Fingernägeln meines Sohnes wirklich seine ist.«

Langsam drehte Josie sich um und blickte in Colin Wrens gerötete Augen. Sie spürte, wie Jude hinter sie trat. Es fühlte sich an, als würden sie sich zu zweit gegen einen Racheengel stellen. Sie waren so vertieft in ihre Diskussion gewesen, dass keiner von ihnen gemerkt hatte, wie Colin hereingekommen war und jedes Wort mit angehört hatte.

KAPITEL 32

»HÖREN SIE DOCH auf. Sie hatten Ihre Chance bei Tim. Archer zu schaden wird Ihnen auch nicht damit helfen, dass Sie diese Chance verspielt haben«, beschwor ihn Josie.

»Treiben Sie es nicht zu weit, Ms Bates«, warnte Colin sie. »Ich will einzig und allein wissen, wer am Tod meines Sohnes schuld ist. Sie haben die Wahl. Entweder Sie besorgen mir eine DNA-Probe dieses Mannes, oder ich bitte die Staatsanwältin, dass sie es tut.«

»Damit Sie Archer fertigmachen können, wie es Ihnen beliebt?«

»Damit ich Gewissheit habe«, erwiderte Colin. Es klang wie ein unterdrückter Schrei. »Und sobald ich Gewissheit habe, werde ich alles tun, damit Ihr Mandant verurteilt wird, falls er es verdient. Und danach werde ich vor das Zivilgericht gehen und ihn bis auf den letzten Cent verklagen. Ich werde dafür sorgen, dass er nie wieder aus dem Gefängnis herauskommt, und wenn doch, wird er ohne einen Penny dasitzen. Ich werde ihn dazu bringen, dass er sich wünscht, so tot zu sein wie Tim.«

»Sie stellen uns vor die Wahl zwischen Pest und Cholera, Mr Wren. Ganz egal, wie das Ergebnis ausfällt, in Ihren Augen ist er jetzt schon schuldig.« Josie sah zu Jude hinüber. »Wie war das noch gleich mit Ihrem Mandanten, Jude? Erzählen Sie mir doch noch mal, wie sensibel er ist. Erzählen Sie mir von dem Leid, um das es hier angeblich geht, von den Vatergefühlen und der Bindung und dem ganzen Quatsch. Ich glaube, Mr Wren, dass Sie Archer hassen, weil er Ihre Frau hatte und Ihren Sohn nicht wollte und weil Sie dieses Kind auch nicht wollten. Ich glaube, dass Sie alles tun würden, um Ihre innere Not zu lindern, Mr Wren.«

Josie ging rückwärts von ihm weg, erst einen Schritt, dann zwei. Langsam näherte sie sich der Tür.

»Sie kassieren so oder so, nicht wahr? Aber ich werde nicht zulassen, dass Sie das auf Archers Kosten tun, weil er nämlich nichts verbrochen hat. Verstehen Sie mich? Er hat es nicht getan.«

Josie stürmte hinaus, ohne sich noch einmal umzusehen. Die beiden Männer blickten ihr nach, bis sie in ihrem Wrangler davonbrauste.

Jude holte tief Luft. Er wollte gerade etwas zu Colin sagen – auch wenn er noch nicht genau wusste, was –, war dann aber nicht dazu imstande. Die Tränen in Colins Augen ließen ihm die Worte im Hals stecken bleiben.

Jude legte seinem Mandanten die Hand auf die Schulter und führte ihn nach draußen. Als er schließlich in seinem Wagen saß, fühlte Jude Getts sich eigenartig leer. Vielleicht waren Herausforderungen einfach nicht mehr so spannend wie früher. Vielleicht spielte es gar keine Rolle, dass Colin die Klage gegen *Pacific Park* zurückziehen wollte und Jude damit seine Rechnung in den Wind schreiben konnte. Vielleicht ging es bei dieser ganzen Sache gar nicht um den Sieg, sondern um die Wahrheit, und dieser Gedanke verursachte Jude Getts höllische Bauchschmerzen.

* * *

Archer stellte sein Tablett auf das Förderband. Das Essen hier war ungenießbar. Für einen von Burts Burgern würde er einen Mord begehen und sonst was dafür geben, mit einem Bier zu

Hause auf seiner Terrasse zu sitzen. Stattdessen befand er sich im Hauptbau des Männergefängnisses und musste auf der Hut sein. Keine Privilegien mehr. Archer hatte einen Prozess vor sich, und es ging darum, zu überleben, bis die Sache überstanden war. Um das zu schaffen, musste er ein paar Entscheidungen treffen. Vielleicht brauchte er einen neuen Anwalt. Einen, der …

»Ar-cher.«

Wie ein dünner Rauchfaden stieg sein Name auf und drang in sein Ohr. Keiner hatte es gehört, keiner außer ihm und dem Mann, der sich zu ihm vorbeugte, während sie durch den Hof schlurften. Archer drehte den Kopf und bekam eine vage Vorstellung davon, wer sein Spielgefährte war.

Mittelgroß, kräftig gebaut, kahl rasierter Kopf, Latino. Nur die eine Hand war sichtbar. Archer drehte den Kopf in die andere Richtung. Um die andere Hand des Mannes ins Blickfeld zu bekommen, müsste er sich umdrehen, und das wäre keine gute Idee. Es würde ihn aus dem Tritt bringen. Die Beine fest auf dem Boden zu haben bedeutete, dass er ausweichen, sich wegdrücken, beiseitespringen konnte, falls der Mann in der nicht sichtbaren Hand eine Waffe hielt. Also fügte Archer sich und atmete dabei die Ausdünstungen von hundert, nein tausend Männern ein, von allen, die seit dem Bau des Gefängnisses je in diesem Hof marschiert waren. Mit geschärften Sinnen achtete er auf Bewegungen oder Geräusche, die Schwierigkeiten erfahrungsgemäß vorangingen.

»Archer, stimmt's? Detective? Westliches L.A., Mann. Stimmt's? Stimmt's? Ich glaub, ich kenn dich, Mann.« Verdammt, es war ein hässliches Geräusch. Ein Flüstern, das eigentlich gar keines war.

»Wer will das wissen?« Archer bemühte sich um einen ruhigen Tonfall. Keine Furcht, jedenfalls keine, die der Mann hinter ihm wahrnehmen konnte.

»Nicht so wichtig. Ist nur 'ne Frage. Heißt, du hast ein Kind kaltgemacht. Nicht gut, Mann. Meine Jungs können das gar nicht leiden. Besonders, wenn's ein Cop ist. Angeblich seid ihr doch Freund und Helfer. Stimmt's nicht, Ar-cher?«

Der Mann ging so dicht hinter ihm, dass Archer seinen Atem im Nacken spürte. Er wappnete sich. Er ließ die Arme locker herabhängen. Machte sich bereit. Hob bewusst seine Füße und setzte sie wieder ab.

Wie hatte es nur so weit kommen können?

Er krümmte die Finger zur Faust.

Er hatte alles richtig gemacht. Fast alles.

Rechter Fuß hoch, dann wieder runter.

Gleichgewicht halten. Gleichgewicht halten.

Archer dachte die Worte, bis sie ihm in Fleisch und Blut übergingen. Er drehte ganz leicht den Kopf und zählte die Männer in der Schlange. Vor ihm waren es elf, hinter ihm Gott weiß wie viele, und kein einziger, der ihm im Notfall helfen würde. Aber falls er es bis zur Tür und dem Wachmann schaffte. Falls ihm das gelang …

»Also, Ar-cher …«

Der Mann war jetzt so dicht hinter ihm, dass sein Becken gegen Archers Hinterteil drückte. Noch spürte er keine Hand auf sich, noch bohrte sich nichts durch seine Haut und zerfetzte ihm die Gedärme. Archer drehte erneut kurz den Kopf zur Seite, fing sich jedoch augenblicklich wieder. Keine raschen Bewegungen, nichts, womit er Aufmerksamkeit erregte, bis er näher bei der Tür, dem Wachmann und potenziellen Helfern war.

»Oh, 'tschuldigung, Mann. Tut mir leid, dass ich persönlich geworden bin«, kicherte sein Freund, und dann kam er.

Der Schlag. Er spürte einen heftigen Schmerz in der Nierengegend. Der Schmerz war unerträglich.

Archer verkrampfte sich. Er war kurz davor, zusammenzubrechen und sich der Furcht zu ergeben, die ihn im Griff hatte, als ihm klar wurde, dass es nur ein Witz sein sollte. Sein Freund kicherte.

»'tschuldigung, Mann. Muss besser aufpassen. Darf nicht so nah rangehen.«

Archer hob den Kopf. Noch sieben Männer vor ihm, dann war er dort. Dann war er in Sicherheit. Er würde Josie herbestellen, und die würde Schutzhaft für ihn erwirken. Josie würde …

Noch mal. Ein Schlag.

Herrgott, er hatte solche Angst.

Starke Finger, lange Fingernägel.

Hielt der Mann etwas in der Hand? Etwas mit einem Schaft?

Archer versuchte auszuweichen, doch als sich der Mann vor ihm umdrehte, lag in seinem Blick eine so ausgesprochene seelenlose Abneigung, dass Archer es aufgab.

Gott, hilf mir.

»Nicht so schlimm, Mann.« Wieder dieses raue Wispern. »Nur ein kleiner Stupser. Ich sag dir nur, was Sache ist, Mann. Nur ein …«

Gott, rette mich.

»He, du da.«

Der barsche Ausruf eines Wachmanns. Archer drehte den Kopf in seine Richtung, und mit ihm alle anderen Männer in der Cafeteria. Archer wurde schwindelig vor Erleichterung. Der Wachmann sah zu ihm herüber.

Danke, Gott.

Fürs Erste war es vorbei. Der Mann holte ihn aus der Reihe heraus, schickte ihn zu einer anderen Tür, fort aus dem Hof, fort von dem Kerl, der ihn erkannt hatte, der mit ihm spielte, der auf ihn wartete. Für die nächste Stunde war er in Sicherheit, und vielleicht würde er gar nicht mehr Zeit brauchen, denn der Wachmann hatte eine Nachricht für ihn.

»Deine Anwältin will dich sprechen.«

Manchmal lief es doch noch gut für ihn.

* * *

Archer machte den Mund auf. Eine Frau in weißem Kittel nahm einen Abstrich von der Innenseite seiner Wange. Josie sah ihn an, die Augen so dunkelblau wie das Meer an einem stürmischen Tag und das Gesicht so hart wie kantige Klippen. Archer wandte von beidem den Blick ab. Er war wütend auf Josie, weil sie auf dieser Demütigung bestand, auf einem Nachweis wegen einer Tat, von der er schwor, sie nicht begangen zu haben. Also schloss Archer die Augen und ließ die Kriminaltechnikerin ihre Arbeit machen. Die Frau tat es desinteressiert, packte die Abstriche ein und durfte den Verhörraum verlassen. Josie wartete, bis die Tür zufiel.

»Ich habe Colin und Jude deutlich zu verstehen gegeben, dass ich den Test nicht will.«

»Wieso hast du ihn dann machen lassen?« Immer noch schaute Archer sie nicht an.

»Weil ich sichergehen will, dass du derjenige warst, nach dem er gegriffen hat, Archer. Ich will sicher sein, dass du der letzte Mensch warst, den Tim Wren berührt hat.« Josie sah Archer an. Sie hielt Ausschau nach dem leichten Zucken, das seine Schuld verraten hätte, nach dem Zittern, das auf eine Lüge gefolgt wäre.

»Vermutlich war ich es.«

»Hattest du denn Kratzer?«

»Weiß ich nicht mehr. Selbst wenn es meine DNA ist, wäre das kein Beweis dafür, dass Tim mich daran hindern wollte, seinen Gurt zu öffnen. Es beweist nicht, dass er mich während der Fahrt gekratzt hat. Du lieferst der Staatsanwaltschaft damit nur die Gelegenheit, es als Beweis hinzustellen. Geht es dir etwa darum?« Archer sah zu ihr hinüber.

»Ich bezahle für den Test. Ohne meine Erlaubnis dürfen die Ergebnisse nicht weitergegeben werden. Bevor irgendwas mit Lexis DNA weitergegeben wird, musst du deine Zustimmung geben. Nichts von alldem wird vor Gericht verwendet werden«, sagte Josie, doch Archer beruhigte das genauso wenig wie Jude.

»Irgendein Weg findet sich doch immer. Man kann ganz kleine, unbedeutende Dinge aufblasen, bis sie groß und bedeutsam wirken. Ruth Alcott ist eine Meisterin darin. Ich dachte, du wärst besser als sie.« Archer wandte den Kopf ab, sah jedoch gleich wieder die schweigende Josie an. Hier war er, der letzte Stein zu der Mauer, die sie trennte. Josie konnte ihm nichts anbieten, was ihn beruhigen würde. Archer stand auf. »Wir sind hier fertig, nehme ich an?«

»Nein, noch nicht«, sagte Josie und machte ihm ein Zeichen, sich wieder hinzusetzen. »Ich habe noch ein paar Fragen. Hast du Tim am Tag des Unfalls ein Medikament gegeben?«

»Nein«, antwortete Archer schlicht.

»Hat Lexi das getan?«

»Nein, und ich war an jenem Tag durchgehend mit den beiden zusammen.« Archer straffte die Schultern. »Das ist die Wahrheit, Jo.«

»Wer ist mit Tim zur Toilette gegangen?« Seine Beteuerung beeindruckte Josie nicht.

»Ich. Zweimal.«

»Tim hatte *Phenobarbital* im Blut«, informierte ihn Josie. »Irgendjemand muss es ihm verabreicht haben.«

Archer kniff die dunklen Augen zusammen und betrachtete Josie genauer. Sie wirkte ausgedörrt, als hätte etwas sämtliche Feuchtigkeit, die ihre Haut sonst schimmern und ihr

Haar glänzen ließ, aus ihr herausgesaugt. Ihre blauen Augen wirkten gequält, mit dunklen Schatten, und lagen tief in einem Gesicht, das wie gemeißelt aussah. Ihre Hände zitterten, ohne dass es ihr bewusst war. Als sie es leid war, auf seine Antwort zu warten, gab Josie sie selbst. Sie klang völlig erschöpft.

»Irgendjemand muss es ihm verabreicht haben«, wiederholte sie und stand auf, um zu gehen.

Sie klopfte zweimal kräftig gegen die Tür, bis diese geöffnet wurde. Sie blickte noch einmal zu Archer hinüber und wartete auf den Satz, der alles wiedergutmachen würde.

»Ich habe dir bereits alles erzählt, was du wissen musst, Jo.«

»Was ist mit dem, was ich noch wissen sollte?«, fragte sie, leise Resignation in der Stimme.

»Das auch. Glaub doch, was du willst.«

Es waren Archers letzte Worte. Als Josie den Raum verließ, versuchte er nicht einmal, sie aufzuhalten.

* * *

»Was meinst du? Kannst du mit dem Preis noch weiter runtergehen?« Roger McEntyre wusste, dass er nach dem Unmöglichen fragte.

»Tut mir leid, Roger, billiger geht es nicht. Mit zwanzig Riesen bekomme ich den *Rotator* wieder so hin, dass er wie neu ist. Wenn ich bei dem Ding noch mehr spare, kriegt ihr Probleme. Ihr wollt doch nicht noch mehr Probleme bekommen, oder?«

Roger blickte aus dem Fenster des kleinen Büros und hätte beinahe gelacht. *Blackstone Engineering* kümmerte sich schon über zehn Jahre um die Attraktionen im *Pacific Park*, und die Leute dort wussten genau, was ein weiteres Problem für den Park bedeutete. Außerdem wussten sie, in welchem Zustand der *Rotator* war, und hatten gerade die Hiobsbotschaft der anstehenden Reparaturkosten überbracht. Falls Colin offiziell seine Klage gegen *Pacific Park* zurückzog, würde Roger sich natürlich über nichts von alldem Sorgen machen müssen. Eigentlich hätte das Mitteilungsschreiben inzwischen eintreffen müssen, aber bis jetzt war nichts gekommen. Doch das wunderte ihn nicht. So einfach würde Jude Getts eine Zivilklage wegen fahrlässiger Tötung nicht einfach aufgeben. Solange sie in der Sache Timothy Wren also nicht offiziell aus dem Schneider waren, musste Roger selbst bei *Blackstone Engineering* das Geld zusammenhalten.

Sie hatten nie um den heißen Brei herumgeredet, was den Kompromiss zwischen Sicherheit und Kosten anging. Doch jetzt, da *Greater United Parks Pacific Park* mit Argusaugen beobachtete, würde eine teure Reparatur bei einer größeren Attraktion als weiteres Alarmzeichen gewertet werden. Isaac rechnete damit, dass die Reparatur des *Rotators* zwischen acht und zehn Riesen kosten würde. Bei zwanzig würde den Alten der Schlag treffen.

»Roger?« Mike Blackstone wartete noch immer. »Roger? Ich muss wissen, ob wir loslegen sollen. Wir sind bis Ende des Jahres schon fast ausgebucht, und ich kann dir nicht ewig einen Termin freihalten.«

Roger atmete tief durch und legte die Hand über die Augen. Er saß in der Klemme wie nie zuvor. Es war, als hätte er eine ganze Armee gegen sich: Colin Wren, Josie Bates, Jude Getts, der Dicke mit dem Ingenieurfreund. Selbst der tote Junge schien in letzter Zeit wieder lebendig zu sein. Aber er hatte schon früher gegen Armeen gekämpft und würde tun, was er immer getan hatte.

»Kein Problem. Legen wir den Termin fest, damit ihr anfangen könnt.« Roger griff in die Innentasche seiner Jacke und holte sein Scheckbuch und einen Kugelschreiber hervor. »Sorgt nur dafür, dass es für die Prüfbehörde gut aussieht, okay? Die kommen Ende des Monats wieder her.«

»Wird erledigt, mein Freund.« Mike sah zu, wie Roger einen Scheck ausfüllte, nahm ihn entgegen und runzelte die Stirn. »Ein persönlicher Scheck über zehn Riesen?«

»Der ist gedeckt.«

»Darum geht es nicht. Es ist nur ungewöhnlich. Willst du mir vielleicht irgendwas sagen, Roger?«, fragte Mike.

»Nur, dass das eine Sache zwischen dir und mir ist. Du stellst Isaac einen Kostenvoranschlag über zehn, löst meinen Scheck über die anderen zehn ein, und die Sache ist geritzt. Geht das?«

»Klar, wenn du es so haben willst.«

Mike legte den Scheck in seine Schublade. Sie vereinbarten einen Termin für die Instandsetzung. Nachdem Roger sich verabschiedet hatte, hatte er noch einen weiteren Termin – er traf sich auf einen Drink mit einem Vizedirektor von *Greater United Parks*, der gerne ein bisschen zu tief ins Glas schaute. Ein paar geschickt gewählte Worte, und dieser Vizedirektor würde nach ihrem Treffen überzeugt sein, dass Archer bereits wegen Mordes an Tim Wren verurteilt war, dass Colin Wren die Zivilklage demnächst fallen lassen würde und dass *Pacific Park* das Geschäft des Jahrhunderts war.

Kapitel 33

Südkalifornien war wieder da. Wie trockenes Laub in Des Moines wurde der Herbst aus den Köpfen gefegt. Bis mindestens Weihnachten würde es nur Sonne, Sonne, Sonne geben. Die Batterien wurden wieder aufgeladen. Die Leute hatten Schwung und bewegten sich schneller, Ideen blitzten auf wie die Stoßstange an einem Porsche, Kinder schwänzten die Schule, Männer bandelten mit jüngeren Frauen an, Ehefrauen ließen sich die Nägel machen und trockneten sie in der Sonne. Und durch das Tor von *Pacific Park* strömten die Menschen und sorgten für erfreulich gute Besucherzahlen. Zwar nicht spektakulär, aber wirklich gut.

Isaac berichtete *Greater United Parks* davon. Außerdem berichtete er, dass man Archer demnächst wegen Mordes an Timothy Wren vor Gericht stellen würde, obwohl das bereits durch sämtliche Medien gegangen war. Er informierte sie, Colin Wren sei dabei, die Klage gegen *Pacific Park* zu überdenken. Glücklicherweise werde *Pacific Park* von jedem Verdacht reingewaschen werden. Und es werde keinen Vergleich wegen des jungen Mr Wren geben. Bei *Greater United Parks*, wo das alles bereits durch einen gewissen Vizepräsidenten bekannt war, war man hocherfreut über die Bestätigung, und damit war, was die Übernahme anging, alles in bester Ordnung.

»Es ist wie ein Wunder, Roger. Ich dachte, sie würden sich daran stören, dass die Besucherzahlen nicht ganz so gut waren, aber sie sind zufrieden. Geradezu beeindruckt…«

Isaac blieb stehen und unterbrach sich. Rogers Geistesabwesenheit war ganz untypisch für ihn, und Isaac war ein wenig besorgt, bis Roger von dem Telefonmemo aufsah, das er gerade las.

»Ja, Isaac.« Roger räusperte sich und lächelte unter seinem dichten Schnauzbart. Glückliche Momente wie diesen gab es für den Alten nur selten und vereinzelt. Roger faltete die Nachricht zusammen und steckte sie in die Tasche. Das konnte warten, bis sie hier fertig waren.

»Weißt du, Roger, beinahe hätte ich aufgegeben. Beinahe.« Isaac hob mahnend den Finger, als wollte er Roger davor warnen, je in Selbstzweifeln zu versinken. »Ich dachte, der Park würde den Weg von so vielen anderen gehen. Wie der *Pike*. Erinnerst du dich noch an den alten *Pike*?«

Isaac kam um Rogers Schreibtisch herum, setzte sich auf einen Stuhl, der daneben stand, und machte es sich zu einem Schwatz gemütlich.

»Das war vielleicht ein Park. Nicht wie der neue, den es jetzt dort gibt. Weißt du, Long Beach war damals noch ein großer Hafen. Die jungen Matrosen fuhren Achterbahn und bandelten mit Mädchen an und ließen sich die ersten Tätowierungen machen. Der *Pike* war ein prächtiger Park. Das hier ist auch ein prächtiger Park, und heute ist ein prächtiger Tag. Habe ich dir schon die restlichen Neuigkeiten erzählt, Roger? Unsere Versicherung wird reaktiviert, und der Kostenvoranschlag für den *Rotator* entsprach dem, was ich erwartet hatte. Kein Penny mehr. Ich kenne meine Fahrgeschäfte, Roger. Keiner kann mir etwas anderes nachsagen. Was für ein schöner Tag das heute war. Ja, Roger, alles wird gut. Ich kann in Frieden ruhen. Mein Lebenswerk wird fortbestehen. Was dein Vater erreicht hat, wird fortbestehen.«

Isaac ließ den Blick schweifen und redete und redete. Das war typisch für alte Männer. Ein Gedanke führte zum nächsten und dann wieder zu einem anderen und am Ende immer zu etwas Tristem: einem lange verstorbenen Freund, einem Konkurrenten, der pleite gemacht hatte. Einsamkeit.

»Ich glaube nicht, dass das hier infrage stand«, versicherte ihm Roger, und Isaac fuhr zusammen. Er schien die Gegenwart des Jüngeren vergessen zu haben. Dann veränderte sich sein Gesichtsausdruck, und er blickte Roger freundlich und dankbar an.

»Du bist ein guter Junge, mich hinters Licht führen zu wollen, aber mir war klar, dass wir in Schwierigkeiten steckten. Mit deiner Fürsorge bist du für mich wie mein leiblicher Sohn.« Bei der Erwähnung des Sohnes, der vor langer Zeit gestorben war, traten Tränen in Isaacs Augen, aber heute verschwanden sie rasch wieder, und Isaacs Gesicht gewann seine Fröhlichkeit zurück. »Und du sollst wissen, dass für dich ebenfalls vorgesorgt ist. In den Vertrag wird eine Klausel kommen, nach der du deinen Posten behältst, solange du willst – es sei denn natürlich, du tust etwas Schlechtes. Und Aktienanteile, Roger. Die teile ich auf. Ach, du wirst es schon sehen. Du wirst schon sehen, was ich mir überlegt habe.«

Wieder hob er den Finger. Roger hätte um ein Haar aufgelacht. Das hier war, als sei er wieder ein Kind.

Iss nicht zu viel Zuckerwatte.

Vorsichtig. Achte auf deinen Vordermann.

Vertrau nur Menschen, die du kennst, Roger. Wie zum Beispiel deinem Vater.

Es schien eine Ewigkeit her zu sein. Roger lächelte über den mahnenden Finger. Er wusste, dass die Frage nach Gut und Böse eine subjektive war. Roger war der Meinung, nichts Böses getan zu haben, und selbst diese Sache heute, dieses letzte kleine Detail, würde sich möglicherweise ohne einen Gesetzesverstoß regeln lassen. Es hing ganz von dem Anruf ab, der ihm noch bevorstand, von dieser Frau, mit der er noch reden musste. Roger half Isaac sanft, zum Ende zu kommen, damit er sich um seine Aufgaben kümmern konnte.

»Ich glaube, ich werde noch eine ganze Weile hier arbeiten«, versicherte ihm Roger. »Und für Sie auf den Park aufpassen – versprochen.«

»So selbstsicher, Roger? Aber du bist noch jung. Warum solltest du nicht der King sein?«, kicherte Isaac. »Aber heute sind wir beide die Kings, also kommst du zu mir zum Abendessen und erzählst mir von all den verrückten Dingen, die die neuen Eigentümer planen. In dieser Hinsicht mache ich mir keine Illusionen. Aber ich werde den Park so im Gedächtnis behalten, wie er heute ist.« Isaac tippte sich an den Kopf, dann an die Brust und zwinkerte Roger zu. »Komm, Roger, lass uns durch den Park gehen. Nichts macht einen alten Mann glücklicher als eine ordentliche Menschenmenge an einem sonnigen Tag. Wir werden Achterbahn fahren wie früher, als du noch klein warst.«

»Nein, nein.« Roger winkte ab. »Wenn Sie wollen, dass das Geschäft mit *Greater United Parks* zustande kommt, habe ich noch einiges an Arbeit vor mir.«

»Arbeit! Ich bin hier immer noch der Chef. Und ich sage, dass du dir eine Stunde Pause gönnen kannst«, sagte Isaac herzlich.

»Also gut. Geben Sie mir zehn Minuten. Wir treffen uns an der Achterbahn.« Roger setze sich nicht lange zur Wehr. Was spielte es schon für eine Rolle, ob aus einer Stunde zwei wurden? Es würde Isaac glücklich machen und gab Roger Zeit zum Nachdenken. Der nächste Schachzug wollte gründlich überdacht werden. Möglicherweise würde es ein simpler Telefonanruf sein. Oder etwas so Heikles wie …

Als seine Bürotür zufiel, kehrte Roger in die Gegenwart zurück. Er zog das Memo aus der Hosentasche. Dummerweise war es über die Zentrale hereingekommen, aber das ließ sich jetzt nicht mehr ändern. Er nahm den Hörer ab und wählte die

Nummer, die neben der kurzen Mitteilung stand. Es klingelte dreimal, bevor jemand abnahm.

»Hallo? Spricht da Mrs Tronowski?«

Unter Rogers Schnurrbart zuckte ein Lächeln auf. Er hatte den Jackpot geknackt. Die Dame des Hauses war selbst ans Telefon gegangen.

Er brauchte nur ein paar Minuten, um sie davon zu überzeugen, dass er alles im Griff hatte. Ja, sagte er, er habe mit dem fraglichen Herrn geredet. Der Herr habe ihn ebenfalls angerufen, und sie solle sich keine Sorgen machen, denn Roger werde sich um alles kümmern. Danke, Mrs Tronowski, dass Sie sich vergewissert haben. Diese Information wird für den betreffenden Herrn von großer Bedeutung sein.

Zehn Minuten später stand Roger mit Isaac an der Achterbahn namens *Perilous Peak*. Die Begeisterung des Alten war ansteckend, bei Roger bewirkte sie einen merkwürdigen, unterdrückten Leichtsinn, die Art von Gefühl, wie er es vor einer geheimen Operation hatte. Viel zu lange hatte er diese Entschlossenheit nicht mehr gespürt, diese Begierde, eine heikle Aufgabe zum Ende zu bringen. Schon seltsam, wie eine Kleinigkeit, eine kleine, unerwartete Information, ein kurzes Gespräch, einen auf einen Weg schicken konnte, von dem man geglaubt hatte, man würde ihn nie wieder einschlagen.

* * *

»Und vereinbarungsgemäß werden Sie davon absehen, den Namen …«

Verärgert blickte Jude zur Tür und zu seiner Sekretärin, die dort stand und darauf wartete, dass er sein Diktat beendete.

»Was?« Es sah Jude gar nicht ähnlich, so kurz angebunden zu sein, aber sie war eine ausgezeichnete Sekretärin und nahm es ihm nicht krumm.

»Wilson Page ist auf Leitung 2. Er sagt, er muss Sie sprechen. Auf der Webseite gibt es sehr viel Aktivität, und er will Ihnen etwas ganz Bestimmtes zeigen.«

»Scheiße.«

Jude stützte den Kopf in die Hände und dachte nach. Er wollte Wilson nicht helfen, weil der im Grunde gar keine Hilfe brauchte. Jude hatte ihn bereits angewiesen, mit den Recherchen zu *Pacific Park* aufzuhören, die er für Colin durchgeführt hatte. Im Grunde brauchte Wilson nur jemanden zum Reden, und zwar, weil Wilson kein richtiges Leben hatte. Er hatte keine Freunde, außer Jude, und Jude hatte er nur, weil dieser abergläubisch war.

Als sie sich kennengelernt hatten, war Jude von Wilson so abgestoßen gewesen wie die meisten Menschen. Doch dann war Jude eines Tages etwas klar geworden. Er hatte begriffen, dass es ebenso gut ihn oder jeden anderen erfolgreichen Menschen auf der Welt hätte erwischen können. Das gleiche launische Schicksal, das Jude Getts reich, gut aussehend und überlegen hatte werden lassen, hatte Wilson klug, grotesk und bedürftig gemacht. Wilson war Judes Fliege. Jude wusste, wenn man eine Fliege nur tötet, weil sie eine Fliege ist, dann kommt sie in ihrem nächsten Leben als Lehrer zurück, der einen nicht ausstehen kann, als Frau, die einen ausnutzt, als Chef, der mit einem Schlitten fährt, als Mandant, der einen ruiniert.

Also vermied Jude alles, was Wilson schadete, und im Lauf der Zeit war er dahintergekommen, wie wenig nötig war, sich mitfühlend zu verhalten – jedenfalls an den meisten Tagen. Der heutige Tag gehörte nicht dazu. Er fuhr sich mit den Fingern durch die Haare und seufzte tief auf.

»Haben Sie ihm gesagt, dass ich hier bin?«

»Nein, ich habe ihm gesagt, ich wüsste nicht genau, ob Sie schon nach Hause gegangen sind.«

Jude errötete. Es war ihm zuwider, wenn jemand für ihn lügen musste.

»Sagen Sie ihm, dass ich heute Abend einen Mandanten treffe«, wies Jude sie an. Er brauchte ein bisschen Zeit für den Arbeitsberg auf seinem Schreibtisch.

»Dann ruft er bei Ihnen zu Hause an. Oder auf dem Handy«, erinnerte sie ihn.

»Ja. Ja.« Jude entließ sie. Jeder wusste, dass er zu den wenigen Leuten gehörte, die von Wilson angerufen wurden, und wenn Wilson einmal entschieden hatte, dass man »telefonwürdig« war, dann nutzte er diesen Kommunikationskanal ausgiebig.

Die Tür schloss sich, und es war wieder still im Büro. Jude nahm sein Diktiergerät zur Hand, vergaß jedoch, was er hatte sagen wollen, als er sich wieder auf den Stuhl sinken ließ und sich zu der hinter ihm liegenden Glaswand umdrehte. Ihm gingen ein paar Gedanken durch den Kopf, aber keiner davon hatte mit seiner derzeitigen Aufgabe zu tun.

Als Erstes betrachtete er die Pflanzen hinter der Scheibe und überlegte, wann der Typ von *Gerrys Dschungel* hier gewesen war. Es wäre nett gewesen, ihn dort winken zu sehen.

Danach fragte Jude sich, wieso er nicht einfach anrief und Klartext redete. Er war müde und gestresst. Wilson hatte heute nicht das Pensum absolviert, das Jude bereits erledigt hatte: mit einem halben Dutzend Mandanten gesprochen, sich mit Büropolitik beschäftigt, zwei Gerichtstermine absolviert und ein Abendessen mit einer umwerfenden Frau absagen müssen. Das Anstrengendste, was Wilson den ganzen Tag getan hatte, war, auf die Toilette zu gehen und auf seiner Computertastatur zu tippen.

Zuletzt erwog Jude, Josie anzurufen. Sie war es doch, die immer noch Wilsons Hilfe brauchte. Also konnte sie sich ein paar Stunden mit ihm abgeben, falls er es wirklich nötig hatte.

Josie machte schließlich nicht das große Geld, sie betreute nicht so viele Mandanten wie er und hatte auch nicht so viele Verpflichtungen. Sie machte sich nicht einmal die Mühe, ihn zurückzurufen, obwohl er ihr doch nur helfen wollte – selbst wenn er ihr im Moment nur moralische Unterstützung geben konnte.

Jude Getts drehte sich wieder zu seinem Schreibtisch zurück, schaltete das Diktiergerät ein und diktierte weiter an einem Brief, der die Auswirkungen aufzeigen sollte, wenn Colin Wren seine Zivilklage jetzt zurückzog. Jude drückte sich unmissverständlich aus: Falls Colin dies tat und Archer freigesprochen wurde, würde Colin leer ausgehen.

Doch Jude würde nicht kampflos dabei zusehen. Gegenüber der Aufgabe, diesen Mandanten wieder auf Spur zu bringen, trat alles andere in den Hintergrund. Sogar Wilson.

Eine Stunde später schloss Jude Getts, der sich nicht konzentrieren konnte und von abergläubischen Schuldgefühlen und zunehmender Gereiztheit geplagt wurde, sein Büro ab, stieg in seinen Wagen und fuhr zu Wilson Pages Haus.

* * *

Im Greenwood Home hatte sich nichts verändert. Die Leute waren immer noch behindert und fuhren in Rollstühlen herum, die davon angetrieben wurden, dass sie durch Schläuche atmeten. Es wurde mittels elektronischer Hilfsmittel kommuniziert; man machte unendlich lange Nickerchen in Betten, die sich durch Knopfdruck verstellen ließen. Manche Leute wussten gar nicht, wo sie sich befanden; andere waren entsetzt darüber, immer noch hier zu sein.

Diesmal fühlte Josie sich in Greenwood etwas wohler. Da war weder offenes Mitgefühl noch Neugier, sondern nur die lästige Pflicht, die sie erneut hierhergeführt hatte, sowie Barbara Vendy, eine Angestellte, die keine besondere Lust hatte, sich noch einmal mit Tim Wren auseinanderzusetzen.

»Es tut mir leid, dass ich noch einmal Ihre Geduld in Anspruch nehmen muss, aber ich habe Tims Patientenakte nicht gefunden, also muss sie bei Ihnen sein. Ich muss unbedingt wissen, welche Medikamente er bekam. In den verbliebenen Unterlagen wurde das doch sicherlich irgendwo festgehalten …«

»Hören Sie, Ms Bates, ich habe überall nachgesehen, und sie ist nicht hier. Tims Mutter muss die Akte entsorgt haben, nachdem sie sie erhalten hatte. Nach seinem Tod gab es ja keinen Grund mehr, sie aufzuheben, und offen gestanden verstehe ich nicht, wieso das mein Problem sein soll.«

»Ist es auch nicht. Es ist mein Problem. Aber wenn ich keine zuverlässigen Informationen über die medikamentöse Behandlung von Timothy Wren bekomme, kann es passieren, dass mein Mandant zu Unrecht für den Mord an diesem Jungen verurteilt wird. Ich könnte damit nicht leben – Sie etwa?«

Barbara war zwar genervt, weil Josie ihr am Ende ihres Arbeitstags mit einem Problem kam, das sie nicht lösen konnte, doch bei diesem Satz gab sie nach. Sie zog einen Papierstoß zu sich heran und blätterte darin. »Ich habe mir alle Unterlagen zu Tim heraussuchen lassen, auch diejenigen, in denen er nur am Rande erwähnt wurde. Ich finde hier nur nichts über eine Medikation.«

»Was ist mit anderen Ärzten?«, bohrte Josie. »Gibt es irgendwo einen Hinweis darauf, dass er privat behandelt wurde? In diesem Fall hätte der betreffende Arzt seine Ergebnisse doch an Ihren behandelnden Arzt weitergegeben.«

»Nein, nein und nein. Es tut mir leid.« Rasch blätterte sie weiter. »Hier sind allgemeine Ernährungsrichtlinien; hier ein paar Aufzeichnungen über seine Physiotherapie. Kaum zu glauben, dass wir die aufgehoben haben. Zu seinem Gesundheitszustand haben wir gar nichts, nur eine Unterschrift seiner Mutter wegen einer Verletzung, die er sich etwa vier Monate vor seinem Unfall zugezogen hat.«

»Kann ich die mal sehen?«

Josie streckte die Hand aus, und Barbara Vendy schob das Blatt über den Schreibtisch. Josie überflog es. Tim Wren war schnell gerannt, gegen eine Wand geprallt und hatte das Bewusstsein verloren. Er hatte keine Gehirnerschütterung gehabt, war jedoch vierundzwanzig Stunden beobachtet worden. Man hatte ihn teilweise fixiert. Die Unterschrift war eng und unleserlich und neigte sich von der Linie nach unten.

»Sind Sie sicher, dass das Lexis Unterschrift ist?«, fragte Josie, aber Barbara unterbrach sie.

Ihre Stimme hatte sich verändert. Statt Ungeduld hörte Josie einen Missklang heraus. »Wir haben Lexis abschließende Anforderung der Patientenakte, und ...« Barbara blätterte zurück, sah genauer hin und murmelte bei sich: »Herrgott, gute Bürokräfte zu finden ist wirklich schwer. Das Datum auf diesem Brief liegt fünf Tage vor Tims Tod. Ist das zu glauben? Schaut denn heutzutage niemand mehr in den Kalender?«

»Sind Sie sicher, dass das Datum nicht stimmt?«, fragte Josie und ließ die Frage nach der Unterschrift fallen.

»Es muss falsch sein«, antwortete Barbara. »Wenn Tim noch hier gewesen wäre, hätten wir ihr doch eine Kopie der Patientenakte geschickt und nicht das Original. Aber hier steht, dass die Originalunterlagen verschickt wurden.«

»Wie läuft eine solche Anforderung normalerweise ab? Könnte es sein, dass Lexi telefonisch darum gebeten hat?«, forschte Josie.

Barbara schüttelte den Kopf und warf die Papiere auf den Schreibtisch. Sie stand auf und schob die Hände in die Bauchtasche ihres Kittels. »Das wäre möglich, aber dann gäbe es einen Vermerk in der medizinischen Verwaltung. Aus Haftungsgründen müssten wir ihn mindestens sieben Jahre aufheben. Warten Sie hier. Ich sehe mal nach, was ich finden kann.«

Barbara brauchte zwölf Minuten, doch als sie zurückkehrte, hatte sie noch mehr Unterlagen dabei.

»Okay, hier ist es. Das Datum stimmt überein.« Sie reichte Josie eine Kopie des Briefes. »Lexi hat die Unterlagen schriftlich beantragt, und das Datum auf dem Brief liegt fünf Tage vor dem Tod ihres Sohnes. Hier ist eine Kopie des Vermerks, dass der Antrag bewilligt wurde. Es gibt zwei Möglichkeiten. Das Mädchen, das den Vermerk unterschrieben hat, war damals neu und ist nur ein paar Monate geblieben, dann mussten wir sie entlassen. Vielleicht hat sie aus Unachtsamkeit ein falsches Datum in den Vermerk geschrieben und statt einer Kopie die Originale geschickt.«

»Haben Sie den Umschlag noch, in dem der Antrag gekommen ist? Wir könnten das Datum des Poststempels überprüfen«, fragte Josie hoffnungsvoll.

»Da fragen Sie wirklich nach einem Wunder«, erwiderte Barbara spöttisch.

»Okay, was ist der andere Fehler, der gemacht worden sein könnte?«, forschte Josie.

»Vielleicht war es ja Lexis Schuld. Ich meine, sehen Sie sich die Schrift an. Sie ist ungleichmäßig. Schwach. Vielleicht hat sie den Antrag nach Tims Tod gestellt und das falsche Datum darauf geschrieben, und unsere Bürokraft hat es einfach übernommen. In beiden Fällen war es ein Fehler unserer Verwaltung, für den ich mich entschuldige.«

»Sind Sie sicher?«, murmelte Josie.

»So sicher man sich bei so etwas sein kann.« Barbara zuckte mit den Schultern. »Es ist ja niemand mehr da, den wir noch fragen könnten.«

»Haben Sie eine Adresse des Mädchens, das hier gearbeitet

hat? Eine, an die sie ihr den letzten Scheck geschickt haben?«, fragte Josie.

»Tut mir leid. Sie arbeitete damals auf Probe, deswegen war an ihrem letzten Tag alles bezahlt. Es gab keine Sozialleistungen zu berücksichtigen. Sie haben jetzt also alles.« Barbara setzte sich wieder an den Schreibtisch und nahm ihren Kugelschreiber. »Ich habe sonst nichts, was ich Ihnen geben könnte. Ansonsten kann ich Ihnen nur noch vorschlagen, Ihren Mandanten zu fragen.«

»Er hatte bei Tims Behandlung kein Mitspracherecht«, versicherte ihr Josie.

»Aber er weiß vielleicht noch, zu welchen Ärzten Lexi mit Tim gegangen ist. Vielleicht hat sie es einmal erwähnt, oder er hat ein Gespräch mit angehört. Solche Ärzte könnten noch Unterlagen haben, falls sie nicht über Tims Tod benachrichtigt wurden.«

»Gute Idee. Mal sehen, was mir noch einfällt«, sagte Josie und stand auf.

»Sie haben doch bestimmt einen Internetzugang«, schlug Barbara als Letztes vor.

»Natürlich.«

»Sie könnten im Netz recherchieren. Suchen Sie nach experimentellen Behandlungen bei degenerativen Muskelerkrankungen, nach allem, was mit geistiger Entwicklungsverzögerung zu tun hat. Falls es zu Tims Lebzeiten in Südkalifornien Medikamentenstudien gab, hat Lexi garantiert versucht, da reinzukommen.«

»Danke. Das werde ich tun.« Josie hielt die Anforderung der Patientenakte hoch. »Kann ich die behalten?«

»Es ist eine Kopie«, sagte Barbara.

»Wunderbar. Noch mal danke, dass Sie sich die Zeit genommen haben.«

Barbara nickte, doch bevor Josie gehen konnte, fiel ihr

noch etwas ein. »Heute Nachmittag ist Carol Schmidt hier. Vielleicht weiß sie ja noch, zu welchen Ärzten Tim ging.«

Josie spürte, wie ihre Lippen zuckten und ihr flau im Magen wurde. Doch die Miene, die sie Barbara Vendy zeigte, war gefasst. »Nein, ich glaube nicht, dass sie mir etwas zu sagen hätte.«

* * *

In Colin Wrens Haus war es sehr still. Licht und Heizung waren heruntergeregelt. Der Kühlschrank war gefüllt. Er war ein Mann weniger Bedürfnisse, hing jedoch an den Dingen, die er als absolute Notwendigkeit betrachtete. Eine dieser Notwendigkeiten war es, für begangene Sünden zu büßen. Die Lektion hatte er zwar erst spät im Leben gelernt, doch immerhin hatte er sie gelernt. Als die Einsamkeit chronisch geworden war, als Schuldgefühle es ihm unmöglich machten, neue Beziehungen einzugehen, hatte Colin Wren begriffen, wie wichtig es für die Psyche ist, begangenes Unrecht wiedergutzumachen. Das Unrecht, das mit Tims Leben und Tod verbunden war, quälte Colin, weil es mit all dem anderen Unrecht verwoben war, das ihm geschehen war. Lexi und ihre Arroganz, dieser Mann, den sie geheiratet hatte, das einsame Leben, dem sie Colin überlassen hatte. Seltsam, wie leicht er das Vorhaben, *Pacific Park* büßen zu lassen, aufgeben konnte, als ihm klar wurde, dass Archer für so vieles verantwortlich war. Und zwar nicht nur für Tims Tod, sondern auch für Colins verkümmertes Leben. Ja, Archer und seine machohafte Geringschätzung beleidigten Tims Andenken. Colin konnte nicht schlafen, ohne von Archer zu träumen. Er verfluchte das lange, mühselige Gerichtsverfahren. Bei der Voruntersuchung war genug ans Licht gekommen, um Archer gleich zweimal zu verurteilen, aber trotzdem spielten alle das Spiel mit.

Colin Wren dachte also gerade über Tim und den Mann nach, der ihn hätte beschützen sollen, als das Telefon klingelte. Ein aufgeregter Wilson Page war auf der Suche nach Jude Getts. Colins Lachen klang trocken und humorlos. Beinahe hätte er aufgelegt, aber ein paar der gekeuchten Worte des Dicken ließen Colin aufhorchen. Als er versprach, Jude ausfindig zu machen, war das gelogen. In Wahrheit wollte Colin genau wissen, was Wilson herausgefunden hatte, bevor er irgendjemanden anrief – insbesondere Jude Getts.

Kapitel 34

Auf der Rückfahrt nach Hermosa Beach tätigte Josie zwei Telefonanrufe. Der erste galt Wilson Page, der wieder auf die Gehaltsliste gesetzt worden war, nachdem Jude seine schlechte Laune überwunden hatte. Sie würde ihn nach Medikamentenstudien recherchieren lassen, an denen Tim möglicherweise teilgenommen hatte.

Den Anweisungen folgend, ließ sie es zehnmal klingeln. So lange brauchte Wilson, um ans Telefon zu kommen, wenn er zufällig auf der Toilette war. Wilson hatte die Zeit gestoppt, war die Strecke abgegangen und hatte sich ächzend und schnaufend seitlich durch die Badezimmertür gequetscht, danach wieder gerade ausgerichtet, um zu seinem Stuhl zu gelangen und wieder richtig sprechen zu können. Beim fünfzehnten Klingelton gab Josie auf, und ganz kurz kam ihr der verrückte Gedanke, dass Wilson ausgegangen war.

Ausgegangen. So ein Blödsinn.

Ohne den Mann, der ihm zweimal in der Woche zur Seite stand, konnte Wilson nirgendwohin gehen. Der kam dienstags und samstags. Heute war Donnerstag. Eigentlich musste Wilson zu Hause sein. Da das offenbar nicht der Fall war, rief Josie bei sich zu Hause an und lauschte einem weiteren Klingelton. Falls Hannah da war, wollte sie vielleicht die magische Zahl zwanzig hören. An einem guten Tag nahm sie beim zehnten Klingeln ab. Der heutige Tag musste fantastisch gewesen sein. Trotz Hannahs verdrossenem Tonfall lächelte Josie unwillkürlich, als sie ihre Stimme hörte.

»Siebenmal klingeln. Feierst du irgendwas?« Josie bewegte das Lenkrad ein wenig nach links, um den Jeep mit einer einzigen eleganten Bewegung um einen stehenden Wagen und zurück auf die Autobahnzufahrt zu lenken.

»Nichts Besonderes«, antwortete Hannah. »Aber sie haben mich gefragt, ob ich das Cover für das nächste Jahrbuch gestalten will.«

»Sehr schön.« Josie bremste, da die Ampel an der Auffahrt rot war, und beschleunigte ein paar Sekunden später, als sie grün wurde. Sie fädelte sich ein, ging auf achtzig Stundenkilometer und schaute im Rückspiegel nach einer Gelegenheit, auf die Überholspur zu wechseln. Dann sagte sie: »Besonders glücklich klingst du aber nicht.«

»Ein Mädchen aus meinem Mathekurs hat behauptet, dass du eine Loserin bist. Sie hat gesagt, du arbeitest für jeden Kotzbrocken, der dir Geld gibt. Und dass du genauso kaputt bist wie deine Mandanten – eingeschlossen ich.«

»Was hast du ihr geantwortet?«, fragte Josie.

»Dass sie sich verpissen soll.« Hannah war kurz angebunden, aber ihr Zorn richtete sich nicht gegen Josie, sondern klang eher nach jemandem, dem gerade klar geworden war, dass Worte und Knüppel viel gemeinsam haben.

»Etwas intellektuell Anspruchsvolleres wäre mir lieber, aber ich vermute mal, es hat funktioniert.« Das war himmelweit entfernt von dem Mädchen, das für die Sünden ihrer Mutter hatte büßen wollen, ohne aufzumucken. Gutes Kind.

»Ich weiß«, sagte Hannah. »So richtig kreativ war es nicht, deswegen habe ich ihr auch noch reingerieben, dass ihre falschen Titten beschissen aussehen.«

»Gut so. Gib ihr was, über das sie nachdenken kann.« Diesmal lachte Josie hell auf. Sie sah ihre Chance, wechselte auf die Überholspur und ging auf hundertdreißig.

»Kommst du jetzt nach Hause?«, fragte Hannah.

»Ja, aber danach fahre ich rüber zu Archer. Es gibt immer noch eine Menge Kisten durchzusehen.« Josie hob die Stimme. Bei ihrer Geschwindigkeit war es in dem Jeep laut wie in einem Windkanal.

»Ich kann dir helfen.« Hannahs Angebot kam zu schnell, zu eifrig. Sie wollte nicht nur helfen, sie musste helfen. Die Arbeit würde Hannah daran hindern, ihre Mitschülerin mit der verkorksten Schönheitsoperation mit einem Rasiermesser aus ihrer Haut herauszuschneiden.

»Gern«, sagte Josie. »Irgendwelche Anrufe?«

»Faye wollte wissen, ob du Angie wegen irgendwas brauchst.«

»Ruf sie zurück und sag ihr Danke schön, aber nein«, lehnte Josie ab, den Blick immer noch auf die Schlange vor ihr gerichtet. Wie üblich geriet der Verkehr in L.A. aus unerfindlichen Gründen ins Stocken.

»Ach ja, Jude hat angerufen. Er hat gesagt, Wilson könnte wohl Hilfe bei irgendwas gebrauchen, und du sollst ihn anrufen.«

»Das habe ich schon versucht. Wilson hat nicht abgenommen.«

Sie unterhielten sich noch ein bisschen. Hannah würde bei Josies Rückkehr das Abendessen fertig haben, und dann konnten sie mit der Arbeit anfangen.

Nachdem Josie aufgelegt hatte, drehte sie die Baseballkappe nach vorn, da die Sonne mittlerweile tief stand und sie blendete. Dann versuchte sie, den Verkehr einzuschätzen. Es sah nicht gut aus. In weniger als einem Kilometer musste Josie das Tempo von hundertdreißig auf vierzig Stundenkilometer drosseln, bis sie schließlich nur noch im Schneckentempo dahinkroch.

Nichts zu machen. Ganz Los Angeles war unterwegs, und sämtliche Autos der Stadt schienen die I-405 zu nehmen. Mit

Ausnahme von einem, dessen Fahrer schon fast am Ziel war und der das, was er tun wollte, zum Anbruch der Dunkelheit erledigt haben wollte.

* * *

Es tat Wilson Page schrecklich leid, dass er diesen Anruf verpasst hatte.

Er hätte nicht auf die Toilette gehen sollen. Er sollte sich einen Anrufbeantworter zulegen. Er verfügte über die Software, um alle drei seiner Computer als Anrufbeantworter zu verwenden, aber er hatte sich nicht mal die Mühe gemacht, einen einzigen einzurichten. Er wurde so selten angerufen, dass es ihm unnötig erschien.

Sämtliche Bekannte von Wilson »redeten« über den Computer mit ihm. Wenn sie »wir sehen uns später« sagten, dann meinten sie damit »im Chat«. Zum Lachen verwendeten sie Akronyme oder Smileys, und es war völlig egal, wie sie aussahen oder wie ihre Stimmen klangen. Sie waren alle nur Pixel auf einem Bildschirm; wer nicht kommunizieren wollte, der musste das auch nicht tun. Und es gab keinen Grund, sich fröhlich zu geben, wenn man es gar nicht war.

Natürlich vermisste Wilson an manchen Tagen den Klang einer anderen Stimme. Seine eigene hörte er schließlich oft genug, wenn er sich durch den Tag quatschte, und aus diesen Gesprächen machte er sich nicht viel.

Guten Morgen. Guten Morgen, Wilson. Du bist noch immer nicht tot.

Das war jetzt wirklich prima. Ein ausgezeichneter Start in den Tag. Du bist vom Stuhl aufgestanden. Ganz allein.

Hast du Hunger? Ja? Oh ja, den habe ich, dabei ist es erst drei Uhr morgens.

Dann gab es noch die Unterhaltungen wie die von heute; kleine Gespräche über seine Gesundheit und das Abnehmen und über das scheußliche Pfeifen, weil seine Lunge und sein Herz mit dem Gewicht, das sie tragen mussten, nicht mehr zurechtkamen.

Iss vielleicht mal ein bisschen weniger, Wilson.

Geh schneller, Wilson.

Heb die Arme, Wilson.

Dieser Körper – seit er mit Jude und allen seinen neuen Freunden den *Pacific Park* aufgesucht hatte, war er nicht mehr wie früher. Dieser Ausflug war zu viel gewesen für jemanden, der so dick war wie er. Selbst zum Telefon zu gelangen überforderte ihn mittlerweile. Okay, das stimmte nicht ganz. Offen gestanden gab er sich nicht besonders viel Mühe, ans Telefon zu kommen, wenn er sich nicht so gut fühlte. Wilson mochte die Gespräche nicht, bei denen die Leute mit ihren Worten nur das verbrämten, was sie in Wirklichkeit sagen wollten.

Wenn sie sagten: »Fühlst du dich nicht gut, Wilson?«, dann meinten sie eigentlich: *Na ja, was erwartest du denn, du Fettsack?*

Wenn sie sagten: »Du solltest dich mal durchchecken lassen«, dann war damit gemeint: *Was soll's, mit dir ist es sowieso bald vorbei, Alter. So sicher wie das Amen in der Kirche, und du wirst nichts dagegen tun können.*

Wenn sie sagten: »Du solltest wirklich besser auf dich aufpassen. Man weiß schließlich nie, was passieren kann«, meinten sie: *Es ist nur eine Frage der Zeit. Wie mit einem toten Pferd werden sie mit dir umgehen. In eine Klebstofffabrik werden sie dich schicken. Denn wenn du verwest, Wilson, dann gibt das nicht nur Staub, dann gibt es einen ganzen Haufen Dreck.*

Es sei denn, Jude war am Telefon. Bei Jude gab es nie einen Unterton. Jude nahm die Dinge, wie sie waren, und deswegen mochte Wilson ihn so sehr. Deswegen arbeitete Wilson so hart für Jude, stellte so niedrige Rechnungen und rief ihn manchmal an, um einfach nur zu reden. Manchmal bat Wilson Jude unter irgendeinem Vorwand, zu ihm zu kommen, weil er gerne jemanden ansah, der so gut aussah wie Jude, und weil er gerne jemandem zuhörte, der genauso klug war wie Wilson selbst. Im Grunde träumte Wilson davon, Jude Getts zu sein, ähnlich wie die Landpomeranze irgendwo in der Pampa, die von einem Dasein als Filmstar fantasiert. Der Traum würde zwar nie in Erfüllung gehen, aber es war ein schöner Traum.

Doch heute am frühen Nachmittag hatte er einen echten Anlass gehabt, Jude anzurufen. Ja, in der Tat, er konnte es kaum erwarten, dass Jude seine E-Mails checkte. Wilson wollte den Stolz in Judes Stimme hören, wenn Wilson ihm erzählte, was da rangekommen war. Jude sollte ihn beglückwünschen, weil er drei richtige Anrufe gemacht und weil er sich für die Leute engagiert hatte, die es nötig hatten. Jude würde so stolz sein, dass Wilson sich aufgerafft hatte.

Aber Jude war nicht da, und langsam ließ Wilsons Erregung nach. Auf der Toilette war er zu der Überzeugung gekommen, dass nichts so wichtig sei wie, zu seinem Stuhl zu gelangen und ruhig dazusitzen. Als er den Stier bei den Hörnern gepackt und diese Leute angerufen hatte, hatte er sich verausgabt. Sollte das Telefon doch klingeln. Erst mal würde Wilson sich um sich selbst kümmern.

Dann war ihm klar geworden, dass es vielleicht Jude war, der da anrief. Wenn er ans Telefon kam, konnte er Jude bitten, herzukommen und bei ihm zu bleiben, bis die Panik verebbt war. Wilson legte seine gewaltige Hand auf den Hörer in der festen Absicht, noch einmal in Judes Büro anzurufen, doch bevor es dazu kam, schlief Wilson ein.

Er träumte, schlank zu sein, obwohl sein Unterbewusstsein das Pfeifen wahrnahm und spürte, dass seine Lunge sich nicht ausreichend mit Luft füllte, und auch, wie laut und schnell sein

Herz in seinem Brustkorb hämmerte. Dieses Herz klopfte und pochte wie ein Motor. Klopfte und …

Wilson schlug die Augen auf. Er war noch schlaftrunken, musste jedoch lachen. Jetzt nach dem Aufwachen wurde ihm klar, dass das Pochen gar nicht von seinem Herzen herrührte. Da war jemand an der Tür, der genauso klopfte wie Jude. Nicht ganz genauso, aber es war ein selbstbewusstes Geräusch, ein Geräusch, in dem ein »bringen wir es über die Bühne« lag. Blinzelnd sah Wilson auf die Uhr. Es war noch früh. Vielleicht hatte Jude seine Nachricht erhalten und war von dort, wo er gewesen war, aufgebrochen. Es sah Jude ähnlich, etwas Wichtiges liegen zu lassen, nur um nach Wilson zu schauen.

»Komm rein.«

Noch während Wilson die Worte rief, musste er auf einmal husten und um Luft ringen. Er presste ein Taschentuch vor die Lippen, das beinahe zwischen den Speckfalten seines Gesichts verschwand, bevor er das zweite Wort hervorbrachte. So gut es ihm möglich war, drehte er den Kopf. Er wollte Jude angemessen begrüßen. Aber der Husten hielt an, und Wilson Page sah durch seinen Tränenschleier nichts als ein Paar elegante Schuhe und eine graue Hose, die perfekt auf dem Leder aufsetzte.

»Jude«, keuchte er.

Wilson Page hob den Kopf und lächelte sein erschöpftes Lächeln, doch es endete unvermittelt mit einem tiefen, keuchenden Atemzug, der nie ganz seine arme überlastete Lunge erreichte.

Mist.

Gerade, als er den Sauerstoff am nötigsten gebraucht hätte.

Kapitel 35

Auf dem Treppenabsatz vor Wilson Pages Wohnung standen drei Männer. Ein vierter wartete neben einem Wagen, und zwei weitere unterhielten sich hinter der Wohnungstür.

»'tschuldigung. Hey, darf ich mal durch?« Josie hob die Stimme, aber es war ihre Körpergröße, die ihr Aufmerksamkeit einbrachte.

Die Männer in der Tür hörten auf zu reden, sahen zu ihr herüber und brauchten dann eine weitere Sekunde, um sie wirklich wahrzunehmen. Besorgt zogen sie die Brauen zusammen, ihre Augen und Mundwinkel zuckten nervös. Sie hatten sich im Flüsterton unterhalten.

Schließlich fand einer von ihnen seine Stimme wieder. »Sind Sie eine Verwandte?«

»Eine Freundin«, antwortete sie scharf.

»Er hatte eine ganze Menge gut aussehende Freunde«, murmelte einer der anderen Männer, der Josie neugierig musterte und sich zu fragen schien, was zum Teufel sie mit einem Mann wie Wilson Page zu tun hatte.

»Hören Sie, lassen Sie mich einfach vorbei, okay?« Sie legte ihm die Hand auf die Schulter und wollte ihn beiseiteschieben, doch er wehrte sie halbherzig ab.

»Ich weiß nicht. Ist ein bisschen eng da drin. Es gibt einiges zu klären. Vielleicht warten Sie lieber, bis …«

Der Rat, den er Josie geben wollte, wurde von Jude Getts übertönt, der Josies Namen rief. »Josie! Josie!«

Die Männer waren abgelenkt. Josie sah ihre Chance, drängte sich an ihnen vorbei und lag in Judes Armen, ehe jemand sie aufhalten konnte. Josie schloss die Augen, unfähig, zu dem weißen Tuch hinzusehen, das den Berg von Wilson Pages Leiche bedeckte. Als sie sich losmachen wollte, hielt Jude ihre Arme fest, als wollte er sich vergewissern, dass es Josie gut ging.

»Ich bin hergekommen, so schnell ich konnte«, sagte sie leise. »Ich stand im Stau. Es tut mir leid, Jude. Es tut mir so leid wegen Wilson.«

Als Jude sie nicht losließ, sprach Josie schneller und blickte forschend in Judes attraktives Gesicht. Wie immer trug er das wellige Haar aus der perfekten Stirn zurückgekämmt, aber das Zahnpastalächeln war verschwunden, seine Wangen waren fahl, das Prickeln, das die Essenz von Jude Getts ausmachte, war erloschen, und das beunruhigte sie.

»Ist schon gut«, fiel er ihr ins Wort, während er sie leicht schüttelte und die Finger um ihre Arme krampfte. »Jetzt sind Sie ja da. Ich bin schon eine Weile hier. Sie e… Ich weiß nicht, wie… Ich weiß nicht…«

»Jude«, sagte Josie mit fester Stimme, ohne dass er sie gehört hätte.

»Ich meine, niemand weiß, was zu tun ist«, brabbelte Jude weiter. »Die Situation ist so bizarr. Wilson hatte mich angerufen, und ich habe ihn abgewimmelt, und nachher hatte ich ein schlechtes Gewissen. Ich habe ihn zurückgerufen. Aber niemand nahm ab. Ich hatte solche Schuldgefühle. So habe ich ihn vorgefunden. In seinem Sessel. Ich habe mich zu ihm hinuntergebeugt und gesagt…«

»Jude…« Josie wollte sich von ihm lösen, doch Jude hielt sie weiter fest.

»Verstehen Sie denn nicht? Wenn ich nur…«

»Jude!« Josie drückte die Arme nach außen und machte

sich von ihm los. Erschrocken richtete Jude sich abrupt auf und öffnete überrascht den Mund, dann trat er verärgert einen Schritt zurück. Josie senkte den Kopf, sprach leise und legte ihm die Hand auf die Schulter. »Tut mir leid. Sie haben mir wehgetan. Kommen Sie. Kommen Sie mit.«

Sie führte ihn aus dem Zimmer, an den vier Männern vorbei, die Wilsons Transport besprachen.

Josie beschleunigte ihre Schritte, und Jude tat es ihr nach. Hoffentlich hatte er die Männer nicht gehört, die über Wilson redeten, als sei er ein klobiges Klavier.

Sie stapfte über die Rampe neben der Treppe, die gebaut worden war, damit Wilson leichter das Haus verlassen konnte. Dann überquerte sie den Rasen, der mangels Pflege halb braun war, und ging an dem Mann vorbei, der neben einem Krankenwagen stand. Jude folgte ihr mit festem Schritt und gesenktem Blick, als würde er kurz vor dem Betreten des Gerichtssaals noch einmal sein Eröffnungsplädoyer durchgehen.

Unter dem glänzend grünen Laubdach einer Magnolie blieben sie stehen. Josie lehnte sich an den dicken, rauen Stamm und stellte einen Fuß auf einer Wurzel ab, die sich aus dem Boden hervorschlängelte und dann wieder unter die Erde wand wie ein Tier, das unter der Erde lebt und den Anblick der Oberwelt scheut.

»Alles in Ordnung?« Josie schob die Hände tief in die Jackentaschen. Ihre Baseballkappe saß immer noch fest an ihrem Platz. Sie wandte den Blick ab, der Anblick von so viel Verlust und Schmerz machte sie zum Feigling.

»Ja. Danke.«

Jude log. Er trat nach der dicken Wurzel und stieg dann auf die Bruchstelle, als wollte er die Wurzel in den Boden zurückschieben. Als sich an der Gestalt des Baumes nichts ändern ließ, dachte er darüber nach, wie er den Ausgang dieses Tages hätte verändern können.

»Wenn ich Wilsons Anruf angenommen hatte, hätte ich gemerkt, dass es ihm nicht gut ging. Ich habe es ihm immer angehört und jedes Mal meinen Arzt zu ihm geschickt. Wenn ich nur ans Telefon gegangen wäre und seine Stimme gehört hätte, dann hätte ich es gewusst. Dann hätte ich etwas tun können.«

Josie machte sich nicht die Mühe, ihm zu widersprechen. Das »Wenn ich nur«-Spiel hatte sie Hunderte Male gespielt. Wenn sie bei ihrem Vater in Hawaii geblieben wäre, dann wäre er nicht allein gestorben. Wenn sie eine bessere Tochter gewesen wäre, dann wäre ihre Mutter nicht weggegangen. Wenn sie Linda Sheraton-Rayburn früher durchschaut hätte, wären Hannah ein Gefängnisaufenthalt und ein Mordprozess erspart geblieben. Wenn Josie Archer die richtigen Fragen gestellt hätte, als sie sich kennengelernt hatten … aber womöglich hätte das gar nichts geändert.

»Was ist passiert? Ist das schon bekannt?«

»Er hat sich hingesetzt und ist gestorben.« Jude zuckte mit den Schultern, drehte sich auf dem Absatz um und ging ein paar Schritte weg. »Sein Herz hat aufgegeben, oder er ist unter dem eigenen Gewicht erstickt, oder er hat sich an etwas verschluckt.«

»Wird es eine Autopsie geben?«, fragte Josie, die versuchte, seinen Schmerz so gut wie möglich in eine Bahn zu lenken.

Jude schüttelte den Kopf und fuhr sich mit den Fingern durchs Haar. In der Dunkelheit sah er aus, als würde er funkeln. Jeder Lichtstrahl fing sich an einer Stelle in seinem Gesicht, dem Gold in seinem Haar oder dem Schmerz in seinen Augen, die spröde wie Kandis wirkten. »Ich wüsste nicht, wieso. Ich meine, er war doch so dick.« Jude drehte sich ein wenig von ihr weg. »So verdammt dick, dass sie nicht wissen, wie sie ihn auf eine Bahre hieven sollen. Ich hätte für ihn da sein müssen. Ich hätte irgendetwas tun müssen.«

»Wir tun immer, was wir können. Wir tun unser Bestes, Jude.«

»Nein. Ich habe nie mein Bestes für Wilson getan. Ich habe ihn benutzt«, klagte Jude.

»Er hat für Sie gearbeitet«, widersprach Josie.

»Er hat mich für seinen Freund gehalten«, bekannte Jude.

»Sie waren sein Freund. Das steht außer Frage«, sagte Josie ungeduldig.

Das dämpfte seine Selbstbezichtigungen ein wenig. Jude dachte über seinen nächsten Einwand nach und sprach ihn feierlich aus. »Wieso habe ich ihn dann nicht dazu gebracht, ein bisschen abzunehmen? Ich hätte genug Geld gehabt, um ihn in jede Abnehmklinik der Welt zu schicken. Ich hätte ihm ein Magenband bezahlen können. Für mich wären das Peanuts gewesen.«

»Hey. Hören Sie auf.« Josie lehnte sich mit dem Rücken an den stattlichen Baum, zog ein Bein nach hinten hoch und stemmte die Fußsohle gegen den Stamm. »Wilson hatte alle möglichen Probleme, Jude. Ich kannte ihn zwar kaum, aber so viel habe ich mitbekommen. Er hat nicht ohne Grund so viel gegessen und sich von der Welt abgeschottet. Daran hätten Sie auch dann nichts ändern können, wenn Sie ihm Ihr ganzes Leben geopfert hätten.«

»Aber ich hätte es versuchen können.«

»Blödsinn.« Josie wandte den Kopf rasch zur Straße, dann sah sie wieder Jude an. »Jude, man kann nicht ändern, wie ein Mensch im Innersten ist. Meine Mutter hat mich genauso plötzlich verlassen, wie sich Wilson in seinen Sessel gesetzt hat und gestorben ist. Ich konnte nichts dagegen tun.«

»Aber ich habe gesehen, was ich hätte ändern müssen«, beharrte Jude.

»Und ich habe gespürt, was sich für meine Mutter hätte ändern müssen. Und ich habe sie ebenfalls geliebt. Aber Jude, wie sehr wir diese Menschen auch geliebt, gemocht, bemitleidet oder bewundert haben, oder wie auch immer Sie es nennen, wir hätten sie nicht heilen können. So viel Macht hat niemand. Nicht einmal Sie.«

»Und deswegen heißt es dann, was soll's, einer mehr oder weniger?« Jude marschierte auf und ab und zog an seinem Krawattenknoten. Er wollte sich nicht lockern, sosehr Jude sich auch abmühte.

»Legen Sie mir nichts in den Mund. Lassen Sie das einfach.« Josie löste sich von dem Baum, um zurückzugehen. Doch dann überlegte sie es sich anders und hielt Jude fest, als er erneut an ihr vorbeistapfte. Sie verstellte ihm den Weg, als er nicht stehen bleiben wollte, und legte ihm die Hände auf die Schultern. Josie Baylor-Bates nahm Jude Getts' Krawatte zwischen die Finger, lockerte den Knoten und streifte ihn nach unten, bis sich die Krawatte lose vom Kragen ziehen ließ, dann stopfte sie ihm das Kleidungsstück in die Jackentasche.

»Es tut mir leid, dass Sie einen Freund verloren haben, aber es hätte keinen Unterschied gemacht, wenn Sie hier gewesen wären, als es passierte.«

»Er wäre dann nicht allein gewesen, Josie«, meinte Jude traurig. »Das wäre der Unterschied gewesen. Wilson wäre nicht allein gewesen.«

»Falls Sie das irgendwie tröstet, er war gar nicht allein.« Josie und Jude fuhren herum. Vor ihnen stand der Angestellte der Gerichtsmedizin. Er hatte sich so leise genähert, dass sie ihn nicht gehört hatten. »Tut mir leid, dass ich störe, aber da ist ein Junge gekommen. Er sagt, dass heute Abend jemand bei Ihrem Freund war. Wahrscheinlich genau um die Zeit, als er gestorben ist.«

KAPITEL 36

»IST ER DAS?«

»Ja.«

Jude betrachtete das Leichentuch, das Wilson bedeckte. Sämtliche Pläne zum Abtransport waren verschoben worden. Vor dem Hauseingang war ein gelbes Absperrband gespannt, welches das Haus als Tatort kennzeichnete. Alle, die vorhin noch da gewesen waren, waren gegangen. Stattdessen hatten sich ein Detective, ein Spurensicherungsteam, ein uniformierter Polizist und eine Fotografin eingefunden, und zwar wegen dieser Person – dieses Jungen – mit den langen blonden Haaren, der David Gibson hieß. Seine Augen wurden fast vollständig von seinem Prinz-Eisenherz-Pony verborgen. Er trug die blauen Shorts und das weiße Hemd einer katholischen Schuluniform, und er war es, der Alarm geschlagen hatte.

»Ich habe ihn nie in echt gesehen. Meinen Sie, ich könnte mal unter das Tuch schauen?«, fragte David und schüttelte seine Haare aus wie ein Welpe, der aus dem Regen kommt.

»Vertrau mir. Ich glaube nicht, dass du ihn jetzt in echt sehen willst«, sagte Jude.

»Verschwinden wir hier. Wir sollten den Tatort nicht noch mehr verunreinigen, als wir es schon getan haben. Komm.« Josie legte David Gibson die Hand auf den Arm und neigte den Kopf.

Josie, Jude und David Gibson – alias »CheezeWiz« für seine Freunde im Internet – tauchten unter dem gelben Absperrband hindurch und gingen rasch über Wilsons Rampe hinunter, an der prächtigen Magnolie vorbei, und setzten sich in Judes Mercedes: David und Jude nach hinten, Josie nach vorn, wo sie sich zu den beiden umdrehte. Die Beleuchtung war eingeschaltet. Es war warm und ruhig. David hatte seine Aussage zu Protokoll gegeben, und Jude war befragt worden, weil er Wilson gefunden hatte, und jetzt wollten Josie und Jude selbst hören, was David zu sagen hatte.

»Ich war echt durch den Wind. Ich kann's nicht fassen, dass er tot ist.« Davids Kopf wippte vor und zurück, zu einer Musik, die nur er hören konnte. »Ich dachte zwar, dass da irgendwas faul ist, aber ich dachte nicht, dass er tot ist oder so.«

»Fangen wir von vorne an«, schlug Josie vor. »Zuallererst, wie alt bist du?«

»Zweiundzwanzig. Ich bin gerade zweiundzwanzig geworden.« David blinzelte einmal mit seinen wässrigen blauen Augen und dann erneut, als Jude und Josie einen skeptischen Blick wechselten. Er kramte in der Hosentasche nach seinem Portemonnaie. »Doch. Wirklich. Ich kann Ihnen meinen Ausweis zeigen.« Er zog die Geldbörse aus den dunkelblauen Shorts. »Schauen Sie. Zweiundzwanzig. Ich sehe nur total jung aus.«

Josie besah sich den Ausweis, Jude gleichzeitig dessen Gegenstück in der Realität. Klapperdürr und so ausgemergelt, wie ein gesundes, menschliches Wesen gerade noch sein kann, war David außerdem so bleich, als würde er in einer Höhle leben und sich nur von Wasser und Brot ernähren.

»Was soll das Poloshirt von St. Paul's? Überhaupt die ganze Uniform?« Jude hob den Blick und betrachtete Davids Aufmachung.

»Nichts.« David zuckte die Achseln. »Ich bin einfach nicht mehr gewachsen, seit ich aus der Highschool raus bin. Ich wollte nicht so viel Geld für Kleider ausgeben. Ich meine, haben Sie dieses Zeug schon mal angehabt? Katholische Schuluniformen sind der reinste Beton, Mann. Diese Shorts stehen von allein. Ich hab drei Stück davon, eine lange Hose, zehn Hemden und ein Sweatshirt. Bei den Abständen, in denen ich sie wechsle und wasche, und bei dem Maß an Bewegung, das ich habe, müssten die Hosen noch mal zehn Jahre halten, falls ich mein derzeitiges Gewicht halte. Die Hemden sind allerdings nicht ganz so gut. Vier Jahre, höchstens. Aber das ist okay.«

»Und es kommt Ihnen kein bisschen seltsam vor, die Sachen draußen anzuziehen?«, fragte Josie, während David seine Geldbörse wieder einsteckte.

»Ach so, Sie meinen, ich würde rausgehen.« David hob einen Finger, im Gesicht ein elfenhaftes Grinsen, als würde es ihm diebische Freude bereiten, so weit außerhalb der Norm zu stehen. »Deswegen habe ich doch so lange gebraucht, bis ich hier war. Normalerweise habe ich keinen Grund rauszugehen, also auch keine Gelegenheit, normale Transportmittel zu benutzen. Ich hab ein paar Anläufe gebraucht, bevor ich jemanden fand, der mir einen Wagen leihen wollte. Anschließend musste ich herausbekommen, wo Wilson wohnt, und das hat ewig gedauert. Es war schon komisch. Normalerweise kriege ich solche Recherchen echt schnell auf die Reihe, aber ich glaube, ich war einfach durch den Wind, und darum war ich nicht ganz auf der Höhe.«

»Okay, jetzt sind Sie ja hier. Erzählen Sie von Anfang an, und fangen Sie damit an, wie Sie Wilson kennengelernt haben«, schlug Jude vor, dem bereits die Geduld ausging.

»Oh je. Mal sehen.« David legte einen langen Finger ans Kinn und rechnete nach. »Ich war vierzehn und hatte Probleme mit der Integralrechnung. Ich bin online gegangen, um mir Hilfe zu suchen, und da war Wilson. Er war cool. Richtig super. Er hat mir mit der Integralrechnung geholfen, und dann habe ich ein paar von seinen Webseiten gesehen, und die waren so cool. Richtig super.«

Das Headbanging hörte so schnell auf, wie es begonnen hatte, aber die Geschichte ging nahtlos weiter.

»Dann hat Wilson mir einen Job als Softwaretester besorgt, und anstatt aufs College zu gehen, wie meine Eltern es wollten, arbeite ich einfach an meinen Computern. Ab und zu übernehme ich einen Auftrag, um meine Rechnungen bezahlen zu können, aber hauptsächlich spiele ich Schach – in erster Linie gegen den Computer. Wenn Wilson und ich nicht schlafen konnten, haben wir immer geredet. Bei ihm war es aber schlimmer als bei mir.«

»Meinen Sie damit, dass Sie telefoniert haben, oder haben Sie sich über den Computer unterhalten?« Jude drängte auf wirkliche Informationen.

»Über den Computer«, erwiderte David geringschätzig und musterte Jude, als sei er vom Mars.

Der junge Mann nahm die Schultern zurück, sein Hals wurde länger; er bewegte den Kopf von einer Seite zur anderen.

»Hey, ich sollte wirklich mal nach Hause zurück. Das von Wilson sollten alle erfahren, finden Sie nicht? Wir werden eine Online-Totenwache machen.«

Jude holte tief Luft, das Geräusch erfüllte den Wagen. Josie war sprachlos. David merkte es gar nicht. Der Kerl lebte in der Matrix, und sie hatte geglaubt, das sei nur ein Film.

»Eins nach dem anderen. Wieso dachten Sie, dass bei Wilsons Tod etwas faul sei?«, fragte Josie.

»Ich hatte gerade eine neue Firewall ausprobiert. Verstehen Sie, ich hab ein paar von meinen eigenen Viren hochgeladen, um zu sehen, wie schnell ich sie knacken könnte. Jedenfalls, ich bin zu meinem anderen PC rüber, um mich einzuloggen und zu schauen, ob jemand zum Chatten da ist …« Er ließ die Schultern wieder nach vorn sinken und faltete die Hände.

»Sie hatten doch gesagt, Sie hätten Wilson nie gesehen«, unterbrach ihn Jude.

»Nicht persönlich. Ich hab ihn über eine Webcam gesehen. Wilson war gigantisch«, informierte David Gibson sie mit einem verwunderten Blinzeln. »Ich konnte sein Gesicht und einen Teil von seinen Schultern sehen. Ich meine, diese Kameras verschaffen einem nicht gerade einen Panoramablick. Wenn man vor dem Computer sitzt, ist man ziemlich dicht vor der Linse.«

»Aber Sie konnten in Wilsons Wohnung hineinschauen?«, fragte Jude.

»Klar. Sie habe ich bestimmt schon hundert Mal gesehen«, sagte David lächelnd. »Ein paarmal hab ich mitgekriegt, wie Sie Wilson Geldscheine unter seine Bücher auf dem Schreibtisch geschoben haben. Das war witzig. Wilson war immer so überrascht, wenn er dieses Geld gefunden hat. Er hat sich dann immer ausgeloggt, um ein paar von diesen Zitronenkuchen zu bestellen, die er so mochte. Sie haben für Wilson ganz schön viel Geld aus dem Fenster geworfen. Dabei war er stinkreich. Er hat für die halbe Softwareindustrie gearbeitet. Wilson war ein Genie.«

David blickte Josie an, einen Moment lang zufrieden mit sich selbst, bevor sein Lächeln schwand und er seine Haare wieder schüttelte. Davids Finger, deren Nägel bis zum Nagelbett abgebissen waren, krampften sich um seine knochigen Knie. Josie sah die Notizen, die er sich mit blauem Kugelschreiber auf den Unterarm gekritzelt hatte. Er war immer noch ein Jugendlicher, der älter wurde, ohne ein Gefühl für das Vergehen der Zeit zu haben; ein Peter Pan, der vom Feenstaub der Bits und Bytes lebte.

»Jedenfalls habe ich bei Wilson reingeschaut, und da sehe ich auf einmal diesen anderen Kerl in seiner Wohnung. Erst habe ich geglaubt, Sie seien es.« Er nickte Jude zu. »Aber Sie waren es nicht. Der Anzug von dem Kerl war nicht so schön wie Ihrer, wenn auch ganz okay. So richtig hab ich nicht darauf geachtet. Ich hab ihn nur von hinten gesehen. Er hat sich über Wilsons großen Sessel gebeugt.«

»Konnten Sie erkennen, was er gemacht hat?«, fragte Josie ruhig.

David schüttelte ernst den Kopf, und diesmal blieben die Haare an Ort und Stelle.

»Nein. Er hat sich einfach nur so über Wilson gebeugt.« David verdrehte den knochigen Körper, ohne damit Josies Fantasie auf die Sprünge helfen zu können. »Dann sehe ich, wie er in das andere Zimmer geht. Ungefähr vier Minuten später kommt er wieder raus. Ich fand's komisch, dass dieser Mann in das Schlafzimmer gegangen ist. Keiner betritt abends je dieses Schlafzimmer, nicht mal Wilson.«

»Und sein Gesicht haben Sie nicht gesehen?«, bohrte Josie.

»Wie schon gesagt, es wurde langsam dunkel, und Wilsons Kamera ist nicht gerade die modernste, deswegen war der Blickwinkel begrenzt. Ich habe ihm immer gesagt, er sollte sich eine bessere besorgen«, sagte David nüchtern. »Jedenfalls hab ich das Kinn von dem Kerl gesehen. Und sein Hemd, seine Krawatte, den Anzug. Ein paar Bilder habe ich mir abgespeichert, allerdings weiß ich nicht, wie scharf die sind. Das Unheimliche war, dass der Kerl an Wilsons Computern rumgefummelt hat. Keiner außer Wilson hat diese Computer je angefasst, und da beugt sich dieser Mann einfach vor und macht an ihnen herum, als seien es seine eigenen.«

David lehnte sich zurück. Er hob die Hände, riss die babyblauen Augen auf und schüttelte erneut sein Haar. Er war fertig. Ende der Geschichte.

»Wie lange blieb der Mann in der Wohnung?«, fragte Jude.

»Höchstens zehn Minuten. Nicht so lange.«

»Haben Sie irgendetwas gehört?«

»Es ist eine Webcam, kein Soundsystem. Wir hatten nur das Kamerabild, und außerdem IM …«

»Was ist das?« Josie veränderte die Position ihrer langen Beine. Das rechte schlief langsam ein. Am liebsten wäre sie ausgestiegen, um sich die Beine zu vertreten, doch die vertrauliche Atmosphäre im Auto war dem Gespräch zuträglicher.

»Instant Message«, erklärte David geduldig. »Sie wissen schon, Chatten, in Echtzeit. Wir tippen dabei so, wie wir hier reden. Bei mir hat Wilson immer die Kamera eingeschaltet. Er hatte ein nettes Lächeln.« David rutschte auf seinem Platz herum und hob schließlich eine Hand, um am Kragen seines Uniformhemds herumzuspielen.

»Jedenfalls, als der Kerl weg war und Wilson nicht online kam, wusste ich, dass irgendwas nicht stimmte. Ich habe versucht, ihn anzurufen, obwohl mir klar war, dass Wilson das nicht gefallen würde. Ich habe hingesehen, und er hat sich nicht mal gerührt, als das Telefon geklingelt hat. Es war richtig unheimlich. Ich hab seine Adresse rausgekriegt, die Bullen angerufen – das war vielleicht eine komische Erfahrung, Mann, die Bullen anzurufen –, und dann hab ich einen Wagen aufgetrieben und bin hierhergefahren. Das hab ich nur gemacht, weil ich die Polizei nicht bei mir zu Hause haben wollte.« David wischte sich die Hände an seinen Betonhosen ab. »Gut zu wissen, dass ich keine Platzangst oder so was habe. Das hat mir ein bisschen Sorgen gemacht.«

David redete weiter und ließ sich über seine Sozialisierung aus, als Josie Jude an der Schulter berührte.

»Sie gehen gerade.«

Jude und David Gibson schauten zum Haus hinüber und sahen gerade noch, wie vier Männer Wilson auf der Bahre die Rampe hinunter zu einem flachen Transporter rollten, der gerade eingetroffen war. Mehrere Nachbarn hatten sich versammelt, die gestikulierten und redeten, während die Männer sich mit Wilsons Leiche abmühten.

»Herrgott noch mal«, murmelte Jude zornig und stieß die Tür auf.

Josie ließ ihn gehen. Niemand hätte Wilson auf würdevolle Art transportieren können, aber Jude war nicht in der Lage, das zu begreifen, als er auf die Männer zumarschierte. Er vertrat ihnen den Weg, und Wilsons riesiger Leichnam kam ins Schwanken und wäre beinahe von der Bahre gekippt. Zwei Männer hielten die Leiche fest, während der Detective ruhig und sachlich mit Jude diskutierte.

David Gibson machte große Augen. Das leibhaftig stattfindende Drama fesselte ihn zwar, aber sein Beobachterposten genügte ihm. Im Grunde hatte er Wilson ja nicht gekannt. Er kannte weder den Klang seiner Stimme noch Wilsons Art, mehr zu watscheln als zu gehen, weder Wilsons Liebenswürdigkeit noch Judes Freundlichkeit. Trotzdem, so vermutete Josie, gab es ein paar Dinge, die David durchaus wusste. Sie beugte sich über die Lehne des Mercedes und tippte David an der Schulter an. Er erschrak sich fast zu Tode.

»David, wenn Sie sich an Wilsons Computer setzen, könnten Sie uns dann sagen, welche Dateien gelöscht worden sind?«

»Klar, aber das wird wohl kaum möglich sein.«

Josie folgte seinem Blick. Wieder kamen Männer aus dem Haus, die Wilsons Computer mit deutlich weniger Mühe transportierten als zuvor Wilson selbst. Josie sank der Mut. Sie würden die Computer mitnehmen und alle beschlagnahmen. Nicht Wilsons Freund, sondern ein Diener des Staates würde sich durch die Festplatten arbeiten und nach Hinweisen auf ein Verbrechen suchen. Nicht Josie würde als Erste erfahren, was sich auf diesen Computern befand, sondern Ruth Alcott.

Enttäuscht drehte Josie sich auf ihrem Sitz nach vorn, stützte den Ellbogen gegen die Scheibe und legte den Kopf in die Hand. So viel zu ihren tollen Ideen und raffinierten Strategien. Was auch immer es war, worüber Wilson mit Jude und Josie hatte reden wollen, es war verloren. Wochen, vielleicht Monate würden vergehen, bevor Ruth ihnen ihre Ergebnisse aushändigen würde. Mit einem Zungenschnalzen griff Josie nach der Tür. Gerade als sie aussteigen wollte, fuhr Davids Kopf über die Sitzlehnen nach vorne. Der üppige blonde Vorhang seines Haares streifte über das Armaturenbrett, als er den Kopf drehte, um sie ansehen zu können.

»Wissen Sie was, ich könnte auf meinem Computer nachsehen. Verstehen Sie, Wilson und ich, wir hatten zwei von unseren Computern vernetzt. Ich habe von meiner Wohnung aus auf alles Zugriff, was er mir überlassen hat. Was meinen Sie? Würde das etwas bringen?«

Josie drehte den Kopf, kniff die Augen zusammen und starrte David eisig an, weil er das nicht gleich gesagt hatte. Doch ihre Missbilligung war an ihn vollkommen verschwendet. Sie verzog die Lippen. Es war weniger ein Lächeln als vielmehr ein Zeichen der Anstrengung, die es sie kostete, um nicht zu schreien.

»Ja, David. Ich glaube, man könnte sagen, dass das etwas bringen würde.«

KAPITEL 37

JOSIE KRABBELTE AUF dem Boden herum und schob Papiere und Kisten und noch mehr Papier beiseite, während sie dem Klingeln folgte. Schließlich fand sie das Telefon, nahm den Anruf an und lauschte. Nach einigen »mhm« ließ sie sich auf die Fersen zurücksinken, und das Gespräch war beendet.

»Hannah!«, rief Josie und warf ihr das schnurlose Telefon zu. Hannah fing es auf und legte es auf die Station zurück, während sie Josie zuhörte, die zu der Stelle zurückkrabbelte, wo sie beschäftigt gewesen war. »Das war David Gibson. Er hat noch mal sechzig E-Mails gefunden, die unser geheimnisvoller Mann von Wilsons Computern gelöscht hatte. Er leitet sie an mich weiter. Rufst du sie bitte ab? Druck sie aus und bring sie her.«

»Ich brauche ein Bad«, jammerte Hannah, während sie die Kisten betrachtete, die in Josies Wohnzimmer herumstanden. »Archer müsste seine Garage öfter sauber machen.«

»Um das tun zu können, müsste Archer erst mal nach Hause kommen«, murmelte Josie.

»Und ich glaube langsam, wir müssen ein paar Leute einstellen, damit sie diesen ganzen Hinweisen nachgehen«, mischte Jude sich ein.

Er schwang die Beine vom Sofa, wo er die letzten zwei Stunden gelegen und sich durch Hunderte von Infos gelesen hatte. Sie waren bei Wilson eingegangen, nachdem dieser um Hinweise von Leuten gebeten hatte, die am Tag von Tim Wrens Unfall *Pacific Park* besucht hatten. Irgendjemand hatte

Wilson umgebracht, und dieser Jemand hatte den ganzen Mailwechsel der letzten Zeit gelöscht, in dem es um *Pacific Park* ging – zumindest hatte der Betreffende geglaubt, das getan zu haben. Die Webseite war noch online, in den Chatrooms herrschte Betrieb, und Wilson hatte eine ganze Lawine von Informationen mit David Gibson geteilt.

»Haben Sie etwas gefunden?« Josie ließ sich vor einer von Archers Kisten nieder und trommelte mit den Fingern darauf herum.

»Noch nicht.« Jude reckte sich. »Ich mache mir einen Drink. Möchten Sie auch einen?«

»Nein, danke«, sagte Josie geistesabwesend und dachte kurz nach, bevor sie die Kiste öffnete und darin herumwühlte.

Sie schob die Lesebrille auf die Nase und ging einen Papierstoß durch. Max, der Hund, stupste sie von hinten an, wurde zur Belohnung für seine Bemühungen abwesend gestreichelt und trollte sich wieder. Seit zwei Tagen hatte Jude Josies Wohnung zu seiner gemacht. Die perfekt gebügelten Hemden und Dreitausenddollaranzüge hatte er gegen Jeans und ein Sweatshirt getauscht. Colin ließ nichts von sich hören und schien endgültig von der Bildfläche verschwunden zu sein. Für Jude ging es hier um Wilson, für Josie um Archer. Für beide reichte die Sache über persönliche Verpflichtungen hinaus. Sie spürten, dass sie etwas Wichtigem auf der Spur waren – wichtig genug, um dafür zu töten –, und Josie war Jude dankbar für seine Mithilfe.

»Ich glaube, ich habe etwas!«, rief Josie und hob einen Bericht hoch. Jude steckte den Kopf ins Zimmer, doch Josie legte die Papiere schon wieder weg. »Doch nicht. Nur etwas über Lexi.«

Sie nahm noch mehr Arztberichte in die Hand. Lexi. Lexi und noch mehr Lexi. Archer hatte alles aufgehoben, was sie betraf, aber Josie konnte einfach nichts finden, was mit Tim zu tun hatte. Schließlich stieß sie auf die Rechnungen für Greenwood Home.

»Ich glaube, irgendwann hat Archer das alles hier einfach zusammengeworfen«, murmelte Josie und betrachtete den Stoß. »Ich weiß nicht, warum er nicht einfach alles weggeworfen hat. Schauen Sie. Quittungen von Greenwood zusammen mit Lexis Blutbildern. Hier ist sogar eine Speisekarte vom *El Burrito Junior*. Ich weiß wirklich nicht, was ich mir erhofft habe.«

Josie nahm die Brille ab, und Jude kam ins Wohnzimmer zurück.

»Sie suchen nach Tims Patientenakte«, erinnerte er sie. »Und ich nach Hinweisen auf die Geschehnisse in Wilsons Wohnung. Es hängt alles zusammen, Josie. Alles.«

Er hob seinen Drink: Scotch und Wasser. Er hatte seine eigene Flasche mit Scotch mitgebracht, der ungefähr eine Million Jahre alt war. Josie steuerte das Wasser bei.

»Zumindest wissen wir, dass es etwas mit *Pacific Park* zu tun hatte, weil nur diese Dateien gelöscht worden sind. War es die Prämie, die ich für Informationen über Tim in Aussicht gestellt habe, oder einer von den anderen Vorfällen im *Pacific Park*, wodurch Wilson in die Schusslinie geriet? Vielleicht hat sich irgendjemand an etwas gestört, das Wilson auf seiner allgemeinen Webseite veröffentlicht hat. Aber wer auch immer die Dateien beseitigt hat, ist dabei ziemlich plump vorgegangen. Alles, was die Worte *Pacific Park* enthält, ist gelöscht worden. Ich weiß gar nicht, wie wir diese Unmengen allein sortieren sollen.«

Josie hatte die Brille wieder aufgesetzt und hörte nur zu, weil es eigentlich nichts zu sagen gab. Das hatte sie auch getan, als er die eingegangenen Mails vorgelesen hatte, die sich unter den gelöschten Dateien befanden. Josies Lieblingsmail war die der Frau, deren Sohn und Enkel an Tims Todestag *Pacific Park* besucht hatten. Als Tim heruntergestürzt war, waren sie gerade von der Toilette gekommen. Gegen eine kleine Belohnung wollte die Frau ihren inzwischen zehnjährigen Enkel dazu bewegen, über das Gesehene zu sprechen. Für den Fall, dass die Zahlung ausblieb, drohte die Frau mit einer Klage wegen des irreparablen psychischen Traumas, das der Junge erlitten hatte, nachdem dieser hässliche Vorfall im Internet ausgeschlachtet worden war, wo ein empfindsames Kind alles lesen konnte.

Sie hatten die Mail entsorgt.

Josie war mit den Gedanken noch halb bei den Spinnern, die sich auf Wilsons Aufruf gemeldet hatten, Jude grübelte über die schiere Menge der Informationen, und Hannah wartete auf den Ausdruck, als Josie etwas ins Auge stach.

»Irgendwas Interessantes?« Er kniete sich neben sie und stellte den Drink beiseite.

»Eher merkwürdig als interessant«, murmelte Josie. »Sehen Sie sich das an.«

»Ein stornierter Scheck für das Greenwood Home.« Es klang ein wenig gelangweilt.

»Nein, beachten Sie das Datum«, beharrte Josie mit einem Blick zu ihm nach hinten und starrte ihn finster mit ihren strahlend blauen Augen an, als er nicht begriff. »Der Scheck wurde zehn Tage vor Tims Tod storniert. Er ging drei Tage vor dem Unfall an Lexi zurück, Jude.«

»Und danach hat Lexi vermutlich einen neuen ausgestellt. Wer weiß schon, wieso er storniert wurde?«

»Nein«, beharrte Josie und klopfte auf den Papierstoß, während sie mit der anderen Hand den stornierten Scheck schwenkte. »Ich bin sämtliche Quittungen durchgegangen. Sie sind alle hier. Wenn Lexi einen neuen Scheck ausgestellt hätte, dann wäre hier ein Brief mit der Bestätigung des Zahlungseingangs, genau wie bei allen anderen.«

Josie ließ die Hand mit dem Scheck sinken, betrachtete den Papierstoß und fasste ihre Gedanken in Worte.

»Kurz nacheinander sind zwei merkwürdige Dinge passiert. Fünf Tage vor Tims Tod traf im Greenwood Home ein Brief ein, in dem Lexi die Zusendung der Patientenakte beantragte. Die Leiterin meint, dass eine Sekretärin schuld sei oder dass Lexi vielleicht das falsche Datum hingeschrieben habe. Okay.« Erneut sah sie Jude an. »Das würde ich ja noch hinnehmen. Wirklich. Aber nicht, wenn gleichzeitig auch noch ein Scheck storniert wurde. Dafür muss man bei der Bank anrufen, Jude.«

»Und anschließend stellt man einen neuen aus. Kleinigkeit.« Jude stand auf und griff nach seinem Glas. Die Eiswürfel klirrten.

»Das sehe ich anders. Wie spät ist es?« Josie reckte sich, um die Uhr auf dem Schreibtisch sehen zu können.

»Halb fünf«, gab Jude bekannt.

Josie setzte sich aufrecht hin und blätterte in den Unterlagen, die um sie herum verstreut lagen. »Wo ist das Telefon, Jude? Ich rufe im Greenwood an. Sie gehen auf die andere Leitung und übernehmen den Anruf bei der Bank. Ich will wissen, ob Lexi den Scheck telefonisch, persönlich oder über das Internet storniert hat. Außerdem will ich wissen, ob die restlichen Kontoauszüge noch da sind und ob Greenwood für diesen Betrag ein neuer Scheck ausgestellt wurde.«

Josie fand das Telefon, zögerte jedoch.

Jude lehnte immer noch lässig in der Tür, schlürfte seinen Drink und sah aus, als habe er Mitleid mit ihr.

»Na los«, befahl Josie. »Es ist noch Zeit. Hier ist die Schecknummer, Jude. Wir sind hier nicht in Ihrer Kanzlei, wissen Sie. Ich habe kein Dutzend Mitarbeiter.«

»Sind Sie sicher, dass ich das machen soll?«, fragte Jude.

»Hören Sie mit der Fragerei auf. Ich bin müde. Hannah ist müde. Sie wahrscheinlich auch. Bitte rufen Sie bei der Bank an, bevor sie schließt. Bitte.«

»Okay, aber ich könnte herausfinden, dass es Archer war«, warnte er. »Vielleicht hat er ja mit Lexis Namen unterschrieben, den Brief geschickt und den Scheck storniert.«

»Wenn ja, dann ist es eben so. Dann finde ich schon einen Weg. Als Strafverteidiger hat man doch ständig mit so etwas zu tun.« Josies Finger verharrten über den Wähltasten. »Ich mache mir nichts vor, Jude. Falls sich herausstellt, dass es Archer war, wird es mir nicht gut damit gehen, aber im Moment ist mir egal, was wir herausfinden. Ich will einfach nur wissen, wer diesen Scheck storniert hat, und außerdem, wann. Also bitte, rufen Sie an.«

»Na schön«, sagte Jude leise. »Na schön.«

Als sie sich nicht beirren ließ, nahm Jude den Scheck und faltete ihn zusammen.

Doch bevor er ihrer Bitte nachkommen konnte, tauchte Hannah auf. Sie hielt die Ausdrucke in die Höhe und sagte: »He, Leute, ich glaube, das hier könnte wichtig sein.«

Kapitel 38

Eine Woge des Friedens stieg in Josie auf. Sie war in dem Augenblick über sie gekommen, als sie das »Wichtige« gesehen hatte, auf das Hannah in den von David Gibson weitergeleiteten Dateien gestoßen war. Die wirkliche Bedeutung der E-Mail war ihr da zwar noch nicht klar gewesen, doch sie hatte begriffen, dass sie in der Tat wichtig war. Noch am selben Abend war sie in Kontakt getreten, hatte auf die E-Mail geantwortet, ihrerseits auf Antwort gewartet und schließlich am Morgen darauf mit der Frau gesprochen, die wusste, was Timothy Wren zugestoßen war. Die Antwort auf die Frage, was mit Wilson Page geschehen war, würde ein bisschen länger dauern, aber auch die würden sie bekommen.

In der letzten Woche waren Josie und Jude gemeinsam in eine Kleinstadt gefahren, die hundertzwanzig Kilometer von Los Angeles entfernt lag. Sie hatten die Frau besucht und mit ihr zusammengesessen, während ihre Kinder ins Haus gerannt kamen und wieder hinausliefen, den Tee getrunken, den sie ihnen anbot, und sich ihre Geschichte über *Pacific Park* angehört. Sie hatte nicht das letzte Puzzlestück geliefert, sondern das erste. All die kleinen Details zu Motiv, Gelegenheit und Tathergang, die durch Josies Hände gegangen waren, ein Bild geformt und Fragen aufgeworfen hatten, fügten sich nun zusammen. Bis dahin hatten die Informationen einer Vielzahl kleiner blauer Puzzleteile geglichen. Sie waren allesamt bedeutungslos, bis man sie richtig zusammensetzte und sie einen prächtigen, detailreichen Himmel ergaben.

Fünf lange Nächte hatten Josie und Jude zusammengesessen, die Beweise zusammengestellt und die Spuren verfolgt, ohne irgendjemandem etwas zu verraten. Archer wurde nichts verraten; Colin nicht kontaktiert. Hannah ging auf Zehenspitzen. Max beobachtete die beiden bei ihrer fieberhaften Tätigkeit. Als alles erledigt war, als sie den Bericht der Spurensicherung erhalten und Gewissheit darüber hatten, wer den Scheck storniert, wer die Patientenakte angefordert hatte und wer in Wilsons Wohnung gewesen war, rief Josie Ruth Alcott an und bat sie um ein Treffen.

Sie erhielt einen Termin am nächsten Tag. Auch wenn Josie auf die nächste Stunde gehofft hatte, nahm sie, was man ihr anbot. In der Nacht vor dem Termin tat Josie, als ob sie schlief. Sie hielt die Augen geschlossen und atmete ruhig und gleichmäßig, um Hannah zu täuschen. In den letzten Tagen hatte das Mädchen sich angewöhnt, nicht nur einmal oder zweimal, sondern sechs- oder siebenmal nach ihr zu sehen und sich zu überzeugen, dass es Josie gut ging. Als Hannahs Tür schließlich geschlossen blieb, hatte Josie das Haus verlassen und war an den Strand gegangen. Wegen der frühen Morgenstunde war das Restaurant *The Mermaid* noch geschlossen. Burt war vor Stunden nach Hause gegangen. Die Stadt Hermosa schlief im Schutz der kühlen, feuchten Nacht. Nur Josie war auf den Beinen.

Sie zog die Kapuze ihres Sweatshirts hoch und wandte sich nach Norden, ohne ein bestimmtes Ziel zu haben. Sie achtete auf nichts, und doch war ihr alles überdeutlich bewusst: der Nebelkranz um die Straßenlaternen, die Stille, die nur durch das Geplätscher der Brandung und die fernen Alarmsirenen in einer anderen Stadt unterbrochen wurde. Das Meer roch nach Salz und Getier. Die Brandung kam und ging und befeuchtete den Sand, wie sie das seit eh und je getan hatte. Ohne nach rechts oder links zu schauen, lief Josie am Pier vorbei. Die hochgezogene Kapuze verwehrte ihr den Blick auf die lange, einsame Betonstrecke. Wäre es anders gewesen, hätte sie womöglich ernstlich in Erwägung gezogen, sie bis zum Ende und noch weiter zu gehen. Das war immer noch besser, als Archer mit dem, was sie wusste, zu konfrontieren; und ebenfalls besser, als zu schweigen und mit ihrem Wissen zu leben.

Und doch …

Da war dieser Frieden in ihr, als sie vor Archers altem rosa Haus stand, das einmal Lexi und davor Colin gehört hatte. Mittlerweile war November; der Strand war richtig winterlich, und Josie ließ ihre Gedanken treiben wie morgendliche Nebelfetzen.

Sie dachte über Mütter nach – über ihre eigene, über die von Hannah, über Lexi. Unwillkürlich musste Josie an Lexi denken, daran, wie sehr sie ihren Sohn geliebt hatte und wie wenig Archer das gelungen war. Er war dazu nie in der Lage gewesen, und letzten Endes bildete dieses Scheitern den Kern der ganzen Misere.

Josie dachte an Jude Getts, daran, wie freundlich er letzten Endes gewesen war. Josie wusste das zu schätzen. Wie auch ihn selbst. In manchen Augenblicken fragte sie sich, was wohl aus ihnen hätte werden können, wenn die Situation anders gewesen wäre. Dann war der Augenblick wieder vorbei. Bald würde auch Jude Vergangenheit sein.

Und dann gab es da noch Hannah, die weiser war, als es ihrem Alter entsprach. Die Wahrheit hatte sie nicht überrascht. Sie wusste, zu welch unaussprechlichen Taten Menschen mitunter von ihren Leidenschaften getrieben werden. Sie hatte die Arme um Josie gelegt, und Josie hatte es zugelassen. Die Erinnerung daran war ihr ein wenig peinlich. Hätte sie Hannah nur sagen können, wie dankbar sie ihr war. Stattdessen hatte Josie einfach in Hannahs Umarmung verharrt, nur kurz, aber es war ein Moment, wie sie ihn nie zuvor gekannt hatte.

Gern hätte sie ihn mit ihrer eigenen Mutter erlebt. Aber es war Hannah, die da war und nicht Emily, und Josie hatte sich von Hannah umarmen lassen und war nicht imstande gewesen, ihr zu sagen …

»Josie! Josie!«

Josie brauchte einen Augenblick, als Ruth sie ungeduldig beim Namen rief, aber schließlich fasste sie sich und entschuldigte sich kurz bei den Leuten am Besprechungstisch. Sie warf einen Blick nach hinten. Roger McEntyre erwiderte ihn mit einem Gesichtsausdruck, in dem sich Neugier und Bewunderung mischten. Ihr war klar, dass das Treffen seine Neugier geweckt hatte, aber wem oder was galt seine Bewunderung? Die Antwort spielte keine Rolle. Es war Josie egal. Er war hier wie auch Ruth und Jude, und nur das zählte.

»Ich bin bereit.«

Josie legte die Kassette ein. Ein Klicken und ein mechanischer Seufzer waren zu hören, als sie einrastete.

»Dieses Video wurde von Mrs Michael Tronowski aufgenommen. Sie stand mit ihrem Ehemann und ihren Kindern an Tims Todestag hinter Archer, Lexi und Timothy Wren am *Shock & Drop* in der Schlange.«

Genug der Worte.

Jetzt war Showtime.

Mrs Tronowski war eine passable Hobbyfilmerin. Die Kamera war ruhig und verharrte dort, wo sie sollte, schweifte über die Menge, wenn es Mrs Tronowski langweilig wurde, und zoomte dort heran, wo sie etwas interessant fand. In erster Linie fand Mrs Tronowski ihre Kinder interessant, doch Lexi, Tim und Archer waren beständig im Bild. Archers Ungeduld mit Tims Eskapaden war nicht zu verkennen. Lexi bot ihrem Sohn Wasser, Süßigkeiten und eine Umarmung an. Er entzog sich ihr. Archer packte Tim an den Armen. Es war zu sehen, wie er streng mit dem Jungen redete.

»Spielen Sie das noch einmal ab«, ordnete Ruth an.

Josie kam der Bitte nach. Alle sahen, wie Archer Tim zurechtwies und den Jungen dabei an den Armen festhielt und wie Archers Gesicht sich vor Zorn rötete. Ruth wirkte selbstgefällig, als würde die Stelle beweisen, dass sie moralisch im Recht war. Gehorsam spielte Josie die Stelle zweimal ab und ließ den Film dann weiterlaufen.

»Die folgende Passage könnte ich Ihnen zwar vorführen, aber sie ist unzusammenhängend. Mrs Tronowski dachte, sie hätte die Kamera abgeschaltet, obwohl das nicht der Fall war.«

Ein hohes Surren war zu hören, als das Band vorgespult wurde, dann setzte der Film wieder ein. Die ersten Bilder zeigten Füße, die sich in der Schlange vorwärtsbewegten. Eine Mischung der verschiedensten Geräusche war zu hören: Stimmengewirr, als das Kind, das der Kamera am nächsten war, zur Toilette wollte, worauf die Frau einwandte, es sei zu spät, und schließlich Mrs Tronowskis mütterlicher Sammelruf, als sie sich zentimeterweise dem *Shock & Drop* näherten. Das Kamerabild glitt über die Schlange.

Gleich haben wir es geschafft. Noch einer … drei … acht vor uns …

Sie zählte die Leute, die noch vor ihnen in der Schlange standen. Ein rothaariges Mädchen knutschte mit ihrem dunkelhaarigen Freund herum, ein großer, kahler Mann begleitete seine drei Kinder, und dann war da noch Archer. Er hatte die Hände in den Hosentaschen vergraben und wirkte desinteressiert. Hinter ihm standen Tim und Lexi.

Lexi hatte ihrem Sohn den Arm um die Taille geschlungen. Ihr Kopf lag an seiner Schulter. Plötzlich drehte Tim sich von seiner Mutter weg; sein Kopf rollte zur Seite, dann nach hinten. Für den Bruchteil einer Sekunde blickten seine glasigen Augen Mrs Tronowski direkt an. Seine Arme hingen schlaff herab, während sein Körper von heftigen Zuckungen geschüttelt wurde. Lexi zog ihn zu sich her und schaute dabei ebenfalls direkt in die Kamera. Ihre Miene war hart und voller Zorn. Als sie merkte, dass die Kamera auf sie gerichtet war, wandte sie sich ab. Noch einmal zuckte Tim und vollführte diese Wellenbewegung mit dem Kopf. Seine Beine knickten ein, als würde er gleich zusammenbrechen. Lexi flüsterte ihm etwas zu und umklammerte ihn. Sie hielt ihn fest, diesen großen Jungen.

Ihr großer Junge.

Jetzt waren sie am *Shock & Drop* an der Reihe.

Auf dem Video war zu sehen, wie Eric Stevens sie nach vorne winkte. Archer sagte etwas zu ihm. Eric schüttelte den Kopf.

Archer hob die Hand. Ohne wirklichen Zwang anzuwenden, schob er Eric beiseite und schnallte Lexis Sohn an. Archer ließ den Verschluss einrasten, ohne Tim dabei anzusehen, und überprüfte ihn noch einmal, dann war er zufrieden. Inzwischen war Mrs Tronowski der Leute in der Schlange überdrüssig geworden. Sie richtete die Kamera nach oben, auf das *Shock & Drop.*

Oh, schau.

Archer, Lexi und Tim kamen ins Bild.

So hoch.

Jetzt waren sie beinahe oben. Eine lange Fahrt. Mrs Tronowski drückte auf einen Knopf, und die Kamera zoomte näher heran.

Was für ein Spaß!

Lexi berührte Tims Gesicht. Sie sagte: »Ich liebe dich.« Ein kurzer Ruck ging durch die drei, als die Plattform oben ankam, stehen blieb und dann …

Oh mein Gott! Oh mein Gott!

Bei ihrem Erinnerungsfilm hatte Mrs Tronowski einen Mord auf Video gebannt.

Sie hatte Tim, Lexi und Archer von unten gefilmt und die

Kamera dabei vertikal gehalten. Aus dieser Perspektive hatte sie eingefangen, was der Kamera mit dem horizontalen Blickwinkel entgangen war. Ja, Archer streckte die Hand nach Tims Gurt aus. Ja, Tim ließ die Haltegriffe los und grapschte nach Archers Händen. Es war schwer zu sagen, wie viel Kraft Tim anwandte, ob er Archer kratzte und ob Tim in seinem Zustand noch imstande war, sich festzuhalten. So vieles war unklar, nur eines nicht: Jeder von ihnen sah deutlich, wer den Verschluss von Tims Gurt öffnete. Es war Lexi.

Ihre Hand schoss zur Seite und wieder zurück, beinahe bevor Archer reagieren konnte. Es zerriss Josie das Herz. Mit einer einzigen entschlossenen Bewegung hatte eine Mutter – Tims Mutter – ihren Sohn geopfert, und die Tragweite des Geschehens ließ alle Anwesenden erschauern.

»Guter Gott«, flüsterte Ruth.

Josie spielte die Szene erneut ab und fühlte sich dabei, als würde sie einer Frau unter den Rock schauen. Von vorne sah man nur den Stoff; von unten dagegen, was darunter lag, das Verbotene, die pikante Realität der menschlichen Anatomie. Mrs Tronowski hatte Lexis Rock angehoben und die Verzweiflung des menschlichen Geistes enthüllt: eine todgeweihte Mutter, die solche Angst hatte, dass ihr Sohn nach ihrem Tod allein sein würde, dass sie ihn vor sich in den Tod schickte. Im Himmel würden sie vereint sein. Gott würde es einer Mutter nicht vorwerfen, dass sie für ihr Kind gesorgt hat. So grausam ist Gott nicht.

Lexi konnte zu dem Ergebnis ihres Tuns nicht hinsehen; Archer blickte hinunter, weil er nicht glauben konnte, was passiert war. Es war eine Frage der Perspektive: moralisch, physikalisch und psychologisch. Die Perspektive der einen stummen Zeugin auf eine andere; die eine Kamera zeigte die Wahrheit, die sie aufgenommen hatte, die andere dagegen das wirkliche Geschehen.

»Guter Gott«, sagte Ruth erneut und räusperte sich. Sie hatte sich wieder gefasst, ihre Stimme klang beherrscht. »Dann war es also ein Gnadentod.«

»Nein, das war es nicht«, sagte Josie tonlos und spulte das Band zurück. »Lexi hat einen vorsätzlichen Mord begangen.«

»Die Frau hatte nicht mehr lange zu leben«, widersprach Ruth, die nicht willens war, eine Frau und Mutter auf die gleiche Art anzuprangern, wie sie es bei Archer getan hatte. »Sie hatte Angst um ihr Kind. Sie konnte nicht klar denken. Tim war selbst alles andere als gesund. Es war Sterbehilfe.«

Josie drückte den Auswurfknopf, und die Kassette kam ihr wie ein gut erzogener Hund entgegen. Sie drückte sie gegen ihren Bauch, als könnte sie damit ihre Übelkeit abwehren.

»Sie wusste genau, was sie tat«, wiederholte Josie, schaute zur anderen Seite des Tisches und nickte Jude zu. »Jude.«

Seine Jacke war aufgeknöpft, und als er aufstand, fiel sie vorne auseinander, sodass das schimmernde Futter sichtbar wurde. Heute trug er eine blutrote Krawatte. Eine penible Hausangestellte hatte die Brusttasche mit Wäschestärke geplättet. Sein Anzug war schwarz. Es war Jude, wie er leibte und lebte, und gleichzeitig doch nicht. Seine Miene war reserviert, um die tiefe, lastende Traurigkeit zu verbergen, die das alles bei ihm hinterlassen hatte. Josie und Jude hatten geredet, diskutiert und spekuliert, doch am Ende hatten sie übereingestimmt: Hier war Liebe auf furchtbare Weise fehlgeleitet worden, und Menschen, die ihnen beiden lieb und teuer waren, waren in den Strudel der vorsätzlichen Tat einer Frau gerissen worden. Wilson war tot; Archer hätte um ein Haar verloren, was er unter Leben verstand.

Jude verteilte an alle ein Handout mit einer Zusammenfassung der Geschehnisse. Sie würden jeden Zweifel daran ausräumen, dass hier ihre Lieben die Opfer gewesen waren.

»Es war eine vorsätzliche Tötung, begangen, obwohl Tim

Wren alles in allem bei guter Gesundheit war. Lexi hat ihren Sohn umgebracht, weil sie so arrogant war, zu glauben, sein Leben sei ohne sie nicht lebenswert.«

Jude schaute zu Josie hinüber, sah, dass sie bereit war, und ließ sie weitermachen.

»Unsere unabhängige Autopsie hat ergeben, dass Tims Herzkrankheit durchaus zu bewältigen war«, begann Josie. »Er war im Großen und Ganzen gesund und hätte noch ein langes Leben vor sich gehabt. Zu der Qualität dieses Lebens wollte Dr. Chow sich nicht äußern, aber das zu entscheiden lag weder bei ihm noch bei Lexi. Lexi hat Tims Patientenakte fünf Tage vor seinem Tod angefordert. Sie hat sie erhalten und anschließend zerstört.«

Es raschelte im Zimmer, als alle Josies Beispiel folgten und umblätterten.

»Seite 2«, fuhr sie fort. »Drei Tage vor Tims Tod bekam Lexi einen Brief vom Greenwood Home mit dem beigefügten Scheck. Sieben Tage zuvor war eine Zahlung storniert worden. Bis zu diesem Zeitpunkt lassen sich regelmäßige Zahlungseingänge für Tims Pflege nachweisen. Wann immer es Lexi möglich war, zahlte sie im Voraus, weil sie befürchtete, dass Tim Nachteile erleiden könnte, wenn sie im Rückstand war. Aber an jenem Tag stornierte Lexi den Scheck, der Tims Pflege für die nächsten drei Monate gesichert hatte, weil sie wusste, dass er nicht ins Greenwood Home zurückkehren würde. Seite 3.« Erneutes Papierrascheln. »Eine Untersuchung der Wasserflasche in der Tasche, die Lexi an jenem Tag dabei hatte, ergab, dass das Wasser *Phenobarbital* enthielt. Es handelt sich um denselben Wirkstoff, der nach Tims Tod in seinem Organismus gefunden wurde. Das Medikament beruhigte ihn während einer fünfundvierzigminütigen Wartephase und verhinderte, dass er eine Szene machte. Die Ärzte waren zwar der Meinung, dass Tim das Prinzip von Ursache und Wirkung nicht verstand, aber Lexi war zu klug, um sich darauf zu verlassen. Für alle Fälle hat sie ihren Sohn sediert. Hätte er sich gewehrt oder mit ihr gekämpft, dann hätte zumindest Archer gemerkt, was sie vorhatte. Wir haben die Flasche aus Lexis Tasche, ein Polaroidbild von ihr, auf dem sie an diesem Tag mit der Flasche in der Hand neben ihrem Sohn steht, und Mrs Tronowskis Video, auf dem zu sehen ist, wie Lexi Tim bei mindestens zwei Gelegenheiten aus dieser Flasche trinken lässt. Seite 4«, fuhr Josie fort. »Eine Kopie der von Lexi angefertigten Liste. Bitte beachten Sie, wie sorgfältig sie alles durchstrich, was sie an Tims Todestag tat, und dass sie dabei sogar so weit ging, als letzten Nachsatz ›Ende‹ darunterzuschreiben. Es gibt wohl keinen eindeutigeren Beweis für die Vorsätzlichkeit ihrer Tat.«

Josie legte die Seiten wieder zusammen. Sie verschränkte die Finger darüber und blickte Ruth Alcott an.

»Wir haben rückwärts gearbeitet. Bevor wir Mrs Tronowskis Video erhielten, das den Vorfall aus einer anderen Perspektive zeigt, ergaben die ganzen kleinen Informationen über Lexi und Tim keinen Sinn. Sobald wir das Video hatten, passte alles zusammen. Sie haben keinerlei Beweise gegen Archer. Im Grunde hatten Sie nie welche.«

»Wir haben ihn nach bestem Wissen angeklagt«, widersprach Ruth.

»Sie haben ihn angeklagt, weil Ihnen jemand einen Floh ins Ohr gesetzt hat.« Josie scheute sich nicht, diesen Vorwurf auszusprechen. »Sie haben ihn angeklagt, weil Sie Aufsehen erregen wollten und weil John Cooper Ihnen grünes Licht gab, als Gefälligkeit für einen alten Freund, und weil Sie einer derartigen Sensation nicht widerstehen konnten.«

»Die Klage wird fallen gelassen; Ihr Mandant darf das Gefängnis noch heute Nachmittag verlassen.« Ruth schob ihren Stuhl zurück, ohne ihren Fehler zuzugeben. »Aber täuschen Sie sich nicht. Ich habe keine Zeit, Leute zum Spaß vor Gericht zu stellen, und bei mir gibt es keine Gefälligkeiten, nicht einmal für den Bezirksstaatsanwalt. Ihren Mandanten anzuklagen war ein Irrtum – ein schlimmer Irrtum, aber dennoch ein Irrtum.«

»Dann sollten Sie ihn vielleicht aus der Welt schaffen«, schlug Josie vor. »Ermitteln Sie gegen *Pacific Park*. Das ist das Unternehmen, das Sie benutzt hat, und zuallererst sollten Sie sich Mr McEntyre vorknöpfen.«

»Wovon redet sie?«, blaffte Ruth und blickte zu Roger hinüber. »Mr McEntyre?«

»Ich weiß es nicht«, antwortete Roger.

»Dann will ich Ihnen auf die Sprünge helfen. Ich spreche von Behinderung der Justiz, Manipulation von Beweismitteln, und falls die Hinweise durch unseren Augenzeugen und die Fingerabdrücke sich bewahrheiten, auch von dem Mord an Wilson Page. *Pacific Park* ist bis zum Hals verstrickt, und meiner Meinung nach stinkt der Fisch vom Kopf her«, sagte Josie.

»Isaac Hawkins weiß nichts über Sicherheitsbelange«, antwortete Roger ohne eine Spur von Gefühl.

»Worüber reden Sie beide?«, wollte Ruth wissen, aber Roger hatte nur Augen für Josie. Sein Blick forderte sie stumm zu einer Erklärung heraus, und sie folgte der Aufforderung.

»Mr McEntyre wusste bereits seit zwei Jahren von diesem Video, weil Mrs Tronowski per Einschreiben eine Kopie davon an den Chef des Sicherheitsdienstes von *Pacific Park* geschickt hatte. Der Sendungsbeleg wurde von Roger McEntyre unterschrieben. Ich gehe davon aus, dass die zweite Kamera im öffentlichen Bereich aus derselben Perspektive gefilmt hat wie Mrs Tronowski, oder zumindest aus einer sehr ähnlichen.« Josie schob eine Kopie des Sendungsbelegs zu Ruth hinüber. Jude legte ein Diagramm der Elektrifizierung im Park dazu, auf dem die Kameras markiert waren. »Von beiden Videos hat Mr McEntyre nie jemandem etwas gesagt.«

»Stimmt das?«, fragte Ruth. Ihr Gesicht war aschfahl. »Sie

wussten die ganze Zeit über, dass Tim Wrens Mutter seinen Tod zu verantworten hatte?«

Roger antwortete nicht, und sein Gesicht blieb reglos.

Ruth ließ nicht locker. »Wenn Sie dieses Video hatten, wieso haben Sie uns dann weisgemacht, dass Miss Bates' Mandant die Tat begangen hat?«

»Ich habe nur meine Arbeit gemacht. Ich habe den Park geschützt«, sagte Roger. »Zwei Zivilprozesse gleichzeitig hätten uns ruiniert.«

»Aber das erklärt nicht, was vor zwei Jahren passiert ist«, beharrte Ruth. »Sie hatten doch das Originalvideo. Sie hätten beweisen können, dass *Pacific Park* keinerlei Schuld traf. Das Unternehmen hätte keinen Penny bezahlen müssen.«

»Das ist doch Blödsinn, und das wissen Sie ganz genau. Die Firma muss es ausbaden. So ist es immer, selbst wenn sie völlig unschuldig ist.« Herausfordernd blickte Roger sich am Tisch um. »Außerdem, wozu überhaupt davon reden? Die Mutter des Jungen wollte schließlich keinen Wirbel, wieso hätte ich also irgendjemandem erzählen sollen, dass sie ihr Kind in unserem Park umgebracht hat? Mit dem Finger auf eine Todkranke zu zeigen hätte kein gutes Licht auf uns geworfen, ganz gleich, was auf diesem Video zu sehen war.« Roger McEntyre schüttelte den Kopf, als sei ihm gerade aufgegangen, dass er von Schwachköpfen umgeben war.

»Innerhalb von drei Stunden hatte ich die Videos aus dem Park angesehen und konfisziert, und ich war der Meinung, damit sei es getan. Das Video von dieser Tronowski erhielt ich erst einen Monat nach dem Unfall. Zu diesem Zeitpunkt war Tim Wrens Mutter bereits tot. Ich hatte die Videos im Safe und dachte, damit sei die Sache erledigt.« Erneut blickte Roger zu Josie und Jude. »Dummerweise unterliefen mir zwei Fehler. Ich glaubte, dass nach der Neugestaltung des Geländes niemand sich an die zweite Kamera erinnern würde, und ich ging davon aus, dass Mrs Tronowski mir ihr Original geschickt hatte. Nachdem diese Bänder vernichtet waren, sah ich keinen Handlungsbedarf mehr.«

»Aber wozu jemand anderen in die Sache hineinziehen? Wieso einen Unschuldigen für etwas büßen lassen, was seine Frau getan hat?«, fragte Ruth.

»Mr Getts ist ein ausgezeichneter Anwalt«, sagte Roger. Sein Schnurrbart zuckte, als er ironisch lächelte. »Ich durfte nicht riskieren, dass er eine Jury davon überzeugt, der Vater des Jungen habe eine Entschädigung von *Pacific Park* verdient. Ich konnte nur ganz sicher sein, dass man uns nicht zur Verantwortung ziehen würde, wenn ich die Schuld auf jemand anderen lenkte – auf jemanden, der mit dem Opfer nicht verwandt war. Wenn Isaac Hawkins die Wahrheit gekannt hätte, hätte er darauf bestanden, dass ich sie ans Licht brachte. Das kam nicht infrage.«

Roger zupfte sein Jackett zurecht. Er sah sich unter den Anwesenden um, die alle seinen Blick erwiderten und auf das Ende der Geschichte warteten.

»Die Schuld auf Ihren Mandanten zu lenken«, Roger nickte Josie zu, »war ein kalkuliertes Risiko, aber ich musste es eingehen. Im besten Fall hätte man ihn freigesprochen, und er hätte nur Zeit verloren. Im schlimmsten Fall wäre er ins Kittchen gewandert. So einfach war das. Ich habe lediglich die Aufmerksamkeit vom Park abgelenkt. Danach lag es bei Ihnen.«

Roger lehnte sich zurück, aber Josie und Jude wussten, dass das noch nicht alles war.

»Etwas haben Sie vergessen. Wilson Page«, sagte Jude.

»Jude, seien Sie vorsichtig«, warnte Josie, die sich nicht in die Karten schauen lassen wollte, bevor alle Beweise dem Bezirksstaatsanwalt übergeben worden waren.

»Er hat Wilson umgebracht«, flüsterte Jude. »Die Kamera war eingeschaltet.«

»Welche Kamera? Wer zum Teufel ist Wilson Page?«, wollte Ruth wissen.

Josie schaute zu ihr hinüber, doch dann fing sie Rogers Blick auf und verstand mit einem Mal seine Bewunderung. Er wusste es zu schätzen, wenn ein Gegner es mit ihm aufnehmen konnte.

»Wilson Page war ein Freund von mir«, antwortete Jude. »Er betrieb eine Webseite, über die er Informationen über *Pacific Park* sammelte. Durch ihn sind wir auf dieses Video gestoßen.«

»Er war ein Problem«, räumte Roger ein.

Jude unterbrach ihn. »Er war mein Freund. Ich habe ihn eine Prämie für Zeugen aussetzen lassen, die mir erzählen könnten, was an jenem Tag im *Pacific Park* passiert war. Die Hoffnung auf das Geld führte tausend Leute auf die Seite, die sich schnell etwas verdienen wollten. An dem Tag, an dem Wilson starb, rief er bei mir an, weil er mir sagen wollte, dass er Kontakt mit Mrs Tronowski aufgenommen hatte. Als er mich nicht erreichte, rief er Colin Wren an und erzählte ihm, was er herausgefunden hatte. Colin wollte es selbst sehen. Er geriet in einen Verkehrsstau und kam niemals bei Wilson an. Er wollte ebenfalls verhindern, dass jemand von Lexis Tat erfuhr. Meiner Meinung nach liebt er sie auf eine verquere Weise noch immer und gibt Archer die Schuld an ihrer Tat.«

»Und was hat das mit mir zu tun?«, fragte Roger provozierend, der seinen Spaß zu haben schien.

»Wir haben einen Zeugen, der Sie durch eine Webcam an Wilsons Computer gesehen hat.«

»Tatsächlich?« Roger zog eine Augenbraue hoch. »Und jemand hat mich dabei gesehen, wie ich Ihren Freund umgebracht habe? Jemand hat mich identifiziert, tatsächlich?«

»Noch nicht. Der Zeuge hat einen Mann in Wilsons Wohnung gesehen. Er kann seine Kleidung und seine Gesichtsform beschreiben«, sagte Jude.

»Das klingt nicht sehr überzeugend«, sagte Roger.

»Der Mann, der Sie über diese Kamera gesehen hat, konnte die Aufnahme mittels digitaler Bildbearbeitung verbessern. Sie ist zwar nicht sonderlich scharf, aber zusammen mit den Fingerabdrücken aus der Wohnung wird sie genügen. Ihr Glaube, wir würden einfach davon ausgehen, dass Wilson eines natürlichen Todes gestorben ist, war wohl ein weiterer Fehler von Ihnen.«

»Keine sehr klare Beweislage«, sagte Roger, ohne weiter auf Judes Hohn einzugehen.

»Wie sieht es dann hiermit aus? Wilson hat Sie angerufen, genauso wie mich und meinen Mandanten«, sagte Jude triumphierend. »Was hat er gesagt, Mr McEntyre? Hat Wilson Sie aufgefordert, reinen Tisch wegen des Videos zu machen? Hat er moralisch gehandelt und Sie darauf vorbereitet, dass alles herauskommen würde? Wilson wollte Ihnen eine Chance geben. Aber sehen Sie, Wilson telefonierte fast nie, und deswegen sticht Ihre Nummer aus seinen Verbindungsdaten heraus. Sein Telefonat mit Ihnen dauerte acht Minuten. Vielleicht reden Sie lieber mit einem Anwalt, bevor Sie uns genau erzählen, was in jenen acht Minuten besprochen wurde.« Jude schob ein Blatt Papier zu Roger McEntyre hinüber. »Außerdem habe ich noch das hier – die E-Mail, in der Mrs Tronowski an Wilson schrieb, dass sie eine weitere Kopie des Videos habe und Ihnen ebenfalls ein Exemplar zusenden würde, damit kein weiterer Fehler passiert. Was halten Sie davon, Sie Scheißkerl?«

»Das reicht jetzt, Jude«, warnte Josie ihn, bevor sie sich wieder Ruth Alcott zuwandte. »Wir werden Ihnen unser ganzes Material überlassen, und das ist sehr viel mehr als das, was Sie gegen Archer hatten.«

Josie berührte Jude an der Schulter. Es war Zeit zu gehen. Sollte doch Ruth sich das alles ansehen und sich mit Roger

McEntyre befassen. Auf dem Weg hinaus legte Josie Roger eine Visitenkarte hin.

»Vielleicht möchten Sie das hier Isaac Hawkins zukommen lassen. Colin Wren wird seine Klage wohl zurückziehen, aber Sie werden noch von Archer hören.«

Roger nahm die Karte. Er spielte damit und drehte sie langsam zwischen den Fingern. Josie konnte seinen Anblick kaum ertragen, und seine Gelassenheit drehte ihr den Magen um. Roger war so gefasst, so gänzlich ohne Reue. Dabei hatte er einen Menschen umgebracht und einen anderen zu einem Leben hinter Gittern verdammen wollen.

Josie griff mit einer Hand nach seiner Stuhllehne, mit der anderen nach dem Tisch und beugte sich dicht zu Roger McEntyre vor. »Was sind Sie nur für ein Mensch?«, fragte sie.

Langsam drehte Roger das Gesicht zu ihr hin. Die Karte kam zum Stillstand. Er hob sie hoch, sodass Josie sie sehen konnte, obwohl sie sich immer noch in die Augen blickten.

»Ich bin ein Mann mit Vertrauen, Ms Bates«, sagte Roger. »Ich habe darauf vertraut, dass Sie ihn da rausholen würden. Mir war nur nicht klar, dass Sie es auf meine Kosten tun würden.«

* * *

Jude brachte Josie zu ihrem Wagen.

Sie waren mit getrennten Autos gekommen, da klar gewesen war, dass sie anschließend in verschiedene Richtungen fahren würden. Josie entriegelte die Türen und ließ Jude einen Augenblick Zeit. Sie hatte gesehen, wie er sich im Aufzug die Augen wischte; wie sehr er mit seinem Kummer wegen Wilson zu kämpfen hatte. Josie verstand, was er durchmachte, weil auch sie an etwas zu knabbern hatte. Sie hatte nur keine Bezeichnung für ihren Gefühlswirrwarr. Erleichterung, Schuldgefühl,

Schmerz, Liebe und auch Scham darüber, dass sie Archer das Verbrechen zugetraut hatte, das man ihm zur Last legte. Das alles zu entwirren würde eine Weile dauern. Unwillkürlich fragte sie sich, was wohl danach noch übrig sein würde.

»Also dann.« Jude legte die Hand auf die Motorhaube des Jeeps und tätschelte ihn liebevoll wie einen alten Freund.

»Also dann.« Josie öffnete die Tür und nahm den Schlüssel in die Hand. Sie warf die Aktentasche auf den Rücksitz. Als sie ihn ansah, lächelte er.

»Wir waren ein gutes Team, Josie«, sagte Jude. »Wenn wir uns zusammentun würden, könnten wir es dieser Stadt so richtig zeigen.«

»Bieten Sie mir gerade einen Job in Ihrer Firma an, oder wollen Sie sich bei mir einnisten?«

»Ihr Haus ist ein bisschen klein, finden Sie nicht? Außerdem habe ich meine Leute. Und sogar mehr als zwei Telefonleitungen. Was sagen Sie dazu?«

»Dass wir es unter ›V‹ für ›vielleicht‹ ablegen. Im Moment muss ich mich erst mal um ein paar andere Dinge kümmern.«

»Um Archer?«

Sie neigte den Kopf, wie um auszudrücken: »Was denn sonst?« Mehr gab es nicht zu sagen. Josie blieb stehen, obwohl sie hier eigentlich nichts mehr verloren hatte. Sie war Archer ein Gespräch schuldig und schob es doch vor sich her, weil sie sich vor der Erkenntnis fürchtete, ihn bei der ganzen Sache verloren zu haben. Oder vielleicht sogar weggeworfen.

Doch Jude, der ewige Optimist, begriff das nicht. »Archer hat Glück, Josie. Er hat eine großartige Anwältin. Und eine gute Frau.«

»Ja, kann sein«, sagte Josie gelassen. »Sie geben mir noch Bescheid wegen Wilsons Begräbnis?«

»Aber klar. David Gibson hat alle eingeladen. Er hat gesagt, dass die Computerfuzzis tatsächlich kommen werden.«

Josie legte die Hand auf Judes Arm. Es war alles gesagt, und Archer wartete.

»Also dann.« Jude ließ los, beugte sich vor und küsste sie auf die Wange. »Falls Sie es sich anders überlegen, geben Sie mir Bescheid.«

»Sie erfahren es zuallererst, Jude.« Josie schwang sich in den Jeep.

Sie ließ das Fenster herunter und setzte die Baseballkappe auf. Der Motor sprang an. Sie legte den Gang ein und wollte aus der Parklücke herausfahren, doch Jude stand im Weg. Als sie den Kopf aus dem Fenster steckte und ihm zurief, er solle beiseitegehen, schien er kurz erschrocken. Dann schenkte er ihr sein hinreißendes Zahnpastalächeln. Er tat einen Schritt zur Seite, doch bevor Josie ganz aus der Lücke fahren konnte, legte Jude die Hand auf ihre Wagentür.

»Sie wissen schon, dass ich gelogen habe, oder?«

»Tatsächlich?«, fragte Josie. »Worüber denn?«

»Ich mag kurze Haare. An Ihnen gefallen sie mir.«

Damit trat er ganz beiseite. Er blickte Josie Baylor-Bates immer noch hinterher, als sie zu der Ausfahrt abbog, die sie zur Temple Street brachte, wo sie nur noch wenige Kilometer von Archer trennten und von der schwierigsten guten Nachricht, die Josie jemals hatte überbringen müssen.

KAPITEL 39

»DAS SIEHT GUT aus. Wirklich gut, Hannah.«

Das Esszimmer, das früher blau gewesen war, erstrahlte jetzt in einer subtilen Mischung verschiedener Weißtöne: Elfenbeinweiß, darüber Perlmuttweiß und als oberste Schicht mit dem Schwamm hingetupftes Schneeweiß. Es sah aus, als würde es schneien, oder auch wie Strand in Ixtapa. Die Hulateller von Josies Mutter hingen wieder an der Wand, mitsamt ihren Brüchen.

Hannah tupfte eine Ecke fertig und nahm dann bewundernd ihr Werk in Augenschein.

»Ich habe dir doch gesagt, dass es die richtige Entscheidung war. Du hattest nur kein Vertrauen in mein Können als Künstlerin«, schniefte Hannah.

»Doch. Auf jeden Fall«, widersprach Josie. »Ich wollte dich nur nicht allein den Farbauftrag für ein ganzes Zimmer übernehmen lassen. Was hätte ich gemacht, wenn du statt Weiß die Farbe Rot gewählt hättest?«

»Dann würden jetzt die Rottöne echt hübsch aussehen.« Hannah warf die Haare zurück. Sie gab sich immer noch rotzig wie jeder andere Teenager, aber sie war glücklicher als seit vielen Monaten. Josie war zu Hause, in der Schule lief es gut, ihre Psychologin war gar nicht so übel, und sie war sogar froh darüber, dass Archer wieder da war, und sei es auch nur, weil dadurch alles wieder normal wurde. Trotzdem würde Hannah Josie gegenüber niemals zugeben, wie erleichtert sie darüber war, dass Josie das Zimmer gefiel. »Ich hatte Angst, du würdest die Technik nicht draufbekommen, und dann hätte ich alles allein machen müssen.«

»Na schön, was hältst du davon, wenn ich dich alleine aufräumen lasse? Ich habe Archer versprochen, ihm in der Garage zu helfen. Er war nicht besonders erfreut darüber, wie wir sie hinterlassen haben.«

Josie hob einen Putzlappen auf, wischte sich die Hände ab und behielt dabei Hannah im Auge, um sicherzugehen, dass die Aussicht auf das Alleinsein sie nicht nervös machte. Doch falls Hannah beunruhigt war, ließ sie es sich nicht anmerken.

»Will er all das Zeug behalten?«, fragte Hannah und sammelte Pinsel und Schwämme ein.

»Nein. Er weiß, dass er sich von Tim und Lexi lösen muss.« Josie bearbeitete einen strahlend weißen Farbstreifen an der Oberseite ihrer Hand, der getrocknet und mittlerweile rissig war. »Wo ist das Terpentin?«

»Hier.« Hannah reckte sich und hielt ihr die Dose hin, dann ließ sie sich zu Boden sinken, ging in den Schneidersitz und blickte Josie an. »Du hast mir nie erzählt, wie Archer die Sache mit Lexi aufgenommen hat.«

»Es war schwer.« Josie zog einen Stuhl unter der Plane hervor, ließ das Aufräumen sein und setzte sich hin. Sie rief sich alle Einzelheiten des Treffens ins Gedächtnis. Sie war ganz direkt gewesen. Hatte nicht versucht, irgendetwas zu beschönigen.

Lexi hat Tim getötet.

Archer hatte nicht mit der Wimper gezuckt. Er steckte den Schlag tief in seinem Inneren ein.

Es hatte lange gedauert, bis Archer Josie danach wieder anrührte. Als es geschah, war Josie froh und dankbar gewesen. Sie waren wieder zusammen. Ein bisschen weniger weich, ein bisschen skeptisch, traurig über das Verlorengegangene, aber willens, einen Neuanfang zu machen.

»Er war schwer für ihn, Hannah. Er hat Lexi sehr geliebt«, sagte Josie.

»Hauptsache, er hat es verstanden. Ich wäre echt sauer auf ihn, wenn er nicht kapieren würde, dass Lexi nur getan hat, was sie für richtig hielt«, murmelte Hannah.

Josie glaubte ihren Ohren nicht zu trauen. »Lexi hat Tim getötet, weil sie egoistisch war«, erklärte sie, von Hannahs Empathie verblüfft. »Lexi hat von Archer zu viel und vom Rest der Welt zu wenig erwartet, also stell sie nicht als Heldin hin.«

»Ist das Archers Meinung oder deine?«, fragte Hannah herausfordernd.

»Das sind die Tatsachen«, beharrte Josie. »Hannah! Sie hat eine Liste gemacht, sie hat Zahlungen storniert und die Tabletten in das Wasser gemischt. Also war Tims Tötung eine vorsätzliche Tat und damit Mord.«

»Was hat Archer über die Liste und all die anderen Dinge gesagt?«

»Gar nichts, und ich habe auch nicht gefragt«, sagte Josie. »Archer steht unter Schock, er befindet sich im Stadium der Verleugnung. Er hat Lexi geliebt. Das ist es, woran Archer sich erinnern wird. Falls er das Ganze irgendwie rechtfertigt, wird er sich einreden, dass es der Krebs war. Er wird sich sagen, dass sie nicht bei Sinnen war.«

Hannah tauchte einen der Pinsel in einen Behälter mit Terpentin und walkte ihn darin, als sei es ein Butterfass. Es war so still, dass Josie fast zu hören glaubte, wie Hannah nachdachte und die Geheimnisse von Müttern und ihren Kindern zu enträtseln versuchte. Schließlich fragte Hannah: »Glaubst du, Tim hätte seine Mutter nach ihrem Tod vermisst?«

»Wahrscheinlich schon«, antwortete Josie.

»Okay«, murmelte Hannah. Immer wieder rührte sie mit dem Pinsel im Terpentin. Ihre Lippen bewegten sich, während sie zählte. Josie holte sie wieder ins Gespräch zurück.

»Sieh mal, Hannah, Tim wäre nach Lexis Tod nicht allein gewesen. Du darfst nicht vergessen, dass die Leute in Greenwood sich um ihn gekümmert hätten. Und wenn Colin wirklich Verantwortung hätte übernehmen wollen, dann wäre das möglich gewesen. Ich habe zwar Verständnis dafür, wie allein Lexi sich gefühlt hat, aber das gab ihr noch lange nicht das Recht, jemanden zu töten. Ich an ihrer Stelle hätte Colin angefleht; ich hätte ihn bestochen, damit er sich um seinen Sohn kümmert.« Josie warf Hannah den Lappen zu. »Zusammengefasst glaube ich, dass sie beide fehlgeleitet waren. Colin und Lexi erhoben den Egoismus zur Kunstform, und Tim war ein behindertes Kind, das dabei unter die Räder kam.«

»Dann war Archer also auch fehlgeleitet, weil er Lexi geliebt hat?«, fragte Hannah herausfordernd. Sie wollte immer noch Archer als den Schuldigen sehen. In ihrem jugendlichen Weltbild war keine Frau die Wurzel des Übels. Es waren Männer, die Frauen formten, und Männer waren für die Situationen verantwortlich, in denen Frauen etwas anderes als ihre Kinder wählten.

»Kann sein.« Josie zuckte mit den Schultern. »Er scheint ja schon einen Hang zu Frauen mit Problemen zu haben, oder?«

»Du hast doch keine Probleme. Sondern ich«, widersprach Hannah ihr, ließ den Pinsel in dem Behälter ruhen und sah sich nach dem nächsten um. Sie brauchte etwas, um ihre Hände zu beschäftigen. »Du bist nur wegen deiner Mutter neurotisch. Lexi hat ihr Kind einfach mehr geliebt als jede Mutter, die du oder ich je hatten. Deswegen geht es dir einfach nicht in den Kopf, was sie gemacht hat. Aber mir schon. Ich glaube, Archers Verhalten hat Lexi dazu gebracht, nach anderen Möglichkeiten zu suchen. Ich glaube, Lexi wollte einfach nicht in den Himmel, solange auf der Erde niemand für ihren Sohn sorgte.«

Josie stand auf und schwang eines ihrer langen Beine über den Stuhlsitz. Sie ging ins Wohnzimmer, holte ihr Sweatshirt, zog es über und schloss langsam den Reißverschluss, während sie zuhörte, wie Hannah Timothy Wrens Tod rechtfertigte.

»Das ist eine sehr romantische Vorstellung«, sagte Josie freundlich. Aber es lag in ihrer Verntwortung, Hannah gegenüber ehrlich zu ein, nachdem das vor ihr so wenige Menschen gewesen waren. »Ich weiß zwar nichts über den Himmel, aber dafür weiß ich, dass es Gesetze gibt: die der Justiz und die der Moral, und beide sind eindeutig. Man darf einem anderen Menschen nicht das Leben nehmen. Punkt.«

»Nicht mal dann, wenn niemand da ist, der sich um einen kümmern wird? Nicht mal, wenn dein Leben richtig scheiße ist, weil du zurückgeblieben bist und krank und alles?«, fragte Hannah. Ihre exotischen grünen Augen verdunkelten sich, als sie versuchte, sich über ihre Gefühle klar zu werden. »Wenn Archer Tim nur ein ganz kleines bisschen gewollt hätte – so wie du mich ein ganz kleines bisschen gewollt hast –, dann wäre es anders gekommen. Glaubst du nicht, dass Lexi sich anders entschieden hätte, wenn Archer ihr ein bisschen entgegengekommen wäre?«

Josie war die Diskussion allmählich leid. Sie hatte eine Geschichte, die sie mit Archer verband, Hannah dagegen nicht. Josie hatte einen Vater gehabt, den sie bewunderte, und dazu einen Geliebten, den sie respektierte. Hannah hatte von den Männern in ihrem jungen Leben weder Respekt noch Liebe noch Bewunderung erfahren. Hannah musste nicht daran glauben, dass Lexi etwas Schlechtes getan hatte; sie musste es nur akzeptieren. Josie ihrerseits wollte nicht an einen Mutterinstinkt glauben, der so stark war, dass eine Mutter ihr Kind lieber umbrachte, als es einem ungewissen Schicksal zu überlassen. Dann hätte ihre Mutter sie nicht verlassen dürfen, die Mutter des armen Billy Zuni dürfte ihn nicht vernachlässigen, und Hannahs Mutter hätte sie nicht opfern dürfen.

»Ich finde, wir sollten eine Party schmeißen und feiern, wie toll dieses Zimmer geworden ist«, wechselte Josie das Thema und griff nach der Türklinke. Sie drehte sich zu Hannah um, die immer noch im Schneidersitz auf dem Fußboden saß, inmitten von Farbdosen und Plastikfolie und Pinseln. Ihr Gesicht war nachdenklich, und ihre Hände bewegten sich unablässig.

»Du willst mir nicht darauf antworten, oder? Archer hätte Lexis Tat schon verhindern können, habe ich recht?«

»Ich weiß es nicht, Hannah, und du auch nicht. Tim und Lexi sind tot. Colin ist weiterhin allein und gibt sich die Schuld daran, seinen Sohn bei Lexi gelassen zu haben. Roger McEntyre wird für den Mord an Wilson und für ein halbes Dutzend anderer Verbrechen ins Gefängnis gehen. Ruth Alcott wird so weitermachen wie bisher. *Pacific Park* wird weiterbestehen, und mir ist hauptsächlich wichtig, Volleyball zu spielen, Archer dabei zu helfen, dass er sein Leben wieder auf die Reihe bekommt, und dass du diese Unordnung hier aufräumst.«

Sie öffnete die Tür, aber Hannah beschäftigte immer noch etwas.

»Glaubst du, dass Archer sauer auf dich ist, weil du das mit Lexi herausgefunden hast?«

Josie antwortete nicht. Die Tür fiel hinter ihr zu, und Hannah blieb zurück, um mit Max, dem Hund, zu philosophieren und die Farben aufzuräumen und über all die Fragen nachzudenken, die einen jungen Geist quälten. Josie joggte die Straße entlang. Die Grübeleien über Richtig und Falsch, über Lexi und Tim und Colin fielen beim Laufen von ihr ab. Sie dachte ein bisschen über Jude nach und vermisste ihn. Der Lauf der Dinge ließ sich nicht ändern, und sie wollte das auch nicht. Ihre Zeit als Kreuzritterin war lange vorbei, und jetzt war ihr Zuhause Hermosa Beach, still und angenehm wie die Sonne, die sich hinter einem bewölkten Himmel verbarg.

Josie lief an Burts Restaurant vorbei, sah, dass im Lokal

Betrieb herrschte, und beschloss, dass Archer, sobald sie mit der Garage fertig waren, seine Schulden bei ihr mit einem Essen im Restaurant begleichen konnte. Er musste wieder zu einem Teil der Gemeinde werden. Sie lief an einem Haus vorbei, das noch nicht fertig war, und bewunderte das Mauerwerk. Dann schwenkte sie von dem Radweg ab, lief um Archers Haus herum und traf ihn in der Garage an, genau wie er es gesagt hatte.

»Hi.«

Josie ging um ein paar Kisten herum und stieg über einen Basketball, um zu ihm zu gelangen. Sie küsste ihn auf den Scheitel, dann legte sie die Hände an die Hüften, um wieder zu Atem zu kommen.

Archer schlang einen Arm um ihre Beine. »Du bist nicht mehr in Form, Jo.« Archer blickte zu ihr hoch. Er lächelte zwar nicht, aber sie sah in seinen dunklen Augen die alte ebene Spielfläche, die sie so sehr liebte. Aber jetzt zog sich eine lange Narbe über die eine Augenbraue und erinnerte sie daran, dass sie nicht perfekt war, dass sie gezweifelt und er dafür bezahlt hatte.

»Mit dir nehme ich es immer noch auf«, sagte sie lachend und strich ihm übers Haar.

»Falls das eine Herausforderung ist, wirst du sie schon einlösen müssen.«

»Wenn ich je wieder gemeinsame Zeit mit dir verbringen will, packe ich wohl mal besser mit an und helfe dir.«

»Spar dir die Energie. Bring das ganze Zeug lieber in den Müll.« Archer gab ihr einen Klaps und ließ sie los.

»Bist du sicher, dass du das alles wegwerfen willst?« Josie versetzte dem Durcheinander einen Tritt, hob die erste Kiste hoch und sah sich zu ihm um.

»Ja, Süße«, antwortete er ohne jedes Zögern.

Josie ließ sich kein zweites Mal bitten. Wenn das alles erst einmal entsorgt war, würden Archers Wunden schneller verheilen. Sie machte vier Ausflüge zu den Mülltonnen und wollte gerade ein fünftes Mal gehen. Doch als sie sich bückte, um ein paar herumliegende Papiere aufzuheben, merkte sie, dass etwas nicht in Ordnung war. Archer saß immer noch in der Ecke, aber er war zusammengesunken, seine Schultern zuckten, und Josie hörte ihn herzzerreißend weinen.

Leise und behutsam bahnte sie sich einen Weg durch die Erinnerungen, die ihn mit seinem Leben mit Lexi verbanden, und kniete sich neben ihn. Er hatte einfach kommen müssen, dieser Moment überwältigender Klarheit, und Josie war froh, für Archer da sein zu können. Gerade wollte sie anfangen zu sprechen, ihm sagen, dass alles wieder gut werden würde, als ihr klar wurde, dass es sich nicht um Erleichterung handelte und dass er auch nicht um seine verstorbene Frau trauerte. Archer weinte, weil ihm jemand eine weitere Verletzung zugefügt hatte, die tiefer ging als alle vorherigen.

Vor ihm stand die weiße Schachtel, die Josie damals nicht hatte mitnehmen wollen, weil sie in ihren Augen zu klein war, um Wichtiges zu enthalten. Jetzt war sie geöffnet, und Archer hatte ein Papierbündel herausgenommen. Er presste es an seine Brust und verstärkte seinen Griff, als Josie es ihm abnehmen wollte. Josie zog stärker, um ihn zum Loslassen zu bewegen. Als er schließlich nachgab, ließ sie sich neben ihm nieder, doch Archer wollte ihr nicht nahe sein. Er stand auf und ging zum Garagentor, wo er sich oben am Türstock festhielt und den Kopf auf die Brust sinken ließ. Josie vergewisserte sich kurz, dass er nicht gegangen war, bevor sie die Papiere glättete und zu lesen begann. Ihren Augen nicht trauend, ging sie zu einem anderen Brief über und dann weiter zum nächsten. Sie las, ohne wirklich zu begreifen, und ließ den Finger über die Zeilen gleiten, als müsste sie die Worte buchstabieren, um sie wirklich zu verstehen.

Liebe Lexi

O Gott.

Es tut mir leid. Bitte sag mir doch, wo Tim ist. Lass mich ihn sehen …

Verdammt, Lexi.

Bitte, ich habe einen Fehler gemacht. Ich werde dir keine Schwierigkeiten machen. Lass mich nur meinen Sohn sehen …

Du manipulatives Miststück.

Bitte, Lexi. Bitte.

Colin

Josie ließ den Kopf in den Nacken fallen und starrte zu den alten Deckenbalken hoch. Jene Schwachstelle der Justiz; hier war sie, in diesen Briefen. Colin hatte die Wahrheit gesagt. Er hatte seinen Sohn finden wollen, aber mit seinem Flehen hatte er Lexi in ihrer Verbitterung nicht erweichen können, und in ihrem Schmerz war kein Raum für Colins Reue gewesen. Archer hatte eine Frau geliebt, die eine Lügnerin war, und Tim war wegen ihrer Grausamkeit gestorben.

Josie ließ die Blätter fallen. Zwanzig. Vielleicht sogar mehr. Briefe voller Reue, die um Vergebung bettelten. Die Briefe waren von der Verwaltung des Mietshauses weitergeleitet worden. Für Colin war es die einzige Möglichkeit gewesen, um mit seiner Exfrau in Kontakt zu treten. Die Briefe waren an Lexi Wren adressiert. Colin hatte nicht gewusst, dass sie wieder geheiratet hatte. Lexi hatte Archer benutzt, indem sie sich hinter ihm versteckte, weil sie nicht gefunden werden wollte.

Josie wurde kalt, sie ließ das Kinn auf die Brust sinken. Was hatte sie Archer nur angetan? Wie hatte sie nur einen so ehrlichen Mann verletzen können, seine Motive und seine Integrität infrage stellen, ihn genauso missbrauchen können, wie es Josies Mutter mit ihr getan hatte?

In diesem Moment legte Josie vor sich selbst ein Versprechen ab. Wenn er es zuließ, würde sie es wiedergutmachen. Josie würde Jude diese Briefe geben, wenn Archer es erlaubte. Die Briefe würden beweisen, dass Colin Wren für den Verlust seines Sohnes eine Entschädigung verdiente. Er hatte nicht nur Liebe und Zuneigung verloren, sie waren ihm auch vorsätzlich verweigert worden von einer Frau, die Colin einmal geliebt und Archer auf Händen getragen hatte. Gegen *Pacific Park* hatte Colin zwar nichts in der Hand, aber er verdiente es, rehabilitiert zu werden.

Josie raffte die Briefe zusammen, legte sie in die Schachtel zurück und verschloss sie. Dann blickte sie zu Archer hinüber. Lexi hatte ihn, Colin und sogar Tim benutzt. Bevor ihr eigenes Leben verlosch, hatte sie das dreier Menschen zerstört.

Frauen können so grausam sein.

Josie stand auf, ging zu Archer und legte ihm die Hand auf die Schulter. Es war nicht genug. Er rührte sich nicht. Josie schlang die Arme um ihn.

»Es war alles gelogen, Jo«, flüsterte Archer.

»Ich weiß«, erwiderte sie.

Dann legte Josie Bates die Wange an Archers Rücken, schloss die Augen und schwieg.

7835377R00242

Printed in Germany
by Amazon Distribution
GmbH, Leipzig